RUMBO
A TI

BETH O'LEARY

RUMBO
A TI

Traducción de
Eva Carballeira Díaz

Papel certificado por el Forest Stewardship Council®

Penguin
Random House
Grupo Editorial

Título original: *The Road Trip*
Primera edición: enero de 2022

© 2021, Beth O'Leary Ltd
© 2022, Penguin Random House Grupo Editorial, S.A.U.
Travessera de Gràcia, 47-49. 08021 Barcelona
© 2022, Eva Carballeira Díaz, por la traducción

Printed in Spain – Impreso en España

ISBN: 978-84-9129-640-9
Depósito legal: B-17682-2021

Compuesto en Arca Edinet, S. L.
Impreso en Liberdúplex,
Sant Llorenç d'Hortons (Barcelona)

SL96409

Para mis damas de honor

AHORA

Dylan

L o que quiero decir es que el camino de la amistad nunca ha sido fácil —me dice Marcus mientras juguetea con el cinturón de seguridad.

Esta es la primera vez que me pide disculpas en serio y, por ahora, lleva seis clichés, dos referencias literarias mal citadas y cero contacto visual. Es cierto que ha pronunciado la palabra «perdón», pero precedida por «No se me da muy bien pedir», lo cual ha menoscabado un poco su sinceridad.

Cambio de marcha.

—¿No es «el camino del verdadero amor» lo que nunca ha sido fácil? De *Sueño de una noche de verano*, creo recordar.

Estamos al lado del Tesco que abre veinticuatro horas. Son las cuatro y media de la mañana y está oscuro como boca de lobo, pero la luz tenue y amarillenta del supermercado ilumina a las tres personas que van en el coche de delante como si las estuvieran apuntando con un foco. Vamos pegados a ellas, adaptándonos todos al ritmo lento y traqueteante del camión que va al frente.

Por una fracción de segundo veo la cara de la conductora en el espejo retrovisor. Me recuerda a Addie. Si piensas demasiado en alguien, acabas viéndolo en todas partes.

Marcus resopla.

—Te estoy hablando de mis sentimientos, Dylan. Esto es una agonía. Por favor, saca la cabeza del culo de una puta vez y préstame atención.

Sonrío.

—Vale. Soy todo oídos.

Sigo avanzando y paso por delante de la panadería. Los ojos de la conductora que va delante vuelven a iluminarse en el espejo y veo unas cejas ligeramente levantadas tras unas gafas cuadradas.

—Como iba diciendo, sé que hemos pasado por algunos baches, que no he hecho las cosas bien y que… lamento que haya sido así.

Es increíble que se meta en esos enredos lingüísticos para evitar un simple «Lo siento». Guardo silencio. Marcus tose mientras sigue jugueteando con las manos, y estoy a punto de apiadarme de él y de decirle que no pasa nada, que no tiene por qué decirlo si no está preparado, pero, mientras pasamos lentamente por delante de la casa de apuestas, un nuevo destello ilumina el coche que va delante y me olvido de Marcus. La conductora ha bajado la ventanilla, ha sacado un brazo y se ha agarrado al techo del coche. Tiene la muñeca llena de pulseras que emiten un brillo entre rojizo y plateado bajo la luz de los faros de nuestro vehículo. Ese gesto me resulta dolorosamente familiar: el brazo, delgado y pálido; su seguridad, y esas pulseras, esas cuentas redondas e infantiles amontonadas alrededor de la muñeca. Las reconocería en cualquier sitio. Mi corazón trastabilla como si me hubiera saltado un escalón, porque es ella, es

Addie, y sus ojos se encuentran con los míos en el espejo retrovisor.

Entonces Marcus da un grito.

Acaba de chillar horrorizado de forma similar al pasar por delante de un anuncio de rollitos de salchicha veganos de Greggs, así que no reacciono tan rápido como probablemente lo hubiera hecho en otras circunstancias cuando el coche de delante frena de repente. No he podido pisar el freno del Mercedes de setenta mil libras del padre de Marcus y tengo el tiempo justo para lamentarlo.

Addie

PUM.

Mi cabeza se proyecta hacia delante tan rápido que mis gafas salen despedidas por detrás de las orejas y vuelan sobre el reposacabezas. Alguien grita: «¡Ay, joder!». Me duele muchísimo el cuello y lo único que pienso es: «Madre mía, ¿qué he hecho? ¿He chocado con algo?».

—La hemos cagado —declara Deb, a mi lado—. ¿Estás bien?

Busco a tientas las gafas. Obviamente, no están donde deberían.

—¿Qué leches ha pasado? —pregunto.

Poso las manos temblorosas en el volante, luego en el freno de mano y después en el espejo retrovisor. Intento ubicarme.

Lo veo por el espejo. Un poco borroso, sin las gafas. Un poco irreal. Pero es él, sin duda. Me resulta tan familiar que, por un momento, me siento como si estuviera observando mi propio reflejo. De repente, me empieza a latir el corazón como si necesitara más espacio.

Deb está saliendo del coche. Delante de nosotros, el camión de la basura vuelve a arrancar y sus faros iluminan la cola del zorro que le ha hecho frenar. Este va paseando tranquilamente hasta la acera. Poco a poco, las piezas de lo sucedido empiezan a encajar: el camión frena por culpa del zorro, yo freno por culpa del camión, y él, que va detrás de mí, no. Conclusión: PUM.

Lo miro por el retrovisor; él sigue observándome. Es como si todo se ralentizara, enmudeciera o se difuminara, como si alguien hubiera bajado la intensidad del mundo entero.

Hace veinte meses que no veo a Dylan. Debería haber cambiado más. El resto lo ha hecho. Pero incluso desde aquí, hasta en la penumbra, reconozco perfectamente la forma de su nariz, sus pestañas largas y sus ojos verdes amarillentos, como de piel de serpiente. Sé que esos ojos estarán tan abiertos y conmocionados como cuando me dejó.

—Vaya —dice mi hermana—. Parece que el Mini se ha portado bien.

El Mini. El coche. Regreso de golpe a la realidad y me desabrocho el cinturón de seguridad. Al tercer intento. Me tiemblan las manos. Cuando vuelvo a mirar por el retrovisor, centro los ojos en el primer plano en lugar de en el fondo y veo a Rodney agazapado en el asiento de atrás con las manos sobre la cabeza y la nariz rozando las rodillas.

Mierda. Me había olvidado por completo de Rodney.

—¿Estás bien? —le pregunto.

—Addie, ¿te encuentras bien? —me pregunta al mismo tiempo Deb, que asoma la cabeza por la ventanilla y hace una mueca de dolor.

—¿A ti también te duele el cuello?

—Sí —contesto, porque en cuanto me lo pregunta me doy cuenta de que así es, y un montón.

—Caray —dice Rodney, abandonando poco a poco la posición de impacto—. ¿Qué ha pasado?

Rodney escribió ayer en el grupo de Facebook «Cherry y Krish se casan» para ver si alguien de la zona de Chichester podía llevarlo a la boda. Como nadie le contestó, Deb y yo nos apiadamos de él. Lo único que sé de Rodney es que se ha traído unos Weetabix On The Go para desayunar, que está siempre encorvado y que lleva una camiseta que dice: «No dejo de pulsar Esc, pero sigo aquí», aunque creo que ya he captado su rollo.

—Un gilipollas en un Mercedes nos ha embestido —le explica Deb mientras se levanta para volver a echar un ojo al coche de atrás.

—Deb... —digo.

—¿Sí?

—Creo que es Dylan. El del coche.

Ella arruga la nariz y se agacha para volver a mirarme.

—¿Dylan Abbot?

Yo trago saliva.

—Sí.

Me aventuro a girar la cabeza. Mi cuello se queja. Me fijo entonces en el hombre que sale del asiento del copiloto del Mercedes. Es esbelto, parece fantasmagóricamente pálido en la calle oscura y su cabello rizado refleja ligeramente la luz de los escaparates que están a sus espaldas. Se me vuelve a desbocar el corazón.

—Está con Marcus —anuncio.

—¿Con Marcus? —pregunta Deb, abriendo los ojos de par en par.

—Sí. Madre mía. —«Qué desastre. ¿Qué debería hacer ahora? ¿Todo el rollo del seguro?»—. ¿El coche está bien? —pregunto.

Salgo al mismo tiempo que Dylan se baja del Mercedes. Lleva una camiseta blanca, unos pantalones chinos cortos y unos náuticos hechos polvo en los pies. Tiene un mosquetón en la trabilla del pantalón que desaparece en el bolsillo. Eso fue idea mía, para que dejara de perder las llaves constantemente.

Se interpone en la trayectoria de los faros del Mercedes. Está tan guapo que me duele el pecho. Verlo es aún más duro de lo que me esperaba. Quiero hacer un montón de cosas a la vez: correr hacia él, huir, hacerme un ovillo, llorar... Y encima tengo la sensación absurdísima de que alguien ha metido la pata, como si algo no hubiera sido archivado como es debido en el universo, porque, sí, se suponía que iba a ver a Dylan este fin de semana por primera vez en casi dos años, pero iba a ser en la boda.

—¿Addie? —dice él.

—Dylan —logro articular.

—¿En serio un Mini acaba de cargarse el Mercedes de mi padre? —exclama Marcus.

Me paso una mano por el flequillo de forma inconsciente. No estoy maquillada, llevo puesto un peto raído y no me he echado espuma en el pelo. Me he tirado no sé cuántos putos meses planificando el modelito que iba a ponerme para volver a ver a Dylan y este, precisamente, no era. Pero él no me observa de arriba abajo, ni siquiera parece reparar en mi nuevo color de pelo. Se limita a mirarme a los ojos fijamente. Me siento como si el mundo entero acabara de dar un traspié y se hubiera quedado sin aliento.

—No me jodas —se lamenta Marcus—. ¡Un Mini! Qué humillación.

—Pero ¿tú de qué vas? —exclama Deb—. ¿Qué estabais haciendo? ¡Nos habéis embestido por detrás!

Dylan mira a su alrededor, desconcertado. Yo recupero la compostura.

—¿Alguien se ha hecho daño? —pregunto, frotándome el cuello dolorido—. ¿Rodney?

—¿Quién? —pregunta Marcus.

—¡Estoy bien! —grita Rodney, que sigue en el asiento trasero del coche.

Deb le ayuda a salir. Debería haberlo hecho yo. Tengo la mente un poco espesa.

—Mierda —dice Dylan, fijándose por fin en el parachoques destrozado del Mercedes—. Lo siento, Marcus.

—Tío, no te preocupes, en serio —lo tranquiliza él—. ¿Sabes cuántas veces he escacharrado alguno de los coches de mi padre? Ni siquiera se va a dar cuenta.

Me adelanto para comprobar el estado de la parte de atrás del maltrecho Mini de Deb. La verdad es que no tiene tan mala pinta. El golpe ha sonado tan fuerte que creía que nos habíamos cargado algo importante. Una rueda o algo así.

Antes de darme cuenta de lo que está haciendo, Deb ya está en el asiento del conductor, volviendo a encender el motor.

—¡Funciona! —exclama—. Qué cochazo. La mejor inversión de mi vida. —Avanza un poco hasta la acera y enciende las luces de emergencia.

Dylan ha vuelto a meterse en el Mercedes y está rebuscando en la guantera. Él y Marcus comentan algo sobre el servicio de asistencia en carretera; Marcus le reenvía un correo electrónico desde el móvil y entonces caigo en la cuenta… ¡Ya sé! Dylan tiene el pelo más corto. Es eso. Sé que debería estar pensando en lo del accidente, pero no paro de jugar a buscar las diferencias, de mirar a Dylan y preguntarme qué falta y qué sobra.

Él vuelve a mirarme. Yo me ruborizo. Hay algo en sus ojos que te atrapa como una telaraña. Me obligo a apartar la mirada.

—En fin… Supongo que vais de camino a la boda de Cherry, ¿no? —le pregunto a Marcus. Me tiembla la voz. No soy capaz de mirarlo. De repente doy gracias porque el parachoques trasero del Mini esté abollado; así lo examino en vez de a él.

—Bueno, íbamos —responde Marcus lentamente, contemplando el Mercedes. A lo mejor él tampoco es capaz de mirarme—. Pero ahora este chiquitín ya no va a resistir seiscientos kilómetros. Hay que llevarlo a un taller. Y vosotras deberíais hacer lo mismo.

Deb, que vuelve a estar fuera del coche, resopla con desdén mientras frota un arañazo con la manga de su sudadera vieja y raída.

—Bah, el nuestro está bien —manifiesta, probando a abrir y cerrar el maletero—. Solo tiene una abolladura.

—Marcus, el coche se está volviendo loco —exclama Dylan.

Veo los pilotos de advertencia parpadeando en la pantalla del Mercedes incluso desde aquí. Los intermitentes brillan demasiado. Giro la cara. Típico: el coche de Marcus se estropea y es Dylan quien intenta solucionarlo.

—La grúa estará aquí en treinta minutos y se lo llevará al taller —le informa Dylan.

—¿En treinta minutos? —pregunta Deb, incrédula.

—Forma parte del servicio de asistencia —dice Marcus, señalando el coche—. Es un Mercedes, cariño.

—Me llamo Deb, no «cariño». Y no es la primera vez que nos vemos.

—Ya lo sé, me acuerdo de ti —responde Marcus de inmediato. No suena muy convincente.

Siento el magnetismo de la mirada de Dylan mientras entre todos intentamos solucionar lo del seguro. Yo voy de aquí para allá con el móvil y Deb rebusca entre los papeles de la guantera, pero soy tan consciente de la presencia de Dylan como si ocupara diez veces más espacio que todos los demás.

—Y ahora ¿cómo vamos a ir a la boda? —pregunta Marcus cuando acabamos.

—Pues en transporte público —responde Dylan.

—¿En transporte público? —grita Marcus, como si le acabaran de proponer que fuera a la boda de Cherry en trineo. Parece que sigue siendo un poco idiota. Aunque eso no es ninguna sorpresa.

Rodney se aclara la garganta. Está apoyado en un lateral del Mini y tiene la mirada clavada en el móvil. Me siento mal por haberme vuelto a olvidar de él. Ahora mismo, en mi cerebro no tiene espacio.

—Si salís ahora mismo, según Google llegaréis… a las dos y media —comenta.

Marcus mira el reloj.

—Vale —dice Dylan—. Está bien.

—Del martes —añade Rodney.

—¿Qué? —preguntan a coro Dylan y Marcus.

Rodney pone cara de pena.

—Son las cuatro y media de la madrugada de un domingo, es puente y tenéis que ir desde Chichester hasta la Escocia rural.

Marcus levanta bruscamente las manos en el aire.

—Este país es un desastre.

Deb y yo nos miramos. «No, no, no, no».

—Vamos —digo, yendo hacia el Mini—. ¿Conduces tú?

—Addie… —empieza a decir Deb mientras me subo al asiento del copiloto.

—Pero ¿adónde vais? —berrea Marcus.

Yo cierro dando un portazo.

—¡Eh! —sigue gritando mientras Deb se acomoda en el asiento del conductor—. ¡Tenéis que llevarnos a la boda!

—No —le digo a Deb—. Ignóralo. ¡Rodney! ¡Sube!

Este obedece, lo cual le agradezco, sobre todo teniendo en cuenta que no conozco al pobre hombre lo suficiente como para gritarle.

—No me jodas, Addie. Venga. Si no nos lleváis, no vamos a llegar a tiempo —señala.

Ahora está al lado de mi ventanilla. Golpea el cristal con los nudillos. Yo me niego a bajarla.

—¡Venga, Addie! Joder, no me digas que no le debes un favor a Dylan.

Este le dice algo a Marcus. No logro escucharlo.

—Por favor, menudo gilipollas —dice Deb, frunciendo el ceño. Yo cierro los ojos—. ¿Crees que podrías soportarlo? —me pregunta—. ¿Que los lleváramos?

—No. No… A los dos no.

—Pues ignóralo. Nos vamos y punto.

Marcus vuelve a golpear la ventanilla. Aprieto los dientes, con el cuello aún dolorido, y mantengo la mirada al frente.

—Se suponía que iba a ser un viaje divertido —digo.

Es el primer fin de semana que Deb se separa de su bebé, Riley. Llevamos meses sin hablar de otra cosa. Ella ha planificado cada parada, cada tentempié.

—Y lo va a ser —asegura Deb.

—No tenemos sitio —argumento.

—¡Yo puedo apretujarme! —dice Rodney.

Empieza a caerme mal.

—Es un viaje larguísimo, Deb —me quejo, presionando los puños sobre los ojos—. Horas y horas metida en el mismo coche que Dylan. Llevo casi dos años andando de puntillas por Chichester para intentar no tener que compartir con ese hombre ni un segundo, imagínate ocho horas.

—Yo no estoy diciendo que los llevemos —señala Deb—. Estoy diciendo que nos vayamos.

Dylan ha cambiado el Mercedes a un lugar más seguro para esperar a la grúa. Me giro en el asiento justo cuando está volviendo a salir del coche con su casi metro ochenta de esbeltez y desaliño.

Sé en cuanto nuestras miradas vuelven a cruzarse que no voy a dejarlo ahí.

Y él también lo sabe. «Lo siento», susurra.

Si me dieran una libra por cada vez que Dylan Abbot me ha pedido perdón, sería lo suficientemente rica para comprarme ese Mercedes.

Dylan

A veces un poema se me presenta casi entero, como si alguien lo depositara a mis pies igual que un perro jugando a traer la pelota. Mientras me subo a la parte de atrás del coche de Deb y percibo el aroma desgarradoramente familiar del perfume de Addie, dos versos y medio me vienen a la cabeza en una fracción de segundo. «Igual pero diferente, / sus ojos se clavan en los míos / y yo estoy…».

¿Estoy qué? ¿Cómo estoy? Estoy fatal. Cada vez que miro a Addie, algo brinca en mi interior como un delfín; ¿quién iba a imaginar que después de veinte meses iba a doler tanto? Pero así es, duele, y es una puta agonía de esas que te dan ganas de llorar.

—¿Quieres moverte? —me pide Marcus, empujándome contra el hombro de Rodney. Yo levanto una mano y a punto estoy de posarla en el regazo de este.

—Perdón —decimos Rodney y yo a la vez.

Tengo las palmas sudorosas; no dejo de tragar saliva, como si eso me ayudara a mantener las emociones a raya.

Addie está muy distinta: tiene el pelo casi tan corto como el mío, teñido de color gris plata, y sus gafas (recuperadas milagrosamente del maletero del Mini después del accidente) son gruesas y de estilo descaradamente hípster. Posiblemente esté más guapa que nunca. Es como si tuviera delante a la gemela idéntica de Addie: parecida pero distinta. «Igual pero diferente».

Obviamente, debería decir algo, pero no se me ocurre nada. Antes se me daban bien estas cosas, cuando tenía labia. Me quedo encajado en el estrecho asiento central mientras observo cómo se llevan el coche del padre de Marcus por la calle oscura, tristemente sujeto a la parte de atrás de la grúa, y deseo recuperar parte de la arrogancia que me caracterizaba cuando conocí a Addie y no tenía ni la más remota idea de lo total y absolutamente que me cambiaría la vida.

—Por cierto, ¿cómo es que habéis salido tan pronto? —pregunta ella mientras Deb abandona el arcén—. A ti no te gusta nada conducir tan temprano.

Se está maquillando con la ayuda del espejo del parasol que hay sobre el asiento del copiloto; observo cómo mezcla la base que tiene en el dorso de la mano con el color crema de su piel.

—Estás un poco desactualizada —dice Marcus, intentando acomodarse en el asiento y dándome de paso codazos en las costillas—. Últimamente Dylan tiene unas convicciones muy firmes sobre la necesidad de que los viajes por carretera empiecen a las cuatro de la mañana.

Bajo la vista hacia las rodillas, avergonzado. Fue Addie la que me enseñó que los viajes en coche son mucho mejores si aprovechas la tranquilidad absoluta que precede al amanecer, cuando el día está aún cargado de esperanza; aunque tiene razón: cuando estábamos juntos, yo siempre me quejaba por lo temprano que quería salir cuando hacíamos viajes largos por carretera.

—¡Pues menos mal que hemos salido pronto! —gorjea Rodney, mirando el móvil con los codos tan pegados a los costados como le es posible.

Marcus no se está sacrificando tanto en favor de mi comodidad: tiene las piernas abiertas de par en par, una rodilla pegada a la mía con despreocupación y un codo casi en mi regazo. Suspiro.

—Vamos a llegar muy justos a la barbacoa familiar —sigue diciendo Rodney—. ¡Nos quedan más de ocho horas de coche y ya son las cinco y media!

—Ah, ¿tú también vienes a la barbacoa preboda? —le pregunto.

Él asiente. Mi pregunta es un intento descarado de descubrir qué pinta Rodney en todo esto, aunque espero que pase por amabilidad. Durante un instante terrible y angustioso, cuando salieron por primera vez del coche, creí que iba a la boda como acompañante de Addie. Cherry le había dicho hacía unos meses que podía llevar a quien quisiera. Pero a simple vista no parece que haya ningún tipo de relación entre ellos. Y Addie lo ignora totalmente.

De hecho, nos ignora por completo a todos. Después de esos primeros momentos de contacto visual con el corazón encogido y un nudo en la garganta, ha estado evitando deliberadamente mi mirada cada vez que he intentado captar su atención. Entretanto, Marcus golpetea de forma ruidosa e inane la ventanilla; Deb lo fulmina con la mirada mientras trata de concentrarse en incorporarse a la circunvalación de Chichester.

—¿Podemos poner un poco de música o algo? —pregunta Marcus.

Sé lo que va a sonar antes de que Addie le dé al Play; en cuanto oigo las primeras notas, tengo que disimular una sonrisa. No conozco la canción, pero la música country estadounidense es claramente inconfundible: solo hacen falta unos cuantos acordes para saber que se avecinan historias de besos en un porche de madrugada, viajes a la taberna y largos paseos en coche con chicas guapas en el asiento del copiloto. Addie y Deb adoran el country desde su adolescencia; a mí me gustaba burlarme de Addie por eso, algo especialmente hipócrita viniendo de mí, un hombre cuya lista de reproducción «larga» está integrada casi en exclusiva por las obras de Taylor Swift. Ahora no puedo oír el tañido de un banjo sin imaginarme a Addie bailando al ritmo de Florida Georgia Line con una de mis camisetas viejas; a Addie cantando «Watching You», de Rodney Atkins, con las ventanillas del coche bajadas; o a Addie desnudándose lentamente al compás de «Body Like a Back Road».

—Esta mejor no —dice Addie, con la mano suspendida sobre el móvil.

—¡A mí me gusta! Déjala —protesta Deb, subiendo el volumen.

—¿Qué coño es esto? —pregunta Marcus.

Noto que los hombros de Addie se tensan al oír su tono de voz.

—Es Ryan Griffin —responde ella—. Se... Se titula: «Woulda Left Me Too».

Hago una mueca de dolor. Marcus suelta una carcajada.

—No me digas —replica.

—Está en la lista de reproducción «Éxitos del country» —justifica Addie; un rubor rosa pálido florece en la piel de su cuello, desigual, dibujando unas manchas que parecen pétalos—. Y es lo que vamos a escuchar durante las próximas ocho horas. Así que ya puedes ir acostumbrándote.

Marcus abre la puerta del coche.

—Pero ¿qué...?

—Marcus, ¿qué coño...?

Se produce un revuelo en el asiento de atrás. Marcus me aparta a codazos. La puerta solo está abierta unos centímetros, pero el viento se cuela en el coche y Rodney se abalanza sobre mí para tratar de alcanzar la manilla y cerrarla, y entonces hay cuatro o cinco manos aferradas a la puerta, nos arañamos unos a otros, yo tengo el pelo castaño grasiento de Rodney en la cara, la pierna enredada no sé cómo con la de Marcus...

—¡Prefiero hacer autostop! —grita Marcus, y percibo la adrenalina en su voz, la emoción que siente cuando hace alguna locura—. ¡Dejadme salir! ¡No puedo soportar ocho horas con esto! ¡Apagadlo! —exclama. Pero sigue riéndose aun cuando le doy una torta tan fuerte en la mano que a mí me arde la palma.

—¡Estás loco! —dice Rodney—. ¡Vamos a cien kilómetros por hora!

El coche da un bandazo. Veo los ojos de Deb en el espejo retrovisor: los está entornando con hosca concentración mientras intenta volver a su carril. A nuestra derecha, los coches pasan a toda velocidad como una marea de faros delanteros demasiado resplandecientes, dejando en mi campo de visión manchas de color blanco amarillento.

Addie quita la canción. Marcus cierra la portezuela. Ahora que la música está apagada y que el viento no ruge a través de la puerta, se oyen todos los ruidos del coche: Rodney respirando con dificultad, Deb volviendo a relajarse en el asiento del conductor... El subidón de adrenalina de la pelea viene acompañado por un deseo irrefrenable de pegarle un puñetazo en la nariz a Marcus.

—Pero ¿tú de qué vas? —le susurro.

Noto que Addie se gira hacia mí (tal vez sorprendida), pero vuelve a centrarse en la carretera antes de que me dé tiempo a mirarla a los ojos.

Marcus traga saliva, observándome de reojo, y me doy cuenta de que ya está lamentando no haberse portado mejor, aunque estoy demasiado enfadado para reconocerlo. Al cabo de un rato, esboza una sonrisa forzada.

—¡Queremos música de viaje en coche! —exclama—. ¿No puedes poner algo de Springsteen?

Addie guarda silencio durante un rato.

—Deb —dice por fin—. Para en la próxima área de servicio, por favor.

—¿Necesitas hacer pis? —le pregunta Deb.

—No —contesta Addie—. Quiero dejar a Marcus. Para que pueda hacer autostop. Ya que es lo que quiere.

Y vuelve a poner la canción country.

Addie

Pasan siglos sin que veamos un área de servicio. Cuando por fin llegamos a una gasolinera, necesito hacer pis de verdad. Y tomar un poco el aire. De pronto este me parece el coche más pequeño del puñetero mundo.

—¿De verdad vamos a dejar a Marcus aquí? —pregunta alguien a mi espalda, con voz preocupada.

Cruzo la explanada de la gasolinera con paso decidido en dirección al edificio. El objetivo es ser rapidísima para que Dylan no pueda interceptarme para hablar. Hasta el momento he conseguido evitar establecer contacto visual directo con él desde que nos subimos todos al Mini. Lo considero un plan viable para los próximos seiscientos kilómetros.

Rodney se mueve con mucha rapidez para ser tan desgarbado. Vuelvo la cabeza para mirarlo.

—Qué va, no —lo tranquilizo—. A Marcus le encanta montar dramas. Es mejor pararle los pies si no queremos que nos dé la paliza todo el día.

—¿De qué lo conoces?

Rodney se adelanta para abrirme la puerta cuando llegamos al edificio. Yo parpadeo. Qué torpe es. En cierto modo parece un adolescente, aunque debe de tener como mínimo treinta años.

—Dylan y yo salíamos juntos.

—Ah. Vale. ¡Caray, qué incómodo! —dice, tapándose la boca con ambas manos.

Yo me río, para mi sorpresa.

—Sí, esa es más o menos la situación.

Cojo un puñado de chocolatinas al final del pasillo. Deb y yo hemos traído suficientes tentempiés para dos, pero Dylan come como una lima. Nos vamos a quedar sin comida antes de llegar a Fareham si descubre las chucherías.

—Siento que te hayas visto metido en este lío —le digo a Rodney—. Pero puedes estar tranquilo. Dylan y yo podemos comportarnos durante unas cuantas horas, no te preocupes.

—Ah, entonces lo vuestro acabó de forma amistosa, ¿no? —me pregunta Rodney, pasándome una cesta. Meto dentro las chocolatinas, cinco paquetes de galletas y un manojo de bolsitas de golosinas.

—¿Amistosa?

La noche que Dylan me dejó, yo le grité. No en el sentido figurado de la palabra (no me refiero a que discutimos); le grité literalmente, con la boca abierta de par en par y el sonido rasgándome la garganta. Le golpeé el pecho con los puños y lloré hasta que mi cuerpo no pudo más. Luego me pasé tres días sin comer.

—Digamos que sí, más o menos.

Cuando regresamos al coche, Dylan está apoyado en uno de los laterales, con los brazos cruzados y mirando hacia el lado izquierdo. El sol está saliendo detrás de él. Parece un anuncio de una banda indie o de una colonia cara. Sigue teniendo un aspecto desaliñado y una mirada soñadora, pero ahora es más adulto: sus rasgos parecen más marcados.

Me quedo mirándolo un instante de más y él me pilla un momento antes de que yo vuelva a bajar la vista.

—Addie —dice mientras nos acercamos.

Se adelanta para ayudarme con las bolsas. Yo lo esquivo y paso por delante de él para ir hacia el maletero del coche.

—Addie, por favor —dice en voz más baja—. Deberíamos hablar. Vamos a estar encerrados en un coche juntos la mayor parte del día. ¿No quieres...? Bueno..., no sé..., ¿que sea menos raro?

Cierro el maletero de golpe. Después de meter las bolsas nuevas de tentempiés, apenas se ve nada por el cristal de atrás. Al parecer, Dylan y Marcus llevan tanto equipaje como Mariah Carey de gira y encima está toda la parafernalia de la lactancia de Deb: dos sacaleches, la bolsa nevera, varias botellas...

—Voy a dar un paseíto para estirar las piernas —comenta Rodney—. ¿Nos vemos en cinco minutos?

No debería haber dicho «Más o menos». No me habría dejado sola con Dylan si le hubiera contado que me arruinó la vida.

—Addie..., al menos podrías mirarme, ¿no?

La verdad es que no estoy segura de que pueda hacerlo. Intentar mirar a Dylan me duele. Es como si fuéramos dos imanes con la misma carga, que se repelen. En lugar de ello, miro hacia el parque, donde se encuentran varias personas paseando al perro. Hay un caniche pequeño dando vueltas en círculo y un perro salchicha con un arnés rosa ridículo. El sol está saliendo poco a poco a sus espaldas, dibujando sombras alargadas sobre la hierba. Veo a Marcus agachado, saludando a un pastor alemán. Espero que tenga malas pulgas. No es que quiera que le muerda ni nada, pero no le vendría mal que le gruñera un poco.

—¿Dónde está Deb? —pregunto.

—Tu madre la ha llamado por algo de Riley.

Me quedo mirándolo.

—¿Te ha hablado de Riley?

Su mirada es amable.

—Ahora mismo. Creía que… Creía que me contarías ese tipo de cosas, la verdad. Como que Deb ha tenido un bebé.

—Decidimos no seguir en contacto.

—Lo decidiste tú, no los dos.

Levanto las cejas.

—Perdona —dice—. Perdona.

Jugueteo con mis pulseras. Llevo las uñas recién pintadas para la boda, pero las tengo tan cortas que se ven un poco ridículas. Como manchitas rojas.

—En fin, me alegro por Deb —declara Dylan, al ver que no respondo.

—¿No estás un poco sorprendido?

Él sonríe y yo casi, hasta que me doy cuenta.

—¿No vas a preguntarme quién es el padre?

—Seguro que no le ha hecho falta ninguno —bromea Dylan—. Ya sabes, como Gea cuando dio a luz a Urano.

Mi sonrisa brota a pesar de que intento contenerla por todos los medios.

—Sabes que no —replico fríamente.

—Ya —dice él, rápidamente. Se echa el pelo hacia atrás, como si aún lo tuviera largo y le cayera sobre los ojos. Un tic antiguo—. Mitología griega…; demasiado pretencioso, una referencia de mierda; perdona. Me refería a que Deb nunca ha necesitado a ningún hombre, ¿no? No es que nadie lo necesite, pero…, buf, madre mía.

—¡Hora de seguir con el espectáculo! —dice alguien a nuestras espaldas. Marcus pasa como una exhalación y abre una puerta de atrás—. Creo que deberíais arrancar. Rodney viene a toda pastilla.

Me giro y justo aparece Deb, que se está guardando el móvil en el bolsillo de su sudadera con capucha. Se sube detrás de Marcus mientras yo voy hacia el asiento del conductor. Entro en pánico: ¿significa esto que Dylan va a sentarse delante, conmigo?

—¿Qué hace Rodney? —pregunta Deb.

Vuelvo la cabeza de nuevo hacia el parque. Rodney viene corriendo hacia nosotros agitando sus piernas y sus brazos extralargos, con el pelo volando al viento. Lo persigue el pastor alemán, que arrastra a su dueño por la correa.

—Genial —murmuro mientras me subo al coche e intento girar la llave para arrancar.

Marcus chilla con alborozo mientras Rodney se mete apresuradamente en la parte de atrás, jadeando.

—¡Lo siento! —exclama—. ¡Lo siento! ¡Lo siento!

Deb emite una suerte de resoplido ahogado.

—Cuidado con las manos, por favor —dice—. Esa ha estado a punto de aterrizar en mi chichi.

—Madre mía, lo siento muchísimo —se excusa Rodney, abochornadísimo y sin aliento.

Dylan se sube al asiento delantero e intenta volver a atraer mi mirada.

—No te preocupes —lo tranquiliza Deb—. He sacado de ahí un bebé, es muy resistente.

—Por favor —dice Rodney—. Ay, Dios, no pretendía… Lo siento muchísimo.

—Había olvidado lo bien que me caías, Deb —declara Marcus.

—¿En serio? —pregunta ella, haciéndose la interesante—. Pues tú a mí me caes fatal.

Salgo de la estación de servicio. No puedo resistirme y miro fugazmente a Dylan, que va en el asiento del copiloto.

—Solo quedan quinientos setenta y seis kilómetros —anuncia en voz muy baja, para que solo yo lo oiga.

Marcus le está explicando a Deb que «suelen malinterpretarlo» y que «se está reformando, como un libertino de una novela cutre del siglo xix».

—Quinientos setenta y seis kilómetros —digo—. Seguro que se me pasan volando.

Dylan

Vamos a toda velocidad por la A34. El calor ya es tan denso como la miel, viscoso y dulce. Se está gestando una espléndida mañana de verano: el cielo es de un azul lapislázuli intenso y los campos bañados por el sol brillan, amarillos, a ambos lados de la carretera. Es el típico día con sabor a hielo picado y bronceador, a fresas maduras y a la agradable euforia de un exceso de gintonics.

—A este paso, el chocolate se va a derretir —comenta Addie, subiendo el aire acondicionado al máximo.

Eso me anima.

—¿Chocolate?

—No es para ti —replica ella, sin apartar la vista de la carretera.

Vuelvo a hundirme en el asiento. Creía que habíamos avanzado un poco: hace un rato se ha girado hacia mí y me ha regalado media sonrisa, como un mordisco de algo delicioso, y casi se me sale el corazón del pecho. Una sonrisa sincera de Addie es como un premio de verdad: difícil de ganar y totalmente abrumador… cuando te toca. Por desgracia, eso no parece ser menos cierto ahora que hace dos años. Pero ha vuelto a enfriarse; hace ya treinta minutos que hemos salido del área de servicio y no se ha dirigido a mí directamente desde entonces. No tengo derecho a quejarme y no debería sentarme mal, pero es así; es un poco mezquino y quiero pensar que nosotros estamos por encima de eso.

Me revuelvo en el asiento y ella me mira antes de encender la radio. Está sonando una canción pop, algo animado y repetitivo, un término medio entre sus gustos y los de Marcus; con este volumen apenas escucho la conversación insustancial del asiento de atrás. Por lo último que he oído, Rodney le está explicando a Deb las reglas del *quidditch* que se juega en la vida real, con algún que otro interludio gracioso a cargo de Marcus.

—Venga —dice Addie—, di lo que tengas que decir.

—¿Tan transparente soy? —pregunto con la mayor naturalidad posible.

—Sí —contesta con franqueza—. Lo eres.

—Es que… —Trago saliva—. Sigues castigándome.

En cuanto lo digo, deseo no haberlo hecho.

—¿Que yo te estoy castigando?

El aire acondicionado es un aliento lento y cálido que se desvanece en mi cara; preferiría abrir un poco las ventanillas, pero Marcus se ha quejado de que se le estaba quedando el pelo hecho un desastre, y no tengo paciencia para volver a mantener esa conversación. Cambio de postura para que el chorro de aire tibio me dé lateralmente en la mejilla; así puedo ver a Addie conduciendo. Se le han puesto colorados los bordes de las orejas, apenas visibles entre las puntas del cabello. Ahora lleva puestas las gafas de sol y las otras gafas encima de la cabeza, apartándole el abundante flequillo de la cara. Intuyo algunas pinceladas de su antiguo color de pelo en las raíces.

—Sigues sin hablarme.

—Lo de no hablar contigo no era un castigo, Dylan. De hecho, no tenía nada que ver contigo. Necesitaba espacio.

Bajo la vista hacia las manos.

—Supongo que creía que algún día dejarías de necesitarlo.

Ella me mira; no soy capaz de ver sus ojos a través del filtro de las gafas de sol.

—¿Estabas esperando? —me pregunta.

—No... Tanto como «esperando» no, pero...

Me quedo callado y el silencio se extiende entre nosotros como un lazo demasiado largo. Me fijo en la cara de la persona que va de copiloto en un vehículo con el que nos cruzamos por la autopista: una mujer de mediana edad con gorra, que mira sorprendida nuestro coche. Me giro hacia los demás e imagino lo que habrá visto: un grupo variopinto de veinteañeros alegremente apiñados en un Mini de color rojo chillón a las siete y media de la mañana de un domingo de puente.

No tiene ni idea. Si se pudieran usar los secretos como combustible, no necesitaríamos gasolina: habría suficiente rencor en este coche para llevarnos a todos a Escocia.

ANTES

Addie

Miro fijamente el techo. El apartamento del guardés de la villa de Cherry se encuentra debajo de la casa. Es del mismo tamaño que la primera planta, pero subterráneo. Precioso si no te importa no tener ventanas. Claro que, si ese es el precio que hay que pagar para vivir en el sur de Francia durante todo un verano con alojamiento gratis y encima ganando unos cuantos cientos de euros al mes, la falta de ventanas es lo de menos.

Una familia ha llegado esta mañana, amigos de los padres de Cherry. Han cogido un taxi desde el aeropuerto, lo cual es una suerte, porque anoche Deb y yo nos bebimos tres botellas de vino en el balcón del dormitorio principal y observamos las estrellas hasta que el cielo empezó a aclararse. Probablemente aún sería ilegal que condujera, y eso que ya es mediodía.

Tengo clarísimo que este es el mejor verano de mi vida. Es como... si una banda sonora épica estuviera sonando de fondo, o como si alguien hubiera aumentado la saturación de color. Este verano no soy la pequeña Addie, la que siempre se queda atrás. No soy la persona de la que te olvidas cuando les estás contando a tus colegas quién estaba en el bar. No soy la chica a la que dejas plantada porque has conocido a otra mejor. Puedo ser quien quiera ser.

Este es mi verano, en resumidas cuentas. Aunque ahora mismo nadie lo diría, porque estoy demasiado resacosa como para moverme mucho.

Frunzo el ceño mirando al techo. Algo le pasa a la familia nueva. El apartamento del guardés no está insonorizado y solemos hacernos una idea bastante exacta de lo que está sucediendo arriba. Más de lo que nos gustaría, generalmente. Pero ahora apenas logro oír nada. Estoy segura de que están ahí, porque el taxi me ha despertado hace un rato, al llegar. Y hay movimiento. Solo que... es un movimiento silencioso. La cantidad de movimiento equivalente a una persona.

Un par de pies que cruzan la cocina hacia la vinoteca y vuelven. Una ducha que fluye. Una ventana que se abre y la puerta de un dormitorio cerrándose de golpe cuando el mistral se cuela a través de ella.

Despierto a Deb a las dos menos cuarto de la tarde. Entra arrastrando los pies en la cocina, con las bragas caídas y una camiseta de una banda francesa que le robó a un ligue de una noche en Aviñón, y se para a escuchar.

—¿Dónde están todos? —pregunta.

—Ni idea. Estoy convencida de que aquí solo hay un tío.

Ella bosteza y acepta la taza de café que le ofrezco.

—Hmm. Qué raro. A lo mejor ese tío se ha cargado a toda su familia durante el viaje.

Siempre sabemos si es un hombre o una mujer por sus pisadas. Los hombres hacen más ruido.

—¿Eso es lo primero que se te ocurre? —digo.

Deb se encoge de hombros y empieza a cortar el pan de ayer. Un enjambre de trocitos de corteza sale disparado como astillas en un taller de carpintería.

—¿Alguna otra idea?

—A lo mejor el resto llega más tarde —señalo—. Puede que hayan parado en Niza a ver a unos «contactos», yo qué sé.

Esta es una de esas anécdotas veraniegas que el año que viene ya no tendrá gracia, pero ahora mismo Deb y yo nos partimos de risa. Desde que llegamos aquí, hemos ido recopilando palabras que oímos a través del techo o que nos llegan desde la terraza: *contactos*, *interiorismo*, *achispado*, *divino*... Yo nunca había conocido a gente como los huéspedes de Villa Cerise, de esos que no preguntan el precio de las cosas antes de comprarlas; de los que beben champán como si nada; de los que son dueños de un montón de casas y animales y tienen una opinión sobre absolutamente todo. Casi resulta demasiado fácil parodiarlos.

—La madre de Cherry nos habría enviado un mensaje si llegaran tarde —dice Deb.

Yo pongo cara de circunstancias para darle la razón. Deb unta el pan con una capa de mantequilla tan gruesa como una loncha de queso.

—No creo que sea viejo, la verdad —comento—. Camina demasiado rápido.

Deb arquea las cejas.

—¿Será un personal?

Esa es otra palabra nueva que hemos aprendido, *personal* como cargo laboral.

Nuestro huésped misterioso y solitario entra en la cocina, que está justo sobre nuestra cabeza. Nos quedamos inmóviles, yo con un vaso de zumo de naranja a medio camino de la boca y Deb con un poco de mantequilla en la nariz.

La nevera del piso de arriba se abre. Se oye un tintineo. La nevera se cierra.

—Un bebedor diurno —dice Deb. Se para a pensar—. Si solo va a haber un tío en toda la semana, ¿de verdad es necesario que nos quedemos las dos aquí?

—¿Quieres volver a dejarme tirada?

Deb me mira con el ceño fruncido, intentando adivinar si de verdad me molesta. No lo tengo muy claro, a decir verdad. El plan siempre había sido aprovechar los ratos libres para explorar Francia. Sin embargo, al final Deb se ha aventurado por ahí más que yo. Y lo entiendo: ella se aburre más fácilmente. Además, a mí me encanta esta villa: su piscina infinita, los viñedos, el olor del aire a primera hora de la mañana… Deb no es tan romántica. Para ella no es más que una casa, por muy grande que sea.

A veces disfruto del espacio que me deja cuando se va. Aunque, por otro lado, no me hace ninguna gracia ser la que se queda atrás.

—Hay un tío en las afueras de Nimes que tiene una casa vacía. Es una especie de comuna —dice Deb—. Pero una comuna de las que hacen fiestas. No de las de santurrones. ¿Prefieres que me quede?

Deb nunca ha entendido lo que es tener el corazón dividido. Doy media vuelta, enfadada.

—Por supuesto que deberías ir —suelto por encima del hombro antes de observar con desinterés el contenido del frigorífico.

—Si me necesitas aquí, sabes que no me importa quedarme —asegura.

Vuelvo a mirarla. Su expresión es completamente transparente. Es imposible enfadarse con Deb. Simplemente, le gustaría estar en otro lugar y, en su mente, ¿por qué iba a afectarme eso a mí, a menos que la necesite aquí?

—No, lárgate —insisto, cerrando la nevera—. Búscate un hippy guaperas francés.

Nos quedamos calladas de nuevo. Arriba, nuestro huésped solitario ha salido de la cocina para ir a la terraza. Está hablando en voz muy baja. Apenas oigo lo que dice.

—¿Está hablando solo? —me pregunta Deb, ladeando la cabeza—. A lo mejor se nos ha colado un loco. O a lo mejor tenemos un okupa.

Me acerco a la puerta del apartamento y la entreabro. La villa está construida en una colina y nuestra puerta está escondida en el lado derecho del edificio, oculta a la vista bajo la pasarela que va de la cocina a la terraza elevada y la piscina infinita.

A través de la rendija de la puerta veo la mitad inferior del huésped pasando por delante de la barandilla que rodea la terraza. Lleva unas bermudas de color piedra y va descalzo. Una botella mediada de cerveza le golpea el muslo al caminar. Tiene las piernas ligeramente bronceadas. No tiene pinta de okupa.

—¿Qué...?

Hago callar a Deb y aguzo el oído. Está recitando algo.

—«En una gran aventura se embarcó, que la gran Gloriana le proporcionó...».

—¿Está leyendo en alto a Shakespeare o algo así? —me pregunta Deb al oído. Luego me aparta para abrir un poco más la puerta.

—Deb, cuidado —susurro.

Se supone que los guardeses no deberían espiar a los huéspedes. Este es el curro veraniego de mis sueños. De vez en cuando me asalta el miedo de que una de nosotras la cague hasta tal punto que alguien se entere y llame a los padres de Cherry.

—«Para ganarse su adoración y su gracia obtener, que de todas las cosas terrenales era lo que más anhelaba, y cada vez que él... y aunque él...». Joder. —El hombre se detiene y levanta la cerveza—. Mierda, joder, mecachis.

Es un pijo: habla como Hugh Grant. Deb se tapa la boca para sofocar la risa. El hombre se queda inmóvil. Yo inhalo bruscamente y la alejo de la entrada.

—Vamos. —La arrastro de nuevo a la sala de estar—. Mejor no cabrearlo el primer día, sea quien sea.

—Yo creo que está bueno —decide Deb, tirándose en el sofá. Como la mayor parte del mobiliario del apartamento, en su día perteneció a la vivienda principal, y fue degradado cuando a la madre de Cherry le apeteció darle a la casa un aire nuevo. Es de terciopelo fucsia y tiene una mancha enorme de vino tinto en el brazo derecho que nada tiene que ver con nosotras, afortunadamente.

—¿Lo has deducido por sus pies?

Deb asiente.

—Se pueden saber muchas cosas por los pies.

Ese es el típico comentario de Deb que he aprendido a pasar por alto, porque, como empieces a hacer preguntas, acabas metiéndote en un universo lleno de rarezas.

—Entonces, ¿te vas a quedar, ahora que has visto esos tobillos tan sensuales?

Deb reflexiona y sacude la cabeza.

—Para pijos con pantalones chinos ya tengo los de casa —declara—. Me apetece un hippy francés con el pelo largo.

—¿No te vas a aburrir nunca? —le pregunto, abrazando un cojín sobre el pecho.

—¿Aburrirme de qué?

—Pues de tener solamente rollos.

Deb estira las piernas en el sofá. Tiene el esmalte de las uñas de los pies desconchado y un moratón en ambas tibias, alargadas y marrones. Deb ha heredado el tono de piel de su padre —su abuelo por parte de padre era ghanés—, mientras que yo he heredado el blanco nuclear del mío. Me molesta que la gente diga que solo somos medio hermanas. Deb es mi hermana del alma, mi otra mitad, la única persona que me entiende. Yo soy su ancla, la persona a la que siempre vuelve. No somos medio nada.

Cuando éramos pequeñas, no soportaba que el padre de Deb viniera a visitarla. Siempre se iban por ahí los dos solos, de excursión al parque o en autobús al centro. Nuestro padre se quedaba triste y abatido, hasta que Deb volvía a casa y se ponía a construir maquetas de trenes con él. Entonces volvía a animarse. Por muy mal que suene, me alegré cuando el padre de Deb discutió con nuestra madre y, finalmente, cuando yo tenía unos ocho años, dejó de venir para siempre. Y al más puro estilo Deb, esta expulsó a su padre biológico de su vida. No es de las que dan segundas oportunidades.

—¿Por qué iba a cansarme? —me pregunta—. En la variedad está el gusto.

—Pero ¿no te apetece sentar la cabeza algún día?

—¿Sentar qué? ¿Para qué hay que sentar nada? Sé quién soy y lo que quiero. No necesito a ningún tío para sentirme realizada, o lo que sea que se supone que hacen.

—Pero ¿qué hay de tener hijos? ¿No quieres?

—No. —Deb se rasca la barriga y levanta la cabeza para mirar hacia el techo—. Eso sí lo tengo claro. Nada de bebés. Ni de coña.

Me despido de Deb con la mano mientras parte hacia Nimes en su maltrecho coche de alquiler. Solo me entero de que se va porque oigo el arranque del motor. A Deb no le gustan nada las despedidas. Odia los abrazos, por eso no le va lo de decir adiós, porque parece que todo el mundo los espera. Desde niñas, ella y yo siempre nos hemos despedido por mensaje de texto, *a posteriori*. La verdad es que me gusta; casi nunca nos enviamos mensajes para otras cosas, sobre todo ahora que todo el mundo usa WhatsApp, así que nuestras conversaciones son siempre una retahíla de notas bonitas.

«Adiós, te quiero, llámame si me necesitas», dice el mensaje que le he enviado.

«Igualmente, peque —dice el suyo—. Si me necesitas, aquí estoy».

Deb y yo solemos presentarnos a los huéspedes en cuanto llegan, pero esta vez decido esperar a la tarde noche, después de que ella se haya ido. No es necesario liar las cosas dando la impresión de que hay dos guardesas cuando una de ellas apenas está.

Voy hacia la entrada de servicio de la villa. Hay una escalera de caracol estrecha que va desde nuestro apartamento hasta un vestíbulo pequeño que hay justo al lado de la cocina de arriba. La puerta entre la cocina y la escalera está cerrada por nuestro lado, pero llamo con fuerza igualmente. Ya he tenido mi escarmiento: una vez, nada más entrar, pillé a un huésped escocés con barriga cervecera comiéndose unas galletas en pelotas.

—¿Hola? —grito desde el otro lado de la puerta—. ¿Señor Abbot?

No hay respuesta. Abro el pestillo y entro con cautela. Ahí no hay nadie. La cocina está hecha un desastre: restos de *baguettes*, botellas vacías, cortezas de queso, una barra entera de mantequilla sudando bajo el sol del atardecer... Chasqueo la lengua, pero me contengo, porque eso es exactamente lo que haría mi madre.

Mordisqueo uno de los restos de *baguette* mientras limpio. Sea quien sea ese tío, está acostumbrado a que alguien vaya recogiendo detrás de él. Y está borracho, a juzgar por la cantidad de botellas. Trago el resto del pan y me quedo de pie en medio de la habitación. Reina el silencio, salvo por el canto incesante de los grillos en el exterior. No estoy acostumbrada a que la casa de arriba esté tan silenciosa. A veces alguna familia sale durante el día, pero suelen volver por la noche, y, además, la mayor parte del tiempo me acompaña Deb.

Tengo un poco de miedo. Estoy a solas con un desconocido borracho en la casa. Cuento las botellas: cinco de cerveza y media de vino.

Vuelvo a mirar en la cocina una vez más, saco la cabeza para inspeccionar la terraza y luego deambulo por el grandioso vestíbulo de la villa.

—¿Hola? —digo, esa vez en voz más baja.

Aquí hace más fresco porque las enormes puertas dobles están cerradas a cal y canto para impedir que entre el calor del sol. Hay una chaqueta tirada al pie de las escaleras. La cuelgo en el pasamanos. Es de una tela vaquera suave y está forrada de borreguito: debe de venir de un lugar frío. Se asaría si se la pusiera aquí. Mientras la cuelgo, capto su aroma: a naranja, amaderado y varonil.

—¿Señor Abbot?

Recorro la sala de visitas, el comedor, el salón, la sala de estar... Están exactamente como los dejamos cuando preparamos la villa para los huéspedes nuevos. Debe de estar arriba. Nunca vamos al piso superior cuando hay gente alojada, a menos que nos pidan que desatasquemos un desagüe o algo así. Las habitaciones son su zona privada.

Me siento un tanto aliviada. Regreso a las escaleras de servicio y cierro la puerta con pestillo. El apartamento es el de siempre: acogedor, desordenado y sin luz natural. Me hundo en el sofá rosa de terciopelo y enciendo la tele. Están poniendo un drama francés en el que hablan demasiado rápido para mí, aunque en realidad solo quiero algo de ruido. Tal vez debería haberle pedido a Deb que se quedara. Odio esa sensación de pérdida que tengo cuando me quedo sola. Subo el volumen de la televisión.

Mañana volveré a intentar conocer al señor Abbot. Aunque no demasiado temprano. Tendrá que dormir la mona.

Me despierta al día siguiente golpeando las contraventanas. Al parecer, no entiende cómo se cierran. Yo resoplo, tapándome la cabeza con las sábanas. El mistral sopla con fuerza; se va a romper un cristal como siga dejando que el viento campe a sus anchas.

Está hablando solo en la cocina. Apenas entiendo lo que dice a través del techo, pero sé por la entonación de su voz que está recitando algo.

Miro el teléfono. Son las ocho de la mañana. Demasiado temprano para subir a presentarme. La extraña sensación de pérdida que me atenazaba la noche anterior ha desaparecido y disfruto de tener para mí sola la cama de matrimonio. Compartirla con Deb es un horror. Hace dos noches se puso a hablar en sueños sobre políticos conservadores.

Me quedo tumbada, oyendo a nuestro huésped solitario hacer ruido por la casa. Me pregunto qué pinta tendrá. No dispongo de muchos datos: su aspecto de cintura para abajo, básicamente, y su voz. Me lo imagino con el pelo oscuro y rizado, los ojos castaños, barba incipiente, tal vez, y la camisa abierta. Y con alguna reliquia familiar colgando de una cadena alrededor del cuello.

Canturrea unas cuantas frases de algo…, una canción pop que recuerdo a medias. Sonrío, mirando al techo. No se puede desafinar más.

Cuando me levanto de la cama son ya las nueve y media y él está en la terraza tomando un café. Escuché el zumbido de la cafetera y sus pisadas fuera, en el paseo, antes de reunir la energía necesaria para salir de debajo de las sábanas. Me pongo a darle demasiadas vueltas a mi atuendo: ¿pantalón corto, falda, vestido…? Al final, molesta conmigo misma, recojo la camiseta de tirantes y el pantalón corto de ayer del suelo, me los pongo a toda prisa y me sujeto el pelo en un moño que ato con una de mis pulseras.

Cuando llego a la terraza, el señor Abbot ha desaparecido. Tampoco hay ninguna taza de café, así que, dondequiera que haya ido, se la ha llevado con él. Echo un vistazo al césped seco y polvoriento y a los macizos de flores que hacen sudar a Victor, el jardinero, cada jueves, pero no se ve a nadie en los terrenos de la villa. ¿Habré oído mal? Voy a la cocina, soltándome de nuevo el pelo.

Hoy está más ordenado. Hay una nota:

Hola, guardés fantasma. Siento muchísimo el caos de anoche, se me fue un poco de las manos. He salido a explorar el terreno, pero tal vez podrías echar un vistazo a las contraventanas de mi cuarto mientras estoy fuera. No soy capaz de evitar que se cierren de golpe constantemente. El ruido me está volviendo loco.

Dylan Abbott

Conque el ruido lo está volviendo loco, ¿eh? Pongo los ojos en blanco y hago una bola con la nota antes de guardármela en el bolsillo trasero. Las puñeteras contraventanas no tienen ningún truco. Si las mirara durante diez segundos, descubriría dónde sujetarlas a la pared para que se queden abiertas. Igualmente, voy a su habitación a investigar. Sé en cuál está. A estas alturas se me da muy bien identificar las puertas que se abren y se cierran. El tercer y el cuarto baño tienen algo más de intríngulis y a veces confundo el octavo dormitorio con el sexto, pero el resto lo clavo.

Ha elegido la mejor habitación de la casa, la suite en cuyo balcón Deb y yo estuvimos observando las estrellas hace dos noches. Tiene una cama con dosel cubierta con unas cortinas pesadas de damasco azul y unos ventanales enormes con vistas a los viñedos. La cama está sin hacer y su ropa yace hecha un ovillo a la puerta del baño, como si se la hubiera quitado de camino a la ducha. El dormitorio huele igual que la chaqueta: a naranja, a almizcle y a hombre.

Abro una ventana. Las contraventanas están bien, obviamente, lo cual no me sorprende. Las engancho y considero escribir una respuesta a su nota, pero ¿qué voy a decirle? ¿«Fíjate en las contraventanas para saber qué hacer la próxima vez»? Me imagino redactándola y firmándola como «La guardesa fantasma», pero no. La Addie veraniega no es ningún fantasma. En lugar de ello, por capricho, exhalo sobre la ventana y escribo mi nombre en el cristal empañado: «Adeline». Sin besos ni nada.

Tarda tanto en volver que me arriesgo a darme un baño en la piscina mientras tanto; la madre de Cherry dice que podemos hacerlo si los huéspedes no están. Vuelvo al apartamento y me estoy escurriendo el pelo en el lavabo cuando llaman a la puerta.

Me miro. Uy. Solo llevo puesto un bikini mojado. Voy corriendo a la habitación y revuelvo en el armario, lo cual no tiene ningún sentido, porque toda la ropa decente está en el suelo o en la lavadora. Vuelven a llamar. Mierda. Cojo una bola arrugada de tela naranja (un vestido acampanado sin manchas obvias; me sirve) y me lo pongo mientras salgo disparada hacia la puerta.

Cuando la abro, allí está él, el hombre del piso de arriba. No es en absoluto como me lo había imaginado. Me fijo primero en sus ojos: son de un color verde pálido, casi amarillo, y soñolientos. Tiene las pestañas mucho más largas que las de la mayoría de los chicos y el pelo alborotado y castaño, con algunos reflejos dorados por el sol. Lo único con lo que he acertado ha sido con la camisa: de algodón color claro, arrugada y con demasiados botones desabrochados.

No lleva ninguna reliquia familiar colgada del cuello, pero sí un sello de oro en el dedo meñique. A su espalda puedo ver el rastro de mis pisadas húmedas, que van desde la piscina hasta la puerta del apartamento.

—Ah —exclama sorprendido mientras mueve la cabeza para echarse hacia un lado el pelo—. Qué hay.

—Hola. —Me salto el «señor Abbot» del final de la frase. Me resulta raro llamar «señor» a un tío de mi edad. El pelo húmedo me gotea por la espalda y agradezco que me esté refrescando: estoy acaloradísima. Con tantas prisas…

Él esboza lentamente una sonrisa vaga.

—Me imaginaba un viejo arrugado, guardesa fantasma.

Yo me río.

—¿Por qué lo dices?

Él se encoge de hombros. La sensación de acaloramiento no remite. Puede que sea por él, por sus ojos verdes y su camisa desabrochada.

—Porque te llamé «guardés». Suena… a vejestorio.

—Bueno, tú tampoco eres como me esperaba —reconozco, poniendo la espalda un poco más recta—. Lo de «familia Abbot» suena…, no sé, a más de una persona.

Él pone cara de circunstancias.

—Ya. Sí. Me temo que el resto se ha echado atrás, así que solo estoy yo. Gracias por arreglar las contraventanas, por cierto. Veo que eres capaz de hacer milagros.

—Solo estaban… —Me quedo callada—. De nada.

Nos miramos el uno al otro. Siento que soy muy consciente de mí misma: de cómo estoy colocando los hombros, del bikini mojado empapándome el vestido… Él me observa fijamente. Su mirada es pausada y segura, de las que te atrapan desde el otro lado de la barra mientras esperas a que te sirvan una copa. Resulta demasiado estudiada y calculada, como si la hubiera visto en otra persona pero él nunca la hubiera puesto en práctica.

—¿Puedo ayudarte en algo?

Me coloco el vestido y se me pega al bikini.

—A ver. Para empezar, he perdido la llave.

Esa mirada pausada cambia por un instante, volviéndose infantil. Mucho mejor. Es mono, con ese aire desaliñado y desvalido, como un cachorrito de *Yorkshire terrier*, o como un miembro de un grupo musical de chicos en *Factor X* antes de triunfar.

—Soy un desastre con las llaves —declara.

—Tranquilo, puedo solucionarlo.

—Gracias. Eres muy amable. Y… —Se queda callado de repente y me mira, como si no se decidiera—. Estoy buscando a alguien —dice.

—Estás… ¿Qué quieres decir?

—Estoy intentando encontrar a alguien y creo que a lo mejor tú podrías ayudarme.

Ladeo la cabeza con curiosidad. Se me acelera un poco el pulso. De hecho, puede que sea más que mono. Su mirada se posa brevemente en las zonas húmedas de mi vestido antes de regresar a mi cara. Es todo muy rápido, como si no quisiera mirar y le preocupara que me hubiera dado cuenta. Aprieto los labios para disimular una sonrisa. Me pregunto si será más resuelto cuando está sobrio o si es siempre así.

—¿Tienes coche? —me pregunta; yo asiento—. ¿Podrías llevarme a un sitio?

Dylan

Parece una ninfa, con su cabello húmedo y oscuro y sus ojos azules como un río. Encontrarla aquí, en este pequeño apartamento, oculta bajo la casa..., ha sido como desenterrarla, como si me hubiera estado esperando y por fin yo hubiera llegado para liberarla de una existencia carente de ventanas.

Puede que haya bebido demasiado. Espero que no se dé cuenta. Estoy tratando de mirarla como es debido, no de forma lasciva, pero me he tomado tres cuartos de una botella de vino con el almuerzo mientras leía *Astrophil y Stella*, de Philip Sidney, en las colinas cercanas a la villa, y he de confesar que no me fío mucho de mí mismo.

Mientras me subo al asiento del copiloto del coche de alquiler de la guardesa de ojos azules, intento serenarme y escuchar lo que está diciendo —algo sobre las contraventanas—, pero mi mente está ocupada tartamudeando una idea nueva, algo sobre «unas manos menudas y ágiles con las uñas mordidas».

Mientras salimos por el portalón de la villa, vuelvo a admirar su perfil: nariz delicada y respingona, pecas discretas en los pómulos que parecen gotas de agua sobre la arena... Tengo mariposas en el estómago, mitad de miedo, mitad de emoción, o quizás tan solo de deseo. Sabía que este verano iba a ser extraordinario y aquí estoy ahora, con el viento rugiéndome en los oídos y el calor del sol pegado a la mejilla, con una belleza de pelo negro a mi lado cuyos pálidos muslos desnudos reposan sobre el asiento de cuero mientras su...

—Te vas a cargar la puerta de la nevera, por cierto —comenta.

Doy un respingo.

—¿Hmm?

—La puerta de la nevera. Tiras todo el rato de la parte de abajo del asa. Intenta tirar de la parte de arriba, por favor. Si no, Deb y yo vamos a tener que buscar a alguien para arreglarla, y todos los profesionales de por aquí creen que somos idiotas. Nos veo intentando arreglarla nosotras mismas.

Me desinflo un poco.

—¿Cómo lo sabes? —le pregunto, recuperándome—. ¿Has estado espiándome, pequeña guardesa fantasma?

Ella me mira con sus ojos azules mordaces. Tiene un lunar sobre el labio, justo a la izquierda de donde su boca con forma de arco de Cupido se eleva en crestas suaves.

—No me llames «pequeña». Es paternalista.

Titubeo. La sensación de grandeza y magnificencia se desvanece. ¿Acaso estoy jugando mal mis cartas? En mi defensa he de decir que ella sí es pequeña: su constitución es menuda y frágil, la clavícula le presiona la piel como una raíz y tiene las muñecas tan estrechas que yo podría rodear ambas con una sola mano. Vuelve a centrarse en la carretera, esbozando una sonrisa; creo que me ha visto vacilar.

—Y no te he estado espiando —continúa—. Solo escuchando. Todos los tarros que hay sobre la nevera tintinean cuando la abres así.

—¿Me has estado escuchando? Hmm. Me he pasado la mayor parte de los dos últimos días recitando en voz alta fragmentos de *La reina hada*, mi principal inspiración para el compendio de poemas en el que estoy trabajando, una especie de homenaje a Spenser. Y ayer me canté enterita a mí mismo «22», de Taylor Swift, en la terraza, con una botella de vino por micrófono.

—Tienes una voz preciosa cuando cantas —dice ella antes de morderse el labio inferior.

Observo cómo sus dientes blancos tiran de la piel suave y rosada y por un instante tórrido y osado me los imagino hundiéndose en mi hombro desnudo.

—¿En serio?

Ella me mira, incrédula.

—No. Claro que no. Lo haces fatal. ¿Cómo es posible que no lo sepas?

Vuelvo a tragar saliva. Recuperarse está siendo cada vez más difícil.

—Eres un poquito borde. ¿Nunca te lo han dicho, guardesa fantasma?

—Me llamo Addie —replica—. Y no soy borde. Soy... directa. Tiene su encanto.

Lo dice como si acabara de descubrirlo y luego me dedica una sonrisa que me desarma. El verso del poema con el que había estado jugueteando desaparece mientras mi mente se concentra en la curva de su boca y en cómo el vestido se le pega a los pechos. Y en la forma tan desconcertante que tiene de mantenerme a raya. Rectifico: es como una ninfa, sí, pero menuda y feroz, con colmillos y garras, en parte entrañable y en parte salvaje. A Marcus le encantaría.

Es raro estar aquí sin él. Llevamos viajando juntos todo el verano. Yo tenía intención de tomarme tres semanas libres entremedias para pasar unas vacaciones en familia aquí, en la villa de Cherry, pero todos mis parientes cancelaron tras el típico refrito de un clásico de la familia Abbott: el eterno conflicto del «No hacéis más que defraudarme». Esta conocida historia termina invariablemente con mi padre gritándonos improperios e insultos a todos y con mi hermano y yo derrochando cantidades ingentes de efectivo para fastidiarlo. Este año he sido bueno con él: simplemente le he arrebatado la oportunidad de recuperar su dinero disfrutando de estas vacaciones yo solo.

Mi madre sigue dejándome mensajes de voz tres veces al día. Son todos iguales: «Dylan, cariño, tu padre lo siente mucho. Por favor, llámanos».

Es curioso que mi padre nunca me llame si está tan arrepentido.

Esta estancia veraniega en Europa fue idea suya. Como el clásico caballero inglés, debía venir a vivir la vida al Continente antes de regresar a las obligaciones del mundo real. Por supuesto, llevo rechazando esa idea con determinación todo el verano: yo solo he venido a buscar a Grace.

Pero me está resultando muy difícil encontrarla. Y aquí está Addie, diminuta y hermosa, viviendo como un hada bajo mis pies.

—¿Quién dices que ha visto a tu amiga en La Roque-Alric? —me pregunta mientras atravesamos serpenteando los viñedos.

No hay nadie en la carretera salvo nosotros dos, y, a pesar del viento, se oyen los grillos cantando su canción extraña desde los matorrales secos que hay al pie del asfalto.

—El amigo de un amigo —respondo, agitando vagamente un brazo.

La verdad es que conseguí esa pista acosando por Instagram a personas a las que les había gustado el último post de Grace, pero será mejor no compartir eso con Addie. Me estoy despejando un poco, puede que gracias al aire fresco de la montaña, y sin el subidón del vino empiezo a tener la ligera sensación de que está fuera de mi alcance. Es inteligente, imperturbable, tiene unas piernas de escándalo y creo que yo esta mañana no me he echado nada en el pelo. Lo compruebo disimuladamente. No, nada. Mierda.

—¿Ha desaparecido o qué? —me pregunta Addie.

Reflexiono unos instantes.

—Es un poco excéntrica —respondo, finalmente—. Le gusta tener en vilo a la gente.

Addie arquea las cejas.

—Qué pereza.

Yo frunzo el ceño.

—Es maravillosa.

—Si tú lo dices...

Grace estuvo saliendo con Marcus durante casi todo tercero, aunque ninguno de ellos etiquetó nunca su relación. Ella flirteó conmigo descaradamente después de la cena de tutores del tercer trimestre y a Marcus le hizo gracia. «¿Por qué no? —dijo cuando Grace se sentó en mi regazo y lo miré, borracho y un poco perdido—. Compartimos todo lo demás». Así que Grace y yo nos convertimos en... lo que fuéramos antes del verano. Y luego desapareció. «Me voy de viaje, chicos. A ver si me atrapáis. G», decía su nota.

Fue emocionante durante un tiempo y sirvió para dar forma al viaje errático que Marcus y yo estábamos haciendo por Europa, pero aún no la hemos encontrado y las pistas que nos ha ido dejando (mensajes raros, audios de madrugada, recados de boca de dueños de albergues juveniles...) cada vez son más breves y escasas. Mi preocupación por que pierda el interés en ambos y que el rastro se diluya ha ido aumentando; si eso sucede, no tendré más remedio que responder a la pregunta de qué narices estoy haciendo con mi vida, y me estoy esforzando mucho en eludirla.

Ante nosotros, la carretera sube zigzagueando por la ladera hasta perderse en un bosque oscuro; luego vuelve a salir al cielo abierto para mostrarnos unos campos resecos y calcáreos surcados por vides. No quiero ser crítico, pero Addie está conduciendo demasiado lento. Estas carreteras secundarias son perfectas para correr, pero ella está subiendo la colina a paso de tortuga y frenando en cada curva, como una anciana en un Škoda.

—Tienes pinta de ser de los que tienen chófer, más que de los que conducen —comenta—. Aunque seguro que vas dándole instrucciones al conductor.

—Mi padre tiene chófer —digo—. Yo conduzco.

—Caray contigo —dice Addie, riéndose—. ¡Si al final vas a ser un tío normal!

Frunzo el ceño, molesto —con ella, por un segundo, y luego conmigo mismo—, pero antes de que se me ocurra una respuesta adecuada doblamos una curva y ante nosotros aparece un pueblo excavado en la roca, tan bonito que me distrae de inmediato. La piedra áspera de la colina está salpicada de casas del mismo tono amarillo pálido y arenoso, con los tejados desordenados inclinados hacia aquí y hacia allá entre cipreses y olivos. Un castillo se asienta en la cima de la colina y las saeteras de su torre nos observan como ojos entornados.

Silbo entre dientes.

—Este sitio es como de cuento de hadas.

—Es el lugar de por aquí que menos le gusta a mi hermana —señala Addie—. Odia las alturas.

—Tienes una visión muy negativa del mundo —le digo mientras subimos haciendo eses hacia el pueblo. Los olivares dan paso a setos densos y paredes de piedra excavadas en la ladera de la colina y recubiertas de maleza descolorida que se aferra con tenacidad a las grietas.

Addie parece sorprendida.

—¿Yo?

—El castillo de cuento de hadas está demasiado alto, mi amiga la excéntrica es un rollo, no te gusta cómo canto...

Ella se queda callada y frunce los labios, pensativa. El lunar cambia de sitio. De repente, observarlos es demasiado para mí: se me va la cabeza pensando en besarla, imaginando su boca sobre mi piel. Entonces me mira y sus ojos parecen lava fundida.

Trago saliva. Ella vuelve a centrarse en la carretera y se hace a un lado en un apartadero mientras una camioneta baja traqueteando a toda velocidad por la colina.

—Yo no me considero negativa. Más bien práctica.

Hago una mueca sin querer (parece que sigo piripi) y ella se ríe al verme.

—¿Qué?

—Sí, ya. «Práctica». Eso es lo típico que se dice de la gente vieja y cabezota, como una tía a la que se le da bien zurcir calcetines.

—Vaya, gracias —replica Addie con frialdad, bajándose las gafas de lo alto de la cabeza, mientras la carretera vuelve a girar y nos enfrenta a un sol bajo y feroz.

—Has sido tú quien ha dicho lo de «práctica» —señalo—. Yo más bien diría… «picajosa».

—Ni se te ocurra. ¿O quieres que te deje aquí tirado?

—Eh, ¿no? —Lo reconozco, sabía que eso le iba a sentar mal—. ¿Qué tal «mandona»? ¿«Impertinente»?

Se da cuenta de lo que pretendo y una sonrisa le curva las comisuras de los labios.

—Estás intentando tocarme las narices, ¿no?

Así que le gusta que la provoquen. Me lo apunto.

—Te estoy demostrando lo instruido que soy. Después de meter la pata con lo de «pequeña».

—Y de juzgar mi manera de conducir.

—También.

Voy por buen camino. Su tono de voz se ha suavizado. Acabamos de llegar al pueblo y la vista entre las casas es imponente: a lo lejos, unas colinas de color azul difuso sirven de telón de fondo a los olivares y las vides. Todo es un poco como de fantasía. Parece un decorado, más que un lugar real, como si fuera aquí donde se hacen los cuentos, y esa majestuosidad me invade mientras inhalo el aroma penetrante de los olivos.

Addie aparca en paralelo delante de un café pequeño. Tiene unas mesas de plástico bajo un toldo de bambú, y un grupo de hombres franceses sentados junto a la puerta nos observa con moderado interés mientras entramos.

Le pregunto a la mujer que está detrás de la caja registradora si ha visto a una chica alta, con pinta de hippie y el pelo rosa hasta la cintura, piercings de oro en la nariz y un tatuaje de una rosa inglesa en el hombro. La mujer dice que no, así que pruebo con el pelo morado o azul. Grace cambia de color como Marcus de novatas universitarias guapas que todavía no están al tanto de su pésima reputación.

—Ah, sí, la del pelo azul. Estuvo aquí hace una semana o así, con un hombre —me dice la mujer de la caja—. Un hombre mayor barrigudo y con un reloj de bolsillo. Ella se sentó en su regazo y se puso a darle daditos de *gruyère*. No, no ha dejado ningún mensaje.

Entorno los ojos. Aunque me encantaría decir que eso no es propio de Grace, lo cierto es que no existe nada que me parezca impropio de ella. Es totalmente impredecible. Eso es lo que le gusta a Marcus de ella, creo yo.

—Hablas muy bien francés —opina Addie mientras nos dirigimos a una de las mesas de fuera con sendas Oranginas.

—Me las apaño. ¿Y tú? —De repente me pregunto hasta qué punto habrá entendido la conversación.

—A mí se me da fatal, la verdad. Pero entiendo lo suficiente como para saber que ha dicho que había un tío con tu amiga —declara Addie, mirándome de soslayo y estirando las piernas; noto que los hombres franceses están observándola, siguiendo sus movimientos con la mirada—. ¿Te molesta?

—No especialmente, no. —Me paso una mano por mi pelo despeinadísimo e intento no quedarme mirando las piernas de Addie.

Ella me observa arqueando bruscamente una ceja y la sonrisa burlona regresa.

—Yo diría que estás haciendo demasiado esfuerzo por una chica que ni siquiera se molesta en enviarte una postal.

—La cosa no funciona así con Grace —digo, porque no quiero que ella me vea así, como un hombre que persigue a una mujer que no quiere que la encuentren.

Addie lo encaja inclinando la cabeza.

—¿Y cómo es que tu familia no está aquí? —me pregunta.

Me gustaría saber si está nerviosa. Si es así, lo disimula muy bien; sus rasgos delicados y etéreos son difíciles de interpretar, planos como la página en blanco de un cuaderno.

—Riña familiar. Nada especial.

—¿Dónde están los demás? ¿En casa? ¿Han decidido renunciar a tres semanas en Villa Cerise? —Se queda callada; yo me encojo de hombros para asentir y luego ella abre los ojos de par en par—. ¿A quién se le ocurre hacer eso? Si es un sitio espectacular.

Lo es. Ahora me alegro muchísimo de haber venido y hago un comentario vago sobre lo importante que es apreciar los privilegios que le ablanda la mirada a Addie. Me mira a los ojos durante demasiado tiempo y noto que el pulso me late ardiente debajo de la piel.

—¿Y tú? ¿Cómo te entretienes por aquí? —le pregunto.

Ella me dirige una mirada astuta que revela que sabe lo que significa realmente esa pregunta.

—Tirándome a los huéspedes —me responde, muy seria—. La verdad es que no paro. Follamos por toda la casa.

Observo cómo sorbe su Orangina por una pajita. El mero hecho de oírla decir «follar» me resulta vergonzosamente excitante. La deseo. Hace dos meses que no me acuesto con nadie y de repente no puedo pensar en otra cosa; estoy a punto de desmayarme de las ganas que tengo de inclinarme hacia delante y besarla.

—¿En serio?

—Pues claro que no. Eso sería muy poco profesional.

—Ya, claro. Mi gozo en un pozo. Aparto la mirada de sus labios. Ella se ríe—. Solo te estoy tomando el pelo.

Ahora sí que estoy completamente perdido. ¿Ha estado follando por toda la casa o no? ¿Tiene prohibido acostarse con los huéspedes? Dios, espero que no. Si es así, a lo mejor podría mudarme a algún hotel cercano, aunque eso me haría parecer un poco… desesperado.

La mirada de Addie se vuelve pícara. Yo me bebo el refresco mientras intento ordenar mis pensamientos.

—La mayoría de los huéspedes son… unos «vejestorios», como dirías tú —prosigue—. Padres, abuelos y tíos ricos con novias explosivas constantemente enganchadas a sus brazos.

—¿Hmm? —digo—. Entonces…

—Entonces me he pasado los últimos dos meses haciendo mi trabajo.

—Ya. Claro.

—Y emborrachándome con el vino que dejan cuando se van. Y bronceándome. Y mirando las estrellas, tumbada en esa piscina infinita tan espectacular. —Creo que esto significa que puedo volver a mirarle las piernas. Advierte que mis ojos se posan sobre ella y esboza una sonrisa—. ¿En qué estás pensando?

Se me acelera el corazón.

—No es… apto para todos los públicos.

—Ah, ¿no? —Arquea las cejas; su sonrisa se vuelve más amplia y mis nervios se calman un poco. Cambia de postura y su pie desnudo me roza la pierna. Se ha quitado las sandalias por debajo de la mesa—. Entonces, a lo mejor deberíamos buscar un sitio más privado.

—¿Cuánto se tarda en volver a la villa? —pregunto bastante más rápido de lo que pretendía.

Ella me pasa las llaves por encima de la mesa.

—Depende de quién conduzca, supongo.

—Te apuesto cien euros a que puedo rebajar en quince minutos el tiempo que has tardado en llegar aquí.

Ella abre los ojos de par en par.

—Hecho —dice—. Pero, te lo advierto: no me importa jugar sucio.

Mi imaginación se desboca. Le quito la pajita al refresco y me bebo el resto de un trago mientras Addie se ríe. Ahora ya sé para qué es esa casa preciosa: fue construida hace varios cientos de años para este momento, para el momento en el que Addie se pone las sandalias y camina delante de mí hacia el coche, acelerándome el corazón con el balanceo de sus caderas.

Desafío a cualquiera a conducir mejor que yo en estas condiciones.

Addie se baja un tirante del vestido y luego el otro. Yo diría que mis ojos están atentos a la carretera aproximadamente el veinte por ciento del tiempo, y acabo de recordar todo el vino que me he bebido a la hora del almuerzo, pero…, ay, no, acabo de olvidarlo de nuevo porque Addie se ha bajado el vestido hasta la cintura y estoy fascinado con la visión de toda esa piel cremosa y pálida. Lleva un bikini naranja oscuro, compuesto por dos triángulos minúsculos y unas cuantas cintas atadas en la parte trasera del cuello, y me mira con esos ojos perversos y enormes mientras se ríe.

Tengo la garganta sequísima; por un instante se me pasa por la cabeza que ojalá Marcus pudiera ver esto, una chica desnudándose en el asiento del copiloto mientras yo acelero por una carretera francesa estrecha con el sol dándome en los ojos; entonces ella me acaricia la pierna y me olvido completamente de él. Estoy conduciendo de una forma extremadamente peligrosa, pero, francamente, no hay una manera mejor de hacerlo.

Cuando aparcamos en la entrada de Villa Cerise, mi excitación es tal que estoy temblando. Me giro hacia Addie y me encuentro frente a frente con su mirada ardiente, todavía burlona, desafiante, pero también un poco vulnerable. Su piel lechosa se ha erizado con la brisa fresca del aire acondicionado; intuyo sus pezones bajo el tejido fino de la parte de arriba de su bikini. Se me acelera la respiración. Apenas sé por dónde empezar. Sus ojos se posan sobre mis labios… y entonces se oye un ruido fuera del coche y ella mira por la ventanilla.

—Ese no es el coche de Deb —dice justo cuando estoy intentando reunir el valor suficiente para tocar la piel desnuda de su muslo.

Me quedo inmóvil con la mano sobre la palanca de cambios y sigo su mirada hacia el coche de alquiler que ahora está aparcado bajo los plátanos que hay delante de la villa. Lo miro con cara de tonto. No entiendo nada. Un coche, sí, ya lo veo, pero ¿por qué iba a ser eso más importante que besar a Addie en este preciso instante?

—¿Esperas a alguien? —me pregunta.

Dejo escapar un gemidito involuntario de desesperación mientras ella vuelve a subirse el vestido y luego intento disfrazarlo como una forma masculina de aclararme la garganta.

—¿Eh? No.

De mala gana, vuelvo a mirar el otro coche e intento ralentizar la respiración. ¿Es…? El corazón me da un vuelco y empieza a bombear con fuerza, pero no, no es mi padre. Reconozco la chaqueta colgada sobre el respaldo del banco que hay delante de la casa, orientado hacia las fuentes y el valle del fondo. Es de cuero marrón, de Gucci, y mi tío

Terence la ha usado casi a diario durante los veintidós años que llevo en este mundo.

—No me jodas. —Apago el motor y apoyo la frente en el volante.

—¿Qué?

—Mi tío Terry.

—¿Tu tío está aquí?

—Se suponía que iba a venir. Antes de lo de la riña familiar.

Pongo la espalda recta, cierro los ojos un momento y abro la puerta del coche.

—¡Dylan, campeón! —ruge una voz desde la terraza—. ¡Estaba empezando a pensar que te habías fugado! Caramba, ¿quién es esa jovencita tan guapa? ¿De dónde la has sacado?

Bueno, problema resuelto. No hay nada que te corte más el rollo en este mundo que mi tío Terence.

—Hola, Terry —digo sin mucho entusiasmo—. Esta es Addie. Trabaja en Villa Cerise.

—Hola —dice Addie, saludando con la mano a Terry—. ¿Puedo hacer algo por usted, caballero?

La miro de reojo. Su expresión ha cambiado y esboza una sonrisa extraña, como falsa. Es su cara de hablar con los clientes. Me complace ver lo diferente que es de la sonrisa pausada y traviesa que me dedicó a mí instantes después de conocernos.

—¡La cena! ¿Te ocupas de las cenas? —le pregunta Terry.

Siento vergüenza ajena.

—Addie no…

—Por supuesto —responde ella amablemente. Se sube un poco el escote del vestido—. Puedo pedirle un chef. En la zona hay algunos maravillosos; le traigo la lista.

La veo marchar. Ahora sus caderas no se contonean. El deseo me está matando.

—¡Es muy guapa! —me grita Terry—. Pero supongo que seguirás colado por la rubia de Atlanta, ¿no?

Vuelvo a morirme de vergüenza cuando Addie se detiene en la puerta de la cocina un instante, con una mano sobre la pared de piedra. Terry está desactualizado en todos los sentidos: su chaqueta dejó de llevarse en los noventa y la de Atlanta, Michele, lleva fuera de juego desde el primer trimestre de tercero, por el amor de Dios.

—¿Qué estás haciendo aquí, tío Terry?

—¡Un pajarito me ha dicho que habías decidido seguir adelante con las vacaciones familiares! —me dice sonriendo—. ¿Tres semanas de sol y vino con mi sobrino favorito? ¿Sin el resto de la chusma? ¿Cómo iba a desaprovecharlo? Ven aquí, campeón, vamos a abrir una botella para celebrarlo.

Subo la escalera y cruzo la terraza arrastrando los pies. En uno de los extremos está la piscina, de color azul claro brillante; más allá del agua, los viñedos tienen un aspecto hiperrealista bajo el resplandor del sol.

Terry me da una palmada en la espalda. Su cabello ha retrocedido tanto que solo luce un pequeño mechón sobre la frente y uno de esos peinados alrededor de las orejas que los monjes solían llevar en la época medieval.

—Cómo me alegro de verte, Dylan.

Aprieto los dientes.

—Y yo, Terry.

Mi familia... es como un mal resfriado del que no consigo librarme, una canción pop pésima que no puedo dejar de cantar. ¿Cómo me deshago de ellos?

Y, más a corto plazo, ¿cómo me deshago de mi tío Terry?

AHORA

Addie

El sol está ya muy alto y se refleja en el parabrisas, haciéndome entornar los ojos incluso con las gafas de sol puestas. La carretera que tenemos por delante se ve un poco polvorienta a través de él, como si necesitara una limpieza.

Dylan no ha dicho ni una palabra en más de media hora. Estamos casi a quinientos quilómetros de Ettrick y su presencia en el coche hace que me cueste respirar. Sigue usando la misma loción para después del afeitado, suave y amaderada, con una nota de naranja.

—La verdad es que soy un hombre muy moderno, muchas gracias —le está diciendo Marcus a Deb. Ella acaba de llamarlo «cavernícola» porque él ha dicho algo sexista que no he oído, y probablemente sea mejor así.

—No me digas.

—¿Sabes lo que hice el otro día?

—¿Qué?

—Me eché crema hidratante.

Tengo que reprimir una sonrisa. Había olvidado eso de Marcus. Lo encantador que es, cuando quiere.

—¿Y sabes de qué me ha convencido Dylan?

—¿De qué te ha convencido Dylan? —le pregunta Rodney, al ver que Deb no responde. Ella está mirando el teléfono, algo que debe de estar sentándole fatal a Marcus. Le gusta acaparar toda la atención.

—De que vaya a su terapeuta —dice Marcus susurrando, escandalizado.

Yo parpadeo, intentando procesarlo. ¿Marcus va a terapia? ¿Dylan va a terapia? Eso sí que es raro. Tanto como si a uno de ellos le hubiera dado por hacer punto o algo así. Aunque seguro que la terapeuta está haciendo el agosto con estos dos. Tiene años de material.

—¿Y qué tal la terapia? —le pregunto a Dylan, intentando que mi voz suene natural.

Lo miro lo justo como para reparar en el movimiento de su nuez mientras traga saliva.

—Bien, gracias —me contesta.

Ya. Pues vale. Conducimos en silencio durante un rato. Me muero por preguntarle por qué ha decidido ir. ¿Cuándo empezó? ¿Fue por mi culpa? Qué cosa más egocéntrica.

—Me di cuenta de que estaba un poco…, de que algunas de las relaciones de mi vida no eran del todo sanas —explica antes de volver a tragar saliva.

En el asiento de atrás del coche están todos muy pero que muy callados.

—Pensé que me vendría bien un poco de ayuda para gestionarlo. Me refiero a ayuda profesional.

Me vuelven a arder las mejillas. Me está bien empleado, por egocéntrica.

—Vamos a jugar a algo —lo interrumpe Marcus—. Me aburro.

—Solo los aburridos se aburren —sentencia Deb.

—Solo los aburridos dicen eso —la corrige Marcus—. Cinco preguntas. Yo soy el primero. Preguntadme lo que queráis. Venga.

—¿Qué es lo peor que has hecho jamás? —le pregunta Deb de inmediato.

Marcus resopla.

—¿Con base en qué constructo social en concreto quieres que mida «lo peor»? La verdad es que no comulgo con ningún sistema de moralidad estereotipado.

—Qué emocionante —dice Deb inexpresivamente.

Marcus parece ofendido.

—Una vez cacé y cociné uno de los patos que tenía nuestro vecino de mascota —dice al cabo de un rato—. ¿Te vale eso?

Nos quedamos todos con la boca abierta.

—Eso es… ¡Eso es horrible! —exclama Rodney—. ¿Por qué?

Marcus se encoge de hombros.

—No tenía comida y las tiendas estaban cerradas.

—¿Te lo comiste? —pregunta Rodney mientras lo oigo recular en el asiento.

—Con salsa *hoisin*. ¿Siguiente pregunta?

—¿Alguna vez has estado enamorado? —le pregunta Deb—. ¿O eso no encaja con tu sistema de moralidad no estereotipado?

El silencio se alarga demasiado. Evito mirar a Dylan.

—Yo me enamoro cien veces al mes, cariño —asegura Marcus alegremente.

Empieza a sonar la siguiente canción: «I Did Something Bad», de Taylor Swift.

—No te puedes enamorar cien veces —replico, sin poder evitarlo—. Es imposible. Te morirías.

Marcus resopla tan discretamente que apenas me doy cuenta. Noto que me estoy ruborizando.

—La única vez que me enamoré fue cuando la matrona me entregó a mi hijo —declara Deb.

La miro agradecida por el cambio de tema. Noto la mirada de Marcus en la nuca. Apartaría la vista si yo lo mirara por el espejo retrovisor, sé que lo haría, pero no tengo valor para hacerlo.

—Es el único hombre que he conocido que merece la pena, la verdad —añade Deb, dedicándome una sonrisa rápida—. ¿Siguiente pregunta para Marcus?

—¿Qué es lo más bonito que has hecho por otra persona? —pregunta Rodney.

Todos lo miramos, sorprendidos.

—¿Hay algún problema? —pregunta, avergonzado.

—Venga ya, tío, eres un blando —dice Marcus—. ¿Que qué...? Pues...

—Está siendo amable, Marcus —le explico—. Se trata de algo positivo. Es algo que la mayoría de la gente aprecia.

Marcus mueve las cejas y capto algo en su expresión en el espejo. Cierto desafío, tal vez.

—Caray. Dylan, cuidado. Tienes competencia —dice.

—Cállate, Marcus —le espeto—. Sabes que las cosas no son así.

—Venga, chicos —dice Dylan, extendiendo la mano para subir el volumen de la radio—. Dejadlo ya, por favor.

—¿Las cosas no son así? —comenta Marcus—. Vaya. Eso ya lo hemos oído antes, ¿no?

La rabia me sobreviene de golpe y noto que me arden las mejillas. Lo odio, lo odio y lo odio, pero, Dios, sigo sin ser lo suficientemente valiente para mandarlo a la mierda, que es lo que me gustaría hacer.

—Marcus. —La voz de Dylan se ha vuelto áspera—. No digas nada que vayas a lamentar.

Siento como si el coche encogiera y sus ventanillas mugrientas se inclinaran hacia nosotros.

—Lo que voy a lamentar es quedarme aquí sentado sin decir nada mientras tú no dejas de suspirar por ella. Esta mujer te destrozó, Dylan. Creía que a estas alturas ya te habrías dado cuenta. Sería preferible que saltaras desde este coche al carril rápido que darle tu corazón en bandeja otra vez.

Pero ¿qué está diciendo? Me muero de calor y tengo el pulso desbocado. Estoy furiosa. Abro la boca para gritarle, pero Deb ya está en ello.

—¿Cómo te atreves a hablar de Addie como si conocieras lo más mínimo a mi hermana, hijo de...?

—Conozco muy bien a tu hermana.

—¡Marcus, cállate de una puta vez! —le grita Dylan, sobresaltándome.

Estoy sujetando con tal fuerza el volante que me duelen las manos.

—¡No pienso callarme! Estoy harto de que me trates como a un puñetero chalado al que salvar cuando...

—Hmm, ¿Addie? —interrumpe Rodney en voz baja.

—Tienes suerte de contar con Dylan —le dice Deb a Marcus—. Tienes suerte de contar con alguien, en realidad.

—¿Y tú de qué vas? —le grita Marcus.

—Addie —dice Rodney, cada vez con más urgencia—. Addie...

—Ya lo sé. Ya lo sé —digo jadeando—. Madre mía...

—¿Que de qué voy? —le espeta Deb.

—Marcus, dijiste que lo ibas a intentar, que... —interviene Dylan al mismo tiempo.

Y Rodney sigue diciendo mi nombre, cada vez más alto, y...

—¡A callar todo el mundo! —grito.

Estoy perdiendo el control del coche. Al principio creía que era yo (tengo la cabeza como un bombo), pero está claro que es el coche. ¿Por qué se está desviando hacia la izquierda? Lo primero en lo que pienso es en hielo y en algo sobre no dar volantazos, pero hace tanto calor que el sol rebota en el asfalto. Definitivamente no se trata de hielo.

Me cambio al carril izquierdo. El volante se mueve bruscamente y lo giro mucho hacia la derecha para compensar, cruzando las líneas blancas. Intento bajar la velocidad. Por un segundo entro en pánico al pensar que tengo el pie sobre el pedal equivocado. El coche no reacciona como debería cuando freno. Es como intentar gritar sin que te salga ningún sonido. Piso el pedal con más fuerza y el coche frena un poco, pero sigue llevándome hacia la izquierda y dejo escapar un fuerte grito de frustración y miedo.

—Hay un carril de frenado ahí, Addie, métete en él —dice Deb, detrás de mí.

Todos los demás están callados. Oigo sus respiraciones.

Recorro todas las marchas: tercera, segunda, primera... Espero que el arcén no se acabe. Me pitan los oídos, como si el mundo estuviera amortiguado. Me doy cuenta inconscientemente de que todavía me duele el cuello por el latigazo del accidente de antes.

—Agarraos —digo con mucha seriedad.

Aunque ya no vamos ni a más de quince kilómetros por hora, cuando echo el freno de mano salimos todos disparados hacia delante. El coche se queja. Nos quedamos allí sentados, en silencio, y entonces, muy lentamente, bajo la frente para apoyarla sobre el volante.

Mientras espero a que el corazón deje de intentar salírseme por la boca, Dylan extiende la mano con cuidado y pulsa el botón de las luces de emergencia. Todos reaccionamos.

—Joder —dice Marcus, detrás de mí.

—Madre mía —añade Rodney.

—¿Estáis todos bien? —pregunta Deb.

Me giro, todavía con la cabeza sobre el volante, y miro a Dylan. Tiene el rostro desencajado de la impresión. Por una décima de segundo me recuerda a la cara que tenía allí plantado, en el pasillo de nuestro piso, mientras yo le golpeaba el pecho con los puños y le decía que no, que no podía dejarme.

Marcus suelta una carcajada estridente desde el asiento de atrás.

—No me jodas. Addie Gilbert, acabas de salvarnos la vida.

Mi respiración aún no se ha calmado. Me pregunto si las experiencias cercanas a la muerte darán cada vez más o menos miedo. Es decir, ¿debería estar más tranquila porque es el segundo accidente de coche del día? ¿O más asustada porque aún tengo el miedo en el cuerpo?

Alguien golpea la ventanilla del asiento del copiloto. Doy un chillido. Me llevo la mano al pecho con brusquedad. Detrás de mí, todos gritan. Pero la reacción de Dylan es la más sorprendente: me pone un brazo delante, como si siguiéramos en movimiento y estuviéramos a punto de chocar con algo.

—¿Hola? ¿Estáis bien?

Entorno los ojos. El hombre de la ventanilla está a contraluz, por lo que, más que verlo, lo intuyo. Es corpulento, tiene pinta de duro y rondará los cincuenta años. Una barba incipiente entrecana le recubre la papada. Bajo la camiseta blanca sin mangas que lleva puesta veo parte del texto de un tatuaje: «Incondicio...».

—¿Necesitáis ayuda? —pregunta.

Dylan aparta el brazo y abre la ventanilla.

—Hola —dice, aclarándose la garganta—. Hemos sufrido una avería. Supongo que ya se habrá dado cuenta.

El hombre hace una especie de mueca de solidaridad.

—Os he visto —comenta, señalando hacia arriba.

Hemos parado justo al lado de un gran viaducto de hormigón que pasa por encima de la autovía. Puede verse el rastro de unos pasos que descienden por el terraplén que hay a nuestra izquierda. Ha debido de bajar al vernos. Qué hombre tan amable. Eso suponiendo que no sea un asesino oportunista.

—¿Hay que... llamar a la asistencia en carretera? —pregunta Rodney.

—Deberíamos bajarnos, ¿no? —pregunto, mirando al buen samaritano corpulento que nos está observando a través de la ventanilla del coche.

—Ah, sí —responde él, asintiendo—. Sí, pero mejor por este lado —nos recomienda, señalando a sus espaldas.

Dylan es el primero en bajar, seguido por Deb, Rodney y Marcus. Yo salgo la última, por encima del cambio de marchas, lo cual requiere una maniobra bastante compleja.

Cuando por fin me bajo del coche, veo que el buen samaritano fornido se ha fijado en Deb y la mira con los ojos como platos, fascinado.

—Hola, guapa —le dice.

Ella le echa un vistazo rápido y yo reprimo el deseo de poner los ojos en blanco. No tenemos tiempo para estas mierdas.

—Tengo que llamar al seguro —comento, bajando la vista hacia el móvil—. ¿Puede ir alguien hasta uno de esos postes que indican dónde estamos?

—Ya voy yo —dice Dylan. Luego se aclara la garganta, avergonzado porque le ha temblado la voz.

Deb ya ha abierto el capó del coche y está hurgando en el interior. Rodney se acerca furtivamente al buen samaritano.

—Bueno —le dice en el tono alegre de quien no tiene un don natural para las conversaciones triviales—. ¿A qué se dedica?

Cierro los ojos. Este fin de semana no debería ser así. ¿Por qué no estoy yendo a toda velocidad por la autovía, cantando Dolly Parton a voz en grito, mientras Deb come Minstrels en el asiento del copiloto? Ese era el plan. Y ahora mismo me suena de maravilla.

Dylan me grita el número de regreso al coche. Lleva las manos en los bolsillos y la brisa le infla la camiseta. Está demasiado guapo. Me duele. Aparto la vista y observo el tráfico mientras llamo al servicio de asistencia en carretera.

Esto es peligroso. No me refiero a las averías de coche, sino a Dylan. Por una fracción de segundo, mientras lo veía cruzar el asfalto con el pelo volando al viento, no me ha importado estar perdiéndome lo de Dolly Parton y los Minstrels con mi hermana. Quería estar aquí. Con él.

Dos horas. Dos horas ni más ni menos.

—Mi seguro cubre la asistencia en carretera en treinta minutos —alardea Marcus mientras extendemos una manta al lado del arcén.

Dios, cómo lo odio. Y me sigue perturbando. Si otra persona hubiera dicho lo que él dijo antes de que el coche se averiara (esa mierda de que yo destrocé a Dylan), la habría dejado tirada al lado de la carretera. Pero con Marcus, aun ahora, tengo que esforzarme para no volver a ser la antigua Addie. La pequeña Addie, la Addie fácil de olvidar, la Addie que siempre va en segundo lugar. Él saca lo peor de mí prácticamente en todos los sentidos.

—Ya, bueno —digo, intentando mantener la calma—. Pero seguro que el mío es mucho más barato que el tuyo.

—Pues eso es un error por tu parte —asegura él—. Uno obtiene lo que paga.

Me doy cuenta de que sigue sin mirarme a los ojos. Dylan, Rodney y Deb se han alejado en diferentes direcciones para hacer pis y, en estos momentos, atrapada colocando la manta de pícnic con Marcus, desearía tener una vejiga más débil.

Solo tengo que estar por encima de las circunstancias. Ser adulta.

—Dylan y yo podemos dejar el pasado a un lado por un día, Marcus. ¿No podrías intentar hacer tú lo mismo?

Él resopla.

—Eso te encantaría, ¿verdad?

—Yo… —dice el buen samaritano detrás de mí—. Yo creo que voy a ir tirando, ¿vale?

—Ay, perdón —me disculpo, sonrojándome, mientras me giro hacia él—. Muchas gracias por su ayuda.

Ahora mismo no tengo la cabeza como para ser amable con desconocidos. Ya me llega con Rodney. Transmite una sensación de ineptitud total. Parece que necesita que estén pendientes de él constantemente, como un niño pequeño, o como mi padre en una fiesta.

—Perdona, ¿cuál era tu nombre? —le pregunto.

—Kevin —responde el buen samaritano. El ajetreo del tráfico genera un viento constante. Todos estamos levantando un poco la voz, como si estuviéramos en un bar ruidoso—. Soy camionero.

—Kevin el camionero —dice Marcus—. Pareces un hombre con historias que contar. ¿Por qué no te sientas con nosotros y nos narras algunas anécdotas?

No me lo puedo creer. No sé cómo, mientras yo miraba hacia otro lado, Marcus ha encontrado la bolsa extra de chucherías. Ya se ha zampado la mitad de la tableta de chocolate con fruta y frutos secos, que sigue masticando. Entorno los ojos y vuelvo a mirar a Kevin.

No está sonriendo, al menos literalmente, pero es como si... sonriera sin sonreír. Como hacen los perros. Ahora que empiezo a calmarme y que él ya no está a contraluz, me detengo un momento a examinarlo como es debido. Es bajito, corpulento y tiene la piel curtida. No creo que Kevin invierta mucho tiempo en cuidarse. Tiene el cuerpo salpicado de tatuajes, entre ellos una bandera del Reino Unido en la parte delantera de la pierna y un perrito sorprendentemente mono en el antebrazo con una inscripción que dice: «Cookie, D. E. P.».

Kevin desvía la mirada hacia Deb mientras ella vuelve andando hacia nosotros.

—¿Por qué no? —se plantea—. Solo le estoy haciendo un favor a un amigo. En realidad no estoy trabajando.

Y así es como Kevin el camionero se sienta con nosotros en la manta de pícnic.

La cosa está bastante justa. Nos sentamos en círculo alrededor de una montaña de aperitivos. El sol está tan alto que podría abrasarme, y me echo protección solar mientras Deb se levanta la parte baja de la camiseta para broncearse la tripa.

—Llevamos casi dos horas de retraso —comenta, mirando la pantalla del móvil con los ojos entrecerrados—. Ya no vamos a llegar a tiempo para ayudar a organizar la barbacoa. Todavía estamos en… ¿Dónde estamos?

—Acabamos de pasar Banbury —responde Kevin antes de dar un trago a la botella enorme de limonada que él y Deb están compartiendo.

—Joder —exclama ella, volviendo a tumbarse sobre la manta—. ¡Si casi no hemos avanzado nada! ¿No debería llamar alguien a Cherry para avisarla?

Dylan y yo nos miramos. A Cherry no le va a hacer ninguna gracia que lleguemos tarde al inicio de las celebraciones de la boda.

—Vamos a esperar un poco —digo—. A lo mejor los del seguro llegan pronto. Han dicho dos horas como mucho. Además, nos hemos ahorrado un montón de tiempo en paradas, Deb.

—¿Cuál es vuestra historia, entonces? —pregunta Kevin, mirando a Deb—. Me parece mucha gente para un Mini.

Dylan tose. Un camión pasa disparado por el carril de la izquierda y el cabello de Deb reacciona alborotándose.

—¿No debería haber preguntado? —añade Kevin.

Marcus me señala.

—Addie le rompió el corazón a Dylan hace como un año y medio —explica, antes de volverse hacia Dylan—. Y encima, esta mañana, se ha cargado su coche. Ella se siente culpable por arruinarle la vida, así que ha decidido llevarnos porque vamos todos a la boda de Cherry, la única persona en el mundo a la que le caen bien ambos, Dylan y Addie.

El corazón se me acelera y la ira vuelve a borbotear. «Addie le rompió el corazón a Dylan». Como si él no eviscerara el mío, joder. Lucho por morderme la lengua, porque no quiero ponerme a su altura; no debería hacerlo.

Deb se incorpora sobre los codos.

—Menuda patraña —dice—. Mejor escucha esta versión: Dylan dejó a Addie en diciembre de 2017. Fue el mayor error de su vida, obviamente, y lo sabe. —Dylan baja la vista hacia la hierba—. Luego Dylan embistió nuestro coche por detrás y destrozó el suyo. Nos hemos ofrecido a llevarlos a la boda de Cherry porque somos muy buenas personas. Y a mí me caían bien los dos, Dylan y Addie. —Y añade—: En su momento.

Kevin nos mira a todos. Se ve que está intentando asimilarlo.

—¿Y él? —pregunta, señalando a Rodney.

—Ah, él se ha acoplado al viaje —dice Deb mientras vuelve a tumbarse.

—Lo siento —dice Rodney.

Marcus pone los ojos en blanco. Dylan sigue mirando la hierba fijamente. Ojalá pudiera verle bien la cara.

—¿No piensas decirle nada? —protesta Marcus, señalando a Deb con la cabeza—. Dylan, por favor, échale huevos. Dile que no fue así. —La autopista ruge en medio del silencio—. Me cago en todo —exclama al tiempo que se levanta, sacudiéndose los pantalones—. ¿Es que nadie más recuerda lo que pasó en 2017? ¿Solo yo?

—Marcus —dice Dylan en voz baja—. Para ya, ¿quieres?

—¿Que pare? ¿¡Que pare!?

—Marcus —repite Dylan, esta vez más serio.

Rodney gira la cabeza a un lado y a otro para mirar a Marcus y a Dylan, como si estuviera viendo tenis de mesa. Yo aprieto los puños en el regazo. Quiero marcharme. Tengo los músculos en alerta, en tensión.

—¿Y qué me dices de Etienne, Dylan?

Me clavo las uñas en la palma de la mano. Se me dispara el ritmo cardiaco. La verdad es que no creía que Marcus fuera a nombrarlo.

—No hables de lo que no sabes —salta Deb.

Kevin nos mira a todos, con la frente arrugada.

—Joder, esto parece ese programa tan sensacionalista que presenta Jeremy Kyle.

—¿Qué es lo que no entiendo? —le pregunta Marcus. Parece verdaderamente exasperado, y yo no soy capaz de mirarlo. No puedo seguir aquí sentada. Me duele todo el cuerpo de la tensión.

Me levanto tan de repente que vuelco el vasito de plástico de Rodney lleno de zumo de naranja. Él chilla y lo recoge, pero el zumo ya se ha derramado por la manta.

Me marcho. Voy hacia el terraplén, para subir por las escaleras por las que bajó Kevin cuando nos encontró. Se me va a salir el corazón del sitio. Oigo que Deb me llama. No miro hacia atrás. Tardo un rato en darme cuenta de que alguien me está siguiendo y unos cuantos segundos más en percatarme de que se trata de Dylan.

—Vuelve con los demás —le pido, volviéndome para mirarlo.

—No —contesta él.

—Dylan, lárgate.

Esta vez no dice nada, pero todavía lo oigo por encima del ruido del tráfico. Acelero el paso y llego a la carretera que cruza el puente de la autopista. Allí hay un sendero tan estrecho que solo cabe una persona. Hay prados a ambos lados, separados de la carretera por sendas laderas de hierba salpicadas de flores blancas. De no ser por el rugido de los coches bajo mis pies, me sentiría como si hubiera llegado a la campiña.

—Addie, vamos, ve más despacio. —Dylan comienza a trotar para alcanzarme—. ¿Estás bien?

Me detengo y me doy la vuelta a tal velocidad que él tropieza y está a punto de chocar conmigo.

—¿Que si estoy bien? Marcus es un… —Aparto la vista. Es difícil estar tan cerca de Dylan y mirarlo a los ojos—. Es un capullo.

—Lo sé. Hablaré con él.

—No, no lo hagas. Solo… dame un minuto.

—Sé que es difícil, pero lo mejor es ignorarlo.

—Claro, porque eso es lo que estás haciendo tú, ¿no? —Cómo me suena esto. Es como ponerse un par de zapatos viejos. Estoy enfadada porque me siento avergonzada, eso ya lo sé, pero aun así digo algo que sé que le va a hacer daño—. Porque a mí me parece que sigues siendo su fiel escudero. Vas detrás de él como un perrito.

Dylan abre la boca para contestarme, pero vuelve a cerrarla. Baja la vista hacia el suelo. Me duele el corazón. Recuerdo muy bien esta sensación de autodesprecio. ¿Todavía sigo siendo así? ¿Solo porque me resulte familiar significa que soy yo?

A lo mejor esos zapatos viejos ya no me sirven.

—Lo siento —me disculpo—. Lo siento. No quería… Es que estoy enfadada.

Él levanta la vista.

—Mi relación con Marcus ya no es así —asegura—. Ya no. Él está cambiando.

Uf. No. Aparto la vista y doy media vuelta para seguir alejándome de la autopista.

—No ha cambiado nada. No puedes cambiar a alguien como Marcus.

—Entiendo que pienses eso. —La voz de Dylan es tranquila y serena—. Pero de verdad creo que está avanzando. Es una persona distinta.

Ahora Dylan camina a mi lado, por el arcén. Su brazo roza el mío y se queda un poco pegado al protector solar que me pringa la piel. Por un instante vuelvo a olerlo. Su aroma me marea; es como si el mundo se deformara, como cuando alguien retrocede en el tiempo en la televisión.

—Pues conmigo no parece haber cambiado.

—Sabes que no conoce toda la historia —dice Dylan en voz baja.

—Ya. —Giro por una calle a la izquierda para entrar en una urbanización nueva flanqueada por coches aparcados y entorno los ojos para protegerme del sol, que rebota en una ventana—. Aun así, sigue siendo un capullo.

Dylan no lo niega. Seguimos caminando durante un rato en silencio. Tengo una sensación rara, como si de repente estuviéramos improvisando una escena que hemos representado mil veces antes. Dylan está muy serio. No consigo recuperar esa rabia que me abandonó en el momento en el que vi que le había hecho daño. De repente, lo único que quiero es hacerlo sonreír. Es una sensación tan acuciante que me llevo una mano a la tripa para contenerla.

—Ahora que estamos aquí, los dos solos..., me gustaría pedirte perdón por lo que dije sobre tu decisión de dejar de hablarme —dice Dylan, rompiendo el silencio—. Era algo que te concernía solo a ti.

Para ser justos, él siempre ha respetado esa decisión. Aunque he estado a punto muchas veces de retractarme.

—Creí que así sería más fácil … —Me callo.

—Ya. ¿Y lo ha sido?

No. Nada lo hizo más fácil. Me quedé destrozada cuando Dylan me dejó y no había ninguna forma fácil de recomponerme. Solo pedazo a pedazo.

—No han sido dos años muy agradables —digo, finalmente.

—No. —Me vuelve a rozar el brazo con el suyo; aposta, creo—. Ojalá hubiera podido…

—No hagas eso —le pido con voz ahogada—. No te fustigues.

Él se queda callado.

—Marcus ha cambiado. Está cambiando. Fíjate bien…, por favor. Hazlo por mí.

—Y tampoco hagas eso. Deja de decir «por mí» como si…

—Lo siento. Pero quiero que sepas que no compartiría coche con Marcus si siguiera siendo el hombre que conociste cuando estábamos juntos.

Lo miro. Nunca habría dicho algo así hace un año y medio. Vuelvo a jugar a las diferencias: el pelo más corto, una arruguita en el entrecejo… y ahora, cuando Marcus se está portando como un capullo conmigo, Dylan se lo reprocha. Eso también es nuevo.

El ceño, el pelo y el reproche: todo suma para hacerlo parecer un poco más humano. Un poco herido, un poco más fuerte. Más dueño de sí mismo.

—Creo que deberíamos… —Dylan suspira y mira hacia atrás—. Hemos dejado una combinación muy rara de personas al lado de la autopista.

Me froto la cara y oculto con las manos una risa temblorosa.

—Madre mía. Seguro que Kevin el camionero se los ha cargado a todos.

—O Rodney. Siempre lo hacen los más callados.

Sonreímos. Soy la primera en dar la vuelta y vuelvo a rozarle el brazo con el mío.

—Estaba equivocada —reconozco impulsivamente—. Con lo de no hablar. Fue peor. Ojalá… no te hubiera pedido que me dejaras en paz.

Veo que las comisuras de sus labios se arquean hacia arriba. Hubo un tiempo en el que habría sido capaz de hacer cualquier cosa para hacerlo sonreír así.

—Gracias por decírmelo —se limita a contestar.

Volvemos andando hacia el Mini, en silencio. Es difícil saber qué decir después de eso. Camino más despacio de lo que debería. Me gusta la sensación de tenerlo al lado.

Ambos nos detenemos al llegar a las escaleras que bajan hacia la autopista.

—Madre mía —dice Dylan—. ¿Es que no podemos dejarlos solos ni cinco minutos?

Dylan

A nuestros pies, en el arcén de la autopista, Rodney, Kevin y Marcus forman un cuadro rocambolesco; parece que están celebrando una especie de Olimpiadas para aficionados.

Rodney sostiene una botella vacía a modo de jabalina, mientras que con el otro brazo apunta para lanzar (afortunadamente, lejos de la concurrida autopista). Tiene en la cara una expresión cómica de concentración. Entretanto, Marcus y Kevin se agachan para levantar dos maletas.

—Es todo cuestión de piernas —asegura Marcus mientras coge mi equipaje—. No se necesita fuerza en la parte superior de los brazos.

La hermana de Addie observa la escena desde la manta de pícnic, donde, desde mi limitada comprensión de ese tipo de cosas, parece estar extrayendo leche materna con un artilugio similar a una aspiradora enganchado al pecho.

Kevin levanta la maleta con la facilidad que confiere la costumbre.

—Aun así, la fuerza en la parte superior de los brazos ayuda —comenta este antes de ponerse a hacer bíceps con la maleta mientras Marcus, que nunca ha tenido la paciencia ni la dedicación necesarias para acudir con regularidad al gimnasio, ni para ninguna otra cosa, la verdad sea dicha, intenta levantar el equipaje sobre la cabeza como un campeón de halterofilia. Se queda a medio camino y vuelve a posarla, con la cara bastante colorada.

—Tengo que sujetarla mejor —se excusa.

Kevin se ríe mientras hace unas cuantas sentadillas como si nada.

Addie suspira a mi lado.

—No me gusta nada la forma en la que Deb mira a ese camionero.

—¿A Kevin? ¿En serio?

—No se acuesta con nadie desde que tuvo a Riley. Y ha comentado algo sobre volver a cabalgar este fin de semana.

Su expresión es un reflejo de la mía.

—¿De verdad Rodney está participando? —pregunto, viéndolo practicar el lanzamiento antes de lanzar en serio. Me recuerda a un maniquí de madera articulado, con sus rodillas huesudas y prominentes y los pies hacia fuera. La botella sale volando hacia la parte de arriba del terraplén y, sin llegar siquiera a la hilera de árboles que hay en la cima, vuelve a caer sin gracia.

—Solo ha decidido unirse a su manera, creo yo —opina Addie con un tono de voz casi cariñoso—. Parece que él no ha caído rendido a los pies de Deb como los otros dos, ¿no?

—Es obvio que Kevin está colado por ella, pero yo diría que Marcus… —Hago una pausa, por prudencia—. Está haciendo lo que suele hacer cuando hay alguna mujer cerca. Aunque está claro que Deb nunca le haría caso, dadas

las circunstancias. Mierda, allá va —digo mientras el suso-
dicho se cae al suelo y la maleta aterriza a su lado—. Tenía
que elegir mi maleta, ¿no?

Kevin posa con cuidado el equipaje de Marcus. Rodney extiende una mano y el camionero tarda un momento
en darse cuenta de que le está pidiendo que choque los cinco. La cara de satisfacción de Rodney cuando entrechocan
las palmas sugiere que está acostumbrado a que la gente lo
deje colgado.

—Me parto de risa con vosotros —comenta Kevin, re-
botando sobre los dedos de los pies, al parecer lleno de
energía por el trabajo de bíceps que acaba de hacer.

—¿En serio? ¿Hasta con Rodney? —le pregunta Marcus, sacudiéndose la ropa mientras se pone en pie—. Kevin,
necesitas ampliar horizontes. ¿Sabes que una vez conocí a
una mujer capaz de chuparse los dedos de los pies? Ella sí
que era divertida.

—¡Caramba! —exclama Rodney mientras Kevin se ríe
a carcajadas y le da una palmada a Marcus en la espalda.

Deb nos ve y nos saluda con la mano antes de desconectar el sacaleches; solo mi capacidad de reacción extremadamente rápida me salva de verle el pezón a la hermana de
Addie.

—Si queréis algo más para comer o beber, el Tesco no
queda muy lejos —comenta Kevin, cuyo tono ronco me
hace preguntarme si tal vez él habrá visto algo más de pecho
de Deb que yo.

—¿Por qué no me llevas allí? —le propone esta bruscamente a Kevin.

—Te lo dije —señala Addie.

—¿Qué? ¿No creerás que...? No irán a acostarse de
camino al Tesco, ¿no?

—Sí que has cambiado —dice Addie con frialdad, y sus mejillas se encienden al darse cuenta de lo que acaba de decir.

No es de extrañar que se ruborice. Me abstraigo automáticamente, recordando todas las noches que no éramos capaces de esperar a llegar a casa y nos lo montábamos contra muros, en los asientos traseros del coche, en el suelo seco y calcáreo del viñedo de al lado de Villa Cerise…

—¡Vamos de compras! —exclama Kevin, gesticulando alegremente con la mano. Su amplia sonrisa parece más bien una mueca; tengo la impresión de que no está muy acostumbrado a sonreír. Mirar a Kevin me está resultando de mucha ayuda para evitar mis pensamientos sexuales, así que observo cómo sube el terraplén e intento concentrarme en su espeluznante cabeza medio calva.

No funciona. Solo puedo pensar en la cadera suave y curvada de Addie, en los muslos desnudos de Addie, en el cabello largo de Addie esparcido sobre mi pecho mientras posa los labios sobre la cinturilla de mi bóxer… Ahora casi me parece increíble que estrechar su cuerpo contra el mío no siempre haya sido una fantasía, que hubiera un tiempo en el que la tenía al alcance de la mano.

ANTES

Addie

La chica no puede conseguirnos otra botellita de vino? Tiene pinta de niña mala, seguro que guarda algún alijo secreto por ahí.

La chica… La chica… Ha habido muchos huéspedes estúpidos en las últimas seis semanas en Villa Cerise, pero el tío de Dylan, Terry, me está tocando las narices como ningún otro. Ambos llevan en la terraza desde que llegamos de La Roque-Alric y yo me he puesto a hacer cosas aquí abajo y en la casa, pero aun así los oigo. Terry es el típico «graciosillo» de la pandilla que te encontrarías jugando en la máquina del bar. El que nunca se come un rosco, pero habla como si se hubiera tirado a todas las chicas del garito. Ese tío, pero con veinte años más; sigue siendo «divertido» y sigue sin mojar.

Frunzo el ceño al ver mi reflejo en el espejo de la pared del salón del apartamento. Eso ha sido una maldad. Yo no soy así. Simplemente… necesito tomarme un respiro.

Me observo más detenidamente. El espejo es un poco convexo; o puede que sea al revés, cóncavo. En cualquier caso, me hace la nariz diminuta y los ojos enormes, como de insecto. Giro un poco la cabeza a un lado y a otro, preguntándome qué verá Dylan en mí. Y si seguirá viéndolo mañana.

Siempre he tenido la sensación de que mi cara es fácil de olvidar. Deb tiene unas cejas maravillosas y pobladas que nunca se ha depilado y que dan a su rostro un aspecto icónico, como si fuera una modelo. Las mías simplemente son..., no sé. Ni siquiera se me ocurre nada que decir de ellas.

Buf. Aparto la vista del espejo y echo mano de la botella de vino que acabo de coger del «alijo secreto de niñas malas» que tenemos Deb y yo. Porque, por muy molesto que resulte darle la razón a Terry, obviamente tenemos uno. Subo a la terraza con el corazón latiéndome con fuerza. Es increíble la forma en la que mi cuerpo reacciona a Dylan. Hacía siglos que nadie me gustaba así.

—¡Aquí está! —digo mientras me acerco a ellos.

Mi humor mejora un poco al ver la cara de Dylan; esa mirada premeditada y ensayada que tenía antes ha desaparecido y ahora me mira fijamente, como si me deseara, como si quisiera desnudarme lentamente. Siento un nudo en el estómago. Había dado por hecho que la llegada de Terry pondría fin a las miraditas. Como si tener otro espectador hiciera que Dylan pensara: «Bah, tampoco es para tanto».

—Buena chica —dice Terry, cogiendo la botella—. Sabía que te caía bien.

Dejo escapar una risita tonta que no se parece en nada a la mía auténtica.

—¿Necesitáis algo más?

—¿Por qué no te unes a nosotros? —propone Terry, señalando una silla vacía—. Debes de sentirte muy sola ahí abajo, en las entrañas de la casa...

Dylan frunce el ceño y se revuelve en el asiento. No tiene por qué preocuparse. No pienso soportar una noche de bromas familiares con el pervertido de su tío Terry.

—Creo que me voy a ir a dormir, la verdad —digo—. Ha sido un día muy largo.

Me dejan marchar sin protestar demasiado y cuando cierro la puerta del apartamento me apoyo en ella con los ojos cerrados. Recuerdo la mirada de Dylan. Esos ojos ardientes. Se me corta la respiración.

Intento conciliar el sueño (llevo todo el verano durmiendo poquísimo), pero estoy demasiado alterada. Hace mucho calor. Saco una pierna por debajo de la sábana, luego la otra, luego renuncio a ella por completo y la dejo hecha un ovillo en los pies de la cama.

Estoy aquí tumbada esperando a que alguien llame a la puerta, para ser sincera. Cuando finalmente lo hacen, por fin estoy empezando a quedarme dormida y por un momento creo haberlo soñado. Pero entonces vuelvo a escuchar dos golpecitos suaves.

Me siento rápidamente en la cama. Tengo mal sabor de boca y los labios secos. Sabe Dios cómo tendré el pelo. Salgo corriendo al baño para lavarme los dientes y recogerme el pelo enredado en un moño despeinado. Queda demasiado «formal». Lo rehago. Cuando llego a la puerta, la mirada soñolienta que le dedico a Dylan entre parpadeos es totalmente falsa. A estas alturas ya estoy completamente despierta. La brisa nocturna sigue siendo cálida y, al entrar en el apartamento, él trae consigo el olor de los viñedos bañados por el sol.

—No sabía si estarías despierta —dice en voz baja mientras yo cierro la puerta—. Tienes pinta de dormilona.

La verdad es que lo soy. Mi ex siempre se quejaba de que roncaba muchísimo para ser una persona tan menuda, pero esa no me parece la confesión más sexy del mundo, así que niego con la cabeza.

—Estaba… no esperando, exactamente, pero… —Me ruborizo, deseando haber dicho algo que sonara más resuelto, más propio de la Addie veraniega.

Una sonrisa lenta se dibuja en sus labios. Su mirada es de nuevo arrogante. Vuelve a fingir esa confianza con la que se presentó en mi puerta por primera vez. Extiende una mano para coger la mía y me atrae suavemente hacia él.

—Creo que nos han quedado algunas cosas por decir —susurra.

Me acerco tanto a él que tengo que levantar la barbilla para mirarlo. El mero hecho de sentir su mano sobre la mía es suficiente para que mi pulso empiece a acelerarse de nuevo. Su cabello castaño largo, ahora peinado, le cae artísticamente sobre la frente. En cierto modo, le da un aspecto todavía más desaliñado.

—¿Qué? —murmuro—. ¿Por decir?

—O más bien por hacer —dice, soltándome la mano para desabrochar los botones del top lencero que me había puesto para dormir. Mueve los dedos lentamente, empezando por arriba y rozándome el pecho con los nudillos mientras los desabrocha. No aparta la tela hasta que todos los botones están desabrochados. Cuando por fin me baja los tirantes por los hombros y deja que el top caiga al suelo, detrás de mí, yo ya estoy jadeando.

Seguimos en la cocina; apenas nos hemos alejado unos pasos de la puerta principal. Por un momento se limita a mirarme de arriba abajo. Tiene los ojos muy abiertos y los labios separados. Mi respiración se entrecorta. Entonces avanza y me empuja hacia atrás mientras baja las manos por mi cintura y sus labios se acercan a los míos. Golpeo fuertemente la puerta con la espalda cuando nuestras lenguas se tocan.

Esto no es un primer beso, es parte de los preliminares. Pierdo la noción del tiempo y de todo lo demás, estoy embriagada de deseo, escucho mis propios gemidos mientras aprieto con fuerza su camisa entre las manos hasta que él se aleja de mí para quitársela por la cabeza. Cuando mi piel desnuda entra en contacto con la suya, ambos nos quedamos sin aliento.

—Madre mía —dice él, echándome el pelo hacia atrás con una mano mientras baja los labios hacia los míos—. Me estás matando.

Me aprieto contra él mientras subo una pierna, arrugando el pantalón del pijama. Estoy desabrochándole el cinturón cuando llaman a la puerta sobre la que estoy apoyada.

Me llevo tal susto que nuestros dientes chocan. Nos alejamos de la entrada a trompicones, enredados el uno en el otro. Dylan se gira justo a tiempo para taparme mientras el tío Terry asoma la cabeza por la puerta.

Por el amor de Dios. Definitivamente Terry es de los que llaman mientras giran el pomo, según parece.

—¡Hola! —grita—. ¿Maddy? ¡Ah, hola a los dos! —dice, riéndose—. ¿Interrumpo?

Me acurruco contra Dylan, enterrando la cara en su pecho. Él me envuelve con los brazos. «Maddie». Me llaman así muchas veces, y también «Ali», y «Annie».

—Lárgate, Terry —le espeta Dylan—. Espera a que la señorita esté presentable, por el amor de Dios.

—¡Lo que tú digas, Dylan! —grita este, sofocando una carcajada, y oigo que la puerta vuelve a cerrarse.

—Ay, Dios —digo, apoyada sobre el pecho de Dylan.

—Me cago en mi puñetero tío Terry —exclama él mientras recoge mi top y su camisa del suelo de la cocina.

Está respirando con tanta fuerza que su pecho se agita. Y yo no estoy mucho mejor.

—¡Aún puedo oírte, campeón! —declara Terry.

—¿Qué haces llamando a su puerta a las dos de la mañana? —exclama Dylan con tal fuerza que doy un brinco.

—No, ¿qué haces tú llamando a su puerta a las dos de la mañana, si se puede saber? —responde a gritos Terry.

—Creo que está bastante claro lo que estaba haciendo —dice Dylan, pasándose la mano por el pelo, exasperado—. Y se llama «Addie», no «Maddie».

Yo resoplo de risa. Obviamente, esto es terrible y no tiene ninguna gracia, pero algo de cómico sí ha tenido ese «¡Hola!» mientras Terry asomaba la cabeza por la puerta.

—He oído ruido al bajar a picar algo —dice Terry—. ¡Y he pensado en pasarme para ver si la señorita estaba bien!

—Estoy bien. Gracias, señor Abbot —grito antes de taparme la cara con las manos—. Ay, Dios —susurro.

—Lo siento muchísimo —se excusa Dylan, desesperado. Tiene el cabello completamente despeinado y los labios hinchados. La arrogancia ha desaparecido. Así está aún más sexy, con la mirada un poco perdida.

Me pongo de puntillas y le doy un beso suave en el cuello. Su nuez oscila mientras reprime un gemido.

—Otra vez será —susurro—. Ahora ya sabes dónde encontrarme.

Dylan

Me ha hechizado. Soy Odiseo en la isla de Circe, soy el Romeo de Shakespeare, soy... Tengo una erección casi permanente.

Hace cuatro horas que Addie me dio ese único beso ardiente en el cuello entre el desorden de su pequeña cocina y apenas he dormido un minuto desde entonces. Mi cerebro está a rebosar de poemas urgentes y tórridos que rozan el erotismo; y tienen una pinta aún peor cuando los escribo. En un momento de locura, alrededor de las seis de la mañana, decido doblarlos y metérselos por debajo de la puerta de la habitación, pero afortunadamente cambio de idea cuando voy a salir de mi cuarto, al darme cuenta de que esto sin duda me hará parecer un trastornado o —lo que es peor— desesperado. Así que vuelvo a la cama, me imagino que se los leo aquí, desnuda, y entonces tengo que darme una ducha fría.

No vuelvo a verla hasta las diez de la mañana. Se presenta en la terraza, donde Terry y yo nos estamos tomando un café. Tiene buena cara y lleva puesto un vestido corto estampado que coquetea con la parte superior de sus muslos a cada paso que da. Lleva en la mano una bolsa de papel manchada de grasa: *croissants* frescos del pueblo de al lado. Me roza con los dedos al pasármelos. Nunca la bollería ha tenido tanta carga sexual.

—Gracias —murmuro.

—Tienes mala cara —comenta ella, y el lunar de su labio superior se mueve mientras disimula una sonrisa—. ¿No has dormido bien?

—¡Te debo una disculpa, según mi sobrino! —exclama Terry—. Siento mucho haberme entrometido, no ha sido nada caballeroso por mi parte. —Cuando ella se gira para mirarlo, siento la necesidad de recuperar su atención de inmediato. La quiero solo para mí—. Lo he olvidado todo —prosigue, agitando un brazo—. No recuerdo nada. ¿Todo bien?

Addie se queda callada un instante.

—Gracias —responde, con una pequeña sonrisa—. Se lo agradezco. —Luego da media vuelta para marcharse.

—¿Adónde vas? —digo sin pensar.

Ella mira hacia atrás.

—Tengo cosas que hacer —contesta sonriendo—. Ya me verás por aquí.

Regresa cuando estamos almorzando en la terraza; lleva puesto un traje de baño rojo y se pone a limpiar las hojas de la piscina. Creo que voy a llorar. La tarea implica una cantidad insoportable de sentadillas.

Me emborracho a media tarde, con la esperanza de que eso me ayude, o de que al menos mi tío Terry me parezca más interesante. Pero lo único que hace es soltarme la lengua.

—Creo que podría ser la elegida —le confieso a Terry, dejándome caer en el sofá.

Ahora hace demasiado calor para estar sentados fuera y nos hemos retirado al frescor de la gigantesca sala de estar, con sus tapices de seda y sus infinitos cojines.

Terry se ríe.

—A ver si piensas lo mismo después de... —Hace un gesto vulgar que me da ganas de lanzarle la botella de vino a la cabeza.

—No es eso —insisto, rellenándome la copa—. Es que es tan... maravillosa. Nunca me había dado tan fuerte.

Quería decir que nunca me había gustado nadie tanto, pero lo que he dicho es más preciso. La deseo tanto que me siento como si estuviera enfermo.

—Ay, la impulsividad de la juventud... —comenta Terry con benevolencia—. Verás cuando engorde diez kilos y se obsesione con los canales de la teletienda.

—Tío Terry, no eres capaz de abrir la boca sin decir alguna barbaridad.

—Tu generación es demasiado susceptible —declara mientras se recuesta en el sofá y deja la copa en equilibrio sobre su barriga cervecera.

Yo me bebo de un trago la mía. Nunca se me había pasado tan lento un día como este.

Terry invita a Addie a cenar con nosotros cuando nos la cruzamos en el vestíbulo, pero esta rechaza la oferta, mirándome fijamente. No estoy seguro de lo que quiere decir: ¿está declinando algo más que esa invitación, después de haber tenido un día para pensárselo? La idea de que tal vez no quiera que vaya a su apartamento esta noche me vuelve loco de desesperación.

Durante la cena, mi tío no para de hablar de mi tío Rupe y de lo mal que invirtió su dinero en los años noventa. Eso no podría resultarme menos interesante (no me gusta hablar de dinero, me hace sentir incómodo) y con tanta cháchara Terry está comiendo tan despacio que me entran ganas de estirar el brazo y darle el resto del filete con mi propio tenedor para que acabe el plato de una vez. Aún no ha terminado de rebañar la salsa con el pan cuando me levanto para retirar los platos, y se queja cuando le quito el suyo de delante.

—Ya sé por qué tienes tantas ganas de librarte de mí —dice mientras me llevo los platos a la cocina y los dejo a un lado—. Quieres escabullirte al cuarto de la sirvienta, ¿verdad?

Aprieto los dientes.

—Quiero ver a Addie, sí.

—Veo que ya te tiene comiendo de su mano. Todo el día dando vueltas en traje de baño, provocándote. —Regreso al salón mientras él sacude la cabeza y se ríe—. Creo que esa te va a mantener muy ocupado.

Terry siempre es un grosero, pero oírlo hablar así de Addie me resulta insoportable. Aprieto los puños. No es tan malo como mi padre, al menos. Por un momento imagino cómo habría sido si toda la familia hubiera venido a estas vacaciones, como él pretendía. Mi tío Rupe y su lánguida esposa estadounidense; el trío de primos estirados de Notting Hill; mi hermano, Luke, sin su pareja, Javier, porque a este nunca lo invitan... Luke soportaría la maliciosa homofobia de mi familia con una agonía silenciosa y contenida;

yo tendría ganas de pegarle a alguien; mi padre nos diría a todos lo decepcionado que está con nosotros, y mi madre se pasaría las vacaciones intentando desesperadamente solucionarlo todo, como siempre.

No, estas vacaciones son un regalo, a pesar de la presencia de Terry. Abro los puños poco a poco.

—Oye —le digo. Debo intentar no parecer desesperado, aunque, por supuesto, lo estoy, y mucho—. ¿Te importaría que te dejara solo esta noche? Mañana tú y yo podríamos hacer un recorrido por los viñedos de la zona. Todo el día. Los dos solos. Ni siquiera beberé, para poder llevarte en coche.

Terry parece devastado. Siempre se ha considerado «el alma de la fiesta» y no soporta estar solo ni un minuto. Pero catar vinos es uno de sus pasatiempos favoritos, y sé que la promesa de contar con toda mi atención durante un día entero le resultará tentadora.

—Vale —accede—. A lo mejor podría... leer. Un libro.

Mira a su alrededor, un poco perdido.

—Hay una televisión en la sala —le digo—. Y tienen todas las películas de *Fast & Furious* en DVD. Absolutamente todas.

Se anima un poco.

—Bueno. Diviértete, campeón —dice, guiñándome un ojo—. Dormiré con tapones.

Reprimo un escalofrío.

—Eso me parece... muy bien. Gracias. Buenas noches, Terry.

Addie

Dylan está sin aliento cuando llega a la puerta del apartamento. Debe de haber venido corriendo desde el comedor. Ha sido maravilloso ver cómo me ha seguido con esa mirada lastimera durante todo el día. Ayer me parecía atractivo e interesante y hoy me ha parecido una monada. Antes lo he pillado escribiendo en un cuaderno con las tapas de cuero al lado de la piscina, sacando la lengua entre los dientes delanteros.

—Hola —dice, jadeando—. Estoy aquí con la esperanza de que, aun después de haber estado todo el día escuchando los comentarios ofensivos de mi tío, sigas interesada en besarme.

Me río, apoyándome en una cadera. Llevo puesto un peto cortado por las rodillas y el bañador rojo debajo. Siempre me siento más yo cuando llevo peto. Me enfadé conmigo misma esta mañana por ponerme ese vestido corto para Dylan al volver de la panadería. Funcionó —se quedó con la boca abierta, literalmente—, pero me pareció un poco... descarado.

—¿Cómo has conseguido librarte de él?

Dylan abre y cierra las manos como si estuviera deseando tocarme. El calor aumenta en mi vientre.

—Le he prometido todo un día de atención exclusiva para visitar los viñedos mañana. —Se aparta el pelo de los ojos—. ¿Puedo entrar?

Me quedo callada, como si me lo estuviera pensando, pero su expresión es mísera y atormentada y me resulta demasiado difícil seguir fingiendo.

—Adelante.

—Menos mal —dice él. Luego cierra la puerta y, sujetándome suavemente pero con firmeza por los hombros, me empuja contra ella—. ¿Por dónde íbamos?

—Yo diría que por aquí —respondo, acercándolo más a mí.

Es al menos treinta centímetros más alto que yo, así que me pongo de puntillas, inclinando la cabeza, para mirarlo a los ojos. Su mirada podría quemarme.

—Tengo la impresión de que vas a ser mi perdición, Addie. Llevo dieciocho horas loco de ganas de ti.

Nunca he conocido a un hombre que hable tan bien como Dylan. No me refiero a su acento, sino a las palabras en sí. Todo lo que dice suena como si mereciera la pena que lo escribieran.

—Nadie ha muerto nunca de ganas en realidad —comento, amoldando mi cuerpo al suyo—. Y puede que un poco de paciencia te venga bien.

—Según mi experiencia, la paciencia es tremendamente aburrida.

Me da un beso. Besa de maravilla, pero esa no es la razón por la que me prende fuego en cuanto su lengua toca la mía. Es la intención que hay detrás lo que causa ese efecto. Ese beso dice: «Esta vez me voy a quedar toda la noche».

Nuestra primera vez juntos es desenfrenada. Nos tiemblan las manos y nos falta el aire. No llegamos a salir de la cocina y, cuando al final nos desenredamos, sin fuerzas y riendo, él me da la vuelta y me sacude las migas de pan de las nalgas y los muslos.

—Dios, eres increíble —dice con voz ahogada.

Está detrás de mí y cuando me dispongo a girarme él me lo impide. Sigue acariciándome los muslos, esta vez más deliberadamente, con suavidad. Miro hacia atrás. Está observando mi cuerpo como si se lo estuviera aprendiendo de memoria, casi con veneración. Me mira fijamente; sus ojos me atrapan y vuelvo a desearlo. Tanto que se me empieza a acelerar el pulso.

Me tiemblan las piernas; voy dando tumbos hasta la cama. Me dejo caer boca abajo sobre el colchón y él me sigue al cabo de unos segundos y tira de mi cuerpo hacia el suyo. Me besa delicadamente la nuca y siento de nuevo ese calor suave que me brota en la boca del estómago.

—Este —dice con voz gutural, presionando con un dedo el punto en el que mi cintura se convierte en cadera—. Este punto debe de ser el centímetro más sexy que he visto nunca.

—¿Ese? —pregunto, girándome entre sus brazos—. ¿En serio?

—O puede que este —dice antes de recorrer con besos cálidos y lentos la piel de mi cuello. Inclino la cabeza hacia atrás con un gemido—. O este. —Se refiere a la curva de mi pecho—. O este. —La cavidad del hueso de la cadera—. O este. —La piel suave y delicada del muslo.

No se parece a nadie con quien me haya acostado. Nos tomamos nuestro tiempo esta vez. Los minutos transcurren envueltos en una especie de bruma, como si estuviera soñando. Es enérgico; luego provocadoramente lento, y luego tan tierno y dulce que me conmueve y se me llenan los ojos de lágrimas cuando apoya la frente en la mía y empieza a moverse adelante y atrás imperceptiblemente —no mucho, todavía no—, hasta que empiezo a temblar, muerta de deseo.

Nos quedamos dormidos sudorosos y enredados el uno en el otro. Me despierto en la oscuridad, completamente desorientada. El pelo de su pecho me hace cosquillas en la barbilla. Me siento bruscamente y bajo la vista hacia el caos de ropa y sábanas, donde yace el libro que he tirado de la mesilla en algún momento después de medianoche. La silueta desnuda de Dylan, larga y bronceada, se vuelve nítida cuando mis ojos se adaptan a la oscuridad.

Sonrío en la penumbra y me tapo la cara con las manos. Esto es… algo más que un amor de verano. Es algo sin precedentes.

El sol está ya alto cuando vuelvo a despertarme, y Terry está aporreando la puerta del apartamento.

Me he quedado dormida con la cabeza sobre el brazo de Dylan. Este hace un movimiento brusco al despertarse y lo esquivo, evitando por poco un buen golpe en la cara.

—¡Uy! —grito.

—¿Hmm? —pregunta él, girándose hacia mí con la mirada perdida. Luego vuelve a observarme con un gesto cómico mientras el pelo se le mete en los ojos—. Ah, hola.

No puedo evitar sonreír.

—Hola. Casi me dejas KO.

—¿Sí? —Dylan se arrastra para sentarse contra la almohada y se echa el pelo hacia atrás. Se frota las mejillas como si tratara de devolverle la vida a su cara—. Madre mía, perdona. No paro de moverme. Lo siento mucho. Al menos tú roncas, así que estamos empatados.

—¿Hola? —grita Terry desde la puerta del apartamento—. ¡Dylan!

Yo gimo, enterrando la cabeza en la almohada. No creo que hayamos dormido más de tres horas. Me gustaría quedarme en la cama durante otras nueve o así.

—El puñetero de mi tío Terry —anuncia Dylan, mirando al techo.

Yo me río con la cara en la almohada.

—¿Toda tu familia es así de rara?

—Pues sí. Pero son rarezas distintas. Variadas. —Se da la vuelta y me planta un beso en el hombro—. Buenos días —dice, apoyando la frente en mí—. ¿Podrías quedarte exactamente así, con este atuendo y en esta cama, hasta que vuelva de la ruta del alcohol con mi tío?

—No llevo ningún «atuendo» —digo, girándome para mirarlo.

—Exacto.

—¡Dylan! ¡Deberíamos salir ya! —grita Terry.

Él se inclina hacia delante y me da un suave beso en los labios.

—Vale. Puedes vestirte y salir, si es estrictamente necesario. Pero no desaparezcas. Por favor.

—Me quedo aquí todo el verano. No voy a ir a ninguna parte.

Él sonríe allí tumbado, un poco desaliñado y con el pelo caído de nuevo sobre los ojos.

—Perfecto —dice. Me besa con ternura—. Lo de anoche fue... inolvidable. Eres extraordinaria.

Me ruborizo tanto que se echa a reír. Seguro que es capaz de notar el calor que irradia mi piel. Estoy a punto de decirle que siempre tiene la frase perfecta, pero me parece demasiado. No quiero concederle eso. No quiero que sepa lo loca que estoy por él ya. Si se entera, tendrá todo el poder. Y entonces la diversión de ayer —la forma en la que me seguía con ojitos de cordero degollado por la piscina— desaparecerá.

AHORA

Dylan

Los de la asistencia en carretera ya han llegado y están arreglando el coche de Deb. Me esfuerzo en intentar escuchar la explicación sobre lo sucedido con los frenos y la dirección, pero hay algo en las conversaciones sobre coches que me hace desconectar por completo. Me pasa un poco lo mismo cada vez que mi padre me habla de rugby. Fui capaz de aprenderme entera de memoria *Noche de reyes* con dieciséis años, pero sigo sin tener claro cuál es exactamente el objetivo de una melé.

Mientras Kevin se embarca en una conversación profunda con Deb sobre líquidos de frenos, con Rodney a su lado asintiendo con entusiasmo, observo a Addie. Y Marcus me observa a mí.

—Si sigues mirándola así, la vas a acojonar —me dice, acercándose furtivamente a mí con las manos en los bolsillos.

Seguimos en el arcén; me he acostumbrado tanto al rugido del tráfico que ya ni lo oigo, y al darme cuenta de ello pienso en los grillos de Francia, en cómo ignoraba sus chirridos continuos y solo me daba cuenta de que estaban cantando cuando de repente se callaban.

El mecánico se ríe de algo que dice Addie, y siento una punzada de algo similar al dolor al ver que ella le devuelve la sonrisa. Es guapo, puede que español, con una barbita corta y unos ojos impresionantes.

—Sé que no quieres escuchar esto —murmura Marcus mientras me sigue por el terraplén para ir hacia los demás—. No quiero ser un capullo. De acuerdo, se me ha ido la cabeza en el coche, pero sigo pensando lo mismo, Dyl. Y no sería tu amigo si no te lo dijera. No puedes volver atrás. Tienes que pasar página. Por favor, yo creía que ya lo habías hecho. Ya han pasado casi dos años, ¿no?

Tengo ganas de pegarle. ¿No podría zurrarle, por una vez? He querido hacerlo en muchísimas ocasiones, pero nunca me he atrevido. A lo mejor un puñetazo me alivia y me ayuda a seguir siendo un amigo maduro y comprensivo.

—¡Addie! —grita Deb, agitando el teléfono—. ¡Addie! ¡Cherry está llamando!

Deb ha vuelto de la excursión al Tesco muy contenta y despeinada. Cuando le hice las preguntas obvias —«¿Perdona? Pero ¿cómo? Es decir, ¿dónde?»—, ella me informó, entusiasmada, de que Kevin llevaba un cargamento de sillas en la parte trasera del camión y que eso le había permitido realizar dos de sus actividades favoritas a la vez: follar y sentarse a descansar.

—¡No contestes! —grito.

—¡No lo cojas! —exclama Addie al mismo tiempo.

Nos quedamos todos mirando el teléfono, que suena en la mano de Deb.

—En algún momento vamos a tener que decírselo —señala ella mientras salta el buzón de voz—. Ahora sí que es imposible que lleguemos a la barbacoa. —Abre el navegador en el móvil—. Hemos avanzado doscientos kilómetros en cinco horas y media. Todavía nos faltan... quinientos más.

Addie echa la cabeza hacia atrás y gime, mirando al cielo.

—¿Cómo ha podido salirnos todo tan mal?

—Habrá que conducir más rápido —declara Marcus.

—Eso son cinco horas conduciendo sin parar —dice Deb—. Y ya son casi las once.

—¿A qué hora le dijimos que estaríamos allí?

—A las tres en punto —responde Addie, haciendo una mueca—. Y yo no pienso correr más. Ya me han quitado tres puntos del carné.

La contemplo, boquiabierto. Ella evita escrupulosamente mi mirada.

—Yo tampoco —anuncia Deb—. Tengo un hijo. Ya no se me permite morir.

—Voy a mandarle un mensaje —decide Addie antes de morderse el labio—. Será... Será lo mejor.

Todos emitimos sonidos de aprobación, como si nos pareciera una idea genial, cuando en realidad sabemos que eso es escaquearse.

—Vale, todos otra vez al coche. ¡Ah! Kevin —exclama Addie, parándose en seco—. Perdona. Olvidaba que no eras parte del grupo.

Eso parece complacerlo. Luego su sonrisa-mueca flaquea.

—¿Ya os vais?

—El coche está arreglado —dice Addie, señalando a los mecánicos y sonriéndoles.

El español le ha mirado el culo descaradamente. Tengo que intentar por todos los medios fingir que no me importa. Aunque lo haga, y mucho. Dios, es tan guapa...

Pillo a Marcus observándome de nuevo, esta vez con las cejas arqueadas, y me esfuerzo en mirar a alguien que no sea Addie.

—¿No queréis quedaros un rato, para almorzar? ¿Y ver el interior del camión? ¿Eh? —pregunta Kevin.

Todo eso va dirigido a Deb, que está ocupada guardando la comida en bolsas de plástico y parece haber eliminado a Kevin de su realidad de un plumazo. Desde que han vuelto del Tesco, lo trata con la misma indiferencia ausente con la que Addie trata a Rodney. La capacidad de la familia Gilbert de centrarse en lo que les importa e ignorar todo lo demás es realmente extraordinaria.

—Bueno —dice Kevin mientras su sonrisa-mueca se desvanece. Luego se frota la barbilla—. Adiós.

—Hasta otra, Kevin —se despide Marcus, subiéndose al asiento delantero del coche. Su cordialidad ha desaparecido desde que Deb ha ido al Tesco con Kevin; a Marcus no le gusta perder, aunque no tuviera especial interés en ganar.

El resto de nosotros le decimos adiós, de manera que solo falta Deb. Ella acaba de recoger la basura y los alimentos a medio comer que hemos tirado al lado del arcén y se lleva la mano a la parte baja de la espalda al incorporarse.

—Ah. Chao, Kevin. Gracias —dice, haciéndole caso por fin.

—¡Puede que nuestros caminos vuelvan a cruzarse! —se aventura a comentar Kevin.

—No creo —contesta Deb mientras abre el maletero y mete dentro la bolsa de la basura.

—¡Llámame! —le grita él mientras ella cierra la puerta del coche.

Deb tarda un poco en incorporarse al carril lento —los coches pasan a toda velocidad y el sol rebota en los capós resplandecientes— y Kevin espera en el arcén para despedirnos con la mano. Veo cómo se va haciendo pequeñito en el espejo retrovisor; siento la pierna de Addie pegada a la mía en el asiento de atrás y me pregunto por qué a todos nos cuesta tanto dejar marchar a las Gilbert.

Conducimos durante una hora más o menos sin ningún incidente. «Sin ningún incidente» técnicamente hablando. Por lo que a mí respecta, cada leve movimiento de la pierna de Addie contra la mía merece un poema entero.

Tenerla tan cerca me está volviendo loco. Había pensado en cómo sería volver a verla en incontables ocasiones, pero esto no se parece en nada a cómo me lo había imaginado. En mi mente ella estaba exactamente igual que cuando la había dejado: cansada, con los ojos tristes y una melena negra hasta la cintura; pero ha cambiado. Ahora es más amable y está menos a la defensiva, curiosamente; se conoce mejor a sí misma. Ya no se muerde las uñas y hay una tranquilidad en ella completamente nueva.

Y luego está lo del pelo, claro, y lo de las gafas, cosas ambas que encuentro increíblemente atractivas.

—Bueno, Rodney —dice Deb, girando la cabeza, mientras se cambia al carril rápido—, cuéntanos algo sobre ti.

—No tengo nada que contar —responde él.

Marcus resopla, riéndose. Va todo el rato mirando por la ventanilla del asiento del copiloto, sospechosamente tranquilo. En el coche hace demasiado calor; hay una especie de humedad desagradable en el ambiente, como el aire viciado y rancio de una habitación que no se ha ventilado después de que alguien haya dormido en ella.

—Todos tenemos algo que contar —dice Addie.

Me mira y nuestras caras casi se tocan —nos quedamos a un beso de distancia—, y al instante vuelve a mirar al frente, con las mejillas coloradas.

—¿Rodney? —insiste.

Este intenta escurrir el bulto.

—En serio, ¡no hay nada que contar!

Lo miro con cierta lástima, hasta que me doy cuenta —como me acaba de suceder con Addie— de lo cerca que están nuestras caras ahora que nos estamos mirando. Le veo todos los poros de la nariz.

—Venga, Rodney. ¿A qué te dedicas, por ejemplo? —le pregunto, volviendo a centrarme rápidamente en la carretera. El asiento de en medio es sin duda el peor. Para empezar, no tengo dónde poner los pies, y los brazos resultan un gran inconveniente, como si fueran un par de extremidades de más que debería haber tenido la decencia de guardar en el maletero.

—Trabajo con Cherry —revela Rodney—. En el equipo de ventas.

Sé, sin necesidad de mirarla, que Addie está tan sorprendida como yo. No sé por qué a ninguno se nos había ocurrido preguntarle a Rodney de qué conocía exactamente a Cherry, pero esta no era la respuesta que me esperaba. Desde que se mudó con Krishna a Chichester, Cherry trabaja en una agencia de viajes de lujo, vendiendo vacaciones de decenas de miles de libras a personas que están demasiado ocupadas para organizárselas ellas mismas. No es uno de esos sitios de paquetes vacacionales que están constantemente apremiándote para que reserves las cosas antes de que otros lo hagan, sino una agencia elegante con una oficina acogedora y un personal increíblemente amable. Una amabilidad que solo es aplicable a cierto tipo de personas, por supuesto. Es muy exclusivo.

Y Rodney no irradia exclusividad, precisamente.

Debería decir algo; ya lo he demorado bastante.

—¡Qué bien! —exclamo con demasiado entusiasmo.

Addie me mira, divertida, y yo hago una mueca rápida, como diciendo: «¿Qué habrías hecho tú?». Intuyo su sonrisa, más que verla.

—¿Qué es lo más vergonzoso que has hecho, Rodney? —le pregunta Marcus, sin girarse.

—Marcus —lo regaña Addie.

—¿Qué? ¡Cinco preguntas! Yo lo he hecho antes, ¿no? —Entonces se da la vuelta y sonríe—. Venga, Rodney, es divertido. Aquí somos todos amigos, ¿no es cierto?

Esa es una frase extremadamente inexacta.

Rodney se aclara la garganta.

—Hmm. Lo más vergonzoso... A ver... Una vez me meé en la cama. —Se hace un largo silencio—. Cuando estaba con una chica.

—¿Qué? —exclamamos todos a coro.

—¿Cómo, de adulto?

—Pues sí —responde Rodney—. ¡Ja, ja, ja!

Siento pena por él mientras Marcus se ríe en voz baja. Sospecho que Rodney va a volver a oír hablar de esta historia y lamentará sinceramente haberla compartido.

—¿Siguiente pregunta? —dice Rodney con optimismo.

—Pero ¿vaciaste la vejiga o fueron solo unas gotitas? —le pregunta Deb con curiosidad.

—Ay, Dios —dice Rodney—. ¡Ja, ja, ja! Mejor no entrar en detalles.

—Creo que no lo has entendido, Rodney —interviene Marcus—. Los detalles son la parte más interesante.

Addie se apoya en mí un momento para colocarse bien el cinturón de seguridad. Me pregunto si ella también siente ese calor que hay entre nosotros, si su costado izquierdo está ardiendo como mi costado derecho, hipersensible al tacto.

—Dejemos que Rodney conserve algo de dignidad —comenta Addie—. ¿Cuándo os hicisteis amigos Cherry y tú, Rodney?

—Menudo desperdicio de pregunta —se queja Marcus.

—En la fiesta de Navidad de hace dos años —responde Rodney con orgullo.

Recuerdo que Cherry me habló de esa fiesta de Navidad. Siempre tiene unas anécdotas excelentes, sobre todo porque es tan particular que siempre acaba metida en algún lío. Hubo un tiempo en el que deseaba que lo hiciera, porque cuando necesitaba que la rescataran solía ser Addie la que iba a salvarla. Cherry siempre cedía, al final, y me daba detalles concretos de cómo estaba Addie, de qué hacía, de si salía con alguien, y respondía al resto de preguntas con las que yo insistía en torturarme.

Esa fiesta de Navidad en particular fue un mes antes de la noche en la que Cherry salió conmigo por Chichester y conoció a Krishna, quien ahora es su prometido. Esas Navidades ella tuvo un encuentro sexual bastante desafortunado con un hombre que luego se pasó un año enviándole poemas malísimos, una historia que siempre me hacía sentir profundamente incómodo (los poetas vergonzosamente malos siempre me tocan la fibra sensible); si no recuerdo mal, además en esa fiesta invitó a toda la empresa a chupitos y besó a siete compañeros. Esa era una anécdota totalmente normal para Cherry; recuerdo oírla contarla en el bar, muerta de risa, y cuando Grace le preguntó si no le daba vergüenza ella le respondió: «¿Para qué sirve la vergüenza, además de para deprimir a la gente?».

—Cherry es muy graciosa, ¿verdad? —le pregunto a Rodney.

Él sonríe.

—Es genial. Me ha ayudado mucho.

Ah, así que es una de las causas benéficas de Cherry. Le gusta ir por ahí recogiendo a personas indefensas y descarriadas como si fuera una viuda bondadosa del siglo xix. Una vez, metió a quince adolescentes sin hogar en una carpa enorme en el jardín de sus padres. Y tiene ocho animales adoptados que entre todos deben de sumar seis extremidades. Incluso la temporada que pasaron Addie y Deb como guardesas fue consecuencia de la bondad infinita de Cherry: Deb se había quedado sin empleo y Addie pensaba pasar el verano trabajando en el bar favorito de los viejos del pueblo, hasta que apareció Cherry y les ofreció pasar cuatro meses en la Provenza.

Trago saliva. Pensar en ese verano me pone un nudo en la garganta. No soy capaz de recordar el calor, el polvo y la tensión sexual sin tener la certeza de que aposté a los dados y me salieron los números equivocados. Éramos ambos muy inmaduros. Estábamos muy seguros de nosotros mismos y absolutamente perdidos.

Si nos hubiéramos conocido ahora, de adultos, ¿habríamos sido capaces de lograr que funcionara?

La música cambia: «We Are Never Ever Getting Back Together», de Taylor Swift.

Un oportuno recordatorio del universo. O más bien de Marcus que, según veo, se ha hecho con el control de la lista de reproducción de Spotify.

Addie

La leche, qué calor hace en este coche. El aire acondicionado no puede con cinco adultos y —consulto el teléfono— treinta grados de temperatura. Las previsiones dicen que alcanzaremos los treinta y seis a media tarde. Ojalá no me hubiera molestado en ponerme maquillaje. Probablemente lo tendré todo acumulado en la barbilla cuando lleguemos a Escocia.

Dylan se revuelve a mi lado. Ha sido un caballero y no se ha quejado por que le haya tocado el asiento central, aunque tiene que ir con las rodillas dobladas a la altura del pecho y los codos hacia delante. Parece un tiranosaurio. Nos ahorraríamos un montón de espacio si me sentara en su regazo.

Parpadeo. Ese pensamiento ha estado… fuera de lugar. El cuerpo de Dylan va pegado a mi costado. Irradia calor y, mientras Taylor Swift canta por el altavoz —ahora a Marcus le ha dado por Taylor; yo creo que intenta decirnos algo—, pienso en lo fácil que sería posar la mano sobre su rodilla.

Pero en lugar de ello introduzco ambas palmas pegadas entre las piernas e intento controlarme de una puñetera vez.

Estamos hablando de Dylan. Él me dejó. Y yo ya no lo quiero.

Pero, madre mía, es que ese olor a madera y a naranja... Mi cuerpo ha olvidado la tristeza y el desamor y solo recuerda mi cara pegada a la cálida piel de su cuello, mientras se mueve dentro de mí. Los gemidos, la euforia... El placer de dormirme desnuda y caliente entre sus brazos.

—¿Alguien quiere una barrita de avena? —pregunta Rodney.

Trago saliva y aprieto las piernas con más fuerza. El corazón me late demasiado rápido. Y tengo la sensación de que Dylan se ha dado cuenta. Él permanece inmóvil, como si no se fiara de sus propios movimientos. En la radio está sonando algo sensual y rítmico (tal vez «Lover») que tampoco ayuda mucho.

Había olvidado lo que era desear a alguien de esta manera. ¿Alguna otra persona me ha hecho sentir así alguna vez? ¿Alguna otra persona será capaz de hacerme sentir así de nuevo? Por favor, qué pensamiento tan horrible.

Me inclino hacia delante para ver a Rodney, que está al otro lado de Dylan. Este sostiene un Tupperware grande lleno de barritas de avena caseras. No tengo ni idea de dónde las ha sacado. Mientras examino el contenido de la caja de plástico que Rodney tiene en el regazo, noto la mirada de Dylan posándose sobre la piel desnuda de mis hombros. Se me eriza el vello de la nuca. Siento un cosquilleo agradable entre los omóplatos. Deseo que me toque. Que me recorra con el dedo la columna vertebral.

Me echo de nuevo hacia atrás rápidamente, mirando al frente.

—No, gracias —contesto.

—Pues todas para mí —sentencia Rodney alegremente, hincándoles el diente.

Cuando volvamos a parar me aseguraré de sentarme entre Marcus y Rodney. Eso solucionará mi problema.

ANTES

Dylan

Me tiene embriagado. Extasiado.

Ha sido una semana de cuerpos desnudos y calor almibarado, con el sol poniéndose tras los viñedos como la yema de un huevo cayendo en un cuenco. Las noches son lánguidas, largas, nuestras. Terry ya se ha acostumbrado a que Addie pase con nosotros parte del día, aunque solo la tengo de verdad cuando él se va a la cama. No es ella misma cuando Terry está presente, pero, una vez que cierra la puerta del apartamento y se quita las chanclas, vuelve a ser Addie en estado puro.

Esta noche acordamos vernos en la terraza cuando Terry se haya ido a dormir; ella lleva puesto un pijama, el de seda de color melocotón con pantaloncito corto, y su melena larga y oscura desparramada alrededor de los hombros. Levanta la mano para detenerme mientras me acerco a ella, y esboza esa clase de sonrisa que promete cosas nuevas y deliciosas.

Se desnuda lentamente. Su piel pálida casi parece de plata bajo la luz de la luna, y me viene a la cabeza un verso, «el destello argénteo de una muchacha iluminada por las estrellas», pero me lo sacudo de encima y lo hago desaparecer mientras Addie se acerca al agua y sumerge su silueta pálida y esbelta, como una estrella fugaz en la noche. Sale a la superficie con suavidad, sin causar apenas ondulaciones.

La alarma de la piscina se dispara.

Joder, menudo escándalo. Addie chilla y se tapa los oídos mientras camina por el agua para pulsar los botones necesarios; yo la ayudaría si no me estuviera muriendo de risa, pero estoy excitado, sigo excitado, aunque la verdad es que siempre lo estoy cuando Addie anda cerca. Nos giramos a la vez cuando la alarma deja de aullar y ahí está: una luz reveladora en la ventana de mi tío Terry.

—Me cago en mi puñetero tío Terry —me quejo en voz baja, todavía riéndome.

Addie flota boca arriba en el agua, con los brazos extendidos en forma de estrella.

—Pensará que la ha activado el viento. Vamos. Ven aquí.

Observo la luz con cautela.

—¿Tanto hablar de vivir el momento, de encontrarle sentido a la vida y de buscar «el placer en estado puro» y no vas a reunirte con tu amante desnuda en la piscina?

Amante. La palabra se ha abierto paso en los poemas que garabateo en mi cuaderno después de abandonar su cama y ya ha empezado a transformarse, perdiendo su terminación lánguida para convertirse rápidamente en *amor*.

No me cabe la menor duda de que lo que siento es realmente amor —¿qué otra cosa podría ser?—. Es insufrible y me llena de euforia; es tan intenso que no logro expresarlo por escrito.

Tras un instante de indecisión, me desnudo y me tiro a la piscina.

—Un salto muy elegante —comenta Addie sonriendo mientras nada hacia mí para atraer mi cuerpo hacia el suyo. Tiene la piel de gallina a causa del frío y algunas gotas de agua se le han pegado a las puntas de las pestañas, como diamantes en miniatura.

La puerta de la villa chirría al abrirse. Nos quedamos inmóviles. Addie posa un dedo sobre mis labios.

—¿Hola? —grita Terry.

Addie hunde la cara en mi cuello, intentando no reírse. Aquí fuera no hay luces, solo las estrellas, pero si Terry viene a la terraza verá nuestras siluetas pálidas en contraste con el agua azul oscuro.

La puerta vuelve a cerrarse. Ha entrado de nuevo.

—¿Lo ves? —dice Addie—. Te lo dije.

Giramos en el agua, abrazados, sin prisa. Hace unos días no habría sido capaz de hacer esto. La habría subido al borde de la piscina y habría empezado a besarle el interior de los muslos. Pero después de siete largas noches estrechándola así, desnuda entre mis brazos, ya puedo permitirme el lujo de saborearla despacio.

—Addie —susurro.

—¿Hmm?

—Eres increíble. ¿Lo sabías?

Ella posa sus labios húmedos sobre mi clavícula. Me estremezco. «Saboréala despacio», me recuerdo a mí mismo, aunque cada vez se convierte en una opción menos tentadora.

—Aquí estoy yo —prosigo antes de robarle un beso rápido y apasionado—. Pasando el verano agitándome como un pez, metamorfoseándome, intentando conocerme a mí mismo…

Trago saliva. El mero hecho de hablar de ello me hace volver a sentir ese pánico estremecedor en la garganta, ese peso como de una mano enorme oprimiéndome el pecho, la voz de mi padre en los oídos; me concentro en Addie, cuyo cabello húmedo y pegado hacia atrás resplandece en la oscuridad. Addie, mi respuesta a todo.

—Y aquí estás tú —añado—. Absolutamente perfecta.

Ella resopla, riéndose en mi cuello.

—No digas tonterías. Nadie es perfecto. Y mucho menos yo. No hagas eso.

—¿El qué?

—Convertirme en la chica de tus sueños.

Retrocedo para verle la cara, difícil de distinguir en la oscuridad.

—¿A qué te refieres?

—Ya sabes, como en las películas. La chica que está ahí para ayudar al héroe a encontrarse a sí mismo. La que nunca tiene una historia propia.

Frunzo el ceño. Addie hace eso a menudo, convertir un halago en algo incómodo.

—Eso no es lo que quería decir.

—Solo porque sepa qué quiero ser, dónde quiero vivir y todo eso no significa que esté todo hecho. Yo también tengo mis dudas. Ni siquiera sé si sobreviviré a las prácticas de profesora después del verano.

Niego con la cabeza y la vuelvo a atraer hacia mí, dejando ya de caminar por el agua.

—Lo vas a hacer genial. Vas a ser una profesora excelente. Has nacido para eso. —Inclino la cabeza para besarla—. A mí siempre me estás enseñando cosas nuevas.

Ella sonríe de mala gana. Me acerco más para levantarla y ella enrosca las piernas alrededor de mi cintura.

—Me preocupa que no me tomen en serio.

—¿Por qué no iban a hacerlo?

Addie se muerde el labio inferior, acariciando mi cabello húmedo para apartármelo de la cara.

—No sé. Porque nadie lo hace. —Vuelve a aparecer esa vulnerabilidad extraña y descarnada en sus ojos; me está mirando fijamente y tengo la terrible sensación de que se trata de una especie de prueba—. A lo mejor transmito esa sensación... de bajo potencial.

—¿De bajo potencial? —Retrocedo, realmente sorprendido—. ¿Tú?

Ella se ríe en voz baja y gutural antes de desviar la mirada.

—Es que... siempre he sido un poco «del montón». Nunca destaqué en el colegio. Mis notas eran normalitas. Lo único en mí que no encaja con la media es mi altura.

Sí que es pequeñita. Pero a mí me encanta abarcar casi toda su espalda con una mano y que ella tenga que echar hacia atrás la cabeza para besarme.

—Addie Gilbert, esto es muy importante —declaro con voz muy seria.

—¿El qué?

Me inclino hacia delante hasta que nuestros labios están solo a un centímetro de distancia.

—Eres extraordinaria —susurro.

—Bah, cállate —replica antes de alejarse de mí nadando de espaldas.

Me lanzo a por ella.

—No, no —digo lo más imperiosamente posible—. Ya está bien de tonterías. Vas a aceptar este cumplido aunque te vaya la vida en ello.

Ella se echa a reír.

—Por favor, no, no empieces —me suplica, volviendo a esquivarme, mientras las olas se me escurren entre los dedos.

—Eres francamente extraordinaria. ¿Sabes lo que daría la gente por tener tanto aplomo como tú con veintiún años? No aguantas las gilipolleces de nadie, ni siquiera las mías, y eso que soy un encanto. —Me lanzo de nuevo hacia ella y la agarro por el tobillo, hasta que se zafa de una patada, riendo y chapoteando—. Y te preocupas por la gente. No creas que no me he dado cuenta de que intentas evitar que mi tío Terry beba demasiado y de que ayudas a Victor con las malas hierbas desde que le duele la espalda.

—Por favor —dice Addie, caminando por el agua en la zona más profunda—. Hay que ser tonto para no darse cuenta de que Terry está al borde del colapso hepático. Y debería haber ayudado a Victor con las malas hierbas antes de que le doliera la espalda. Eso sí habría sido estar por encima de la media.

Pongo los ojos en blanco.

—Te preocupas por hacer bien tu trabajo. Aunque solo Terry y yo estemos aquí, sigues atenta a todo, pendiente de todos los detalles.

—Sí, os he puesto toallas limpias esta mañana y he arreglado la puñetera puerta de la nevera. Yupi.

Se sumerge en el agua para alejarse de mí al estilo delfín.

—Addie —digo, empezando a irritarme—. Lo importante no son unos papeles absurdos. Lo importante es esto. Se te da bien la vida. Las cosas que importan. Tú dices que siempre estoy hablando de disfrutar de la vida, de encontrarle un sentido y de vivir el momento, y así es; joder, todos lo intentamos…

—Bueno —dice Addie—, sobre todo los que tienen el lujo de disponer de tiempo para reflexionar sobre el sentido de la vida.

—Sí, claro, pero lo que quiero decir es que... tú eres experta en tomarte la vida tal y como viene. Ninguna de las personas que conozco hace eso.

—Todas las personas que conoces van a la Universidad de Oxford —señala Addie—. Y, por definición, piensan demasiado.

—¿Alguna vez vas a aceptar alguna de las cosas buenas que digo de ti?

Ella nada hacia mí, por fin.

—Puedes decirme que esta noche estoy guapísima.

—Esta noche estás guapísima.

—Pues ahora que lo dices...

La atrapo y empiezo a hacerle cosquillas como puedo, en el agua. Ella se revuelve, chapotea y se ríe, con la cabeza inclinada hacia atrás y los ojos brillantes de alegría.

La persigo hasta el final de la piscina. Se gira, extiende los brazos abiertos sobre el borde de la piscina, como una ensoñación en la oscuridad, y vuelve a rodearme con las piernas. Vamos disminuyendo la velocidad, con el pecho agitado, hasta quedarnos inmóviles. Vuelve a deslizar los dedos por mi pelo, un poco más fuerte esta vez.

—Me gustas, Dylan —susurra—. Demasiado.

Se me acelera el pulso.

—No existen los «demasiado».

—Claro que sí. Dentro de unos cuantos meses estarás persiguiendo a alguna rubia de Atlanta. Con tus ideas románticas, tus maravillosos discursos y tu cuaderno lleno de poesía... —Echa la cabeza hacia atrás para observar las estrellas—. Me vas a romper el corazón, Dylan Abbott. Lo presiento.

Frunzo el ceño y extiendo la mano para bajarle de nuevo la barbilla.

—No. Eso fue… Estaba… Lo nuestro no es igual. Lo mío contigo es diferente. Nunca te voy a romper el corazón, Addie.

Ella sonríe amargamente.

—Eso le decían todos los caballeros a la muchacha que vivía en el cuarto de servicio, ¿no?

Addie

Vale, estoy cagada.

Vamos demasiado rápido. Eso es evidente. Solo han pasado ocho días. Normal que siga mirándome como si fuera una reina: nos acostamos todas las noches y no me conoce lo suficiente como para descubrir algo en mí que no le guste.

Ojalá anoche no le hubiera soltado todo ese rollo de la mediocridad. Debería hacerme la dura para que siguiera detrás de mí. Eso es lo que haría Deb, y los hombres nunca se desenamoran de ella. De hecho, eso es algo que le molesta bastante.

El problema es que Dylan es encantador, con esos ojos soñolientos de color verde amarillento y esa forma de mirarme, como si me entendiera de verdad. Todo eso está haciendo que me enamore de él, y eso es, con diferencia, lo más estúpido que puede hacer una mujer después de una semana acostándose con un tío en vacaciones.

Paso la mañana lejos de la villa. Necesitábamos algo de comida y me tomo mucho más tiempo del necesario en el

Intermarché. Después conduzco hasta el pueblo y charlo con el dueño del café en mi francés cutre mientras mordisqueo una napolitana de chocolate gigante. Cuando lo hago reír, enderezo un poco más la espalda. No necesito a Dylan. Así era mi verano antes de que él llegara y la verdad es que no está nada mal.

Mi intención es volver directamente al apartamento, pero Dylan está leyendo poesía en voz alta sentado en la baranda de piedra que rodea la terraza. Se encuentra unos diez metros por encima de mí, que estoy en el patio. Tiene las piernas colgando y murmura algo sobre «el destello argénteo de las estrellas». No puedo evitar detenerme y levantar la vista hacia él, protegiéndome del sol con el antebrazo. Un aluvión de emociones me inunda el pecho.

—¡Qué bien! —exclama Dylan, mirando hacia abajo—. Alguien a quien dar la serenata. Es un poco vergonzoso rondar sin un objeto.

—¿Sin un objeto?

—Solo es una figura gramatical —aclara rápidamente, haciéndome reír—. Sujeto-verbo-objeto y todo eso.

—¿Es uno de tus poemas? —pregunto.

Nunca me enseña su obra, aunque siempre está dispuesto a leerme extractos de cosas del siglo XVI. Para mí no tienen sentido. Donde Dylan oye algo increíblemente profundo, yo solo oigo algo que podrías decir con muchas menos palabras.

—Lo era, pero solo porque me he distraído. Estoy leyendo a Philip Sidney —explica Dylan, agitando un libro de bolsillo maltrecho—. A sir Philip Sidney, para ser exactos. Cortesano, diplomático y poeta.

—¿Es viejo? —pregunto.

Él sonríe.

—Sí. Murió en 1586.

—Muy viejo.

Las Havaianas marrones desgastadas de Dylan le cuelgan de los pies sobre el borde de la baranda.

—Léeme algo —le pido. A ver si le pillo el truco a eso de la poesía. Para mí es algo como de otro mundo.

—«Mi verdadero amor es poseedor de mi corazón —empieza a leer— y mío es el de él».

—¿El de él?

—La que habla es una mujer, no el propio Philip —me explica Dylan—. No está diciendo que esté enamorado de un hombre. Como buen ricachón del siglo XVI, seguramente era un homófobo radical. ¿Por qué no subes? Quiero abrazarte.

Sonrío, muy a mi pesar.

—¡Philip! —exclamo, subiendo las escaleras de la terraza—. ¿Ya lo tuteas y todo?

—Phil. Mi colega Phil. Mi querido Philip —dice Dylan, con cara de circunstancias.

Yo me río.

—Continúa. ¿Tu verdadero amor es poseedor de tu corazón y tuyo es el de él y qué más?

Me encaramo a la baranda a su lado y me rodea la cintura con un brazo, acercándome a él. Le robo la cerveza y le doy un trago.

—«Mi verdadero amor es poseedor de mi corazón y mío es el de él. Por intercambio justo uno a otro dado. Yo poseo su cariño y el mío él no lo puede perder. Nunca hubo un trato mejor acordado».

Creo que este poema lo he entendido, sorprendentemente. O eso creo. Habla del amor como una especie de trato. Es decir, entregar tu corazón da miedo, pero es factible si la otra persona hace lo mismo de forma simultánea, como dos soldados bajando las armas.

El resto es un batiburrillo de palabras desordenadas, del tipo: «Pues así como en mí se encendió su herida». Cuando acaba de leer, le cambio la cerveza por el libro.

—¿En serio? —pregunta Dylan, emocionadísimo con el intercambio.

Qué mono. Aunque también me da un poco de miedo, teniendo en cuenta todas las veces que me ha leído cosas que no he entendido.

—Si me gusta este, ¿me enseñas uno de los tuyos?

Él pone cara de póker.

—Venga ya, eso sería como enseñarte mi diario de adolescente. O...

—¿Tu historial de búsqueda de internet?

Dylan sonríe.

—¿Por qué? ¿Qué hay en el tuyo?

—¿Eso es lo que quieres? —le pregunto, arqueando una ceja—. ¿Un toma y daca?

—¿Un toma y «caca»? ¿Le estás llamando basura a mi poesía? —bromea Dylan. Luego finge estar reflexionando—. Aunque hablando de «tomar»...

—Cállate. Ya sabes a lo que me refiero. ¿Necesitas que yo también te cuente algo vergonzoso?

—Eso ayudaría, sin duda.

Dylan bebe un trago de cerveza y me doy cuenta de que está reprimiendo una sonrisa.

Vacilo un instante; luego giro rápidamente las piernas y dejo el libro sobre la balaustrada. Haber pasado la mañana lejos de la villa me ha hecho recuperar el control. No pasa nada por mostrarle algo más de mí, ¿no?

—Ven.

Lo llevo abajo, al apartamento, al armario en el que Deb y yo guardamos las maletas. Dylan se apoya en el marco de la puerta y observa mientras yo saco mi equipaje y lo abro.

Cuando ve lo que hay dentro se echa a reír, y yo me sonrojo automáticamente. Ya estoy empezando a cerrar de nuevo la cremallera de la maleta con torpeza cuando él me abraza por detrás.

—No, no, espera. Me encanta. Por favor, dime que construyes maquetas de trenes por diversión. —Me retuerzo entre sus brazos. ¿Por qué he hecho esto?—. Me parece genial, Addie —asegura con dulzura—. No me estaba riendo de ti. Era… Era una risa de fascinación. De sorpresa.

Me da un beso en la mejilla. Tras una pausa larga y humillante, levanto el Flying Scotsman. Estaba encajado en la base de la maleta, para no acabar aplastado. Le falta una rueda, pero por lo demás ha sobrevivido bastante bien al viaje a Francia.

—Es cosa de mi padre —le explico. Dylan intenta girarme entre sus brazos, pero yo se lo impido. Me resulta más fácil así, sin mirarlo—. A él siempre le han encantado. Los construíamos juntos, con Deb, cuando yo era pequeña. Ella tuvo una fase en la que le volvían loca los trenes, y así empezó todo. Luego mi padre ya nunca lo dejó. Suelo hacer algún proyecto con él cuando estoy en casa. Este es el que hicimos antes de venir a Francia.

—Debe de llevar siglos construirlos —comenta Dylan—. ¿Puedo?

Dejo que lo coja y me hago a un lado. Lo miro. Ha dejado de reírse. Ahora está examinando la maqueta del tren como si le pareciera verdaderamente fascinante.

Me siento como si acabara de ponerle la guinda al pastel. Todo va rapidísimo y me estoy enamorando de él sin remedio.

—Es increíble —dice, inspeccionando las juntas—. ¿Es difícil?

Sacudo la cabeza negativamente. Mis sentimientos son tan intensos que seguro que es capaz de ver todo lo que sale de mí.

—Solo hace falta paciencia —consigo decir.

—Buf, a mí se me daría fatal.

Me río.

—Sí, tú serías malísimo.

Vuelve a besarme en la mejilla. Todavía las tengo ardiendo.

—¿Y bien? ¿Dónde está mi recompensa? —le pregunto, apartándome. Es eso o acurrucarme en su pecho. Las emociones se están volviendo demasiado intensas.

—¿En serio? —Hace una mueca de disgusto mientras se frota un brazo—. ¿Tengo que hacerlo?

—¡Yo te he enseñado mi tren!

—Tu tren es precioso. Mis poemas…, mera autoindulgencia pomposa.

—Seguro que son geniales.

Él niega con la cabeza.

—No. Puras tonterías. En serio, Addie, solo son estupideces.

—Venga. Sé que tienes el cuaderno en el bolsillo.

—¿Qué, esto? No, es que me alegro de verte.

Me abalanzo sobre él. Sale corriendo, atraviesa la cocina a toda velocidad y baja por el patio hacia los jardines. Lo alcanzo en el césped y le hago un placaje. Él grita mientras nos precipitamos sobre un arbusto de romero.

—¡Caray! —exclama entre risas, sin aliento—. ¿También me habías ocultado que eras jugadora de rugby?

—He nacido para ello —declaro, hurgando en el bolsillo de sus vaqueros—. ¿Prefieres que te robe el libro entero o me vas a leer uno?

—Te leo uno, te leo uno —dice él mientras sale del arbusto, sacudiéndose.

Me tiende la mano para ayudarme a levantarme y me lleva hasta el banco que hay al final del campo. La vista es espectacular desde allí. Los viñedos están perfectamente espaciados sobre las colinas, como una tela de rayas verdes.

Dylan hojea el cuaderno. Extiendo las piernas sobre su regazo y me acurruco a su lado.

—¿Uno corto? —me pregunta en voz baja.

—Vale. Uno corto.

Se aclara la garganta y empieza:

> *«Antes de escuchar su nombre»*
> *Todo ese tiempo… acechando*
> *en la noche, esperando,*
> *desorientado, destrozado, deshecho…,*
> *sin ninguna estrella que me guiara.*
> *Solo con un corazón, el mío.*
> *Era suyo incluso entonces,*
> *antes de escuchar su nombre.*

Se me llenan los ojos de lágrimas. No sé qué significa, la verdad, pero no creo que eso importe. Sé que lo ha escrito para mí.

—¿Addie? ¿Ads?

Trago saliva y escondo la cara en su cuello.

—Me encanta —susurro—. Me encanta.

Dylan

Por primera vez, pasamos la noche en mi habitación en lugar de en el apartamento de Addie. En esta casa enorme ella parece más pequeña que nunca mientras recorre con sus manos menudas la barandilla de roble, tras haber dejado sus zapatos diminutos al pie de las escaleras; parece un poco inquieta; huye de mí y pisa con tanta suavidad que apenas se nota su presencia. Una vez en la cama, sin embargo, vuelve a ser la misma: apasionada y hermosa, con sus párpados caídos, suplicante cuando la hago esperar.

Esta noche tengo intención de decirle que la quiero. Es arriesgado, sin duda. Hay muchas posibilidades de que la asuste. Siempre está alejándose y regresando, como cuando huye al pueblo durante horas para luego acurrucarse como un gato junto a mí al volver, o cuando abrió aquella maleta y luego la cerró como si deseara no haberme dejado nunca ver esa parte de sí misma. Mi ninfa fluye como las mareas.

Addie yace con la cabeza sobre mi pecho, las piernas enredadas en la colcha azul marino y el cabello desparramado sobre mi brazo. La contemplo angustiado. La amo; amo cada una de las pecas que besan con delicadeza sus mejillas y necesito decírselo, necesito hacerlo, me arde la lengua.

—Addie, te...

—¡Coño!

Se levanta tan rápido que, sin darme tiempo siquiera a procesar lo que ha dicho, ya está de pie, pegada a la pared del cuarto.

—Addie, ¿qué...? ¿Qué pasa?

—¡Ahí! ¡Ahí fuera! ¡Una cara!

—¿Fuera? ¡Si estamos en el segundo piso!

Se me acelera el corazón. No se me dan bien estas cosas. No soy de esos hombres que se levantan de la cama en plena noche para investigar de dónde vienen los ruidos del piso de abajo; soy más bien de los que dicen: «Seguro que no es nada» y se queda bajo las mantas, temblando con disimulo.

—Estoy segurísima de haber visto una cara —insiste Addie. Está muy pálida—. Estaba ahí, pegada al cristal; ha sido un segundo, pero ha desaparecido.

Me levanto de la cama, cojo el bóxer y le lanzo a Addie el vestido. Ella se lo pone con las manos temblorosas.

—Te juro que la he visto —dice.

—Te creo. —No es que tenga ningún interés en hacerlo, pero la esperanza de que me esté tomando el pelo se esfuma en cuanto veo su cara de pánico—. ¿Será Terry, que quiere gastarnos una broma?

—No era Terry. —Addie se frota los brazos—. ¿Dónde está la llave?

—¿Qué?

—La llave de la puerta —dice con impaciencia—. La del balcón.

—Ah, no, de eso nada, no vas a salir de aquí. Ni lo sueñes. ¿Y si hay un asesino ahí fuera?

Ella me mira, perpleja.

—¿Y cuál es tu plan? ¿Esperarlo aquí?

—¡Sí! ¡No! Es decir, aquí dentro estamos más seguros. ¡Hay paredes y puertas cerradas entre nosotros y los asesinos!

Addie se ríe un poco. Aprieta la mandíbula y levanta la barbilla.

—Pues yo no pienso esperar aquí encerrada. Es mucho peor. Dylan, cariño, dame la llave.

Nunca me ha llamado «cariño» y no tengo muy claro que me guste. Es como si estuviera hablando con un amigo, o con un niño muy asustado. Pongo la espalda recta y echo los hombros hacia atrás.

—Ya voy yo. A ver quién está ahí fuera.

Addie arquea ligeramente las cejas.

—¿Sí? ¿Estás seguro?

Me sorprende descubrir que, efectivamente, lo estoy. Se trata de un descubrimiento aleccionador: así que esto es el amor. Eso explica muchas cosas sobre numerosos actos irracionales a lo largo de la historia; seguro que todos los hombres que han ido a la guerra estaban perdidamente enamorados de alguien.

Cojo la llave en la mesilla de noche y camino hacia las puertas del balcón, intentando por todos los medios acordarme de respirar.

Justo cuando estoy hurgando en la cerradura, oigo un golpe en el cristal. Hay dos manos pegadas a las ventanas. Un rostro blanco como la leche. Unos ojos desorbitados, abiertos de par en par. Unos dientes amenazadores.

Me sobresalto hasta tal punto que tropiezo con la alfombra y retrocedo a trompicones antes de caerme con un golpe seco que me causa un dolor sordo en la espalda. Addie está chillando; es un grito de terror completamente gutural, y por un momento de pánico estoy convencido de que voy a mearme encima. El golpe, los ojos, los dientes... He desviado la mirada al caerme; durante un segundo eterno, no soy capaz de volver a levantar la vista.

Cuando lo hago, la cara sigue ahí, riéndose, zarandeando las manillas de las puertas. Estoy alterado y frío como el hielo y tardo un rato más en volver a mirar y caer en la cuenta de quién está en mi balcón.

—Me cago en... Addie, tranquila. Es Marcus.

Me levanto poco a poco. Marcus sigue riéndose a carcajadas, golpeando con las manos las puertas del balcón mientras yo niego con la cabeza e intento abrirlas.

—Deja en paz las manillas —le digo a mi amigo—, que es peor.

—¿Conoces a ese hombre? —me pregunta Addie.

Vuelvo la vista hacia ella. Está aferrada al cuello del vestido, pálida, con los ojos como platos; me recuerda a un animal salvaje, a un tarsero o un búho. Tiene el pelo revuelto y enredado tras toda una noche en la cama, y, curiosamente, por un par de segundos la adrenalina se transforma en lujuria y vuelvo a desearla, olvidando que Marcus está en el balcón.

—¡Eh, hola! —grita este, pegando la cara al cristal para mirar a Addie—. ¿Y tú de dónde has salido? Caray, menuda muñequita.

—¿Perdona? —replica ella, acercándose a mí—. ¿Quién es este tío, Dylan?

Cuando por fin consigo abrir las puertas y Marcus irrumpe en la habitación, me siento absurdamente orgulloso de Addie. «Intenta no aburrirte mucho sin mí», me dijo

Marcus cuando volé a Aviñón. Y ahora, aquí estoy, con Addie, con sus ojos azules feroces y con su cabello negro y acuoso, y la he encontrado yo solito.

Marcus le tiende la mano y le dedica su sonrisa más cautivadora y leonina. Huele a alcohol. Es un olor acre, como de fruta podrida.

—¿Me perdonas? —le pregunta.

Addie levanta las cejas.

—¿Por qué iba a hacerlo?

—¿Qué?

—Normalmente el perdón hay que ganárselo —le espeta ella, recogiendo su ropa interior de los pies de la cama para guardársela en el bolsillo—. Lo del balcón... no ha tenido ninguna gracia —añade, yendo hacia la puerta.

—Eh, eh —digo, corriendo hacia ella—. Oye, no te vayas. Creía que ibas a dormir aquí.

El día se me ha escurrido entre los dedos y todavía no he dicho esas palabras que flotan con pesadez en el aire. Quiero pronunciarlas ahora: «No te vayas, te quiero», pero...

—Necesito un poco de tiempo para calmarme —dice.

Ahora que estoy más cerca, percibo el temblor sutil que le recorre las extremidades; el rubor de sus mejillas es demasiado intenso.

—¿Te encuentras bien?

Ella me sonríe fugazmente.

—Sí. —Luego mira a Marcus—. Encantada de conocerte —dice con cierta ironía, si no me equivoco, antes de salir por la puerta.

—La quiero para mí.

Eso es lo primero que me dice Marcus.

—¿Qué? —Sigo mirando hacia la puerta, un poco perdido. Addie se ha ido muy rápido y...

—A esa. La quiero para mí. Parece interesante.

De pronto, el instinto protector que ha brillado por su ausencia cuando oímos el ruido en el balcón se apodera de mí. «Pues no puede ser tuya», quiero decirle. Me inunda una especie de agresividad, o quizás sea adrenalina; se trata de algo intenso e instintivo, algo que está relacionado en cierto modo con ese impulso que me acelera el corazón cuando Addie acerca sus labios a los míos.

Marcus me mira, inquisitivo. Se sujeta un rizo detrás de la oreja y hace un mohín.

—Vaya, así que te gusta —comenta—. Creía que solo te la follabas. —Eso me ofende. Marcus se ríe—. Ah, te gusta de verdad. Ni siquiera me permites decir «follar».

—Oye... —«Deja de decir eso, deja de decirlo, deja de decirlo», pienso.

—¿Esa chica es la razón por la que no me has dicho que tu familia no ha venido? ¡Ya podríamos llevar aquí una semana! —dice Marcus, girando en redondo con los brazos extendidos.

Lleva puesta una camisa blanca floja y unas bermudas que en mí parecerían ridículamente cortas, pero que, curiosamente, a él le sientan bien; ahora tiene el pelo lo suficientemente largo como para recogérselo en una coleta en la nuca, e incluso eso le favorece.

—Estoy con mi tío Terry. No pensé que quisieras venir.

Marcus arquea las cejas, obviamente sin tragarse esa mentira.

—Sabías que te la robaría, por eso no me has avisado —dice, inclinándose hacia delante para darme un puñetazo en el brazo.

Me hace daño. Me doy la vuelta, medio riéndome, para que no se dé cuenta de que tengo los ojos llenos de lágrimas. Todo mi cuerpo se muere por volver con Addie. Debería estar abajo con ella, no aquí con Marcus.

Él mete la mano en el bolsillo y saca una bolsita de plástico con un cogollo redondo de marihuana dentro. Me la muestra, agitándola.

—¿Aquí o fuera? —pregunta.

No fumo desde que he llegado. Es agradable tener la cabeza despejada, para variar, y me planteo decirle que no, pero incluso mientras lo pienso sé que no lo voy a hacer.

—Fuera —contesto, imaginándome a Addie tratando de eliminar el olor de las cortinas y las sábanas—. Vamos. Te llevo abajo, a la piscina.

Mientras hablamos en la terraza de cómo le ha ido a Marcus la semana, con los pies metidos en el agua, pienso en Addie y en Deb. Por lo que me ha contado, ella y su hermana son exactamente como Marcus y yo: uña y carne, inseparables. Me pregunto si alguna vez le molestará eso, ser la hermana pequeña de Deb, su cómplice.

—¿Seguro que no me lo puedo montar con esa belleza de ojos azules? —me pregunta Marcus de repente, pateando el agua con un pie.

Tardo un momento en darme cuenta de que está hablando de Addie.

—Eres un cavernícola.

—¿Qué? Te estoy preguntando. He sido educado —declara y luego extiende las manos, como diciendo: «Mírame y dime que no he evolucionado».

—Olvídate de ella. —Me sorprende la seguridad de mi voz. No suelo decirle que no a Marcus. Nadie suele decirle que no.

—Claro, porque es tuya, ¿no? ¡Caray, sí que te estás volviendo territorial! ¿Quién es ahora el cavernícola?

—Ella es… —Addie está por encima de este tipo de conversaciones. Es salvaje e inteligente, aguda y brillante, y siempre se me está escabullendo. Ella no me pertenece: yo le pertenezco a ella—. Es diferente —señalo—. Addie es diferente.

Addie

Me lleva siglos calmarme. Menudo gilipollas. ¿A quién se le ocurre hacer eso? ¿A quién le da por presentarse en casa de otra persona, trepar por el balcón e intentar colarse dentro, en lugar de llamar a la puñetera puerta?

Meto la ropa sucia en la lavadora. ¿Esa es la vida de Dylan fuera de aquí? ¿Gente como su tío Terry y ese capullo que me ha llamado «muñequita»? Son las doce de la noche. No suelo hacer la colada a estas horas, pero no puedo dormir y necesito entretenerme con algo.

Ojalá Deb estuviera aquí para hacer que me riera de todo esto. A ella no le parecería tan grave. Obviamente, Marcus es un poco imbécil, pero, bueno, tampoco es para tanto. Sin embargo, para mí es… como si se hubiera roto la burbuja. Debería haberme dado cuenta de que lo de Dylan era demasiado bueno para ser verdad.

A la mañana siguiente me ciño a la rutina y bajo al pueblo a comprar *croissants* para todos. Cuando vuelvo, veo a Terry y a Marcus tumbados en la terraza, flanqueando a Dylan. Están en silencio, con las gafas de sol puestas. La piedra ya está caliente bajo mis pies descalzos.

—Ooh, ¿son para mí? —pregunta Marcus, levantándose las gafas mientras me acerco.

Dylan se pone en pie de inmediato y me intercepta a medio camino.

—Hola —susurra.

Por un momento, cuando nuestros dedos se rozan, es como si estuviéramos solo los dos y el calor.

—Vamos, Dylan, ¿has olvidado que hay que compartir? —protesta Marcus.

Suelto la bolsa.

—Hay un montón de *croissants* —digo, ya retrocediendo—. He comprado de sobra.

Me mantengo alejada durante el resto del día. Marcus me pone de los nervios. Físicamente parece un modelo de Topshop, muy delgado, pálido y estiloso, con su media melena rizada. Es verdad que resulta atractivo, con esa pinta de líder de grupo de música. Aunque su mirada denota cierta frialdad.

Dylan llama a mi puerta a medianoche. Sonrío, mirando al techo. Estoy en la cama, pero esperaba que viniera. Me gusta que me haya dejado espacio hoy, pero me gusta mucho más que haya venido a verme cuando todos se han ido a la cama.

Abro la puerta en pijama: camiseta por encima del ombligo y pantalones cortos de algodón. No es Dylan. Es Marcus.

—Buenas noches —dice—. Creo que hemos empezado con mal pie. —Me mira medio sonriendo, con la cabeza ladeada—. ¿Vienes a tomar algo a la terraza? ¿Hacemos las paces? ¿Por Dylan?

Parece muy tranquilo y relajado, pero me mira demasiado fijamente. Me parece todo muy raro. Como si otra conversación estuviera teniendo lugar por debajo de esta, aunque no soy capaz de leer entre líneas.

—¿Dónde está Dylan? —le pregunto.

—No te enfades con él por no venir —me pide—. He insistido en verte a solas. Quería disculparme. —Pues todavía no lo ha hecho, ¿no? Aún no me ha dicho que lo siente—. Venga. —Se apoya en el marco de la puerta. Se le sube un poco la camiseta, revelando un triángulo blanco de abdomen fibroso y desnudo—. Vamos a pillarnos un pedo, a ver si mañana por la mañana te caigo mejor. La verdad es que suele funcionar.

Dylan está sentado en la terraza, esperándonos, con los pies dentro de la piscina. Sonríe al verme; se aparta el pelo de los ojos y da una palmada en la piedra, a su lado. Estoy casi llegando a él cuando Marcus se lanza a bomba al agua. Trastabillo hacia atrás, sorprendida y —joder— medio empapada.

Dylan se ríe.

—Por favor, Marcus, eres como un crío —le dice en tono cariñoso.

Marcus sale a la superficie, con los rizos pegados a la cabeza.

—Venga, vamos a emborracharnos —dice, lanzándose a por la botella de vino tinto que está al lado de Dylan.

Mientras Marcus se aleja con el vino, Dylan me mira. Está preocupado. Bien, porque debería.

—¿Te encuentras bien? —susurra, pasándome su copa.

—Hmm —digo. Bebo un trago largo de vino—. Aunque creía que vendrías tú a buscarme, la verdad.

Dylan se muerde el labio.

—Vaya, ¿te ha sentado mal? ¿Debería haber ido yo antes? No sabía si… Marcus estaba convencido de que querrías que se disculpara, y a mí me ha parecido…

—¿Se puede subir al tejado? —pregunta Marcus.

Está tumbado boca arriba, balanceando la botella abierta en la mano, aunque reparo en que tiene cuidado de mantenerla en posición vertical.

Dylan y yo nos giramos hacia la villa.

—Hay un desván —respondo al cabo de un rato—. Se puede acceder a él desde el dormitorio que está al lado del de Dylan. Pero no creo que haya forma de llegar al tejado en sí.

Marcus nada hacia el borde y sale de la piscina. El agua le resbala por el cuerpo, pegándole la camiseta a la piel. No se molesta en secarse; simplemente va directo hacia la casa, dejando un riachuelo a su paso.

—Déjame adivinar, ¿vamos a subir al tejado? —pregunto.

—Cuando Marcus quiere algo… —dice Dylan, extendiendo las manos—, suele conseguirlo.

Hay una trampilla en el desván que da al tejado. No sé cómo no la había visto antes. Supongo que nunca se me había ocurrido encaramarme al tejado de pizarra de una villa de tres pisos.

Para cuando hemos explorado toda la planta superior, localizado la trampilla y encontrado una escalera para poder abrirla, estamos todos borrachos. Me siento algo mareada mientras subo los peldaños, pero estoy lo suficientemente consciente como para saber que esto es extremadamente peligroso. Marcus ya está arriba. Lo oigo andar sobre la pizarra. Bajo la vista hacia Dylan. Parece diferente desde este ángulo, más joven.

—¡Dylan! ¿Subes? —grita Marcus desde el tejado.

Subo un peldaño más y asomo la cabeza y los hombros por la trampilla. Es difícil interpretar la expresión de Marcus en la oscuridad cuando me ve a mí en vez de a su mejor amigo.

—¿No piensas ayudarme? —le pregunto finalmente.

Él me tiende la mano. Aquí la pendiente del tejado es muy suave y Marcus ha metido los pies en el canalón para no resbalar, pero, aun así, esto es una locura. Podríamos morir perfectamente.

Me agarro a su mano y dejo que me ayude a subir. Tiene la piel fría. Huele a piscina y a un aftershave parecido al de Dylan, pero más intenso. Me arrastro sobre el trasero y me giro con cuidado para tumbarme y contemplar el cielo nocturno.

—Hala.

Hay muchísimas estrellas, más de las que he visto jamás. Están por todas partes, rodeándonos, hasta más allá de donde alcanza la vista. «El cielo es enorme», pienso. He bebido demasiado vino demasiado rápido; en circunstancias normales, nunca habría pensado algo así.

—Sublime, ¿verdad? —dice Marcus—. Muy Edmund Burke.

No tengo ni idea de lo que eso significa. Si fuera Dylan, se lo preguntaría, pero ni de coña pienso preguntárselo a Marcus.

Dylan tose a nuestros pies.

—¡Mierda, Terry se ha despertado! —susurra—. Voy a contarle alguna milonga, esperad.

Marcus se ríe en voz baja. Está muy oscuro y solo la luz de la bombilla del ático emerge por la trampilla. Me roza fugazmente el dorso de la mano con la suya al acomodarse sobre las tejas de pizarra.

—Le da miedo subir —revela.

—¿A quién, a Dylan?

—No le gustan las alturas. Pero suele olvidarlo hasta que llega el momento. —Sé por su voz que está sonriendo. Apenas soy capaz de asimilar todas las estrellas que hay sobre nosotros, como si mi cerebro no pudiera digerirlo todo—. A ti no te ha dado miedo —comenta.

—Sí me ha dado.

—Pero has subido de todas formas.

—Claro.

—¿Eres de esas mujeres a las que les gusta hacer cosas peligrosas?

Sonrío al escuchar eso.

—En absoluto. No soy tan fascinante.

—Pues yo creo que sí —dice Marcus. Cambia de postura. Creo que se ha girado para mirarme, aunque es difícil estar segura en la oscuridad—. Y soy magnífico calando a la gente.

—Ya —digo, siguiéndole la corriente—. Seguro que sí.

—En las notas del colegio siempre te ponían que tenías «mucho potencial». Llevas esas pulseras en la muñeca desde los trece años, puede que desde antes; te sientes desnuda sin ellas. Te encanta bailar y también que se fijen en ti, y no soportas que te olviden. Y cuando estás al borde de un precipicio con alguien... por un instante se te pasa por la cabeza empujarlo. —Se me resbala un poco el pie y contengo el aliento. Marcus se ríe—. ¿He acertado?

—Eres un tópico andante —le digo, reacomodándome, mientras se me ralentiza el pulso—. El colmo del paternalismo. Hasta pretendes explicarme a mí misma cómo soy.

—Ah, pero tengo razón.

Niego con la cabeza, aunque me he dado cuenta, a medida que ha ido avanzando la noche, de que es difícil enfadarse con Marcus. Uno tiene la sensación de que no se toma nada en serio. Reñirlo sería como intentar castigar a un gato.

—Sí que me encanta bailar —reconozco—. En eso tienes razón.

—Yo bailaría contigo ahora mismo si el tejado fuera un poco más plano —asegura Marcus.

Frunzo el ceño. Me está tirando los tejos. No sé muy bien cómo reaccionar y el silencio se alarga, incómodo, hasta que él ríe en la oscuridad.

—Te gusta mucho Dylan, ¿verdad? —dice.

—Sí, me gusta mucho.

—¿Te ha hablado de Grace?

—¿La mujer a la que estaba buscando cuando llegó aquí? Sí, me lo ha contado.

No hemos hablado mucho de ella. Lo justo como para tener la certeza de que en realidad no le importa demasiado.

—Entonces sabrás que ella estaba conmigo cuando empezó a tirársela.

—Pues… —«¿Qué?», pienso.

—Bah, no me traicionó, no fue algo tan prosaico. Noto tu desaprobación. Yo lo sabía y él lo sabía, así funcionamos.

Oigo que Dylan regresa al desván, debajo de nosotros.

—¿Está muy alto? Quiero decir, claro que sí, pero… ¿Está muy muy alto? ¿Se nota la altura?

Marcus se ríe.

—Se engaña a sí mismo si cree que lo va a conseguir —comenta, y esta vez, cuando me roza la mano con la suya, no puedo considerarlo un accidente.

—Lo va a hacer —digo bruscamente, alejándome de él—. ¡Ni siquiera se ve que hay desnivel! —le grito—. ¡Está muy oscuro! Solo se ven estrellas; estrellas y más estrellas. Vamos. Es increíble, te va a encantar. Tú trepa por la escalerilla, asoma la cabeza y verás.

Dylan emerge por fin, iluminado desde abajo. Tiene una expresión estática en la cara que no había visto antes. No puedo evitar sonreír. Está guapísimo, con sus ojos verdes y soñolientos casi cerrados del todo y el pelo revuelto.

—Mira hacia arriba —le pido—. Venga, mira hacia arriba.

Él inclina la cabeza hacia atrás. Lo oigo exhalar. Marcus guarda silencio detrás de mí.

—Caray. Parece… —Se queda sin palabras.

—No hay muchas cosas que hagan que Dylan sea incapaz de encontrar un símil —señala Marcus con ironía.

Dylan vuelve la vista hacia nosotros. Ya no tiene los ojos tan cerrados, pero no sabría decir a quién está mirando, si a mí o a Marcus.

—¿Qué? —lo apremia Marcus cuando la situación se alarga—. ¿Entras o sales, amigo mío? ¿Subes o bajas?

Dylan sube otro peldaño con inseguridad y vuelve a detenerse.

—Ay, Dios —dice con voz ahogada.

Yo me arrastro más hacia él.

—No tienes por qué hacerlo —declaro—. Lo puedes ver bien desde ahí.

Su boca vuelve a adoptar ese gesto estático, como si estuviera apretando los dientes, y sube un escalón más antes de trepar al tejado. Aterriza a mi lado con el pecho agitado, pero se tumba junto a mí sin mediar palabra. Busco su mano y la aprieto con fuerza.

—Dylan Abbot —dice Marcus, un tanto impresionado—, desde luego, eres una caja de sorpresas.

AHORA

Dylan

Deb va al volante, Dolly Parton está cantando y Marcus tiene hambre; el resultado de la combinación de estos tres elementos seguramente será nefasto, así que estoy muy tenso.

—Pues tendrás que esperar —le espeta Deb a Marcus, alzando la voz sobre la de Dolly.

Addie sigue sentada a mi lado, distrayéndome tanto que tengo que cerrar los ojos cada vez que se mueve. Menos mal que tengo a Rodney encajado a mi otro costado, cantando de forma intermitente «Here You Come Again» con una letra exasperantemente incorrecta.

—¡Ahí! —grita Marcus tan de repente que todos nos sobresaltamos—. ¡Un puesto de hamburguesas! ¡Para!

—¡Joder, deja de gritarme! —exclama Deb.

—¡Pues para! —insiste Marcus—. Necesito comida.

Me inclino hacia delante.

—Es mucho más fácil de soportar cuando tiene el estómago lleno, solo para que lo sepas.

Deb emite un sonido a medio camino entre un gruñido y un «joder» y para justo a tiempo, frenando tan bruscamente que salimos todos despedidos hacia delante. Addie se frota la nuca con cara de dolor.

—¿Estás bien? —le pregunto mientras Deb aparca al lado del puesto de hamburguesas.

Por un segundo, deseo que me diga que no para hacer algo, comprobar si tiene bien el hombro o el cuello, tocarla, simplemente. Es de lo más raro y angustioso ir pegado a la única persona cuyo cuerpo conozco casi tan bien como el mío, con el muslo al lado del suyo, y no poder siquiera posar la mano sobre su brazo.

—Sí. Es por el latigazo de antes —explica.

Luego gira la cara hacia el otro lado para observar los árboles azotados por el sol a través de la ventanilla mientras se palpa los músculos del cuello; mis manos se estremecen por el deseo de cubrirle los dedos con los míos.

—¡Bocatas de *bacon*! —anuncia Marcus antes de bajarse de un salto del asiento delantero y dar un portazo.

Addie abre su puerta y yo salgo detrás de ella; tengo las piernas tan entumecidas que, cuando me pongo de pie, imito el «uuuf» con el que los hombres como mi tío Terry se sientan en el sofá.

—Se suponía que no íbamos a parar a comer hasta Stoke-on-Trent —refunfuña Deb, alcanzándonos.

—Tú eres la que ha hecho un hueco para echar un kiki con un camionero —le espeta Marcus, mirando hacia atrás.

Un par de tíos con la camiseta empapada en sudor están comiendo un bocadillo de *bacon* en sus respectivos coches mientras entornan los ojos para protegerse de la ferocidad del sol, pero no hay nadie esperando y Marcus va casi corriendo hacia el puesto.

—¿Creéis que Marcus me estaba juzgando? —pregunta Deb, volviéndose para mirarnos a Addie y a mí—. ¿Voy a tener que partirle la cara?

—Pues claro —responde Addie.

—Pues claro que no —aseguro yo al mismo tiempo. Ambas se giran hacia mí y arquean las cejas con una sincronización perfecta—. Marcus no es de los que juzgan a la gente, en serio —aseguro, extendiendo las manos. Las miradas gemelas de las hermanas Gilbert me intimidan un poco, y mi corazón da un pequeño traspié—. Lo que quiero decir es que prácticamente no existe ninguna conducta vital que Marcus considere inaceptable.

—Me la pela si le gusta mi conducta vital —declara Deb—. Personalmente, no podría estar más orgullosa de ella, kiki con el camionero incluido. Pero si tiene alguna opinión sobre mis decisiones me gustaría informarlo de que debería guardársela.

Eso es algo en lo que Deb no ha cambiado nada. Puede que ahora sea madre —algo que nunca creí que diría de Deb Gilbert—, pero sigue teniendo la increíble capacidad de que le dé exactamente igual lo que piensen de ella los demás. Nunca he conocido a nadie con esa habilidad; hay mucha gente que finge tenerla o que aspira a ello, pero nadie la encarna como ella.

—Te estoy oyendo —grita Marcus, que ya ha hecho su pedido en el puesto—. Y te confirmo que no tengo absolutamente ninguna opinión sobre tus decisiones vitales. Yo mismo soy muy proclive a los kikis con desconocidas.

Camina de nuevo hacia nosotros, dándole un gran mordisco a su bocadillo de *bacon*, mientras Rodney hace su pedido detrás de él.

—¡Un bocadillo de *bacon* con huevo, champiñones y salsa de hamburguesa, por favor, caballero! —dice.

—Sobre sus decisiones vitales, sin embargo —añade Marcus, señalando a Rodney—, sí tengo una opinión.

—¿Qué quieres tomar? —le pregunto a Addie mientras Marcus y Deb empiezan de nuevo a pelearse.

—Ya pido yo —responde ella de inmediato, metiendo la mano en el bolsillo del peto.

Este es exactamente el tipo de situación que en su día me bloquearía: cualquier conversación sobre dinero con Addie era como una trampa, porque yo siempre metía la pata. Si insistía en pagar, mal; si me empeñaba en dejarla pagar, también mal; si decía alguna estupidez del tipo: «¿Qué importa quién pague, si solo son cinco pavos?», peor aún. Cuando Addie me decía que tenía una relación extraña con el dinero, me resultaba exasperante, pero ahora lo entiendo. Hoy en día conozco bien el pánico que te atenaza el estómago cuando te rechazan una tarjeta y la alegría inmensa de encontrar algo que te apetece cenar en la sección de descuentos del supermercado. Ahora soy yo el que tiene un amigo que insiste en invitarme constantemente, y sé exactamente lo que se siente.

—Vale —digo, haciéndome un poco a un lado para que Addie pida antes.

Mi objetivo es parecer tranquilo y relajado, algo a lo que creo que me estoy acercando bastante, o, al menos, lo máximo posible mientras hago un esfuerzo titánico para no hacer ningún esfuerzo en absoluto.

Addie vuelve a mirarme antes de pedir. No es más que un giro de cabeza y un parpadeo imperceptible, pero me encanta; me encanta haberla sorprendido. «¿Lo ves? ¡He cambiado! —me apetece gritar—. ¡Soy diferente, soy mejor!

Tenías razón, muchas veces me comportaba como un capullo, pero, mira, ¡ahora ya no tanto!».

—Un bocadillo de *bacon* con huevo, por favor —digo, sin embargo, a la mujer que está dentro del puesto—. Sin salsa.

Addie

Dylan acaba de dejarme pagar mi comida sin rechistar —le susurro a Deb.

Ella está apoyada en el coche, zampándose un perrito caliente. Deb come a la velocidad del rayo. Asegura que es una cuestión de concentración, pero yo estoy convencida de que simplemente no mastica.

—¿En serio? ¿Sin indignarse, sentirse incómodo ni tirar algo antes? —me pregunta Deb con la boca llena.

Le pido que baje la voz, mirando a Dylan. Él está de pie al lado de Marcus y Rodney, dolorosamente atractivo incluso comiéndose un bocadillo de *bacon* y huevo, algo muy difícil de hacer de forma sensual.

—Se lo ha tomado como lo más normal del mundo.

—Increíble. ¿Crees que ahora que es…? ¿Addie? ¿Ads?

Tengo algo en la garganta.

Toso, pero sigue ahí y me cuesta respirar; lo noto justo en la parte superior del gaznate. Sea lo que sea, parece enorme, como una pelota de golf, y se me acelera la respiración. Estoy empezando a entrar en pánico.

Alguien me golpea en la espalda, justo entre los omóplatos. Con fuerza. Un pedacito de algo sale volando de mi boca y vuelvo a respirar. Me doblo hacia delante, jadeando, en busca de aire. Tengo arcadas y noto un sabor ácido en la boca. Me vuelve a doler el cuello; esta vez se trata de un dolor intenso y desagradable, como cuando lo giras hacia donde no debes demasiado rápido.

—¿Mejor ahora?

Me levanto poco a poco y me doy la vuelta. Es Marcus. Me está mirando con atención, como si de verdad quisiera verme. Hasta ahora, ha estado todo el día mirándome como si prefiriera no hacerlo.

Ha sido él quien me ha dado el golpe en la espalda. No sé cómo ha llegado tan rápido. Dylan y Rodney se están acercando, pero todavía van unos cuantos segundos por detrás de él.

—Sí —respondo con voz ronca.

Marcus frunce el ceño mientras me estudia la cara. La sensación de sentir su mirada sobre mí me resulta de pronto tan familiar que me ruborizo al recordar cómo me miraba en otros tiempos.

—Addie, ¿estás bien? —me pregunta Dylan, que aparece detrás de Marcus, seguido por Rodney.

Trago saliva y me seco los ojos. Todavía noto dónde estaba ese bulto en la garganta.

—Sí, solo era un trocito de corteza del *bacon*.

Marcus se ha alejado, pero sé que me sigue con la mirada. Reparo en Dylan. Lo está mirando, pero se gira al darse cuenta de que lo estoy observando y me mira a los ojos con ternura. Se me derrite el corazón. No debería mirarme así, no en estos momentos.

Hace un sol de justicia. Marcus me mira a mí, yo miro a Dylan y él nos mira a los dos.

Se oye un plof y todos desviamos la vista rápidamente para ver de dónde viene. A Rodney se le acaba de escurrir el huevo frito por la parte inferior del bocadillo. Este yace en el suelo, flácido y pálido, justo al lado de la corteza de *bacon* que yo acabo de escupir.

—Yo creía que este viaje iba a ser un poco más glamuroso de lo que está siendo —me comenta Deb al cabo de un instante—. ¿Tú no?

—Cuidado, Rodders —dice Marcus, señalando el bocadillo de Rodney—. Estás a punto de perder también el *bacon*.

ANTES

Dylan

Me levanto a la mañana siguiente con un dolor de cabeza terrible y una chica rubia y alta sentada a horcajadas sobre mí agarrándome con firmeza la cara con una mano. Si no fuera por el dolor de cabeza y porque esa rubia me suena muchísimo, creería que se trata de un sueño particularmente excitante, pero por desgracia solo es Cherry.

—Ay —me quejo, quitándomela de encima—. Pero ¿qué estás haciendo?

—¡Ya casi he terminado! —dice—. ¡Listo!

En la otra mano tiene un rotulador, algo que no augura nada bueno. Me paso el dorso de la mano por la cara, pero sale limpio, algo todavía más alarmante, porque significa que el rotulador es permanente.

—¿Qué me has hecho? ¿Y qué leches pintas tú aquí?

—¡Hemos venido todos! —anuncia Cherry, quitándose de encima.

—¿Quiénes sois «todos»? —pregunto antes de sentarme, frotándome los ojos.

Cherry, fiel a su costumbre, empieza a dar vueltas por mi habitación como un cachorrito explorando un territorio nuevo, algo bastante absurdo, dado que esta villa no solo es de sus padres, sino que además lleva su nombre en su honor.

—¡Marcus me envió un mensaje ayer para decirme que estabas aquí solo, atrincherado con mi Addie! —declara Cherry. Su coleta rubia se mueve de un lado a otro mientras desaparece en el baño—. ¿Por qué no me lo habías dicho? Hacéis una pareja genial; auguro algo importante, muy importante. ¡Caray, qué cantidad de condones, Dyl! ¿No eres un poco ambicioso?

Echo hacia atrás las sábanas y salgo de la cama para entrar en el baño detrás de Cherry y hacer que deje de hurgar en mis artículos de aseo.

—Límites —digo—. ¿Recuerdas que hablamos de ellos?

La puerta de mi habitación se abre de golpe antes de que ella responda. Entran todos en tropel: mi hermano Luke; su novio Javier con Marcus a caballito; Marta y Connie, dos de las chicas con las que vivimos el tercer año de universidad…, y Grace.

Solo llevo puesto un bóxer, pero eso no les impide abalanzarse sobre mí; consigo retroceder, pero me tambaleo, nos caemos y aterrizamos sobre un diván, toda una maraña de extremidades. Connie me da un beso en un ojo (creo que lo que buscaba era la frente), Luke me revuelve el pelo como hacía mi padre cuando estaba de buen humor y Marcus me sonríe con la cara a menos de tres centímetros de la mía. Cherry le ha dado a él también un toque artístico: lleva un ojo tapado con un parche dibujado, como un pirata, y luce una perilla muy elaborada.

—Buenos días —dice mi amigo—. Me parecía que la cosa se estaba poniendo aburrida. ¿A ti no?

—Vamos a hacer una excursión, Dyl —me informa Cherry, que desaparece por la puerta del cuarto—. ¡Voy a buscar a Addie!

—¡Espera! —grito, pero ya se ha ido, y hay demasiados cuerpos eufóricos amontonados sobre mí como para seguirla—. Mierda —digo—. Marcus...

—¿Cómo no se te ocurrió decirme que ibas a venir solo a las vacaciones familiares? —me pregunta mi hermano, alejándose de mí para sentarse en el suelo, con los brazos abiertos apoyados sobre las rodillas. Arquea las cejas inquisitivamente mientras Javier se sienta a su lado, tapándole el brazo con esa melena que le llega hasta la cintura cuando apoya la cabeza sobre su hombro.

—Luke está enfurruñado —me informa Javier.

—Connie, para —protesto, dándole un manotazo.

Me está quitando algo del pelo; me enseña lo que tiene en la mano y veo un bicho grande muerto. Pongo cara de asco. No tengo muy claro qué acabamos haciendo anoche.

—Luke, lo siento, es que... —«Necesitaba estar un poco a mi aire. Necesitaba un poco de tiempo para ser yo mismo. Necesitaba a Addie»—. No lo sé, la verdad —acabo diciendo en voz baja.

Luke sigue con las cejas arqueadas, pero Javier le tira del brazo y él claudica con un suspiro. Mi hermano se parece a mi padre: es corpulento y serio. Tiene el pelo un tono más claro que el mío y lo lleva rapado.

—Papá está furioso por todo esto, ¿sabes? —declara Luke.

—Eso me consuela —replico, y su sonrisa se suma a la mía.

—Y tú —digo, volviéndome hacia Grace—, ¿dónde te habías metido?

Ella echa la cabeza hacia atrás para reírse. Tiene el pelo teñido de azul y va vestida como si hubiera salido directamente de los años sesenta: con un vestido de estampado psicodélico, unas sandalias blancas atadas a las piernas y una de esas diademas que automáticamente hacen que parezca que estás un poco colocado. Dice mucho de su belleza que no esté totalmente ridícula. Al contrario, está impresionante, como siempre; Grace tiene un aire dramático, con sus extremidades largas y lánguidas y su *glamour*, como una estrella a punto de tener su gran oportunidad.

—Ay, el dulce Dylan —dice, ofreciéndome su mano para ayudarme a salir de la montaña humana bajo la cual estoy intentando actualmente gestionar esta resaca—. Marc me ha dicho que te cansaste de perseguirme —señala sonriendo con malicia—. Necesitaba ver a esa otra mujer con mis propios ojos.

—¡Aquí está! —grita Cherry desde la puerta.

Se giran todos a la vez para mirar a Addie. Esta va vestida con una camiseta deportiva por encima del ombligo y un pantalón corto, preparada ya para la excursión que Cherry ha prometido; lleva la melena oscura recogida, lo que resalta las curvas delicadas de sus pómulos, y al lado de Cherry parece más diminuta que nunca. Observo cómo se encoge bajo el peso de la atención conjunta de Luke, Javier, Marcus, Grace, Connie y Marta.

Grace es la primera en reaccionar. Extiende las manos para agarrar las de Addie y luego estira los brazos para mantenerla alejada y observarla como es debido.

—Soy Grace —dice—. *Enchantée*. No me extraña en absoluto que traigas a mis chicos de cabeza: eres fascinante, no hay más que verte. ¿Te importa que escriba sobre ti?

Cierro los ojos unos instantes.

—¿Perdona? —pregunta Addie, con un hilo de voz.

—Ah, es que estoy escribiendo un libro —le explica Grace con locuacidad—. Trata sobre esta época de nuestras vidas en la que damos tumbos por el mundo encontrándonos a nosotros mismos, perdiéndonos, colocándonos… Es tremendamente pretencioso, como todas las historias de llegada a la madurez, pero qué se le va a hacer. —Echa la cabeza hacia atrás para soltar otra carcajada larga y distendida—. Ese debería ser el título: *Qué se le va a hacer*, de Grace Percy.

—Grace —dice Marcus antes de enganchar con un dedo una trabilla de su vestido y tirar hacia atrás, donde estamos el resto—. La estás asustando.

—Ah, ¿sí? —le pregunta ella muy seriamente a Addie—. Lo siento. Es que me molestan las conversaciones triviales y, como está claro que vamos a ser amigas, he decidido ir al grano. ¿De verdad te he asustado? Tienes que decírmelo; Connie dice que, si no, no voy a aprender nunca, ¿verdad, Connie, cariño?

Addie se recupera, medio riendo. Es difícil no reírse cuando Grace está en plena ebullición.

—No me has asustado en absoluto —asegura—. Me alegro mucho de conocerte. De conoceros a todos.

—¿Dylan?

Es mi tío Terry. Entra en la habitación con el traje de baño y la barriga peluda colgando por encima de la cinturilla elástica y se frena en seco. Nos mira a todos, uno a uno, y finalmente posa su mirada en mí.

—Dylan, campeón, ¿sabes que tienes un pene enorme dibujado en la frente?

Addie

Vale. Muy bien. Lo tengo todo controlado.

Estoy temblando un poco. Seguro que Marcus se da cuenta mientras ayudo a Marta a servir la primera ronda del champán con el que uno de ellos ha aparecido aquí.

Conocer al hermano de Dylan, a la pareja de su hermano, a sus compañeras de piso y a Grace, todos a la vez, es abrumador.

He escrito a Deb para pedirle que vuelva. Necesito su apoyo. Menos mal que Cherry está aquí. Esta me dirige una sonrisa tranquilizadora desde el otro extremo de la cocina y me hace sentir un poco mejor.

—Espera, deja que te ayude a llevarlas afuera —me dice Luke.

Hay que fijarse mucho para encontrar el parecido entre Dylan y su hermano. Luke es más corpulento y parece el típico tío que juega al rugby y lo llama «rugbito». Pero cuando sonríe su cara cambia por completo. Se acerca a mí y llevamos cada uno dos copas a la mesa de la terraza, que hemos preparado para el almuerzo. Creía que tendría que volver al Intermarché a comprar provisiones, pero resulta que Grace ya había ido de camino aquí. Ahora la mesa está llena de quesos, aceitunas y pan fresco.

Grace no es en absoluto como me esperaba. Me parece muy auténtica, algo sorprendente en una mujer que se tiñe el pelo de azul y dice «*enchantée*» sin ironía. Ahora mismo está tomando el sol al lado de la piscina, absolutamente espléndida al lado de la figura pálida de Terry. Probablemente debería sentirme amenazada, pero, sencillamente, ella no me lo ha permitido.

—¿Estás bien? —me pregunta Luke, mirándome por el rabillo del ojo.

—¡Sí! Sí —le aseguro y trago saliva—. Es que…

—Es demasiado —dice él—. Esto es típico de Marcus. Seguro que no se molestó en avisaros a Dyl y a ti de que nos había invitado a todos. —Pone los ojos en blanco mientras posamos las copas—. Se está portando mal aposta; le molestará que Dylan se preocupe por alguien que no sea él por una vez en la vida. Nunca he visto a Dylan mirar a una mujer como te mira a ti. Creo que le vas a venir muy bien, la verdad. Necesita a alguien que le ponga los pies en la tierra. Como hago yo con Javier.

Sonrío al ver su cara cuando menciona a su novio.

—Javier parece genial —digo mientras coloco bien los cuchillos y los tenedores. Por costumbre, supongo. Es un poco raro estar aquí como… «lo que sea» de Dylan, además de como guardesa de la villa.

—Lo es. Ojalá Dyl tenga tanta suerte. Y Marcus —añade—, por supuesto.

—Dylan me comentó que tú y él erais amigos de Marcus de niños, ¿no?

—Hmm. En cierto modo, lo adoptamos, en realidad. O puede que él nos adoptara a nosotros. Este grupo nunca ha sido muy propenso a las familias funcionales —declara, señalando la colección de chicas y chicos guapos que están desperdigados alrededor de Terry, al lado de la piscina—. Y Dyl, Marcus y yo no somos ninguna excepción. Al final cada uno se busca su propia familia, ¿no?

Pienso en la mía. En mi padre, firme y fiable. En mi madre, que siempre va discretamente un paso por delante. En Deb, cuyo último mensaje de texto decía: «Si me necesitas, aquí estoy».

—¡Deja de acaparar a la chica nueva, Luke! —nos grita Marcus desde el otro extremo de la terraza—. Addie, ven, quiero enseñarte una cosa.

Vacilo un instante. Marcus está de pie en las escaleras que bajan al patio. Ahora lleva el pelo recogido en una coleta y con el parche y la perilla dibujados debería estar ridículo, pero la verdad es que tiene un aspecto de lo más..., no sé, perverso.

—No es del todo malo, en serio —comenta Luke, a mi lado—. Hay un buen tío dentro de él, en algún lugar. Solo está un poco perdido. —Pongo cara de dudarlo. Luke se ríe—. Aunque deberías empezar a decirle que no desde ya. No es algo que oiga muy a menudo. Le vendría bien.

Tras otra pequeña pausa, pongo fugazmente los ojos en blanco.

—Venga, va, voy a seguirle la corriente.

Dejo a Luke en la mesa y voy hacia Marcus. Este se aleja trotando antes de que lo alcance, guiándome por el césped hasta la zona de matorrales que hay cerca de los lindes de la villa. Se detiene tan de repente que casi choco con él, y tengo que apoyar una mano en su hombro para mantener el equilibrio.

—Sssh —me dice, haciéndome señas para que me ponga a su lado—. Mira.

Bajo la vista hacia la hierba que está a la sombra. Tardo un momento en ver lo mismo que él: una serpiente. Inhalo bruscamente al encontrarme con sus ojos rasgados. No he visto ninguna en todo el verano, pero esta es enorme. Está enroscada y es todo músculo. Tiene las escamas de color casi negro y amarillo pálido.

Me agacho. No sé por qué, simplemente me parece que es lo que debo hacer. Marcus se arrodilla a mi lado y durante un rato nos quedamos así, viendo cómo nos observa.

—Es preciosa.

—Pura potencia —dice Marcus.

—¿Es venenosa? ¿O tóxica o como se diga? —pregunto en un susurro.

—Ni idea.

Supongo que debería estar asustada, pero no es así. La serpiente no se mueve, simplemente está alerta.

—Te quiere, ¿sabes? —me dice Marcus. Por un segundo, pienso, extrañada, que se refiere a la serpiente—. Es fácil herir a Dylan —continúa con voz calmada— si eres una de las personas a las que quiere.

—Yo no voy a hacerle daño —digo.

—Claro que se lo vas a hacer —asegura Marcus, todavía con voz tranquila y sin dejar de mirar a la serpiente—. Eres muy complicada para alguien como Dylan. Y demasiado interesante. —Gira la cabeza para mirarme—. Este verano estás despertando, ¿verdad? Y esto solo es el principio. Todavía estás jugando y él está casi dispuesto a rendirse, a sentar la cabeza y decir: «Esto es lo que soy. Ya está».

Hay algo indecente en la manera que tiene de mirarme. Resulta abrasadora. Sigo mirando fijamente a la serpiente, pero sé que mis mejillas están empezando a teñirse de rosa. Debería haberme quedado arriba, en la terraza, con Luke. El bueno de Luke, el que me ha dicho que yo le vendría bien a Dylan.

—No estoy jugando —declaro—. No sé de dónde has sacado eso.

Su mirada quema.

—Pues tal vez deberías estar haciéndolo.

Me da que esta conversación se me está yendo de las manos.

—Actúas como si me conocieras. No sabes nada de mí —digo, intentando que mi voz suene tan calmada como la suya.

—Ya te lo he dicho, soy excelente juzgando el carácter de la gente. A mí me gusta tu lado oscuro y turbio, tu lado divertido. Pero Dylan quiere a una chica buena.

Frunzo el ceño, con el corazón a mil. Eso está completamente fuera de lugar. No quiero estar aquí. Cuando me muevo para levantarme, la serpiente retrocede y se aleja reptando de nosotros.

—Yo no soy Grace —me limito a decir, sacudiéndome las rodillas—. No tienes derecho a una parte de mí solo porque esté con Dylan.

Él se levanta y cuando veo su rostro estoy a punto de dar un paso atrás. Su mirada se ha vuelto sombría y colérica. Es desconcertante la rapidez con la que ha cambiado, o puede que ya tuviera esa expresión antes y que yo no lo notara en su voz.

—Bueno, puede que tú seas solo de Dylan —dice mientras yo doy media vuelta para alejarme de él—. Pero él no es solo tuyo.

Dylan

Llevarse a esta pandilla de excursión es como intentar pastorear una manada de gatos, pero si dejo que se queden tirados alrededor de la piscina, como desean, tendré que enfrentarme a una Cherry con exceso de energía e irritable, que en comparación será mucho peor.

Marcus está de mal humor, lo que no facilita las cosas, y Addie está… No tengo ni idea de dónde está Addie. Nunca conmigo, eso desde luego. Al menos Marcus ya ha perdido el interés por ella, como era de esperar. Ninguna mujer ha conseguido captar su atención durante más de un par de días, y parece que el peligro ha pasado, gracias a Dios.

—¡Venga, Dyl! —me apremia Cherry, dando saltos—. Dijiste que esperáramos a que refrescara y ya ha refrescado, ¿nos vamos de una vez?

—¡Marta! ¡Connie! —grito—. ¡A ponerse las zapatillas!

—Vale, papá —dice Marta, haciendo un mohín.

Connie se ríe mientras yo las miro frunciendo el ceño.

—¿Dónde está Addie? —pregunto—. Marcus, ¿vas a ir con esos zapatos?

—Obviamente —responde él mientras pasa por delante de mí para ir hacia la cocina.

—Grace, ¿estás preparada?

—En absoluto —declara, recostada boca arriba en una tumbona.

—¿Podrías esforzarte un poco? —le espeto.

He de decir que su encanto resulta mucho menos encantador ahora que no tengo interés en acostarme con ella. Se baja las gafas y me mira como si supiera exactamente lo que estoy pensando. Me ruborizo; ella sonríe con languidez.

—Es una suerte que no sea demasiado sensible, ¿verdad? —comenta—. Estaré preparada antes que Marta, y lo sabes, cariño. Llévate tu frustración a otra parte, por favor, me estás tapando el sol. O, mejor aún, ve a buscar a esa belleza de mujer que te hemos arrebatado de los brazos tan groseramente. Por eso estás tan insoportable, ¿no? Porque te hemos arruinado tu cita romántica al llegar todos en tropel, como en una de esas escenas tan cómicas de *Las bodas de Fígaro*.

Maldita Grace. Siempre olvido la perspicacia que hay detrás de su *glamour*, su indolencia y sus insinuaciones. Me dedica otra de sus sonrisas preciosas y vuelve a subirse las gafas sobre la nariz mientras yo salgo corriendo de la terraza para bajar las escaleras del patio.

Hay un vehículo nuevo aparcado de forma bastante descuidada detrás del coche de alquiler de Grace; avanzo un poco más y ahí está Addie, a la sombra de un plátano, hablando con una mujer que identifico de inmediato como Deb. Tiene el pelo negro, largo y ondulado, la piel de color tostado, y está apoyada en los laterales de los pies, que inclina adentro y afuera mientras habla, con la camiseta caída sobre un hombro. Tiene un aire de seguridad despreocupada incluso desde aquí, como si poseyera de forma natural esa actitud de «Me importa todo una mierda» que el resto de nosotros fingimos cuando posamos para Instagram.

Me fijo en la expresión de Addie mientras me acerco a ellas y me detengo para observarlas, porque esa sí es mi Addie: sonrisa amplia y franca, relajada, risa fácil, con ese atisbo de sarcasmo en la mirada, como si estuviera dispuesta a sorprendernos a todos.

—¿El calvo? —pregunta Deb y mira hacia la terraza mientras yo permanezco oculto tras la mole de coche de Grace.

—¿Qué? No, boba, ese es su tío, Terry —responde Addie, riendo.

—Ah, vale, ¿el de la coleta y el parche en el ojo?

—No —dice Addie, esta vez con mayor aspereza—. Ese es Marcus. El amigo de Dylan.

Salgo de mi escondite; quedarme aquí más tiempo sería como estar espiándolas. La cara de Addie se ilumina al verme y una especie de explosión tiene lugar en mi pecho, una reacción en cadena, como si un molinete empezara a girar.

—Aquí está Dylan —dice, viniendo hacia mí—. Dyl, te presento a mi hermana.

Deb se vuelve y me mira de arriba abajo con tal descaro que casi me da la risa. No se parece en nada a Addie, pero igualmente hay en ella cierta «addiedad»: su forma de ladear la cabeza, de entornar los ojos con mordacidad mientras me analiza…

—Qué interesante —sentencia, finalmente—. Has elegido al de la polla en la cara.

AHORA

Addie

Qué calor hace y qué insoportables son todas las personas de este coche.

Voy conduciendo con Dylan al lado. Estamos en algún punto de las afueras de Stoke-on-Trent. Eso son unos trescientos kilómetros al sur de donde deberíamos estar ahora mismo.

—¿Hay algo para comer? —pregunta Marcus—. Vuelvo a tener hambre.

No necesito mirar por el retrovisor para saber que Rodney acaba de ofrecerle una barrita de avena.

—Eso no —dice Marcus—. Todo tiene un límite, hasta la cantidad de gachas ennoblecidas que un hombre puede consumir. Sin ofender, Rodney. —Se gira para mirar en el maletero.

—Por el amor de Dios —se queja Deb—. ¿Podríais tener cuidado con vuestras extremidades, chicos? Addie, necesito parar pronto para volver a sacarme la leche.

—¿Con ese artilugio para las tetas que estabas usando cuando tuvimos la avería? ¿Tienes que volver a hacerlo? ¿Por qué? —pregunta Marcus.

Lo miro por el espejo. Ha conseguido encontrar un paquete de gominolas de frutas en la parte de atrás del coche y observa los pechos de Deb mientras intenta abrirlo con cero espacio para los codos.

—Porque doy el pecho —replica Deb lacónicamente.

—Siguiente área de servicio en treinta y cuatro kilómetros —le informo, señalando el cartel que hay en el arcén—. ¿Te parece bien, Deb?

—Me lo habría parecido si alguien no me hubiera clavado el dedo en el pezón.

—¿Te refieres a mí? —pregunta Marcus—. Qué desperdicio, ni siquiera me he dado cuenta.

—Seguro que puedo hacerlo en el coche —comenta Deb—. Rodney, ¿puedes pasarme esa bolsa?

Por un momento parece que están jugando al Twister en el asiento de atrás. Rodney por fin pesca la bolsa que tiene dentro el sacaleches de Deb. Esta se pelea con la camiseta. Rodney se contorsiona para mirar hacia otro lado, cierra los ojos y se tapa la cara con las manos. Disimulo una sonrisa. Entretanto, Marcus abre las gominolas de frutas y las desparrama por todas partes. Una de ellas me da en la oreja.

—¡Mierda! —exclama—. Pásame esa roja de ahí, ¿quieres, Rodders? Nunca he estado con una madre lactante. ¿Qué pasa cuando te acuestas con alguien, Deb?

—¡Marcus! —lo regaña Dylan.

—¿No? ¿No puedo preguntar eso? Dios, portarse bien es agotador.

Oigo el zumbido del sacaleches automático al encenderse. Suena un poco como si hubiera una lavadora en la parte trasera del coche.

—Vale. Cinco preguntas para Dylan —dice Marcus al cabo de un rato. Ya parece más tranquilo. Hmm. Resulta preocupante. Al menos mientras nos toca las narices no está tramando ninguna maldad—. Empiezo yo. ¿Por qué todavía no has intentado publicar tus poemas?

Bajo el volumen de la música y miro a Dylan. Quiero escuchar la respuesta.

—No creo que estén listos todavía —responde este, finalmente.

Qué interesante. Es la única respuesta que yo aceptaría y que nunca me dio cuando estábamos juntos. Siempre me decía: «No son más que tonterías» o «A nadie le interesa leer eso».

—Bueno, vale —dice Marcus, que se revuelve en su asiento—. ¿Y cuándo van a estarlo?

—¿Esa es otra de mis cinco preguntas?

—Sí, es otra pregunta —le concede Marcus de mala gana.

—Estarán listos cuando…, pues…, no lo sé. Cuando pueda leerlos sin avergonzarme.

Frunzo el ceño.

—¿Y si se supone que deben avergonzarte? —le pregunto.

—¿Qué?

—Ya sabes que yo no entiendo mucho de esas cosas, pero tus mejores poemas siempre eran los últimos que me dejabas leer.

Vuelve a hacerse el silencio. Ahora la música es un susurro y siento cómo el sudor se desliza por la cara interna de la parte superior de mis brazos.

—Nunca me lo dijiste —señala Dylan.

—¿No? —contesto.

—No. Nunca sabía cuándo te gustaba alguno de mis poemas.

Eso sí que me sorprende.

—Siempre me gustaban.

—Siguiente pregunta —dice Marcus—. ¿Por qué me propusiste que fuéramos juntos en coche a la boda?

Miro a Dylan para ver su reacción. Se ha quedado pasmado.

—Supongo que creía… que estábamos preparados para hacerlo —declara.

—¿Por qué? Estuviste sin hablarme casi un año y luego, ¿qué? ¿Es que hice algo bien? ¿Qué pasó? Estoy más perdido que un pulpo en un garaje, Dyl.

¿Dylan ha estado sin hablarle casi un año? Vuelvo a mirarlo, pero ha girado la cara hacia la ventanilla.

—En realidad fue cosa de Luke —reconoce Dylan—. Me contó lo de… lo de tus disculpas. —Se hace otro largo silencio. Solo se oye el sacaleches de Deb, la música de fondo y las ruedas sobre la carretera. El tráfico está volviendo a ralentizarse. Los coches empiezan a rodearnos—. La verdad es que quería darte la oportunidad de que te disculparas también conmigo. —Sigo acechando por el retrovisor. Marcus me pilla mirándolo y vuelvo a centrarme en la carretera de inmediato—. Supongo que fue una sugerencia de tu terapeuta. Y que por alguna razón habías sido capaz de pedir perdón a Luke, a Javier, a Marta, a tu madrastra, a tu padre y a mi madre por tus innumerables indiscreciones y malos comportamientos, pero no a mí, todavía.

Empieza a levantar la voz. Está dolido, o puede que enfadado, pero sigue manteniendo el control. Conozco bien ese tono.

Miro a Deb por el espejo. Abro mucho los ojos, como diciéndole: «A mí no me preguntes de qué va todo esto».

—Cuando quieras, Marcus —dice Dylan tranquilamente—. Soy todo oídos.

Dylan

U n teléfono suena en medio de este silencio largo y sofocante. Maldiciendo, Deb busca su móvil a tientas sin soltar el sacaleches.

—Salvado por la campana —murmura Marcus, lo suficientemente alto como para que yo pueda oírlo.

Me late el corazón de forma irregular; tenía la certeza de que estábamos llegando a alguna parte, aunque, obviamente, Marcus no iba a disculparse tan fácilmente. Ahora que se lo he pedido, seguramente nunca lo haga. Y, además, apenas conoce el calado de aquello por lo que debería pedir perdón; no me extraña que esté más perdido que un pulpo en un garaje. Aprieto los puños sobre el regazo. «Lo está intentando», me recuerdo a mí mismo y pienso en lo que me dijo Luke la última vez que hablamos: «Puedes dar por perdido a Marcus, créeme que no seré yo quien te juzgue, pero no finjas que le estás dando una oportunidad cuando, obviamente, no lo estás haciendo».

—¿Sí? ¿Riley está bien? —pregunta Deb.

Addie se pone alerta de inmediato. La mira por el espejo retrovisor mientras el tráfico avanza lentamente a nuestro alrededor, con los coches chepudos moviéndose centímetro a centímetro como escarabajos en cuya espalda se refleja la luz del sol.

—Vale. Ah, sí, claro. Entonces, bien —dice Deb, y Addie se relaja.

Las hermanas Gilbert siempre han tenido ese vínculo. He envidiado a Deb en más de una ocasión por la forma tan instintiva en la que encaja con Addie, como si formaran un par.

—¿Es papá? —Addie acerca la cabeza para escuchar y sonríe fugazmente—. Ponlo en el altavoz, Deb.

La voz del padre corta el calor sofocante del coche y es como oler el aroma del champú de Addie en la calle; como oír el tintineo de unas pulseras de cuentas; como volver por un instante a la vida en la que ella era mía.

—… le he dicho a tu madre que no debería ser de ese color, pero ella dice que es de lo más normal y que no te lo diga a ti —comenta—. Ay, mierda, creo que no debería haberte contado esto. Pero es que era muy amarilla. En mis tiempos los bebés no hacían caca amarilla, te lo aseguro.

—¿Qué tono de amarillo? —le pregunta Deb.

Me doy la vuelta; Marcus está mirando por la ventanilla, malhumorado, pero pone cara de asco al oír eso. Yo sonrío. La pérdida de Addie lo eclipsó todo de tal forma que pocas veces pensé en los daños colaterales, pero el hecho de escuchar la voz de Neil me hace extrañarlo como nunca he extrañado a mi propio padre, sinceramente.

—Yo diría que… ¿color mostaza? Color mostaza inglesa, eso es, en polvo.

—Caray —dice Rodney—. Eso es muy amarillo.

—Ah, hola —saluda Neil alegremente—. ¿Quién es ese?

—Tenemos compañía —le explica Deb—. Ese es Rodney y… —Se queda callada.

Addie la mira, negando desesperadamente con la cabeza. La alegría de volver a escuchar a Neil se desvanece, porque, obviamente, Addie no quiere que su padre sepa que yo voy en el coche con ellas. Abandoné a su hija; seguro que me odia.

—… ha hecho barritas de avena —dice Deb, acabando la frase, y mira a Addie haciendo una mueca.

—¡Barritas de avena! —exclama Neil con verdadero entusiasmo—. ¡Qué bien!

—Papá, la caca amarilla —dice Deb como una ejecutiva que vuelve a concentrarse en sus negocios—. Háblame de la textura. ¿Era suelta? ¿Dura? ¿Como crema de cacahuete?

—Vuestro padre es muy buena gente —digo, rompiendo el silencio que se instaura una vez que Neil da por finalizada la llamada.

—No está mal —replica Deb con evidente afecto—. ¿Por qué? ¿Cómo es el tuyo? —Se queda un instante callada—. Ay, perdona, era un poco capullo, ¿no?

Marcus se ríe al oír eso. Parece que se está animando un poco. Francamente, habría sido imposible seguir enfadado durante el debate solemne y grave sobre las deposiciones de Riley.

Deb ha acabado de extraer la leche y se hace un largo silencio mientras busca la bolsa nevera para guardar la botella. Rodney, que a todas luces está intentando ayudar, parece tener más extremidades que un pulpo. Addie hace una mueca de dolor cuando clava una rodilla en la parte de atrás del asiento del conductor.

—Sí, mi padre es un poco... difícil —comento cuando el revuelo llega a su fin—. Aunque la culpa no es solo suya. Yo no dejo de decepcionarlo; de hecho, lo he convertido en todo un arte.

Me doy cuenta de que Addie me mira, pero yo sigo mirando la carretera. El calor se cierne sobre el asfalto y difumina el coche de delante, convirtiéndolo en una pintura al óleo, tal vez, o en una retransmisión en directo con un wifi malo. Este día está siendo de lo más surrealista, y la condensación del aire, el calor y el sol abrasador lo hacen aún más raro.

—Hemos llegado a un acuerdo —manifiesto—. Él no se mete en mi vida y yo no me meto en la suya. No hablamos desde diciembre de 2017.

Addie se sobresalta cuando digo la fecha. Me miro las manos, que están sobre mi regazo. Por un instante de locura imagino que extiendo una de ellas y la poso sobre la que ella tiene en el volante.

—Descubrí algo bastante desagradable sobre él —revelo—. O, para ser exactos, sobre la amante de mi padre, que, al parecer, lleva una vida muy cómoda en una casita de Little Venice que él le paga con el dinero de la empresa familiar.

Rodney aprovecha el largo silencio, fruto de la turbación, para volver a abrir el Tupperware de barritas de avena.

—¿Y lo descubriste en diciembre de hace dos años? —pregunta Addie lentamente.

Asiento, mirándome todavía las manos.

—No —dice Marcus—. ¿Aquel día? —Levanto la vista hacia Addie, nervioso. El rubor le sube lentamente por el pecho y el cuello y empieza a motearle las mejillas—. ¿Estabas hablando de eso con Luke cuando te envié el mensaje? —me pregunta.

—Hmm. Había ido a casa.

—¿A enfrentarse a tu padre?

—A hablar con mi madre —lo corrijo—. Enfrentarse a mi padre habría sido… Buf.

Eso es algo que Luke y yo nunca hemos tenido el valor de hacer, ni siquiera en esa ocasión.

—Sabes que tu padre va a ir a la boda de Cherry, ¿verdad? —me pregunta Marcus, y me imagino su expresión: las cejas levantadas con incredulidad.

Inspiro lentamente, de forma entrecortada, porque ahí está de nuevo: en cuanto pienso en ver a mi padre, siento un peso en el pecho, como una mano presionándome las costillas. «Yo le he otorgado el poder / que tiene y ahora decido / arrebatárselo». Es mi poema más popular en Instagram, aunque solo tiene tres líneas, y se titula «Fácil». Ahora es uno de los poemas que menos me gustan; lo escribí unos meses después de perder a Addie y de haber dejado de hablar con mi padre, y ahora su excesiva simplicidad me resulta un poco patética. Como si ignorar a mi padre pudiera accionar un interruptor y aquí estuviera yo ahora, completamente recuperado y feliz, siendo dueño de mí mismo.

—¿Dyl? —insiste Marcus—. Sabes que tus padres están invitados, ¿verdad?

—Sí —respondo—. Lo sé.

—¿Y no has visto a tu padre desde hace más de un año y medio?

—No, no lo he visto.

—¿Y vas a verlo… por primera vez en la boda?

—Sí.

Se hace un largo silencio.

—¿Y tienes algún plan de acción al respecto? —me pregunta Marcus con frialdad.

Addie sigue observándome y su mirada es como un rayo de sol en mi mejilla.

—Todavía no —reconozco con cierta impotencia—. Tengo la esperanza de que se me ocurra qué decir cuando llegue allí. Luke también va a estar. Todo irá bien si él está presente.

—¡Genial! —exclama Marcus. Oigo que se estira. Deb se queja cuando este, presumiblemente, le da un codazo en alguna parte del cuerpo—. En fin, menos mal que tenemos trescientos kilómetros para perfeccionar esa mierda de estrategia.

ANTES

Addie

Marcus cambia por completo después de la excursión para ver la serpiente. Ni más coqueteos ni más seducción; básicamente, me ignora, aunque a veces noto que me observa cuando no estoy mirando. Me lleva un par de días darme cuenta de que, cuando él me mira a mí, Grace lo mira a él.

—Ya estás mirándolo otra vez —digo, burlándome de ella, mientras fregamos los cacharros del desayuno una al lado de la otra. Ella lava y yo seco y limpio disimuladamente los restos de huevos revueltos que ha pasado por alto.

—¿A quién, a Marc? —Lleva un buen rato observando distraídamente a Marcus, que está en la terraza, a través de la ventana del fregadero—. Soy una causa perdida, ¿verdad? Es que me resulta verdaderamente fascinante.

Grace y yo nos llevamos bien. Puede que a veces sea un poco entusiasta de más, pero ya he vivido con Cherry, así que tolero bastante bien a los pijos intensos. Además, es superinteligente y, al igual que Dylan, no presume de ello.

Y, sobre todo, nunca mira a Dylan de la forma en la que siempre está mirando a Marcus.

—Si te resulta tan fascinante, ¿por qué...? —«... te acostaste también con su mejor amigo?».

Grace se ríe, leyendo entre líneas.

—Cariño, soy la reina del autosabotaje; no me preguntes por qué hago las cosas. Además, Marcus no es el tipo de tío con el que se tiene una relación estable, ¿no crees? Si tuviéramos una relación cerrada, habría perdido el interés mucho antes de lo que lo hizo. Él quería a la Grace de espíritu libre, a la Grace sexualmente aventurera, a la Grace eternamente inalcanzable. A él le van los juegos y el escándalo.

—Te mereces a alguien que te quiera por lo que realmente eres —le digo—. Que no intente convertirte en otra persona.

Ella se ríe, echando la cabeza hacia atrás.

—Aún no he encontrado a ningún hombre así —declara.

Hago una mueca y ella cae en la cuenta de inmediato. Me aprieta una mano con la suya llena de jabón y se queda así un instante, mirándome a los ojos.

—Perdona —dice—. Eso no iba por Dylan. No es que sea mal tío ni nada, lo que pasa es que él y yo no... Bueno, no era real.

—¿Lo de Dylan fue un juego? —me obligo a preguntar—. ¿Su asunto contigo?

Grace se pone seria y aprieta los labios.

—Sí —declara—. Lo siento, cariño, sé que seguramente te parecerá algo de muy mal gusto, pero no creo que llegara a quererme nunca, y, la verdad, yo tampoco lo quise a él de esa manera. Marc estaba perdiendo el interés y... el hecho de acostarme con Dylan captó su atención de una forma que nunca habría sido posible con cualquier otro hombre. Y creo que a Dylan le gustó tener por una vez algo que era de Marc. —Me estremezco al oír eso. Grace me mira con compasión, pero sigue hablando—: Marcharme a Europa fue un golpe maestro por mi parte, la verdad, porque si esos chicos necesitan algo es motivación, así que me estuvieron persiguiendo mucho tiempo, más que si nos hubiéramos quedado en Oxford. Creo que les gustaba más la idea de acostarse con la misma mujer de lo que les gustaba yo.

Aprieto los dientes.

—Lo siento —logro decir—. Eso es terrible.

—Bah, donde las dan las toman, cariño —dice Grace, pasándome un plato—. Y yo les he hecho cosas mucho peores a otros. Si vas por ahí con esta panda —dice, señalando a todos los que están alrededor de la piscina—, las cosas siempre acaban liándose un poco. La diferencia es que Marc... —Grace suspira—. No consigo olvidarme de él, como sí me ha pasado con todos los demás.

—Te entiendo —declaro, poniendo el plato en el montón.

Grace esboza una sonrisa lenta.

—Dylan te ha calado hondo, ¿eh? —Me ruborizo. Grace sonríe—. Bueno. Ojalá demuestre que te merece —dice, pasándome otro plato con gesto teatral.

Rompen varias cosas: una lámpara del salón, una puerta del segundo piso... y el dedo de Connie, lo cual la obliga a pasar una noche en una sala de urgencias francesa acompañada por Terry, el único suficientemente sobrio para llevarla en coche, porque sus resacas son peores que las de los demás y no puede seguirles el ritmo.

Beben, ríen y se colocan, y los días se vuelven difusos bajo el sol.

Entretanto, yo lo arreglo todo. Salvo lo del dedo, que está fuera de mi ámbito de experiencia.

Para ser justa con todos ellos, he de decir que a Deb y a mí nos tratan como si formáramos parte de la pandilla, no como a las guardesas. Solo cuando hay algún problema y nos llaman a gritos a mí o a mi hermana, recuerdo que aquí no estamos al mismo nivel. En realidad, no soy una de ellos.

—Son como niños grandes —comenta Deb un día, observándolos a todos abajo, en el césped.

Connie tiene la cabeza sobre la barriga de Marta; Grace está sentada apoyada en las piernas de Marcus, y Luke y Javier están abrazados. Dylan se ha llevado a Terry a algún sitio, creo, para intentar entretenerlo. Deb y yo hemos estado limpiando los insectos de la piscina porque Marta se ha topado con una avispa gigante en el agua hace un rato y no deja de repetirlo.

—¿Te caen bien? —le pregunto a Deb.

—¿Y a quién no? —me responde, apoyándose en la barandilla de la terraza—. Aunque, personalmente, yo guardaría un poco las distancias. No sé cómo se puede formar parte de eso —dice, señalando la maraña de extremidades de allá abajo— y no acabar metida en un lío.

Apoyo la cabeza en su hombro, sin apenas rozarla. Agradezco mucho que mi hermana esté aquí. Ha habido algún momento de esta semana en el que me he sentido como si estuviera un poco perdida. O quizás como si estuviera perdiendo la confianza de la Addie veraniega. Pero con Deb siempre soy yo misma. La Addie real, la verdadera.

—Te quiero —le digo—. Gracias por volver cuando aparecieron todos aquí.

—Faltaría más —señala ella, sorprendida—. Solo tienes que pedírmelo y aquí estaré. Siempre. ¿No es así como funciona eso de la hermandad?

Dylan es un poco diferente con sus amigos. Se ríe más y habla menos. Su poesía ya no es algo de lo que charla animadamente, sino el blanco de las bromas de otras personas. Sigue siendo encantador y teniendo aspecto de niño perdido. Pero está… más callado. A veces hasta pierdo su rastro entre la multitud.

Por las noches, sin embargo, es mío. Le hemos dejado a Deb la cama del apartamento y cuando la fiesta se acaba al anochecer me hundo a su lado en esa enorme cama con dosel. Follamos, pero también hablamos mucho. Ayer, durante toda la noche. Nariz con nariz, con las manos entrelazadas.

—El sonido de los dientes contra una cuchara cuando alguien está comiendo sopa; los insectos que salen corriendo; la gente que no escucha… —susurra Dylan. Son las cinco de la mañana y tiene la voz ronca. Estamos hablando de aversiones. No tengo ni idea de cómo hemos llegado hasta ahí—. ¿Y las tuyas?

—También que la gente que no escuche —digo y le doy un beso suave en los labios—. Esa es buena. Y las ratas. También las odio. Y no soporto que tu tío Terry diga «¡Mujeres…!» como si con eso ganara automáticamente cualquier discusión. Me refiero a cuando alguna de nosotras dice algo con lo que él no está de acuerdo.

—Uf, mi tío Terry sí que me produce aversión —sentencia Dylan, haciendo una mueca. Yo me río—. Lo siento. Es que es insufrible.

—Es... —Hmm, ¿qué me está permitido decir en este caso? Al fin y al cabo, es el tío de Dylan. Cambio de rumbo—. ¿Tu padre es como él? Terry es su hermano, ¿no?

Se hace un silencio largo y estático.

—No, mi padre es diferente —responde finalmente Dylan. Su tono ha cambiado—. Es... más difícil que Terry.

Frunzo el ceño.

—¿Cómo que más difícil?

—Pues que no es tan divertido —dice Dylan—. ¿Cómo es el tuyo?

Sí que lo ha despachado rápido. Teniendo en cuenta que acabamos de pasarnos cuarenta y cinco minutos hablando de Pokémon y las Tortugas Ninja, esperaba que la conversación sobre el padre de Dylan durara más de diez segundos. Intento descifrar su expresión en la oscuridad.

—¿No os lleváis bien? —le pregunto en voz baja.

—Digamos que es una de esas personas que no escuchan —dice Dylan.

Luego se acerca y me besa con suavidad. Siento que el beso me recorre por dentro como si me hubiera tragado algo caliente. Está intentando distraerme. Y funciona.

—¿Y tú qué? ¿Cómo es tu padre? —me pregunta de nuevo, volviendo a apoyar la cabeza en la almohada.

—Pues, simplemente, es mi padre; nunca me he planteado cómo es —digo, pero me doy cuenta de que sonrío solo con pensar en él. Echo de menos mi casa y le aprieto con fuerza los dedos a Dylan—. Me llevo igual de bien con él que con mi madre. Da muy buenos consejos y es divertido, pero en plan padre.

Él se ríe al oír eso. Noto que vuelve a relajarse.

—¿Los extrañas? —me pregunta—. ¿A tus padres?

—Sí. —Resulta un poco embarazoso decir eso a los veintiún años y me ruborizo en la oscuridad—. En la universidad siempre iba mucho a casa durante el curso, así que esta es la vez que más tiempo he estado sin verlos, la verdad. Pero tengo a Deb. Y este verano ha sido increíble.

—Increíble, sí —susurra él.

Trago saliva. Se me acelera el ritmo cardiaco.

—No quiero que acabe —declaro.

Mi voz es tan débil que Dylan se acerca aún más para oírme. Siento su aliento sobre los labios, como una pluma.

—¿Quién ha dicho que se vaya a acabar? —susurra.

Solo es una sombra en la oscuridad, pero veo el ir y venir de sus ojos mientras me observa.

En cierto modo, lo sabía. No creía que fuera a decirme que se iría de la villa y ya está, fin del amor de verano. Pero, aun así, tengo el corazón desbocado. Deseo tanto tener esta conversación que me asusta. Me alejo un poco y giro la cara sobre la almohada. Dylan me acaricia la espalda y me estremezco.

—¿Puedo decirte algo? —me pregunta en voz baja.

Me revuelvo, quitándome la sábana de la cara. De repente me falta el aire. Tengo la impresión de que va a decirlo, y, una vez que lo haga, estará hecho; será como si pusiera un sello temporal en nuestra vida. Marcará un antes y un después. Siento que se acerca, como si me dirigiera a toda velocidad hacia algo, y por un instante me entra el pánico y me planteo pisar el freno.

—Te quiero —dice—. Te quiero, Addie.

La impresión que me produce es como una descarga eléctrica. Me siento como si alguien hubiera pulsado el botón de actualizar. El corazón me late en los oídos. Pienso en aquel poema, en el miedo que da entregarle a alguien tu corazón, como un soldado que baja su arma.

Pero yo quiero a Dylan. Lo quiero cuando sus amigos se burlan de su poesía y lo quiero cuando se acaba de levantar, con los ojos soñolientos y refunfuñando. Lo quiero tanto que a veces me resulta dificilísimo mantener una conversación con cualquier otra persona, porque solo pienso en él. En nosotros.

—Yo también te quiero —susurro.

Nunca lo había dicho antes. Cuando mi ex intentaba hablar de amor, yo solía encontrar alguna razón para escabullirme: o se me había acabado la copa, o me encontraba a algún amigo o veía una araña. Y antes de él no había tenido ninguna relación seria. Me pregunto si Dylan lo habrá dicho en otras ocasiones.

—Presiento que le estás dando vueltas a algo —dice, acariciándome el cuello con la nariz—. ¿Vas a escaparte al Intermarché?

Yo me río, aunque no sabía que él se hubiera dado cuenta de que me gustaba desaparecer cuando la cosa se ponía demasiado intensa.

—No necesito irme al supermercado. Es solo que... Bueno, ahora vas a seguir viajando, así que... ¿qué significa esto, exactamente?

En ese momento decido besarlo, porque percibo la urgencia de mi voz. Y no me gusta. No quiero pensar en cuánto lo voy a echar de menos.

—Significa que hablaremos constantemente por teléfono y por Skype. Te enviaré postales con poemas. Iré a buscarte cuando vuelva a Inglaterra —declara Dylan. Me echa el pelo hacia atrás—. Aunque... también podría quedarme aquí el resto del verano. ¿Quieres que me quede? —me pregunta, retrocediendo un poco.

Podría decirle que sí. «Renuncia a tus planes de verano, pasa de Tailandia y de Vietnam y quédate aquí conmigo». Podría decirle lo que quiero que haga. Y él lo haría. Si hay algo que he comprobado esta semana, es que Dylan es fácil de manejar.

Por un instante, la tentación me atenaza. Sería muy fácil hacerlo. Como un resbalón o el roce de una mano.

—No —digo, apretando los labios contra los suyos—. Vete. No dejes que me cargue tus planes. Este verano es para decidir lo que quieres hacer, ¿no? Pues decídelo. Y ven a buscarme cuando lo hayas hecho.

Dylan

Marcus y yo nos pasamos el resto del verano viajando. Mis hombros se acostumbran al dolor agónico de la mochila; pierdo la cuenta del número de maravillas que intento asimilar: playas blancas como la nieve, selvas tan exuberantes que, al día siguiente, hay que desbrozar con un machete el camino por el que pasaste ayer... Viajes en barco, trenes abarrotados y gritos en los mercados, regateando, sudando y bebiendo, y preguntándome qué leches estoy haciendo con mi vida y siempre, siempre, echando de menos a Addie.

Debería estar pasando el mejor verano de mi vida, pero, vayamos a donde vayamos, me siento perdido. Con Addie, durante esas semanas hermosas y soleadas en la Provenza, fue como si mi ser tomara forma; enamorarme de ella me absorbió por completo y, por una vez, me encontré realmente a gusto con donde estaba y quien era.

Creía que al dejar Francia esa sensación me acompañaría, pero se quedó allí, con ella. Vuelve a haber algunos días, muy a mi pesar, en los que me cuesta incluso levantarme de la cama; me siento más informe e irritable que nunca, siempre a un verso de acabar un poema, siempre un paso por detrás de Marcus. Siempre decepcionando a mi padre.

Este me llama cuando estoy en el aeropuerto de Nom Pen. Addie volverá a Chichester dentro de tres días; Marcus se ha ido a comprar unas botellas de agua y yo observo la pantalla de las salidas. Se supone que nos vamos a Preah Sihanouk a pasar la última semana antes de volver a casa, pero… a lo mejor podría irme ya. Y esperar a Addie en el aeropuerto cuando vuelva, ver la alegría en su rostro cuando me vea entre la multitud que aguarda y cómo echa a correr para lanzarse a mis brazos.

—Quiero que vuelvas a casa ahora mismo —dice mi padre cuando contesto.

Estamos a finales de agosto. Según nuestro plan original, deberíamos haber regresado hace ya varias semanas, pero… ¿qué sentido tenía volver al Reino Unido mientras Addie seguía en Francia?

—Me alegra saber de ti, papá —digo. El tono es menos hosco de lo que pretendía. Me acobardo en el último momento y mi voz acaba sonando razonablemente agradable.

—Déjate de tonterías. Este viaje a Europa se está saliendo de madre.

Frunzo el ceño.

—Solo me he quedado unas semanas más.

—Se te han pasado los plazos de inscripción de todos los programas de prácticas. ¿Qué estás haciendo, Dylan? ¿Cuándo vas a madurar?

Levanto la vista hacia el techo. Los tubos fluorescentes entrecruzados me imprimen un estampado de tartán estridente en el interior de los párpados. No es necesario que diga nada: mi padre va a decir lo que quiera decir, independientemente de mi respuesta o de la falta de ella, en este caso.

—Supongo que has decidido seguir viviendo en casa —prosigue—. Si es que has decidido algo. Tu madre dice que no tiene sentido comprarte un piso en Londres todavía y yo estoy de acuerdo con ella. Francamente, no te lo has ganado.

Mi madre quiere que decida por mí mismo si quiero vivir en Londres o no. En cierto modo, su convicción silenciosa de que voy a acabar tomando las riendas de mi vida es casi peor que la certeza absoluta de mi padre de que nunca lo voy a hacer.

—Ya hablaremos con calma cuando vuelvas —sentencia—, pero seguro que puedo encontrarte algo en la empresa, aunque tendrás que desplazarte a diario a Londres, lo que no será fácil.

Siento que la vida se me escapa a medida que avanza la llamada. Soy una versión de juguete de un hombre, hundido en el asiento, esperando a que alguien levante mis cuerdas y me devuelva la vida de un tirón.

Marcus camina tranquilamente hacia mí con dos botellas de agua; tiene el pelo más largo que nunca, seco y aclarado por el sol, y su ropa necesita un lavado urgente. Me sonríe y me lanza una botella desde muy lejos. No puedo cogerla con el teléfono en la oreja y me golpea en el estómago.

En el fondo sé que el mío no es un problema real. Tengo todo un universo de oportunidades ante mí. Puedo hacer todas las cosas que quiera, al menos muchas más que casi cualquier otro ser humano del planeta, probablemente.

Pero el pánico no parece saberlo. El pánico solo sabe que el futuro es abrumador y terrible, porque, inexorablemente, haga lo que haga, voy a fracasar.

—Creo que me voy a quedar por aquí un poco más —declaro cuando mi padre hace una pausa en su monólogo.

Permanezco allí sentado, en medio del silencio. Es un alivio, como cuando te rascas una costra. Desde el momento en el que vi su nombre en la pantalla del móvil, supe que este silencio llegaría; todo lo que me ha traído hasta aquí ha sido una forma horrible de crear suspense. Una vez que está hecho, una vez que lo he decepcionado, todo resulta perversamente fácil.

—¡No sé para qué me molesto! —dice mi padre gritando—. Esto es inútil. ¡Tú eres un inútil!

Y entonces empieza la diatriba habitual: lo de que soy un parásito tiene un peso importante, al igual que la pregunta de qué ha hecho él para merecer unos hijos tan ineptos, algo que he oído ya tantas veces que ni intento responder, por muy tentador que resulte. Me quedo callado, con ese peso tremendo y desagradable oprimiéndome el pecho. Marcus le da unos golpecitos con el dedo al reloj y señala con la cabeza la pantalla de las salidas: el vuelo al aeropuerto internacional de Sihanouk está embarcando.

Mi padre cuelga cuando se queda sin barbaridades que gritarme. Al oír ese pitido brusco se me llenan los ojos de lágrimas. Mientras sigo a Marcus hacia la puerta de embarque, pienso de repente en abrazar a Addie, en abarcar con las manos la musculatura firme de su espalda, y, literalmente, me tambaleo y tropiezo, como si mis pies intentaran decirme que estoy caminando en la dirección equivocada.

Marcus se gira y me mira fijamente.

—Venga, tío —dice—. Que le den a tu padre, que les den a todos. Vamos a olvidarnos del mundo real unos días más.

Addie

Y dónde está ese tal Dylan? —me pregunta mi madre, sentándose en el sofá al lado de Deb.

Estamos en la salita de la casa de mis padres. Por fin. No me había dado cuenta de lo mucho que echaba de menos mi hogar hasta que Deb y yo entramos por esta puerta e inhalé su olor. Todavía llevo puesta la ropa con la que he viajado; es curioso pensar que el polvo pegado al protector solar de mis tibias ha venido conmigo desde la Provenza.

—Todavía no ha vuelto de viaje —le explico antes de beber un sorbo de té; té inglés del de verdad, con agua calcárea de una tetera que necesita un desincrustante.

—Te va a caer bien, mamá —comenta Deb, quitándose los calcetines—. Es encantador. Y está obsesionado con Addie. Lo cual está bien, porque ella está completamente obsesionada con él.

Me ruborizo.

—No es verdad —replico automáticamente.

Deb pone los ojos en blanco.

—Por favor. Si has estado suspirando por él todo el verano.

—¡No he suspirado por él! Solo lo he echado de menos, nada más.

—Sí, ya, y yo echo de menos comer lo que me dé la gana sin engordar, pero no me pongo a llorar por eso —dice Deb. Luego me sonríe mientras pongo cara de circunstancias.

—Deb me ha ayudado mucho a sobrellevar la tristeza —le digo a mi madre—. Ha sido de lo más comprensiva.

—He tenido un comportamiento ejemplar —asegura ella tranquilamente, cruzando los tobillos sobre la mesa de centro—. La he mantenido alimentada, hidratada y no he usado el wifi mientras hacía Skype con Dylan. He sido una santa.

Mi madre nos sonríe por encima de su taza y se le forman unas arruguitas en los extremos de los ojos. La he echado tanto de menos que me emociono.

—¿Y cuándo voy a conocer a ese chico? —me pregunta.

—Pronto —le prometo—. No sé cuándo vuelve exactamente, pero dice que no va a tardar mucho.

—¡Hola! ¡Yo sí te oigo!

—¿Hola? ¿Me oyes?

—¡Sí! ¡Sí! ¿Hola? ¿Hola?

Saludo con la mano a la pantalla del portátil. Mi sonrisa se está volviendo más y más estática.

—¡Hola! —dice Dylan mientras se dibuja una sonrisa en su cara.

Está en un rincón oscuro de alguna parte. Lo único que veo son paredes recubiertas de madera marrón y un ventilador de techo. Creo que debe de estar en Camboya,

aunque también podría ser Vietnam. Me da un poco de vergüenza haber perdido la cuenta.

—¿Cómo estás? —preguntamos Dylan y yo al mismo
tiempo.

Nos reímos.

—Tú primero —volvemos a decir a la vez.

—Vale, empiezo yo —decido, porque esto va a perder
la gracia pronto—. Estoy nerviosa.

—¡Normal! —dice Dylan—. Pero lo vas a hacer de
maravilla.

Eso no acaba de tener sentido, pero creo que ha pillado lo esencial.

—Estos días de formación han sido una locura —comento.

Mi cara me devuelve la mirada desde el Skype: parezco
jovencísima; demasiado joven para enseñar nada a adolescentes.

—Las prácticas docentes suelen ser duras, pero tú también lo eres —declara Dylan.

Me río, muy a mi pesar.

—Me encantaría que estuvieras aquí —le digo.

Él sonríe.

—Ah, ¿sí?

—Pues claro.

—Bueno, como nunca me lo dices… —comenta.

—¡Sí te lo digo! Claro que sí. —¿O no? Debería hacerlo, ¿verdad?

—No. Nunca.

—En fin, creía que a estas alturas ya estarías en casa.
¿Cuándo vas a volver?

Su rostro se ensombrece, como si se le hubiera pasado
por la cabeza un pensamiento desagradable.

—No lo sé. Ya sabes que tengo que descubrir qué quiero hacer antes de volver a casa. Ese fue el trato que hicimos, ¿no?

—Sí —contesto, aunque en el fondo estoy pensando: «¿Perdona? ¿Es que puedes permitirte viajar eternamente si te da la gana? ¿Es que nunca te vas a quedar sin dinero?».

—Mi padre tiene planes para mí y no sé muy bien cómo voy a... —Dylan se muerde el labio y aparta la vista para mirar algo a lo lejos—. Tengo que presentarle un plan alternativo si me voy a negar a vivir en casa y a trabajar en la empresa familiar.

—Ah, vale. —Sé perfectamente que Dylan no quiere trabajar para su padre, pero tampoco tengo claro qué es lo que quiere hacer, además de escribir poesía, algo con lo que, obviamente, ahora mismo no puede ganarse la vida—. ¿Y qué has pensado? Me refiero al plan alternativo. —Se pone cada vez más serio. Parece contrariado, casi enfadado. Frunzo ligeramente el ceño—. ¿Dylan? —insisto.

—No lo sé —contesta, apartándose el pelo de los ojos con irritación—. No lo sé. Por eso sigo aquí.

—¿Y crees que es necesario estar en Tailandia para descubrirlo? ¿No sería mejor que volvieras a casa y te pusieras a buscar trabajo y esas cosas?

—No me presiones, Addie —me espeta, y yo me alejo de la pantalla, sorprendida—. Dios, perdona —dice de inmediato—. Lo siento mucho. Es que estoy muy preocupado por esto y me siento un poco inepto, y no dejo de darle vueltas a la cabeza, y mi padre me llama casi a diario con amenazas de todo tipo, y solo quiero escaparme del mundo algo más de tiempo, ¿entiendes? Estar aquí es como pulsar el botón de pausa. Desde aquí no puedo cagarla.

Yo no tengo tan claro que eso sea así, la verdad. Pero al menos creo que tiene cierta lógica.

—Vale, tómate el tiempo que necesites. Faltaría más.

Su expresión se anima un poco.

—Gracias. Sabía que lo entenderías.

Reprimo una vaga sensación de inquietud. La verdad es que no lo entiendo. Estoy fingiendo porque no quiero ser la típica novia insoportable que no le deja ser él mismo.

—Venga, cuéntame qué has hecho esta semana —me pide Dylan, volviendo a sentirse a gusto—. Quiero escucharlo todo, hasta el último detalle. Llevo… —Pero entonces su imagen se pixela, su voz se convierte en un «tu-tu-tu» y desaparece.

Cierro de golpe el portátil, frustrada. Esto de tener una relación virtual es una mierda. No es real. Quiero que me abrace. Que vuelva.

El principio de mi primer trimestre en la escuela Barwood es absolutamente atroz.

Soy muy afortunada por haber conseguido estas prácticas. De no haber sido consciente de ello, habría abandonado ya un millón de veces. Los niños son perversos.

Estamos a mitad del primer trimestre y casi he conseguido recuperar el respeto de mis alumnos de primero de ESO tras un inicio catastrófico (les pedí que fabricaran cohetes de papel maché y se pusieron a hacer pollas; un día me eché a llorar; un alumno se rompió un dedo del pie…; fue todo horrible). En segundo, tercero y cuarto de ESO me ha ido bien desde el principio, y los de sexto de primaria son todos bastante majos. Pero primero de ESO está lleno de demonios preadolescentes. Ganármelos ha sido con diferencia una de las cosas más difíciles que he hecho en la vida, aunque, sin lugar a dudas, también la más gratificante.

Y Dylan sigue sin volver. Continuamos hablando por Skype al menos una vez por semana y nos mandamos mensajes constantemente, pero estoy desesperada. Como para no estarlo. Ha cambiado mucho. Está distante. Si le pregunto cuándo va a regresar, me dice que pronto. Intento comprenderlo, no presionarlo, no parecer demandante ni nada de eso, pero, por muy encantador que sea conmigo, no está aquí. Por mucho que diga que me quiere, la verdad es que no lo está demostrando, ¿no?

Llevamos ya meses separados, ¿y por qué? ¿Porque está «encontrándose a sí mismo»? Si fuera otro, estaría indignada. Solo lo soporto porque es Dylan el encantador, el niño perdido. Trato por todos los medios de entender que, obviamente, no se encuentra en una situación agradable y al parecer cree que volver a casa va a empeorar las cosas. Pero, en serio… No es precisamente agradable que tu novio se tire fuera no sé cuántos meses sin una buena razón.

«Te ha olvidado», dice la vocecita de mi cabeza. Soy la Addie del montón, la mediocre, la que no tiene nada de especial. ¿De verdad creía que podría seguir interesándole a un chico como Dylan más allá de una aventura de verano?

Es la Noche de las Hogueras. Deb y yo tenemos grandes planes.

Ella ha sido mi apoyo durante estos últimos meses. Ambas seguimos viviendo en casa mientras ahorramos para una propia. Deb soporta todas mis lloreras por el trabajo. Me prepara el té todas las mañanas, me lo trae mientras me maquillo y me da un beso fugaz en la coronilla. Cuando me entran ganas de escribirle a Dylan un correo electrónico cargado de mala leche —«¿Quieres volver a casa de una puta vez?»—, ella me confisca el móvil y me recuerda que las Gilbert no suplicamos.

Así que la Noche de las Hogueras va a ser una celebración de hermandad. He reservado una mesa para el Gran Espectáculo de las Hogueras en un bar pijo del centro; es como salir una noche normal, pero todo es más caro, básicamente. Nos arreglamos: tacones de diez centímetros, minivestido y nada de medias. Después de varios meses intentando vestirme de la forma más aburrida posible para ir al colegio, quiero sentirme sexy. Y puede que después de tanto tiempo esperando a que Dylan vuelva a casa… no me venga mal que alguien se fije en mí.

Para mi sorpresa, no tengo que esperar mucho.

—No, no me lo digas. Voy a adivinar tu nombre —dice el tío que está a mi lado entre la marabunta que hay para llegar a la barra. Tiene que elevar la voz por encima de la música. Es atractivo, con pinta de duro: cicatrices de acné en las mejillas, ojos de color azul claro y barba corta.

—Prueba suerte —le digo—. Vas a estar aquí un buen rato.

Él asiente, observando la cola que tenemos delante.

—Afortunadamente, no voy a ir a ningún sitio. Hannah.

—Frío.

—Quiero decir Ella. No, no, perdona, iba a decir Bethan. Emily. ¿Cindy?

—¿Lo estás intentando de verdad? —le pregunto.

—Bueno… ¿Qué te parecería si te dijera que esto ha sido un truco rastrero para que hablaras conmigo?

—Te diría que estoy sorprendida y escandalizada.

Él sonríe.

—¿Me dejarías invitarte a una copa, Emma?

—Es demasiado pronto para decidirlo. Vamos a tardar veinte minutos en llegar a la barra.

—¿Esperas que te surja entretanto una oferta mejor, Cassie? —me pregunta, mirando a su alrededor con sus ojos azules cómicamente entrecerrados, como si estuviera buscando posibles rivales.

En realidad, me lo estoy pensando. ¿Sería cruzar la línea dejar que me invite a una copa? ¿Quiero cruzar la línea? ¿La he cruzado ya al embutirme en este vestido que me ponía para salir a ligar en la universidad?

—¡Addie! —grita Deb, detrás de mí.

Me doy la vuelta.

—¡Ajá! —dice el tío de los ojos azules—. Addie. Era mi siguiente opción.

—He conseguido una botella para nuestra mesa —berrea Deb.

A mi alrededor, la gente gime de envidia.

—¿Cómo? —le pregunto, abriéndome paso de nuevo hacia ella.

—¿Nos vemos después, Addie? —me pregunta el tío de los ojos azules, pero ya he tomado una decisión y no miro atrás.

Dylan

Cuando llego, está charlando con un tío en la barra. Los celos me consumen; son como un latigazo abrasador en la parte de atrás del cuello, como una mano helada sobre la nuca, y de pronto, asqueado, soy consciente de lo que realmente he hecho al desperdiciar todos esos días tumbado en playas intercambiables sin escribir, sin pensar, sin hacer nada... La he dejado aquí con ese aspecto asombrosamente bello, como un hada, la perfección en miniatura.

El vestido que lleva puesto revela todas sus curvas. El deseo me sobreviene segundos después de la envidia y, mientras observo cómo se ríe al tiempo que las luces captan el brillo del maquillaje de sus pómulos, tengo la sensación devastadora de que está fuera de mi alcance. ¿Qué tipo de imbécil pierde el tiempo en Bali cuando podría estar aquí con una mujer así? ¿Cómo he podido ser tan estúpido? Fuera cual fuera la desdicha que me estaba atenazando —ese pánico oscuro y denso que me acechaba cada mañana al despertar—, esta me parece más ridícula que nunca ahora que se ha esfumado y que estoy aquí, mirándola a ella. ¿Qué he hecho?

—Te lo advertí —dice Deb, a mi lado.

Le escribí la semana pasada para decirle que quería sorprender a Addie la Noche de las Hogueras. Me había comentado que ambas estaban muy emocionadas porque iban a salir por la noche. «Caray, y tanto que la vas a sorprender —me dijo Deb—. Creo que ya casi ha renunciado a que vuelvas, a decir verdad».

—Soy un capullo —declaro, frotándome la cara—. Creía que...

—¿Que te iba a esperar eternamente?

—Aún sigue esperándome, ¿no? —le pregunto, angustiado—. No estará... saliendo con otro, ¿verdad?

Nunca hablamos de exclusividad. Pasamos eso por alto y fuimos directamente al «Te quiero». Di por hecho que no era necesario. Ahora estoy recapitulando cada una de las llamadas de Skype, analizando cada palabra que soy capaz de recordar en busca de algún nombre masculino, mientras ese latigazo caliente de envidia me desciende por la columna vertebral.

—Claro que no está saliendo con otro. —Deb se cruza de brazos—. ¿Qué leches has estado haciendo?

Esconderme. Huir. Hundirme. Ahogarme.

—Intentar aclararme —digo con timidez—. Creía... Addie me dijo que volviera a casa con ella cuando supiera lo que quería hacer con mi vida. Pero lo alargué y seguí sin aclararme, y volver a casa se me hacía cada vez más difícil.

Deb frunce el ceño.

—Pues eso no ha sido muy sensato.

—Ya me estoy dando cuenta.

El hombre que está al lado de Addie baja la cabeza para hablar con ella, y tengo ganas de ponerme lloriquear.

—¿No podemos decirle ya que estoy aquí? ¿Por favor?

Deb me mira de forma evaluadora.

—¿De verdad la quieres?

—De verdad.

—Entonces, ¿por qué has estado fuera tanto tiempo?

Aprieto los dientes, frustrado. No puedo hablarle del pánico, del letargo ni del terror, y, aunque fuera capaz de compartir esa vergüenza, en el fondo no creo que esa sea una excusa. Ese pánico sofocante ya se había apoderado de mí antes, una vez, cuando era adolescente, y entonces mi padre me dejó bien claro que se trataba de pura debilidad.

—No lo sé, ¿vale? No lo sé. Marcus no paraba de repetirme que tenía que quedarme ni mi padre de decirme que tenía que volver para trabajar en su empresa, y Addie tenía una vida nueva aquí y yo no tenía claro... cómo iba a encajar en ella.

—¿Así que decidiste desaparecer del mapa?

—Así que decidí esperar. Hasta convertirme en el hombre que ella querría.

Deb me mira de arriba abajo.

—¿Y ahora lo eres?

Me vengo abajo.

—Pues no, la verdad.

—Ya. A mí me parece que estás prácticamente igual, salvo por el bronceado.

—Por favor, Deb —le suplico mientras Addie vuelve a reírse y levanta una mano para echarse el pelo hacia atrás—. He metido la pata. Déjame arreglarlo.

—Vale —dice ella—. Está bien. Pero no sigas cagándola, ¿quieres? La hiciste feliz durante unos días en Francia, eso lo reconozco… Pero desde entonces no has podido hacerla más desdichada. Ahora ve a esconderte. Yo la atraeré hasta nuestra mesa con el cebo del alcohol para que la sorprendas. Si vas a hacer esto, será mejor que lo hagas como es debido. Quiero ver sonreír de nuevo a mi hermana.

Addie

Addie —dice él.

Estamos en la mesa, sirviendo el cava de la botella que Deb ha sacado no sé de dónde. Miro a mi hermana antes de darme la vuelta. Me sonríe; ella sabía que iba a venir.

—Echaba de menos esa cara de felicidad, Ads —me dice mientras me giro en la silla sonriendo para ver a Dylan.

Él me levanta del asiento antes siquiera de que yo diga nada.

—Dios —dice—. Addie Gilbert, ¿tienes idea de cuánto te he echado de menos?

Pues la verdad es que no. Me lo decía muchas veces por Skype, pero sonaba bastante vacío. Si me echaba de menos, ¿por qué no volvía? Pero ese pensamiento se evapora en cuanto posa sus labios sobre los míos. Este es mi Dylan, con su pelo castaño alborotado y sus deslumbrantes ojos verdes. Por muy ridículo que suene, tengo la sensación de que huele a sol y a viñedos incluso aquí, en este bar pegajoso. Nos besamos durante tanto tiempo que todo se desvanece mientras la música retumba a nuestro alrededor. Finalmente, nos separamos, y él se ríe, acariciándome los pómulos con los pulgares.

—Siento muchísimo haber tardado tanto en volver a casa. Soy un idiota. ¿Me perdonas?

Qué poco le cuesta disculparse. No conozco a ningún otro tío que lo haga con tanta facilidad.

Es como si careciera de ese ego masculino, de ese orgullo que siempre resulta herido. Eso es algo que me encanta de él. Aunque… no estoy segura de que sirva para solucionar las cosas. ¿Se puede solventar un error así, con una simple disculpa?

—Vamos, Addie, por favor —me suplica antes de volver a pegar los labios a los míos—. No te enfades conmigo. No lo soporto.

—¿Dónde está Marcus? —le pregunto.

Dylan parece sorprendido por la pregunta; de hecho, a mí también me ha sorprendido un poco.

—En casa —responde—. En Hampshire. Le dije que quería venir aquí directamente a verte, así que ha vuelto a casa de su padre.

Le acaricio con la nariz el pecho, sin dejar de pensar. Con el paso de los meses, he empezado a hacerme preguntas sobre Marcus. Sobre si él era la razón por la que Dylan no había regresado ya a casa. No creo que tuviera mucha prisa en que volviera conmigo.

—Y… ¿te vas a quedar aquí? —le pregunto.

—Me voy a quedar aquí. Para siempre. Con la certeza de que nunca tendría que haberme ido de tu lado.

—¡Me voy a beber tu cava! —me grita Deb—. Tú pareces muy ocupada.

Yo me río y levanto un pulgar antes de arrastrar a Dylan hacia la pista de baile mientras ella se bebe mi copa de un trago. Bailamos tan pegados que hasta el último centímetro de nuestro cuerpo está en contacto. Las luces estroboscópicas centellean. Me da vueltas la cabeza. Estoy loca de emoción por su vuelta.

—¿Sabes? —me dice Dylan al oído, para que pueda escucharlo por encima de la música—. Estoy empezando a pensar que mi vida hasta ahora ha sido una larga sucesión de decisiones malas y de errores estúpidos, con la excepción del día que llamé a tu puerta. —Posa los labios sobre mi pelo y yo oculto una sonrisa en su pecho—. No pienso volver a separarme de ti.

—Eso va a ser un poco difícil —comento, tirándole de las manos para que baile de nuevo. Lo hace bastante bien. No sé por qué había dado por hecho que bailaría mal, pero esta es una agradable sorpresa.

—¿Difícil?

—Tu familia vive a dos horas de aquí, ¿no?

No me oye bien. Se lo repito, pegando los labios a su oreja.

—No voy a volver a casa —anuncia, triunfante—. Voy a quedarme aquí.

—¿Aquí? —¿Ese es el gran plan que le ha llevado meses idear?—. ¿Aquí, en Chichester? ¿Y dónde vas a trabajar?

—Ya encontraré algo —responde, y vuelvo a percibir esa sombra en su cara—. Si Chichester me acepta.

Las luces le tiñen el cabello de amarillo, verde y otra vez de amarillo. La música está tan alta que es más un ruido que un sonido.

—¿Vas a alquilar un piso aquí?

—O a comprar uno. Mi padre siempre me está insistiendo para que me suba al carro de la propiedad inmobiliaria. —Lo miro atónita durante tanto tiempo que él se ríe, un poco incómodo, antes de volver a abrazarme—. O no, ¿yo qué sé? Solo quiero estar aquí. Debería haber estado aquí todo este tiempo.

Alguien choca conmigo y me lanza con brusquedad hacia el pecho de Dylan. Me quedo ahí, con los brazos alrededor de su cintura. Siempre he creído que todo el mundo merece una segunda oportunidad. Y ha dicho que lo siente, y, de todas formas, tampoco ha sido para tanto que se quedara un poco más de lo previsto mientras se aclaraba, ¿no?

Y yo… todavía lo quiero. Y eso también hay que tenerlo en cuenta.

Lo cuelo en mi habitación. Cerramos la puerta del cuarto, jadeando, arrancándonos literalmente la ropa el uno al otro. Dylan me rasga el cuello del vestido y se queda inmóvil, sorprendido por lo que acaba de hacer; a mí me da tal ataque de risa que tengo que taparme la boca con la mano para que no me oigan.

Su cuerpo está igual pero diferente. Las marcas del bronceado son más claras, puede que los músculos un poco más firmes, pero es él, Dylan, mi hogar, y el mero hecho de notarlo pegado a mí es suficiente para hacerme temblar. Nos besamos ávidamente, con la boca abierta. Estoy desesperada, ansiosa, tan alterada que me cargo el condón, y él se ríe, sin aliento, mientras me calma las manos con las suyas.

—Tenemos todo el tiempo del mundo —dice él con voz ronca—. No voy a irme a ninguna parte.

Me tumba sobre la cama y se pone encima de mí. Apoya los brazos a ambos lados de mi cuerpo. Yo levanto la barbilla, exigiendo un beso, y él posa los labios sobre los míos lentamente, con suavidad. Cuando coge un segundo condón, yo ya le he suplicado, literalmente, que entre dentro de mí, y cuando por fin lo hace ambos gritamos.

Es como si el cansancio no existiera. El alcohol probablemente también ayude. De todos modos, el reloj biológico de Dylan es un desastre con tanto viaje. Así que a las ocho de la mañana, después de cero horas de sueño, saciada, emocionada y probablemente todavía borracha, lo llevo abajo para hacer sándwiches de *bacon* y huevo para desayunar.

Mi madre llega unos minutos después de que pongamos las lonchas en el grill. Se detiene en la puerta de la cocina, con su camisón favorito. En su origen era morado, pero ahora es de una especie de gris marchito.

—Vaya —dice—. No sé qué me sorprende más, si ver a un muchacho en mi cocina o a mi hija friendo *bacon* a las ocho de la mañana.

—Soy Dylan —se presenta él, limpiándose las manos en el delantal que ha insistido en ponerse, antes de tenderle una de ellas a mi madre para saludarla—. Encantado de conocerla.

—¡Ah! ¡Dylan!

Mi madre me mira descaradamente, como solo los padres hacen. Como si, en cuanto tienes un hijo, perdieras la capacidad de ser sutil.

—Sí, mamá, este es Dylan —declaro, dándole la espalda para untar la mantequilla en el pan, intentando no sonreír.

—Así que ya ha vuelto, ¿no?

—Así es —dice Dylan—. Y no pienso marcharme a ninguna parte. Nunca más. Jamás.

Sonrío de oreja a oreja.

—Bueno. Me alegra escuchar eso, Dylan —comenta mi madre, y me doy cuenta de que ella también está sonriendo—. Y ahora, preparaos. Como tu padre huela el *bacon*, va a saltar de la cama como un…

—¿Quién está haciendo *bacon*? —grita mi padre, bajando las escaleras—. ¿Es para mí?

AHORA

Dylan

La estación de servicio de Charnock Richard, punto destacado de la M6, no puede tener un aspecto más mugriento y gris bajo el cielo azul intenso. Salimos a presión del Mini, como un chiste malo al revés.

Marcus se estira con todas sus ganas, apretando los puños; con el pelo sobre los ojos, parece el niño desgarbado que en su día fue, embutido en una chaqueta del Winchester College, tan pequeño que los niños mayores pensaban que era una presa fácil, pero a la par tan inteligente que los había humillado a todos para el final del trimestre de otoño. Tras conseguir que despidieran a dos profesores que le caían mal y arreglárselas para que echaran a Peter Wu del equipo de críquet para jugar en su lugar, no tardó en ganarse la reputación de ser un muchacho que siempre se salía con la suya.

Recuerdo un día en el que un alumno de bachillerato lanzó a Luke contra un muro y lo llamó «chupapollas». Daniel Withers le sacaba una cabeza a Marcus y era el doble de ancho que él, pero este se acercó a aquel chico mayor con

237

energía y ferocidad, como si estuviera rabioso y sujeto por una correa muy fina. «No voy a pegarte —le dijo a Daniel mientras yo acunaba la cabeza herida de Luke sobre el hombro—, pero pienso acabar contigo. Lentamente, poco a poco, hasta que no seas más que el hazmerreír de toda esta gente. Sabes que soy capaz de hacerlo».

—¿Probamos una de esas aberraciones o qué? —pregunta Marcus, señalando un cartel que anuncia los rollitos de salchicha veganos de Greggs.

—Creía que iban en contra de tu filosofía —señalo, alcanzándolo.

Él me sonríe.

—Deberías saber que nunca soy fiel a una filosofía durante mucho tiempo. —Su sonrisa se desvanece cuando cruzamos la puerta de la estación de servicio—. Dyl... —Mira hacia atrás; los demás todavía están cruzando el aparcamiento y las gafas de Addie centellean bajo el sol. Se ha desabrochado la parte de arriba del peto para refrescarse y la lleva colgando, ondeando en la cintura; por debajo tiene puesto un top corto ajustado de color blanco que se le pega a la piel y al tejido fruncido del sujetador—. ¿Sabes que tu padre me ha ofrecido trabajo?

Me vuelvo hacia Marcus, vacilando a medio paso.

—¿Mi padre? —Veo que reprime la necesidad de decir algo gracioso; intuyo las palabras en la punta de su lengua y luego el pensamiento que se las traga—. ¿De qué? —le pregunto.

—De redactor creativo para la sede nueva de la empresa. Solo son seis meses, pero...

Es un trabajo que mi padre me ha ofrecido en innumerables ocasiones: «Es lo máximo que puedo hacer por un graduado en Filología Inglesa sin experiencia laboral». Estoy seguro de que se lo ha ofrecido a Marcus para fastidiar-me; ¿por qué si no iba a molestarse mi padre en echarle un cable a uno de mis amigos?

—Lo necesito urgentemente, Dyl —prosigue—. Mi padre sigue sin pasarme dinero y tengo antecedentes penales —declara haciendo una mueca.

Ni siquiera Marcus, el hombre que siempre se sale con la suya, logró que la policía retirara los cargos contra él cuando se estrelló, borracho, contra la fachada de una agencia inmobiliaria.

—Bueno, pues entonces acéptalo.

—No sabía que no os hablabais.

—Luke también ha cortado la relación con él. Cuando les dijo a mis padres que se iba a casar con Javier, mi padre le soltó que no pensaba ir a la boda. Así que…

Marcus hace una mueca de dolor.

—Joder. No… No lo sabía. Luke debe de estar…

—Sí. Ha sido duro. Pero él merece algo más que un re-conocimiento a medias por parte de su padre. Aunque, la ver-dad, yo creo que cortar la relación con él es mucho más sano para Luke que seguir viéndolo y no poder llevar nunca a Javier a casa.

—Debería llamarlo. Últimamente… Tengo que llamarlo.

Seguimos caminando en silencio. Luke perdonó a Marcus mucho antes que yo; claro que siempre es más fácil perdonar cuando no te han arruinado la vida; y, además, vivir a miles de kilómetros, en Estados Unidos, también ayuda.

—Si… Si no quieres que acepte el trabajo… —Marcus me mira con ojitos de cordero degollado.

Por un instante tengo la tentación de decirle que no lo acepte para ver hasta dónde llegaría su lealtad hacia mí, pero no lo hago. Yo no soy así. Y sospecho que es muy posible que ya haya dicho que sí.

—Claro que debes aceptarlo. Es una buena oportunidad.

Acabamos de entrar en el Waitrose, atraídos por el frescor de las neveras; Marcus abre la puerta de la de la leche y finge que quiere meterse dentro. Yo me río, muy a mi pesar.

—¿Recuerdas cuando me obligaste a beberme dos litros de leche después de volver de una noche de fiesta en el Wahoo? —me pregunta, frotándose la espalda contra el cristal frío como un oso contra un árbol.

Wahoo era una de las discotecas de Oxford. O más bien un bar deportivo que se transformaba para los estudiantes por las noches. Siempre olía a maíz dulce e inexplicablemente siempre ponían el canal de la teletienda en las pantallas de televisión mientras el DJ pinchaba a todo volumen algún tema de Flo Rida.

—Yo no te obligué a beberte dos litros de leche —digo, mirando hacia las cajas registradoras.

Una muchacha con el uniforme del Waitrose nos mira con recelo; seguramente está intentando dilucidar qué norma está quebrantando Marcus al intentar meterse en la nevera de los lácteos.

—Claro que sí —insiste él—. ¿Por qué me la iba a beber si no? —Él me sonríe, consciente de lo que voy a decir.

—Porque eres un hedonista descerebrado —le espeto mientras su sonrisa se hace más amplia—. Venga, sal de ahí, la cajera está pensando en llamar a los loqueros para que te encierren.

Me estremezco por mi desafortunada elección de palabras, pero Marcus no se da por aludido; mira a la chica de la caja.

—Bah, es inofensiva. No llamaría a seguridad ni aunque le mangara un cartón de dos litros. Algo que no pienso hacer —asegura, poniendo los ojos en blanco al ver que mi sonrisa se desvanece—. Venga ya, ¿qué tengo que hacer para convencerte de que ya no hago esas cosas?

Addie, Rodney y Deb entran en la tienda y se quedan parados al ver a Marcus intentar cerrar la puerta de la nevera con él dentro. Le lanzo una mirada mordaz mientras él se fija en sus caras.

—A ver, si esperabas un cambio radical de personalidad, será mejor que te busques a otro —comenta, dejando de sonreír—. Aunque espero que alcancemos una entente cordial.

—Disculpen. ¿Puedo ayudarles? —pregunta la cajera.

—¿Sería tan amable? —responde Marcus—. Solo me falta subir un pie y cambiar de sitio unos cuantos cartones de leche para meterme en la segunda balda, creo.

—No estoy… No creo que deba hacer eso —dice ella, perpleja.

Para mi sorpresa, oigo reír a Deb y a Addie. Las miro y la imagen de Addie ocultando su risa con una mano mientras las pulseras se deslizan por su brazo despierta una sensación cálida en mis entrañas, como cuando el agua caliente entra en contacto con el té. Esa risa suena a bálsamo, a placer sencillo, al disfrute de alguien a quien amas con un amor correspondido. Había olvidado la forma en la que entrecierra los ojos cuando se ríe.

Creo que Marcus tiene razón. Lo estoy presionando mucho, espero demasiado de él, o puede que mis expectativas estén totalmente fuera de lugar. Él es Marcus. Eso no va a cambiar. Y, francamente, mientras lo veo razonar con la dependienta desconcertada, me doy cuenta de que tampoco quiero que lo haga.

ANTES

Addie

Desde que Dylan vuelve a casa, apenas se separa de mí. Incluso el día de Navidad viene por la noche, después de haber conducido desde la casa de sus padres, en Wiltshire, solo para entregarnos en mano los regalos y compartir con nosotros vino caliente hecho en el microondas mientras vemos *Elf*.

El curso se reanuda en enero y él es un grandísimo apoyo para mí también en el trabajo, ahora que está aquí para escucharme. Siempre consigue ver las cosas desde el punto de vista de los niños. Era un gamberro en la escuela secundaria, al parecer. Casi lo expulsan del colegio privado superpijo en el que lo metieron sus padres, aunque él asegura que la culpa fue principalmente de Marcus.

Una noche de enero vuelvo a casa después del trabajo y me lo encuentro tirado en el sofá, viendo un documental con mi padre. Se está alojando en un Airbnb mientras busca piso, aunque pasa aquí casi todas las noches. Sonriendo, me quito los zapatos en el vestíbulo.

—Deberías venir a pescar con mosca a nuestra casa —está diciendo Dylan cuando entro en el salón. Luego se lleva una de nuestras tazas más desportilladas a los labios; está claro que mi madre ya no lo considera un invitado—. Mi familia tiene permiso para pescar en un afluente del Avon y nadie lo aprovecha. Mi hermano y yo somos un cero a la izquierda para los deportes. A Luke nunca se le dio bien y yo no tenía paciencia —se lamenta.

Mi padre parpadea unas cuantas veces.

—Vale —dice—. Caray. Gracias.

Mi madre y yo nos miramos. Ella está ordenando el salón —siempre está agachándose para recoger un calcetín perdido o un vaso usado— y la observo mientras sonríe, divertida. «Qué pijo es», articula en silencio. Pongo cara de circunstancias.

—No finjas que no te gustaría ser dueña de medio río algún día —me susurra cuando pasa a mi lado de camino a la cocina.

Yo me río y la sigo.

—Pero te cae bien, ¿no?

—¿Por qué no paras de preguntármelo? —dice, llenando el lavaplatos.

Me dispongo a ayudarla. Ella me echa de un manotazo por poner un cuenco de cereales en la parte inferior en vez de en la superior.

—Es que… me gustaría que te cayera bien.

—Y me cae bien. —Mi madre me mira con perspicacia—. ¿Quieres que te diga que puede quedarse aquí hasta que encuentre una casa, en lugar de ir de un alquiler temporal a otro?

Parpadeo, alarmada.

—Caray.

—Si ya está siempre aquí, cielo —señala ella, levantándose y secándose las manos en la parte de atrás de los vaqueros. Son «vaqueros de madre», hechos de tela vaquera vieja y gruesa y con los bajos remangados—. Tu padre y yo lo comentamos ayer por la noche.

Me quedo callada. Se me acelera el corazón. ¿Es eso lo que quiero, que Dylan viva aquí? Suena… muy serio.

—¿Ads? —Mi madre ladea la cabeza—. ¿No? Como sois inseparables y se os ve tan bien juntos…

Me apoyo en la encimera, levantándome un padrastro del pulgar.

—Ya. Sí, es cierto.

Ella baja la voz.

—¿Es que no lo tienes claro?

—No, sí, sí. Es que… la vez que estuvo fuera me dio por pensar… que no me quería tanto. Si no, habría vuelto a casa.

—Pero ha vuelto, ¿no?

—Sí, pero… después de una eternidad. Y yo estaba empezando a trabajar y lo necesitaba aquí.

—¿Le dijiste que lo necesitabas?

—Quería… que él se diera cuenta —reconozco, avergonzada.

Mi madre me hace un gesto con la mano para que me aparte y le deje limpiar la superficie que está a mis espaldas.

—Deberías hablar con él de eso y aclararlo, cielo.

Me muerdo el labio. El problema es que me dejé el listón muy alto a mí misma durante esas semanas en la Provenza. Tres semanas eran el tiempo justo para resultar atractiva, interesante y un poco misteriosa. Ahora que Dylan está aquí, en nuestro sofá de segunda mano, y yo llego tarde de trabajar con mis pantalones negros gastados y mi blusa aburrida…, me preocupa que esto no encaje demasiado con Dylan. Me refiero a mi vida real. Él se enamoró de la Addie veraniega. Sin duda, ya no soy la chica que era antes de verano, pero ahora tampoco soy precisamente la Addie veraniega, ¿no?

—¿Cuál es el truco? —pregunto impulsivamente, observando cómo mi madre se sujeta el cabello detrás de la oreja mientras limpia las encimeras—. Con papá. Es decir, lleváis juntos…

—Veinticinco años —dice mi madre, mirando hacia atrás con una sonrisa—. Y yo diría que todo es cuestión de transigencia.

—¿Como dejar que papá vea la tele después de cenar mientras tú recoges? —pregunto, arqueando las cejas.

—Exacto. ¡Él cocina!

—Pero tú te encargas de pensar los menús —señalo—. Y de ir a la compra.

Ella frunce el ceño.

—Cada cual se ocupa de su parte.

No tiene sentido hablar con mi madre de la carga mental. Para ella, mi padre es el hombre más moderno del mundo porque se plancha sus propias camisas.

—¿Al menos me dejas fregar? —le pregunto.

—¡Por supuesto! —contesta mi madre, pasándome los guantes de goma—. La verdad es que últimamente eres una mujer distinta. La estudiante holgazana ha desaparecido para dejar paso a la joven que se fija en el montón de sartenes sucias que hay al lado del fregadero.

Le saco la lengua.

—Uf, no sé —digo, abriendo el grifo del agua caliente—. No sé por qué me lo pienso tanto. Le preguntaré si le apetece mudarse aquí una temporada.

—Solo si estás completamente segura, cielo. Tienes toda la vida por delante, no es necesario precipitarse. Ay, Addie, cuidado con esa bandeja, era de tu abuela... —Le dejo tomar el relevo para enjuagar la bandeja que yo no estoy capacitada para lavar—. Aunque no creo que debas preocuparte por si está tan interesado como tú —añade—. No te deja ni a sol ni a sombra.

—¿Puedo ayudar? —pregunta Dylan desde el umbral de la puerta.

Mi madre me mira deliberadamente, como si el hecho de que haya venido a echar una mano con los platos fuera una señal de que no puede soportar estar lejos de mí.

—¡Ya estoy en casa! —grita Deb desde la entrada, cerrando de un portazo—. ¿Está aquí la sombra de Addie? Qué bien. Hola, Dylan. Necesito que me ayudes con una solicitud de empleo. ¿Podrías leerla y hacer que suene... más inteligente? —dice, tirando el bolso en un rincón de la cocina.

—¿«La sombra de Addie»? —repite Dylan, medio riendo.

Deb le resta importancia con un gesto de la mano y chasquea la lengua cuando no encuentra ningún vaso limpio en el armario. Va hacia el lavavajillas.

—Mierda, ¿está puesto?

—De nada —dice mi madre suavemente.

—La sombra de Addie... ¿Como si la siguiera en plan siniestro? —pregunta Dylan.

—No, más bien como si te llevara cosido al pie —responde Deb—. Tendré que usar una taza. ¡Papá! ¡Papá! ¿Tienes tú ahí mi taza del *bulldog* francés?

—¡No! —berrea mi padre desde la sala de estar.

—La dejaste debajo de tu mesa de estudio —anuncia mi madre—. La he recogido esta mañana. Está en el lavavajillas.

—¿Debajo de la mesa de estudio? —pregunto.

—¿«Cosido al pie»? —repite Dylan, frunciendo el ceño.

—¿Cuándo llega Cherry? —pregunta Deb.

—¡Mañana! —grita mi padre, apesadumbrado.

Está enfurruñado porque, cuando Cherry se queda a dormir, tiene que cederle su «estudio», el trastero que hay en la parte delantera de la casa y que está lleno de basura: piezas de maquetas de trenes y aviones; números antiguos de *The Beano*; ordenadores portátiles que han muerto pero que, por alguna razón, no se pueden tirar... Mi padre odia que vengan invitados. Eso le da a mi madre la excusa perfecta para pedirle que se deshaga de sus trastos.

—¿Tú crees que estoy cosido a tus pies? —me pregunta Dylan, frunciendo el ceño con ternura.

Por un momento se me ablanda el corazón y todo parece sencillo. Le rodeo el cuello con los brazos y le doy un beso en la boca.

—Creo que deberías dejar el Airbnb.

Él retrocede.

—¿A qué te refieres?

—Mi madre dice que puedes quedarte aquí mientras buscas piso para comprar.

—Hala —dice Deb, al pasar a nuestro lado—. ¡Dylan se viene a vivir con nosotros!

Me ruborizo.

—No se viene a vivir con nosotros —digo, ya un poco arrepentida—. De todos modos, ya duerme aquí casi todas las noches.

Dylan me mira, parpadeando con sus largas pestañas. Mientras la preocupación empieza a florecer en mi interior, él me abraza y me besa en las mejillas, en la frente, en el cuello... Yo me río, retorciéndome entre sus brazos.

—Gracias —dice, levantando la cabeza para hablar con mi madre—. Neil y tú sois muy generosos. —Baja de nuevo la boca hacia la mía y luego me acerca los labios al oído—. Y gracias a ti también —susurra.

—Verás cuando lleves aquí unas cuantas semanas —le advierto sonriendo mientras me alejo de él—. Estarás tan harto de oír roncar a mi padre al otro lado de la pared y del estruendo que hace Deb en la cocina a las cinco de la mañana que saldrás pitando por esa puerta.

Dylan recoge a Cherry en la estación. No tengo ni idea de dónde ha sacado el coche. Simplemente… un día apareció con él, nuevecito y oliendo a ese ambientador floral hecho por gente que, obviamente, solo conoce las rosas y los lirios de oídas.

Cherry se presenta en la puerta de la casa de mis padres como la princesa de colegio privado perfecta, como siempre. Lleva el pelo recogido en una cola de caballo sencilla y parece que no va maquillada, pero yo sé cuánto tiempo y esfuerzo (y cuántos productos) invierte en dar esa impresión. Cherry y yo compartimos habitación el segundo año de universidad. No hay muchas cosas que no sepamos la una de la otra. Desdibujamos los límites. Cruzamos las líneas. Nos prestamos la ropa interior.

Se abalanza sobre mí en el umbral de la puerta. Chillamos igual que las chicas de instituto en las películas estadounidenses. En su día era una broma, pero definitivamente abandonamos el sentido de la ironía hace ya tiempo.

—¡Addie! ¡Madre mía, cuánto te he echado de menos!

—¡Pasa! —le digo, tirando de ella hacia dentro—. Mi padre ha vuelto a vaciar tu cuarto.

Cherry viene muy a menudo. Sus padres son aún más excéntricos que ella: si se queda en casa durante más de un par de semanas, suelen enredarla para que haga alguna absurdez, como tejer una bufanda de un kilómetro de longitud con fines benéficos o buscarle un hogar nuevo a una caterva de monjas.

—Espero que Neil me haya dejado otra maqueta de avión para construir —comenta Cherry, yendo hacia el estudio. Se sienta en la cama y rebota mirando feliz a su alrededor—. ¡Por fin en casa! —exclama—. Bueno. En una de ellas. Pero es una de mis favoritas. ¡Ay! ¡Señor y señora Gilbert!

—Bienvenida de nuevo, cielo —le dice mi madre a Cherry mientras esta se acerca a ellos para abrazarlos.

Mis padres la adoran. Todo el mundo la adora. No adorarla es como odiar a los cachorritos.

—¿Preparo el té? —pregunta Cherry, apartando a Dylan con un golpe de cadera—. Tenemos muchísimas cosas de las que hablar. —Se dirige hacia la cocina. Los demás la seguimos—. Qué buena casamentera soy —le dice a mi madre mientras llena la tetera—. Ya te dije que encontraría a alguien para Addie. —Frunzo el ceño. Yo no necesitaba…—. Menos mal que has pasado el verano en Francia —comenta, señalándome con un dedo mientras lo sacude—. Porque eso de la enseñanza… En la enseñanza no hay hombres.

—¡Claro que los hay! —exclamo, riendo—. Nuestro director es un hombre.

Cherry pone los ojos en blanco, antes de echar un vistazo a la tetera.

—Pues claro que el director es un hombre. Y seguro que también es viejo y aburrido.

—De hecho, es joven e interesante —aseguro, señalándole el armario de las tazas—. Y guapo.

—¡Venga ya! ¿Me estás tomando el pelo? —pregunta Cherry, fisgoneando por la cocina—. ¿Dónde está la taza del *bulldog* de Deb? ¿La ha guardado bajo llave?

—¿Siempre has gritado tanto? —le pregunta Deb, apareciendo en la puerta de la cocina—. No recordaba que hablaras tan alto.

—¡Deb! —Cherry corre hacia ella para darle un abrazo, pero se frena en seco, resbalando con los calcetines sobre el linóleo—. ¡Nada de abrazos! Es verdad. ¡Hola! ¡Estás guapísima!

Deb sonríe.

—Hola, Cherry. Puedes usar mi taza. Está en el cajón de abajo, dentro del barreño de repuesto para lavar los platos.

Cherry da media vuelta, haciendo un gesto de triunfo con el puño y emitiendo un discreto «Sí», antes de ir hacia el cajón.

—¿Qué? —pregunta Deb cuando todos nos la quedamos mirando—. Intentad vosotros decirle que no a esa mujer.

Dylan

J oven, interesante y guapo?

Acepto el té que Cherry me ofrece y ella se me queda mirando un instante, muy seria. Me conoce perfectamente.

—¿Estás bien? —me pregunta con discreción.

Yo sonrío, obligando a ese miedo oscuro y atenazador a regresar al lugar del que ha salido.

—Claro.

Ella no parece muy convencida, pero entonces Deb empieza a quejarse de que a la madre de Addie ahora le ha dado por comprar leche desnatada, y se inicia un debate sobre si la entera es la del tapón verde o azul y Cherry vuelve a distraerse.

Trago saliva, sosteniendo la taza de té entre las manos y observando a Addie. Lleva puesto su peto favorito y todavía tiene su melena oscura recogida en el moño torcido con el que ha dormido; su aspecto es desaliñado, indómito, de andar por casa. Es quizás la Addie más auténtica que he visto nunca, aquí, con su familia revoloteando alrededor, y me sobreviene la certeza absoluta de que todos los hombres del mundo deben de estar enamorados de ella.

«Joven, interesante y guapo», ha dicho. Nunca la había oído hablar del director. Sí recuerdo haberla oído comentar que los profesores veteranos la ayudaban mucho, pero creo que había dado por hecho que eran todas mujeres de mediana edad.

Me vibra el móvil en el bolsillo y hago una mueca de desagrado; seguro que es mi padre. He ignorado su última llamada mientras dejaba que el teléfono sonara y sonara en mi mano, observando su nombre fluctuar en la pantalla como un cebo de pesca en el agua.

—¿Qué me estás contando? —grita Cherry—. ¿La mujer de enfrente? ¿La que tiene las orejas llenas de piercings?

—¡Sí! ¡Esa! —exclama Addie, doblándose hacia delante y riendo tan fuerte que se le ponen las mejillas de color rosa.

—¿Y el gato? —pregunta Cherry, con los ojos muy abiertos.

—Se lo ha enviado a su madre —responde la madre de Addie, riéndose—. ¡No hemos vuelto a verlo!

Todos se están desternillando; hasta el padre de Addie se ríe, y eso que solo lo he visto hacerlo cuando los deportistas se caen en la televisión. Ojalá hubiera escuchado el principio de la historia en lugar de haberme pasado los últimos cinco minutos dentro del laberinto atormentado de mi propio cerebro.

Saco el teléfono del bolsillo de atrás para echarle un vistazo:

Llámame. Supongo que ese disparate de Chichester no irá en serio. Tienes que volver a casa y empezar a hacer algo con tu vida, por el amor de Dios.

Trago saliva.

—¿Estás bien? —me pregunta Addie antes de bajar la vista hacia mi móvil.

Yo lo apago rápidamente y la pantalla se vuelve negra.

—Sí —aseguro—. Mi padre, que quiere que vea otra propiedad.

Addie se ríe.

—¿Te has oído? ¡«Propiedad»! Ya eres todo un adulto.

¿Adulto, yo? Ella es la que se quita los zapatos gimiendo todos los días al llegar a casa, se deshace el moño y luego me habla de los niños que se niegan a entregarle los cigarros que se han liado a la hora de la comida mientras yo intento decir algo útil para apoyarla, aunque en realidad me siento como un impostor. Addie vive en el mundo real. Yo ni siquiera sé lo que es eso. El miedo vuelve a atenazarme y, en cierta manera, el pavor que eso me da es casi tan nefasto como el pánico en sí.

El teléfono vuelve a vibrar; esta vez es Marcus:

Hola?? Sigues vivo? Ya me he olvidado de tu cara, tío.

Siento una punzada inconfundible de culpabilidad; desde que he vuelto al Reino Unido no lo he visto tan a menudo como debería. Luego dice:

Te pasas por aquí esta noche? Tengo que enseñarte algo muy guay, y estaría bien vernos.

—¿Tú qué opinas? —me pregunta Addie.

—¿Qué? Perdona —respondo, apartándome el pelo de los ojos—. No me he enterado.

Addie resopla por la nariz.

—¿Estás escribiendo un poema ahí dentro? —dice, señalándome la frente.

—Algo así.

—¡Tú dime la línea y yo te busco una rima, Dyl! —vocea Cherry desde el otro lado de la cocina, bajando la palanca de la tostadora.

He intentado muchas veces explicarle a Cherry que los poemas no siempre tienen que rimar, pero no hay manera.

—Gracias, Cherry, pero no es necesario.

—¡Armario! ¡Acuario! ¡Escenario! —recita mientras se cuela por debajo del brazo de Deb para coger la margarina en la nevera—. ¡Abecedario! ¡Solitario! ¡Dromedario!

—¿No tiene un botón de volumen? —le pregunta el padre de Addie a la madre.

—Al final acaba perdiendo fuelle —responde ella con cariño—. Es que está emocionada.

—¿No podríamos llevarla a dar un paseo o algo así? —sugiere él, un poco desesperado.

—Estábamos hablando de lo que podríamos hacer esta noche —me explica Addie levantando la voz por encima del ruido—. ¿Vino y película? ¿Jugamos al bingo de Cherry y bebemos cada vez que grite?

Me encantaría. No me apetece perder de vista a Addie ni un segundo; en el fondo sé que sigo pagando por el tiempo que he pasado fuera, o tal vez no pagando por él, sino recuperándolo. Pero también está el mensaje de Marcus: «Estaría bien vernos».

—Esta noche voy a quedar con Marcus. Lo siento.

Una expresión fugaz cruza el rostro de Addie. No es exactamente irritación, aunque puede que sea algo relacionado con ella: ¿decepción? ¿Enfado? Me da la espalda tan rápidamente que no logro identificarla.

—Vale, no pasa nada —dice mientras se escabulle de la cocina.

Joel, el padre de Marcus, jugaba en el Arsenal en su juventud y cobraba más de cincuenta mil libras a la semana; la casa que se construyó está pensada para dejar constancia de ese hecho por todos los medios. La mansión tiene un halo de *glamour* forzado, de extravagancia chillona y estridente que da repelús. Los grifos son de oro (no dorados, sino hechos con oro macizo) y los pasamanos son de hierro forjado, torneado para dar forma repetidamente al escudo del Arsenal.

He estado en casa de Marcus tantas veces que ya ni me fijo en lo grotesco que es todo: los vestidores gigantes de las habitaciones, el cine del sótano, el tobogán que parece sacado de un parque temático del jardín trasero… Tengo que detenerme conscientemente y tomarme un momento para apreciar el hedonismo repugnante y absoluto que rezuma todo ello.

—Llegas tarde —dice Marcus, bajando por la escalera suntuosa—. Te has perdido la cena. India ha traído tacos.

India es la madrastra de Marcus. Es la mitad de joven que Joel y le hacía los coros a Miley Cirus; ha construido un emporio vendiendo golosinas veganas para perros y tiene más de dos millones de seguidores en Instagram. La madre de Marcus murió cuando él tenía cinco años, e India entró en escena solo seis meses después. Hay cientos de razones por las que Marcus podría odiarla, pero cuando conoces a India entiendes de inmediato que la quiera tanto. O, mejor dicho, que la quisiera.

India es escandalosa, amable y tan directa que roza la mala educación. Cuando él era adolescente, se peleaban a gritos, con las venas de la frente hinchadas, y las discusiones eran tan fuertes y violentas que resultaba impensable que pudieran llegar a ningún tipo de acuerdo, y entonces, sin saber cómo, milagrosamente, India conseguía arrancarle una disculpa por lo que había hecho y volvían a jugar juntos al golf. Así funcionaba la familia hasta que, en nuestro primer año de universidad, India dejó a Joel por su hermano.

Nunca he visto a Marcus tan hecho polvo. Se volvió loco. Fiestas sin fin, orgías, viajes de diez mil libras a estaciones de esquí y encontronazos con la policía. La noche que lo encontré solo en el tejado de la iglesia de la facultad con una botella de absenta fue la gota que colmó el vaso: Joel amenazó a Marcus con enviarlo a rehabilitación si no cambiaba de actitud. Recuerdo la llamada telefónica, la forma en la que me miró por un instante con los ojos como platos, y yo pensé: «Por fin algo le afecta». No sé cómo no se me ocurrió a mí lo de la rehabilitación; no hay nada que Marcus odie más que sentir que lo han dejado solo y abandonado en algún lugar.

Nunca llegó a cambiar radicalmente de actitud, pero logró controlarse un poco después de aquello. O, mejor dicho, todavía sigue intentándolo.

Para mi sorpresa, India no se desentendió del todo tras dejar a Joel. Sigue yendo a su casa para verlo; sigue llamándolo y enviándole mensajes. Sigue siendo su madrastra, según ella, aunque él nunca ha vuelto a verla de ese modo, y ahora las peleas a gritos acaban con Marcus largándose de casa con un portazo y llamándome a mí.

No es de extrañar que se empeñara tanto en seguir viajando, la verdad. Y cuando yo no tenía fuerzas para salir de la cama, él lo entendía; nunca me lo decía, pero yo sabía que el miedo ya había ido a por él antes.

—¿Qué era lo que querías enseñarme? —le pregunto a Marcus cuando se reúne conmigo abajo.

Tiene los zapatos llenos de barro y va dejando un rastro en el suelo, unas pisadas de color marrón claro, como de cómic, sobre el mármol inmaculado.

Me hace un gesto con la cabeza para que lo siga y va hacia el jardín.

—Te va a encantar. —Mira hacia atrás y me sonríe—. Vamos.

Yo le devuelvo la sonrisa, muy a mi pesar. El buen humor de Marcus llega y se va como los aguaceros, pero, cuando lo presencias, es una maravilla.

Nos adentramos en la luz gris del atardecer. El porche trasero (del tamaño aproximado de una pista de squash) está iluminado por unas luces rosadas incrustadas entre las baldosas; le dan a Marcus un aire vagamente macabro, como si fuera un personaje de una película de terror, iluminado en tonos rojizos. Más allá, el césped se extiende hasta el lago artificial en el que Marcus celebró su vigésimo primer cumpleaños. Todos protestamos cuando insistió en que lleváramos bikini o bañador (un lago de Gran Bretaña, por el amor de Dios), hasta que el primer valiente se lanzó a bomba y descubrió que estaba climatizado.

Bajamos paseando por el campo. Marcus va saltando sobre el camino de losetas de piedra que India hizo poner cuando era niño. Cuando el brillo rosado del porche va quedando atrás, él enciende la linterna del móvil y enfoca el haz de luz a un lado y a otro mientras salta de baldosa en baldosa.

Hay un embarcadero pequeño en el lago, donde se casaron India y Joel. Yo debía de tener unos ocho años. Joel y mi madre se conocieron en una gala en Londres y nuestras familias han sido amigas desde entonces. Yo estuve al lado de Marcus durante la ceremonia; él llevaba puesto un traje azul claro con chaleco y una corona de flores sobre los rizos, inclinada hacia una oreja. Rompió a llorar cuando se dieron el «Sí, quiero»; simplemente unas lágrimas rodaron por sus mejillas, sin sacudidas de hombros ni sollozos. Hasta ese momento, yo era consciente de que Marcus estaba triste por haber perdido a su madre, pero nunca había sentido su tristeza. Le apreté la mano con fuerza; mi hermano, que estaba enfrente de mí, al otro lado del pasillo, le agarró la otra.

—¿Adónde me llevas? —le pregunto.

Marcus se adelanta y llega casi hasta el embarcadero. La luz de la linterna capta la superficie del agua y da lugar a unos reflejos trémulos; veo una barca balanceándose inquietamente en el lago.

Se hace a un lado, iluminando el bote para que yo entre primero. Es un trasto pequeño de madera con dos remos y unas tablas para sentarse. Lo miro con desconfianza.

—Arriba, gallina —me anima, dándome un empujón cariñoso—. Si te has pasado media infancia pescando.

—Desde la orilla —señalo—. Pescando desde la orilla.

Me da otro empujón y eso me basta para darme cuenta de que él me va a ayudar a subir a la barca si yo no soy capaz de hacerlo. Me meto dentro y aterrizo con inseguridad; tengo que agarrarme a una de las tablas para evitar caerme. Marcus se ríe detrás de mí y la luz de la linterna de su teléfono brinca a nuestro alrededor, iluminando los árboles distantes, el lago oscuro y el embarcadero, antes de que él entre de un salto y se sitúe a mi lado. Hace tanto frío que veo mi aliento cuando la luz de la linterna se vuelve hacia mí.

—¿Adónde vamos? —le pregunto.

—¡Todo a su debido tiempo, amigo mío! Coge un remo, ¿quieres?

Remamos de forma errática por el agua. Después de haber participado en todos los deportes imaginables en la universidad (y teniendo los genes de un deportista), sería de esperar que a Marcus se le dieran bien este tipo de cosas, pero es un inútil. Remamos en círculo durante un rato, salpicándonos el uno al otro y maldiciendo entre risas hasta que le pillamos el truco.

Empiezo a entrar en calor y con este llega el cosquilleo que me causa la emoción de haber emprendido una aventura. Me suele pasar eso con Marcus; saca mi lado valiente. Con él a mi lado soy alguien, el tipo de hombre capaz de lanzarse a la piscina, de desafiar a su padre, de elegir la poesía en lugar de tomar un camino más sensato.

No hay ningún embarcadero al otro lado del lago, solo una ribera por la que trepar. Cuando logramos llegar a tierra firme ya estamos los dos empapados, y mientras Marcus ata descuidadamente la barca a un poste de madera al lado del agua, llego a la conclusión de que su padre debe de haber desconectado la calefacción del lago durante el invierno. El agua se está abriendo paso a través de mis vaqueros, royéndome los dedos de frío.

—Por aquí —se limita a decirme, llevándome hacia el bosque.

Busco mi teléfono a tientas para comprobar si sigue seco y pulso el icono de la linterna para encenderla. La luz de Marcus ya no es suficiente. Los árboles se ciernen sobre nosotros y sus raíces sobresalen bajo mis pies. Veo un camino: parece que un vehículo ha circulado por aquí, dejando a su paso dos surcos gruesos que albergan los restos del agua de la lluvia que ha caído durante el día, como si fuera té rancio. Tengo los pies encharcados. Llevo zapatillas de deporte, pero debería haberme puesto botas de agua. Uno nunca sabe lo que va a necesitar cuando Marcus lo invita a una velada.

Justo cuando abro la boca para preguntarle (otra vez) a dónde me lleva, veo un claro entre los árboles y el móvil de Marcus ilumina una construcción.

Es una cabaña. Parece completamente hecha de troncos, aunque es difícil saberlo bajo la luz tenue y amarillenta de los teléfonos. Hay un porche elevado sobre el suelo embarrado del bosque y la fachada es casi toda de cristal, con unos ventanales que llegan hasta la punta del tejado. Marcus se adelanta para pulsar algo y de repente los bordes de aquel, las barandillas del porche y la puerta se iluminan con unas guirnaldas de bombillitas titilantes.

—Esto es... ¿Siempre ha estado aquí? —le pregunto mientras avanzo, iluminando con la linterna las hermosas vigas de madera del porche.

—Qué va. Mi padre llevaba un año construyéndola. Cuando la veas por dentro vas a alucinar.

Sube corriendo las escaleras y yo lo sigo y dejo mis zapatillas asquerosas y empapadas en la puerta. Dentro hace un calor realmente agradable. Las paredes son de madera y el suelo está recubierto de alfombras gruesas y peludas. Es mucho más grande de lo que parece: en la sala de estar caben dos sofás y veo que también hay una cocina y un baño oculto bajo la escalera.

—Es increíble —digo, asomando la cabeza por la barandilla.

Arriba hay otro baño y dos habitaciones paneladas con madera, con una moqueta gris y mullida y sendas camas de matrimonio.

—Es nuestra —declara Marcus—. Tuya y mía.

Me detengo mientras bajo las escaleras. Él me mira al pie de estas, sonriendo.

—¿Qué?

—Mi padre la ha construido para nosotros. Es una especie de… casita de invitados para abuelos, pero para graduados. Una casita para graduados.

Va hacia la cocina y saca un par de cervezas frías de la nevera. Yo lo sigo despacio, sintiendo las alfombras suaves bajo los pies empapados mientras intento procesarlo.

«Tuya y mía».

—¿Tu padre nos ha construido una casa?

—¿Por qué no? —dice Marcus, encogiéndose de hombros al tiempo que me pasa una cerveza—. Este terreno es nuestro.

—Ni siquiera sabía que teníais esta parcela más allá del lago —comento, girando en redondo para ver las fotos de las paredes.

Marcus se ríe.

—Pues claro. Es todo nuestro hasta la carretera. Mi padre ha hecho construir una pista asfaltada desde aquí para que podamos llegar directamente en coche. El aparcamiento está en la parte de atrás. Te he traído por la ruta más pintoresca, cruzando el lago, para obtener el máximo impacto —me explica, guiñándome el ojo—. A las chicas les va a encantar.

—Yo no puedo… vivir aquí —digo por fin—. Si es a eso a lo que te refieres.

Marcus le da un trago a la cerveza y se recuesta en el sofá.

—Pues claro que puedes vivir aquí. Mira —dice, secándose la boca—, ambos sabemos que lo de irte a Londres a la empresa de tu padre no es lo que más te conviene, y está claro que no piensas volver a tu puñetera casa de Wiltshire. ¿En qué otro sitio vas a escribir la obra de tu vida?

—Me voy a mudar a Chichester —declaro—. Ya te lo he dicho. Voy a buscar trabajo allí. Voy a vivir en casa de los padres de Addie hasta que encuentre un sitio que me guste.

Marcus resopla.

—Pero ¿qué dices, tarado? Ni de coña vas a hacer eso. No puedes irte a vivir con los padres de una chica cualquiera a la que te has tirado este verano. A Chichester.

Doy un paso atrás. La cerveza fría me suda en la mano.

—No es una chica cualquiera. Es Addie.

Marcus mira un instante hacia otro lado. Ya casi ha acabado su cerveza; se levanta de un salto y va hacia la nevera a coger la siguiente.

—¿Cuánto hace que la conoces?

—Ya sabes cuánto.

—Tú respóndeme.

—La conocí a principios de junio.

—¿Y?

—Estamos en enero. Así que hace que la conozco… seis meses.

—¿Y cuántos días has pasado con Addie?

La botella de cerveza de Marcus sisea cuando la abre.

—Eso no importa.

—Claro que importa. Si no, todavía seguiríamos casándonos con chicas a las que hemos visto una vez en un baile campestre, como hacía la gente antiguamente. Hemos evolucionado, Dylan. Hoy en día lo que hacemos es salir con ellas, probar y comparar. Si alguna nos gusta de verdad, pasamos más tiempo con ella y, al cabo de unos años, nos vamos a vivir juntos. Y luego quizás, si perdemos las ganas de vivir o lo que sea que empuja a la gente a sentar la cabeza, nos casamos con ella. No reorganizamos nuestra vida por un buen polvo.

Poso la cerveza; luego vuelvo a cogerla y alcanzo un posavasos. El corazón me está golpeando las costillas.

—No es solo un buen polvo. La quiero —afirmo con voz ahogada.

Me aparto el pelo de los ojos; se me pega a la frente por la humedad.

Marcus gime en voz baja y lanza las manos al aire; luego le da un trago a la cerveza, que ha empezado a hacer espuma.

—Dyl, lo entiendo. Es guapísima, inteligente y no se anda con chorradas. Lo entiendo, en serio. Pero Addie... no es la persona adecuada para ti. —Marcus se pasa una mano por el pelo. Sus movimientos son incluso más bruscos y erráticos de lo habitual; me pregunto si se habrá metido algo—. No es la adecuada.

Me bebo tres tragos fríos de cerveza. La cabeza me da vueltas.

—Sí lo es —digo—. Es perfecta.

—¡Déjalo ya! —grita Marcus. Me sobresalto y la cerveza se me derrama por el dorso de la mano—. ¿No ves lo que estás haciendo? La estás convirtiendo en algo que no es. Tú no la entiendes. Ella no es tu preciosa musa, Dylan; es complicada, oscura y descarnada. Es una bomba de relojería. Tiene un poder que todavía ignora, ¿lo entiendes? Es como... Está a punto de explotar. —Lo observo atentamente. Ahora va de aquí para allá, alisándose los rizos—. No es la mujer adecuada para ti, ¿vale?

—Pues yo creo que sí lo es —reitero, sintiéndome un poco impotente.

Definitivamente, está colocado. No sé cómo no me he dado cuenta antes. Ni siquiera ha visto a Addie desde lo de Francia y apenas hablamos de ella. No entiendo cuándo ha llegado a la conclusión de que es tan perjudicial para mí.

Me doy cuenta de que intenta controlarse; se detiene y se gira para mirarme.

—Vamos a intercambiarnos los papeles —propone—. ¿Y si fuera yo el que va a hacer eso? ¿Con ella? ¿Qué dirías si fuera a poner toda mi vida patas arriba, a convertirme en otra persona, por idolatrar a esa chica? India y tú os uniríais para hacerme entrar en razón urgentemente, y lo sabes.

Guardo silencio. La verdad es que eso es cierto, para ser francos. Pero yo no soy Marcus. Él se enamora y se desenamora de las mujeres igual que se enamora y se desenamora de todo: rápidamente, sin más, con facilidad. Mientras que yo…, yo nunca me había sentido así.

—Sé que esto puede parecer precipitado o un poco espontáneo, pero me da igual estar en Chichester o en cualquier otro sitio mientras decido qué quiero hacer y…

Marcus extiende los brazos.

—Vale. Sigue adelante con ese rollo de comprarte un piso en Chichester si no queda más remedio. Pero instálate aquí mientras lo buscas. No me digas que meterte en casa de los padres de Addie es mejor que esto.

Por una décima de segundo me imagino aquí, paseando hasta el lago por las mañanas con el cuaderno en el bolsillo del abrigo y un lápiz detrás de la oreja, concediéndome el espacio y el permiso necesarios para escribir. Pero no. Quiero irme a casa de los padres de Addie. Quiero estar con ella de pie en la cocina mientras ellos pululan a su alrededor haciendo chistes sobre gatos y leche semidesnatada; quiero estar presente cuando se le tuerce el moño por las noches, cuando se despierta con un hilillo de voz ronca, cuando parpadea y se retuerce al abrir yo las cortinas de su habitación.

—No puedo vivir en el jardín de tu padre. Es… muy amable por su parte dejarme vivir aquí contigo, pero…

—Mi padre ha construido esto para los dos —declara Marcus con brusquedad—. De «vivir aquí contigo» nada. Esto es nuestro. Un monumento a la amistad. —Levanta la cerveza hacia mí, pero su mirada es fría.

—Es genial, de verdad —aseguro, quedándome sin palabras—. Pero necesito un poco de tiempo para asimilarlo. Es un cambio de planes muy radical.

Miro a mi alrededor. Hay una televisión enorme de pantalla plana colgada en la pared sobre una estufa de leña. Los cojines del sofá son de un pelo blanco impoluto.

—Vale. Vamos a emborracharnos y a disfrutarlo —propone Marcus antes de beberse de golpe el resto de la cerveza. Sus hombros se relajan de repente; se ve que su humor ha cambiado—. Ya te daré otra charla por la mañana, para cuando espero que hayas visto la luz —comenta sonriendo y se levanta de nuevo del sofá para ir hacia el frigorífico—. Vamos, Dylan, colega. Tengo ganas de portarme mal. A ver si podemos recuperar al Dylan que acabó todas las pruebas de la Sociedad Jameson en tiempo récord en primero.

Marcus posa con fuerza una botella de tequila sobre la mesa, asustándome otra vez.

—¡Alexa! —grita—. Pon «Lush Life», de Zara Larsson.

Me sobresalto de nuevo cuando los altavoces empiezan a sonar a todo volumen. Marcus ya está de pie, bailando. Es de esos hombres capaces de bailar solos sin parecer idiotas, una cualidad que siempre he envidiado.

—Están a punto de llegar —comenta, echando un vistazo al reloj que está colgado encima de la puerta. Luego se acerca bailando al botellero que está debajo de uno de los armarios de la cocina—. Vamos a enfriar un poco de vino, ¿te parece bien?

—¿Quién va a venir? —pregunto antes de beberme el resto de la cerveza. De pronto, necesito emborracharme desesperadamente.

Marcus se encoge de hombros.

—Unas cuantas personas de la universidad, algunas de por aquí… Todos los que te gustaría que estuvieran en una fiesta de inauguración.

—Pues voy a invitar a Cherry, Addie y Deb —digo, cogiendo el teléfono.

Marcus me lo arranca de las manos. Ha pasado de repente de amontonar botellas de vino en la nevera a alejarse bailando con mi iPhone en el aire.

—¡Oye!

—Una noche sin la parienta —grita Marcus, mirando hacia atrás, antes de desaparecer por la puerta de la cocina y adentrarse en el bosque.

—¡Oye, espera! —protesto, siguiéndolo.

Me cierra la puerta en las narices. Vuelvo a abrirla y el frío me golpea como si me hubieran vaciado un cubo de agua encima. Mi aliento se transforma en nubes. Las guirnaldas de luces parpadean, convirtiendo en oro a Marcus mientras se pierde corriendo entre los árboles.

—¡Eh, devuélveme el móvil!

—¡Mañana por la mañana! —berrea Marcus, riéndose—. Esta noche vas a ser solo Dylan, no Addie y Dylan, ¿entendido? ¡Me lo agradecerás, te lo prometo! Últimamente te has vuelto un calzonazos. —Esto último me lo dice cara a cara. Ha regresado, pero sin mi teléfono. Sube saltando las escaleras y me sonríe como si los dos estuviéramos participando de la broma.

—¿Has dejado el teléfono en el bosque? ¿Y si llueve? ¿Y si se moja?

Marcus pone los ojos en blanco mientras vuelve a abrir la puerta de la cocina.

—Pues te compras otro —replica—. Venga. Quiero recuperar a mi Dylan.

—Sigo siendo el mismo —digo, frustrado—. No me he ido a ninguna parte.

Marcus me posa una mano en el hombro. Volvemos a entrar en la cabaña cálida y se me descongelan las manos de nuevo. Ya empiezo a sentir el efecto de la cerveza.

—El mero hecho de que digas eso demuestra que necesitas ayuda —asegura—. Y para mí es un deber sagrado salvar a mi mejor amigo. ¿Me has oído? Ahora tómate otra copa, fuma un poco e intenta recordar cómo divertirte.

La noche transcurre como por ráfagas. La hierba es mucho más fuerte que cualquier otra cosa que haya fumado antes. Se me acelera el corazón; tengo la certeza de que voy a morir. Eso le imprime a todo una inmediatez terrible: mi último baile, mi última copa, la última persona con la que voy a hablar jamás…

Las mujeres llegan en manadas y se despojan de su abrigo de pelo para colgarlo en los respaldos de los sofás o tirarlo sobre una cama. La cabaña es una masa de hombros y piernas desnudos y el perfume resulta asfixiante con tanto calor. Paso al menos media hora intentando dilucidar cómo bajar la temperatura de la calefacción, tambaleándome entre la multitud mientras busco con los ojos entornados algún termostato en la pared o en las cajas que hay en los armarios, pero es inútil. La camisa se me pega a la espalda. Las respiraciones se me quedan demasiado cortas y lo único que me ayuda es bailar. Mientras me muevo es como si dejara atrás el miedo, como si me pusiera fuera de su alcance, y si en algún momento me quedo quieto aparece Marcus con otra copa, con una pastilla, con una mujer con pómulos de calavera y labios carnosos y hambrientos. Así que es mejor seguir en movimiento.

Me olvido de mí mismo durante un rato y es maravilloso. Cuando me doy cuenta, estoy sentado en una cama con dos mujeres: una muy alta y otra muy baja. La alta tiene una mano sobre mi rodilla; su rostro aparece en mi campo de visión; unos ojos perfilados de negro con las pestañas imposiblemente largas.

—¿Entre Marcus y tú hay algo? —me pregunta—. Siempre he tenido esa duda. —Me levanto y la mano desaparece—. Es muy guapo —dice, como si nunca me hubiera tocado la rodilla—. Si es hetero, me lo pido.

—Necesito… salir de aquí —logro decir.

La manilla de la puerta no gira. Me late tan rápido el corazón que me preocupa que se me salga del pecho. Sacudo la manilla y golpeo la puerta con el hombro. Detrás de mí, la mujer se ríe.

Giro el pomo en sentido contrario y la puerta se abre sin problemas. Salgo a trompicones al pasillo. Un hombre que nunca había visto está besando a una chica que se encuentra sentada en la barandilla con el culo colgando y las piernas enroscadas alrededor de su cintura. Si él la suelta, ella se cae. Paso a su lado de puntillas temiendo tocarlos, hacerla caer.

La puerta que da al bosque está abierta para dejar salir el calor; la cruzo tambaleándome. El porche también está lleno; más extremidades desnudas, más cuerpos contorsionándose… Echo a correr hasta que la música suena tan lejana que oigo el sonido de mi respiración agitada. El bosque está negro como boca de lobo. Algo me roza la cara. Grito. Es una rama, pesada por el rocío de la noche, y me deja una huella húmeda en la mejilla.

Me acurruco en un rincón, con la espalda pegada a la corteza de un árbol. La humedad me va calando poco a poco los vaqueros y luego el bóxer; tengo tanto frío que de repente soy incapaz de sentir el suelo que tengo debajo. Me abrazo las rodillas. Pienso en Addie, en que ella me hace sentir lo opuesto a esta desolación, en lo poco que le cuesta llenar el vacío atenazador e incurable de mi pecho. Nunca la había sentido tan lejos de mí, ni siquiera en los meses que pasamos separados. La música retumba más allá de la oscuridad, como si la noche estuviera gruñendo.

—¿Dylan? —Grito cuando algo vuelve a tocarme. Esta vez es una mano—. Vamos, te estás congelando.

Él me lleva de vuelta a la cabaña. La música es cada vez más y más atronadora. El ritmo es demasiado rápido; quiero algo más lento. Se lo digo a Marcus y él se ríe y me aprieta el brazo.

—No pasa nada, Dyl. Necesitas entrar en calor. Has olvidado dónde están tus límites, eso es todo.

Me lleva al piso de arriba y echa a un borracho del baño para dejarlo libre para mí. Cuando vuelvo a pedirle lo de la música, él grita desde las escaleras y alguien la cambia: ahora suena algo inquietante y lento que me gusta todavía menos.

Chillo al meterme en el agua. Duele. Es como si alguien me estuviera arrancado a mordiscos las puntas de los dedos. Marcus me aprieta la mano con fuerza.

—Todo va bien —asegura—. No pasa nada.

—No sé qué estoy haciendo —declaro, con los hombros temblando—. No sé… No sé qué se supone que debo hacer. Me estoy perdiendo de nuevo, ¿verdad?

De repente recuerdo que mi teléfono está ahí fuera, en algún lugar del bosque, con todos esos mensajes de mi padre esperándome en la oscuridad, y me estremezco con tal violencia que salpico a Marcus con el agua. Él maldice en voz baja y me suelta la mano un momento para secarse las gotas de la camiseta, pero vuelve a agarrarme antes siquiera de que me asuste.

—Nadie sabe lo que está haciendo —revela Marcus—. Túmbate. Venga. Tienes que meter todo el cuerpo en el agua. Deberías dejar de darle tantas vueltas a la cabeza, Dylan. Eres tu peor enemigo.

—Mi padre quiere que trabaje en su empresa.

Una grieta fina atraviesa el centro del techo. La sigo con la mirada e inclino la cabeza hacia atrás, dejando que el agua me roce la coronilla.

—A la mierda tu padre. Siempre ha controlado tu vida. Empieza a tomar tus propias decisiones.

—Ya lo he hecho. Lo hice.

—No son tus propias decisiones si tienen que ver con una chica.

Flexiono las manos. Los dedos todavía me duelen. Bajo la vista: tengo los dedos de los pies de color blanco amarillento.

—Entonces, ¿cómo sé si estoy tomando mis propias decisiones?

—Haz caso a tu instinto.

—Ya estoy haciendo caso a mi instinto.

—Estás haciendo caso a tu polla. Y trabajar con tu padre sería hacer caso a la razón. Yo estoy hablando de instinto. Lo que te sale de dentro es lo que tiene más sentido. Lo que es más fiel a ti mismo.

Para ser fiel a uno mismo, antes hay que tener un ego al que dar forma.

—Yo siempre te he protegido, ¿no es así? —Marcus introduce nuestras manos entrelazadas en el agua.

Me quejo de dolor.

—Sí —digo—. Sí, ya lo sé, pero…

—Te estoy dando la oportunidad de hacer lo que de verdad quieres. Puedes escribir aquí. ¿No es eso lo que siempre has querido?

—La poesía no es… No es un trabajo.

—Lo es si eres lo suficientemente bueno.

—No lo soy —replico automáticamente.

La línea del techo oscila un poco a un lado y a otro mientras la observo, desdibujándose.

—No es tu instinto el que habla.

Dejo que el calor me penetre en los huesos; miro fijamente la grieta que está sobre mí y sé que Marcus tiene razón. Si de verdad pensara que no soy lo suficientemente bueno, dejaría de escribir. En el fondo me encanta lo que escribo y creo que también podría gustarles a otras personas, algún día.

—¿Confías en mí? —me pregunta Marcus.

Ambos solicitamos juntos el ingreso en Oxford. En Filología Inglesa, porque Marcus decía que era fácil entrar y que, si quería ser poeta, era un buen punto de partida; y en el mismo colegio mayor, porque ¿para qué íbamos a separarnos?

Luke maduró, se enamoró y se fue a Estados Unidos para estudiar la carrera (o más bien para huir de mi padre), pero Marcus nunca me ha abandonado. Y yo nunca lo he abandonado a él, al niño pequeño con el pelo rizado y la corona de flores torcida sobre la oreja.

—Claro. Claro que confío en ti.

—Entonces hazme caso cuando te digo que esto es lo que quieres. —Me suelta la mano—. Voy a echar a todo el mundo. No salgas de la bañera hasta que vuelva. Creo que ponerte de pie podría venirte un poco grande ahora mismo. Y tampoco te ahogues.

Oigo cómo cierra la puerta. En algún momento, sin que me haya dado cuenta, la certeza acuciante de que estoy a punto de morir se ha desvanecido. En su lugar se instala esa confusión tan familiar y opresiva que me persiguió durante todo el verano pasado, más allá del temor: la sensación de que estoy a punto de hacer algo muy importante y que lo voy a hacer fatal.

AHORA

Addie

Cada vez que compruebo Google Maps, Escocia queda más lejos.

—Pero ¿cómo es posible? —pregunto mientras Google cambia un tramo más del trayecto de azul a rojo—. Estamos yendo hacia Escocia, pero, cada vez que miro, falta más tiempo para llegar.

Deb y yo vamos de nuevo en los asientos delanteros. Este me parece el orden correcto, a decir verdad. Estoy demasiado irritable como para ir embutida en el asiento de atrás entre dos tíos con los que no quiero compartir viaje.

—Alguien tiene que decirle a Cherry el retraso que llevamos —declaro, frotándome los ojos—. Se va a echar a llorar, ¿verdad?

Algo le pasó cuando empezó a planificar su boda. La Cherry despreocupada que había fregado, impasible, el vómito de su rollo de una noche de la alfombra de nuestra habitación en la universidad se había transformado en una mujer que no soportaba la idea de que su ramo de novia llevara menos de dieciséis rosas granates. Todo el mundo dice que la gente cambia cuando se pone a organizar una boda, pero yo había dado por hecho que eso solo le pasaba a los idiotas, a los que en el fondo siempre habían sido un poco anormales y lo habían disimulado bien. Pero no. La bodamanía se había apoderado incluso de Cherry.

—No va a llorar —asegura Dylan con firmeza.

Nos quedamos un buen rato en silencio. Yo espero. Él espera. Estoy absolutamente convencida de que se va a rendir antes. Puede que haya cambiado, pero no tanto.

—Ya la llamo yo —dice y yo sonrío—. No te emociones o pongo el altavoz —me advierte, esbozando una sonrisa.

¿Por qué estar en un atasco es mucho peor que conducir? Preferiría conducir ocho horas que estar en un atasco cuatro. Al menos si vas a noventa hay cierta sensación de estar avanzando. Pero a mí me parece que llevo media vida contemplando el culo de un Audi. Parte del problema es que hay obras en la carretera, así que solo están operativos dos carriles en lugar de cuatro.

Son las cuatro y media. Se supone que ya deberíamos estar en Escocia, en la barbacoa preboda de Cherry, pero al parecer estamos en… Entrecierro los ojos para leer una señal que me deslumbra por el sol. Joder, ni siquiera hemos llegado a Preston. Cherry no ha llorado por teléfono, pero su voz sonaba peligrosamente aguda. Hay que llegar a Escocia cagando leches.

Acaba la última canción y echo un vistazo a mi lista de reproducción favorita de música country. Hay demasiados temas que me recuerdan a Dylan. Trago saliva. Estoy a punto de seleccionar «What If I Never Get Over You», de Lady A, pero cambio de idea. Seguramente me ponga a llorar si la escucho mientras Dylan va en el asiento de atrás.

Me decido por «We Were», de Keith Urban. Cuando empieza el punteo, me recuesto en el asiento y respiro hondo. Este viaje con Dylan está siendo tan duro como me imaginaba. Peor, incluso, porque ha cambiado. Siempre ha sido más callado en grupo, pero este silencio no parece fruto de la prudencia. Es más bien una especie de... contemplación.

—Haz el favor de dejarle más espacio a Rodney —dice Dylan detrás de mí.

No necesito darme la vuelta para saber a qué se refiere. Seguramente Marcus va sentado con las piernas tan abiertas como si estuviera en el ginecólogo.

—Rodney está bien —replica Marcus—. Ya que tenemos que escuchar esta porquería, ¿al menos no podrías poner un clásico?

—¡Dolly! —grita Deb.

Marcus gime.

—Dolly Parton no, por favor. ¿Y Johnny Cash?

—Tu rodilla está ocupando la mitad de su lado —insiste Dylan con una firmeza y una serenidad que me hacen sonreír, muy a mi pesar—. Incorpórate un poco.

—Vale, mamá. Joder —refunfuña Marcus—. ¿Qué me dices, Addie? ¿Un poco de Johnny Cash? Por favor.

Arqueo las cejas, sorprendida. El tono de Marcus es casi... amable. No me fío, pero cuando me doy la vuelta en el asiento para mirarlo él está girado hacia la ventanilla, con gesto inexpresivo. Lo observo unos instantes, confusa. Lo de que no creía que un hombre como Marcus fuera capaz de cambiar iba en serio. Y un «Por favor» de vez en cuando no me va a hacer cambiar de opinión. Pero, aun así, cuando vuelvo a girarme hacia el móvil, pongo «I Walk the Line», de Johnny Cash.

Deb se cambia de carril a paso de tortuga en un vago intento de coger un poco de velocidad. Llevamos las ventanas cerradas para que el aire acondicionado tenga más posibilidades de refrescar de verdad a alguien, pero yo me muero por un poco de aire fresco. Los coches que nos rodean están llenos de personas que bostezan, aburridas; de pies en los salpicaderos y antebrazos apoyados sobre los volantes.

En el coche de al lado hay tres adolescentes en el asiento trasero peleándose por un iPad. Desde fuera, seguramente parecemos un grupo de amigos que se van juntos de vacaciones. Los padres de ese coche probablemente se mueren de envidia al vernos.

No tienen ni puñetera idea.

—Según Google, todas las rutas están en rojo —nos informa Rodney.

Me doy la vuelta y veo que está consultando el móvil. Tiene el pelo pringoso de sudor y pegado a la frente, y un triángulo oscuro le baja desde el cuello de la camiseta hacia el pecho. Pobre. Menudo día de mierda está teniendo. Imagínate creer que has encontrado una forma barata y cómoda de ir a una boda y acabar atrapado en un coche-sauna con todos nosotros.

—¿Cuánto pone que nos llevará llegar a Ettrick? —le pregunto.

—Hmm. Siete horas.

—¡¿Siete horas?! —exclamamos todos a coro.

Deb inclina lentamente la cabeza hacia delante y la apoya en el volante.

—Yo ya no puedo más —declara—. Y necesito urgentemente hacer un pis.

—Podríamos acabarnos esta botella de agua —sugiere Rodney.

—Rodney, ¿tú sabes cómo hacen pis las mujeres? —le pregunta Deb.

—Pues… no lo tengo muy claro —responde él.

Marcus se ríe con disimulo.

—Bueno, pues ya te haré un croquis cuando lleguemos —le espeta Deb.

—Oh. Gracias, supongo —dice Rodney.

—Si nos intercambiamos, puedes bajar corriendo y hacerlo detrás de los árboles —le propongo, señalando con la cabeza los campos que hay más allá de la autopista—. Total, esto no se mueve. No recuerdo cuándo ha sido la última vez que hemos avanzado.

—¿Tú crees? —me pregunta, observando la caravana que tiene delante.

—¿Cuántas ganas tienes de hacer pis?

—Pronto ni mis ejercicios de suelo pélvico van a ayudarme, Ads.

—¿Qué es un suelo pélvico? —pregunta Rodney.

Es como tener un niño de verdad en el coche.

—¿Preparada? —le digo a Deb.

Ella asiente y las dos abrimos las puertas. Dios, qué gusto respirar un poco de aire fresco, aunque sea polución asquerosa y maloliente. Hace más calor aquí fuera que en el coche y noto que se me quema la piel en tiempo récord mientras lo rodeo por la parte de atrás para cruzarme con ella a medio camino.

—¿Tenía razón o no? —le pregunto cuando pasa a mi lado—. En lo de llevar a Dylan y a Marcus.

—Pues sí. La peor idea de todos los tiempos —dice Deb—. ¿En qué estábamos pensando?

La veo serpentear entre las hileras de coches para trepar por el terraplén y desaparecer entre los árboles despeluchados. Al principio, cuando los coches empiezan a moverse a mi alrededor, noto una sensación de mareo. Como cuando estás en un tren y crees que está saliendo de la estación porque el tren de la otra vía se está moviendo y tu cerebro se hace un lío. Entonces el coche de atrás nos pita. Y el de atrás del de atrás. Finalmente reacciono.

—Mierda.

Abro rápidamente la puerta del conductor y me subo. Marcus ya se está riendo como una maldita hiena y Rodney ha empezado a decir «Cielo santo, cielo santo» como una anciana aturullada con problemas de nervios.

—Uy. Esto sí que es… un dilema —comenta Dylan.

Ya hay como mínimo trescientos metros entre el Audi de delante y yo. Miro el retrovisor lateral y veo que los coches que están detrás de nosotros intentan colarse poco a poco en el otro carril. Tampoco hay arcén a causa de las obras. No tenemos opciones.

—Mierda, joder, mecachis. —Me ruborizo de inmediato, porque esa particular retahíla de improperios es típica de Dylan y hacía años que yo no la usaba. Al parecer, su presencia me ha recordado uno de los pocos regalos que él me hizo y no le devolví: el talento de decir palabrotas como una auténtica pija.

—No podemos quedarnos aquí. De todos modos, no va a poder meterse entre los coches para alcanzarnos, y alguien va a acabar embistiéndonos por detrás. Mierda. —Enciendo el motor y empiezo a avanzar lo más despacio que puedo—. ¿La veis? ¿Se ha llevado el móvil? —Bajo la vista hacia la puerta del coche: no, ahí está el teléfono—. Mierda, joder, mecachis —murmuro entre dientes—. ¿Qué hago?

—Lo primero es lo primero: no estaría mal que condujeras a más de veinte kilómetros por hora —comenta Dylan con pesar— si no quieres matarnos a todos.

—Vale, vale —replico, acelerando—. Madre mía, ¿la veis?

Dylan se estira para mirar por la ventanilla, pero está del lado que no es.

—¿Marcus? —pregunta.

—Yo no la veo —señala aquel—. Esto es divertidísimo.

—¡Santo cielo, pobre Deb! —exclama Rodney.

—Vale, muchas gracias a todos —digo, intentando no hiperventilar—. ¿Salgo en el siguiente desvío? ¿Dónde creerá que la estamos esperando? ¿Qué hacemos?

—Respira, Ads: es Deb. Se las arreglaría aunque la dejáramos tirada en el Sáhara. Seguro que le parece gracioso. O solamente un poco incómodo —opina Dylan, y yo doy un respingo cuando noto su mano en mi hombro. Él la aparta rápidamente. Ojalá no me hubiera sobresaltado.

—Madre mía —digo con una risita nerviosa. Ahora vamos a cincuenta, que es más o menos la misma velocidad a la que van los demás mientras la autopista empieza a desatascarse. En circunstancias normales, me molestaría ir tan despacio, pero ahora mismo, mientras el punto del arcén en el que dejamos a Deb se va perdiendo de vista en el retrovisor izquierdo, me parece rapidísimo—. Tengo que cambiarme al carril izquierdo. Marcus, ¿te importaría dejar de descojonarte de una puñetera vez? A mí no me hace gracia.

Dylan resopla, divertido. Lo miro fugazmente por el retrovisor. Él hace una mueca.

—Lo siento —se excusa—. Es que es…, es… un poco…

Reprimo una carcajada, pero esta regresa y antes de que me dé cuenta mis hombros también se están agitando.

—Mierda —digo antes de taparme la boca con la mano—. ¿Por qué me estoy riendo?

—¡A quién se le ocurre mear detrás de un árbol! —suelta Marcus con la voz temblando de risa—. ¡Imaginad su cara cuando vuelva y hayamos desaparecido!

—Ay, no, por favor —dice Rodney, y me doy cuenta de que él también está conteniendo la risa.

Nos acercamos a la siguiente salida. Pongo el intermitente, todavía riéndome, aunque también medio llorando; completamente desquiciada, en resumen. ¿Por qué narices he dejado que Deb saliera del coche para hacer pis?

—¡Es que hacía mucho que no nos movíamos! —digo.

—Estaba claro que íbamos a empezar a hacerlo en cuanto Deb se marchara —declara Dylan—. Es la ley de Murphy.

—Soy idiota —declaro, todavía llorando y riendo a la vez—. Ha sido una idea pésima.

—No eres idiota —me anima Dylan, volviendo a ponerse serio—. Has apostado y has perdido, nada más. O más bien lo ha hecho Deb. Mira, ahí hay un hotel Budget Travel, ¿entramos en el aparcamiento?

Pongo el intermitente a última hora y sigo sus indicaciones. Aparco en una plaza libre, apago el motor y me doy cuenta de que estoy temblando.

De repente la situación ya no me parece tan divertida.

—¿Cómo nos va a encontrar aquí? ¿Deberíamos ir a buscarla?

—Intentemos pensar como Deb —propone Dylan mientras me doy la vuelta en el asiento para mirarlos a los tres.

Marcus sigue riéndose mientras se tapa la boca con el puño y niega con la cabeza. Rodney tiene los brazos alrededor de sí mismo, en una especie de abrazo protector, como un niño el primer día de clase. Y Dylan se muerde pensativamente el labio. El sol le ilumina la cara como si fuera un foco, haciendo que sus ojos adquieran una suave tonalidad lima-limón, y me muero por echar a patadas del coche a Rodney y a Marcus para refugiarme en sus brazos.

Es curioso. Yo nunca recurriría a Dylan cuando me sentía mal. Así que no es una cuestión de hábito. Cuando estábamos juntos, él era la última persona que elegiría para desahogarme, sobre todo porque, cuando lloraba, era por su culpa, y él no tenía ni idea de que yo estuviera mal. Así funcionábamos. Estábamos muy unidos, pero casi no nos contábamos nada.

—Pensar como Deb —repito—. Vale. A ver, ella siempre es muy práctica. Soltará unos cuantos tacos y se largará. ¿Qué más?

—A lo mejor intenta hacer autostop —sugiere Rodney—. Tratar de conseguir que alguien pare.

—Podría ser —digo lentamente—. O podría echarse a andar. Creo que dará por hecho que habremos salido de la autopista en cuanto hayamos podido, ¿no? ¿Cuánto le llevaría llegar andando desde el sitio donde la hemos dejado? ¿Rodney? —Este se pone manos a la obra, pulsando la pantalla del teléfono—. ¿Cuánto hemos estado conduciendo? ¿Unos minutos? No puede ser una caminata tan larga, ¿no?

—Una hora —dice Rodney—. Es un paseo de una hora, a menos que ataje por los prados, lo que le ahorraría algo de tiempo.

—¿Una hora andando? —exclama Marcus, inclinándose hacia delante para mirar el móvil de Rodney por encima de su hombro—. ¿Seguro que tu teléfono no está estropeado? No haces más que decirnos que todo lleva siempre una jodida eternidad.

—Lo siento —dice Rodney, pasándole el móvil a Marcus para que lo vea—. Es que... es lo que pone...

Marcus pone los ojos en blanco.

—Bueno, yo voy a bajar —declara—. Deb no es la única que necesita mear. ¿Creéis que este sitio tendrá baños?

—¿El Budget Travel? Sí, yo diría que es probable que los tenga, Marcus.

—Perfecto. —Sale del coche, sacudiéndose la camiseta húmeda con dos dedos para despegársela del cuerpo—. Puaj —dice mientras cierra la puerta.

—¿Quién vota por que lo dejemos aquí? —propongo.

—¿Y Deb? —pregunta Dylan.

—Ya. Mierda —me lamento mientras observo cómo Marcus se dirige tranquilamente hacia la entrada del hotel.

—A mí me da mucha pena —señala Dylan en voz baja.

Rodney se desabrocha el cinturón de seguridad y se cambia al sitio de Marcus para que él y Dylan tengan más espacio. Ambos suspiran aliviados.

—Ya, bueno. Marcus es Marcus —comento, sin dejar de mirar cómo se aleja.

—¿Es que no os cae bien? —pregunta Rodney.

—A mí no, desde luego —respondo inexpresivamente.

—A mí la mayor parte del tiempo tampoco —reconoce Dylan.

Yo lo miro, sorprendida.

—Es... un poco complicado. Pero para mí es como de la familia. Tengo la esperanza de que un día le dé la vuelta a la tortilla y cambie. Claro que... ¿cuándo hay que darse por vencido con una persona?

—Cuando no es buena para ti —opino, sin poder evitarlo—. Es como cualquier relación romántica, de amistad, familiar o de cualquier tipo. Si es tóxica, deberías pasar de ella.

—Creo... —Dylan hace una pausa para elegir bien las palabras—. Creo que hay que tomar distancia cuando es tóxica, sin duda. Pero lo de rendirse ya no lo tengo tan claro. Al menos cuando pienso que en el fondo una persona es buena y que tal vez yo pueda ayudarla a encontrar esa bondad. Y cuando tengo claro cómo me está haciendo daño esa relación y que me he acostumbrado a ella.

Lo miro. No estoy de acuerdo con él; yo no creo que puedas acostumbrarte al daño que alguien como Marcus le hace a la gente. Pero si he aprendido algo en el último par de años es que no hay una única forma de enfrentarse al dolor.

—Alguien tiene que quedarse, por si Deb se imagina que la estamos esperando aquí —digo al cabo de un rato—. Pero el resto deberíamos dividirnos e ir a buscarla. Si todos nos llevamos el móvil, no tiene por qué haber ningún problema, ¿no?

—Es mejor que Marcus se quede —señala Dylan de inmediato—. Si lo dejamos marchar, acabará perdiéndose, y entonces tendremos que localizar a dos de los invitados a la boda.

Yo resoplo.

—Venga, vale. Díselo tú, ¿quieres? Yo voy hacia los prados. Tengo la necesidad... de hacer algo.

Dylan asiente.

—¿Y te parece bien dejarle a Marcus las llaves del coche?

Me quedo callada un momento.

—Hmm.

—Ya —dice Dylan.

—Es mayorcito. No se iría sin nosotros —señalo. Todos nos quedamos callados—. Tal vez sea mejor que esperes
tú con él —propongo—. Por si acaso.

Dylan

La primera llamada de emergencia viene de Rodney, aproximadamente cuarenta minutos después de que él y Addie hayan salido en busca de Deb.

—Eh, ¿hola? ¿Dylan?

—¿Sí? —respondo pacientemente mientras observo cómo Marcus merodea por el perímetro del aparcamiento, dándole patadas a una lata vacía de Coca-Cola. Está ansioso, y eso es preocupante. Si no encuentra pronto una distracción, se va a inventar alguna.

Un par de versos echan raíces mientras el sol me cae a plomo sobre el cuello: «Calor opresivo. / Cautivo, con una lata de Coca-Cola juguetea esquivo»...

—Ah, hola, soy Rodney. Hmm... Creo... Creo que he encontrado algo. ¿Deb llevaba unas zapatillas blancas?

Entorno los ojos para protegerme del sol. Marcus empieza a hacer malabarismos con la lata. Se le da fatal.

—¿Qué? Puede ser. No me acuerdo, la verdad.

Bebo un trago de agua. La amable recepcionista del Budget Travel me ha dejado rellenar las botellas y me ha dicho que no nos cobraría por usar el aparcamiento, dadas las circunstancias. Puede que eso haya tenido algo que ver con que Marcus le haya dedicado una de sus sonrisas encantadoras, que suelen ser garantía de éxito.

—Porque estoy en el río —empieza a decir Rodney— y creo que he encontrado uno de los zapatos de Deb. ¿Es posible que se haya ahogado?

Escupo el agua.

—¿Qué?

—Bueno, en las películas, cuando encuentras el zapato de alguien a orillas de un río, suele ser porque está muerto, ¿no?

—Joder, Rodney. Espera un momento. ¿Seguro que es su zapato?

—Es una zapatilla blanca —me informa—. ¿No llevaba unas así?

—Ni idea. ¿Puedes mandarme una foto? A lo mejor se las ha quitado para darse un baño y refrescarse.

—Y, entonces, ¿dónde está el otro zapato? —pregunta Rodney, solícito.

En su cadáver, obviamente, según mi imaginación hiperactiva. No, eso es una locura. Al fin y al cabo, Rodney está como una cabra.

—Tú mándame una foto del zapato. Seguro que no le ha pasado nada, Rodney.

—Vale. ¡Gracias, Dylan! ¡Hasta luego! —se despide y cuelga como si nada.

Me quedo mirando el teléfono, parpadeando.

—¿Alguna noticia de nuestra fugitiva? —berrea Marcus, lanzando la lata de Coca-Cola contra el cuatro por cuatro de alguien. Me encojo cuando esta impacta contra un parachoques.

—Técnicamente, ella no se ha escapado —señalo—. Nosotros nos hemos escapado de ella. Y no, Rodney solo estaba diciendo cosas raras; cree que ha encontrado su… zapato… —comento, bajando la vista hacia la foto que Rodney acaba de enviarme—. Por el amor de Dios.

Vuelvo a llamarlo.

—¡Hola, soy Rodney! ¿En qué puedo ayudarte?

—¿Qué? Rodney, soy Dylan. El zapato. Es un zapato de hombre. Obviamente. ¿Qué número pone en la suela?

Se hace el silencio.

—Cuarenta y seis —dice—. ¡Hala! ¿Deb tiene los pies tan grandes?

—No —respondo, armándome de paciencia—. No, Rodney, no los tiene grandes.

—¡Genial! Entonces será otro el que se ha ahogado —declara Rodney alegremente—. En ese caso, voy a salir del río.

—¿Estás… en el río? ¿Literalmente dentro de él?

Eso llama la atención de Marcus, que se acerca furtivamente.

—¡Lo estoy vadeando! ¡En busca del cadáver!

—Estás…

—Pero ya no es necesario si no es el de Deb.

La convicción absoluta de Rodney de que hay un cadáver en el río me resulta realmente desconcertante.

—Vale. Gracias, Rodney. Seguimos en contacto.

Miro a Marcus con cara de circunstancias mientras cuelgo. Él se ríe.

—Ese hombre no puede ser más patético —declara—. Es un cenizo en toda regla.

—Déjalo en paz —replico—. No le hace daño a nadie. ¿Quieres parar de darle patadas a eso? Vas a rayar la pintura de los coches.

—De tal palo, tal astilla —comenta Marcus, arqueando una ceja, antes de darle otra patada a la lata.

Cuando me ve la cara se rinde y vuelve a hacer regates con la lata por el aparcamiento. Hace tanto calor que ambos tenemos la camiseta empapada en sudor, y miro con anhelo el vestíbulo fresco con aire acondicionado del hotel Budget Travel.

—Venga, vamos a sentarnos dentro —dice Marcus, ya de camino—. A Maggie, la recepcionista, le va a encantar tener un poco de compañía. Maggie, mi querida Maggie —canturrea cuando cruzamos las puertas—. Nos estamos derritiendo.

—¡Ay! Pobrecitos míos. ¿No queréis entrar? Sentaos en el vestíbulo. ¿Os traigo algo de beber, chicos?

Maggie, la recepcionista, sale volando envuelta en una nube de perfume barato entre el repiqueteo de varios collares de cuentas. Marcus y yo nos sentamos en los asientos de plástico del vestíbulo enmoquetado del hotel y estiramos las piernas a la vez con un gemido; teniendo en cuenta que lo único que hemos hecho en todo el día es estar sentados en un coche, estoy asombrosamente agotado.

—¿Cómo lo soportas? —me pregunta Marcus, secándose la frente con el dorso de la mano—. Lo de Addie.

—¿A qué te refieres?

—Ni siquiera pareces enfadado. Después de lo que te hizo. Es que no lo entiendo.

Aprieto los labios mientras veo a Maggie revolotear de aquí para allá por delante de la puerta que hay detrás del mostrador, con varios chismes en la mano: vasos, bandejas de cubitos de hielo y, en un momento dado, hasta un bote de laca para el pelo.

—Es complicado —digo—. Déjalo, Marcus.

—Te engañó con otro.

Hago un gesto de dolor.

—Ella…

—Sabes que lo hizo. Yo te enseñé la puñetera fotografía, Dylan.

—Ya lo sé —le espeto, sin poder evitarlo—. ¿Y hemos hablado de qué hacías tú allí? ¿Por qué te importaba tanto lo que ella estaba haciendo?

Él se queda inmóvil. Al cabo de un buen rato cambia de posición las manos y empieza a juguetear con la pulsera estrecha de cuero negro que lleva alrededor de la muñeca, pero no levanta la vista hacia mí.

—Yo siempre te he protegido —dice finalmente. Parece tranquilo.

—Sí, bueno. Creo que eso excedió con creces los límites del deber, ¿no te parece?

Maggie baja con unos vasos de agua.

—Ay, Maggie, eres un ángel. Un verdadero ángel —dice Marcus, y es como si la conversación que acabamos de tener nunca hubiera sucedido.

Una vez escribí sobre eso, sobre cómo el humor de Marcus cambiaba a la velocidad del rayo: «La nube se rasga y desaparece / y el sol regresa / en todo su esplendor / hasta que empieza a soplar el viento».

—Gracias —digo, cogiendo el vaso de agua que me ofrece Maggie.

Esta merodea a nuestro alrededor, con las mejillas sonrosadas y su calzado cómodo, pavoneándose ante la mirada atenta de Marcus. Me salva de los coqueteos el sonido del teléfono. Lo saco del bolsillo de mis pantalones cortos. Es Addie.

—Hola —dice—. No os asustéis, pero estoy en urgencias.

ANTES

Addie

Hoy es 14 de febrero. Por desgracia, es día lectivo, pero Dylan y yo tenemos planes para la noche de San Valentín. Lo único que me ha dicho es «Ponte calcetines gruesos», algo que me ha dejado intrigadísima. Deb da por hecho que vamos a irnos de excursión. Espero que se equivoque, porque llevo de pie todo el día y preferiría un plan romántico de los de estar sentados.

Recibo un mensaje de Dylan justo cuando estoy saliendo del aparcamiento:

> No te asustes, Ads, pero estoy en urgencias. Estaba preparando nuestra cita (¡colgando una guirnalda de luces para hacer un pícnic en Dell Quay! Iba a ser precioso) y me he caído de la escalera. Me van a hacer un escáner cerebral de nada para asegurarse de que no tengo nada grave más allá de una ligera conmoción cerebral (¡seguro que no!). Bss

Me quedo mirando el mensaje, completamente petrificada.

—¡Hasta mañana, Addie! —grita Moira, yendo hacia su vehículo.

Tardo demasiado en contestarle. Allí de pie, bajo la lluvia, al lado del coche, me imagino cómo sería perder a Dylan. Qué horror. Nunca lograría sobreponerme.

Llego a urgencias tan rápido como me permite la ley. Puede que un poco más en las rectas de la autopista en las que sé que no hay cámaras de control de velocidad.

Marcus y yo llegamos a las puertas del servicio de urgencias al mismo tiempo. Al principio no lo reconozco. No lo veo desde Francia. Demasiado tiempo para tratarse del mejor amigo de mi novio, pero Dylan siempre tiene alguna excusa para él, y la verdad es que a mí no me importa que me esté evitando descaradamente.

Nos quedamos parados al cruzar las puertas, delante del mostrador de recepción. Se gira hacia mí lentamente, como si temiera mirarme a los ojos, tal vez. O saboreándolo.

Está exactamente igual, con su maraña de rizos oscuros, sus pómulos prominentes y su mirada intensa y astuta.

—Addie —dice.

—Hola —respondo.

Una enfermera pasa por delante de nosotros con las zapatillas chirriando sobre el suelo. Alguien está hablando con la recepcionista. Seguimos sin mediar palabra. La verdad es que no sé qué decir.

Marcus esboza una sonrisa, mirándome de arriba abajo.

—Has cambiado —declara, ladeando ligeramente la cabeza.

—Es por el pelo —digo, levantando una mano para tocarlo. Hoy me lo he rizado. Quería estar guapa para mi cita con Dylan.

—No —replica él, mirándome como lo hacía en Francia, fijamente y con descaro—. Me refiero a que te has vuelto más dura.

—¿Qué?

Paso de su rollo de analizar a la gente. Está claro que él no ha cambiado nada. Sonríe un poco al ver mi irritación, pero no responde; se limita a seguir mirándome. Me pongo una mano fría en la mejilla para refrescarla.

—¿Has venido por lo de Dylan? —le pregunto.

—Claro. ¿Y tú?

—Obviamente. —Nos quedamos ahí de pie un rato más. Marcus sigue recorriéndome con la mirada, evaluándome—. No ha sentado la cabeza —digo de repente.

—¿Hmm?

—Dijiste que sentaría la cabeza. No lo ha hecho. Sigue sin saber lo que quiere hacer y... sigue poniéndose triste a veces.

Dylan cree que no me entero. Nunca hablamos de ello, pero lo conozco muy bien y me doy cuenta cuando se encierra en sí mismo y se pierde.

—Bueno, podrías decirle lo que quieres que haga. En realidad es lo que está intentando descubrir —me espeta Marcus.

Miro hacia la recepción. La persona que está en el mostrador ya casi ha acabado, a juzgar por su lenguaje corporal.

—Está intentando descubrir lo que él quiere hacer —replico.

Marcus esboza una sonrisita.

—No, de eso nada —asegura casi en tono de burla—. Dylan no funciona así. Necesita que alguien lo maneje.

—Nadie necesita que lo manejen —replico bruscamente antes de dar media vuelta para ir hacia el mostrador—. Y es perfectamente capaz de encontrar su propio camino.

—Creía que él te iba a ablandar —comenta Marcus mientras vamos hacia el mostrador—. Pero te has vuelto una gruñona. Me gusta, te pega.

—Disculpe —le digo a la recepcionista mientras sigo intentando refrescarme las mejillas con las manos frías—. ¿Podría entrar a ver a mi novio? Está en la sala de espera.

—¿Profe? ¿Profe? ¿Profe? ¿Profe? ¿Profe?

Uf. Ojalá Tyson Grey tuviera un botón de apagado. Tengo una resaca terrible y aguantar a los de primero de ESO es lo último que necesito ahora mismo.

Hacía una semana que había visto a Marcus en urgencias (Dylan estaba bien, no tenía ninguna conmoción cerebral), y allí estaba de nuevo anoche, en la fiesta de cumpleaños de Cherry. Supongo que ha decidido que ya soporta estar en la misma habitación que yo. Fue raro, intenso e incómodo; bebí demasiado y ahora me duele la cabeza. Dylan no paraba de preguntarme si estaba bien y yo no sabía qué decirle. «No, no estoy bien, odio a tu mejor amigo».

Esta mañana, Marcus ha colgado un vídeo en sus historias de Instagram de todos bailando: Grace, Cherry, Luke, Javier, Marcus, Dylan y yo, además de Connie y Marta, las chicas de Oxford de la villa. Marcus y yo acabamos bailando uno al lado del otro perfectamente sincronizados mientras los demás pierden completamente el ritmo y se tambalean borrachos. Sobre el vídeo ha escrito: «Bailando en el tejado bajo las estrellas».

Ya lo he visto cinco veces y todavía son las once de la mañana. Cuando voy al baño en el descanso matinal, vuelvo a abrirlo para intentar entenderlo. No puedo evitar pensar que tiene algo que ver con aquella noche en Francia, pero ¿qué se supone que quiere decir? Ahora me duele la cabeza y estoy confusa. Tyson Grey es como un puñetero taladro, llamándome «profe» constantemente.

Me giro al oír que se abre la puerta de la clase. Lo primero que pienso es que Tyson se ha ido porque lo he estado ignorando. Una vez, mientras yo estaba ayudando a otro estudiante con la caligrafía, le dio por saltar por la ventana. Pero no es Tyson, sino Etienne, el que acaba de entrar.

Me dedica una sonrisa rápida y echa un vistazo a la clase. Todos se ponen un poco tensos. A pesar de su edad, Etienne es un director un tanto chapado a la antigua. En teoría, el subdirector es el responsable del comportamiento de los alumnos, pero todos recurren a Etienne cuando alguien necesita una reprimenda. Hasta los niños más rebeldes detestan que los manden a su despacho. Es mi as en la manga y he abusado descaradamente de él. Está claro que Etienne opina lo mismo. Este trimestre estoy decidida a echar mis propias broncas.

Sigo con la lección. Me tiembla un poco la voz, aunque a estas alturas ya debería estar acostumbrada a la presencia de otros profesores en la clase. Siempre me están observando, forma parte de las prácticas.

—¡Tyson! —brama Etienne de repente.

Yo me sobresalto e intento disimular acercándome con naturalidad a la mesa para coger algo. Mierda. Se supone que yo debería haber visto lo que sea que Etienne acaba de ver.

—Ven aquí. Dame eso. —El director señala un trozo de papel que hay en la mesa de Tyson—. Señorita Gilbert, Tyson se viene conmigo el resto de la clase.

—De acuerdo —digo, intentando aparentar severidad—. Gracias.

¿Gracias? ¿No suena un poco patético? En fin, ya es demasiado tarde. Etienne se va escoltando a Tyson y me mira con hastío antes de cerrar la puerta a sus espaldas.

Voy a buscarlo en cuanto acaba la clase, después de enviar al resto al descanso del almuerzo. Justo está saliendo de la oficina del director cuando llego. Etienne está en la puerta, observándolo. Entonces me ve.

—Mira, Tyson, ahí tienes tu oportunidad —señala.

—Lo siento, profe —murmura Tyson, más o menos en dirección a mis zapatos.

—Gracias, Tyson —respondo.

A continuación, cuando ya se ha ido, le pregunto a Etienne qué ha hecho.

Él me hace un gesto para que entre en su despacho y cierra la puerta.

—Ah, será mejor que te prepares —me advierte con un discreto acento francés. Lo percibo en ese «Ah», pero luego desaparece—. Tyson estaba cultivando su vena artística.

Bajo la vista hacia la hoja de papel rasgada del cuaderno de ejercicios que está sobre la mesa de Etienne.

Tampoco es para tanto, la verdad. Me doy cuenta desde el principio de que se supone que soy yo. Bueno, lo sé por la cara. El resto es… mucho menos riguroso.

—Caray —digo. Me empieza a entrar calor en las mejillas. Miro fijamente el dibujo—. Eso es…

—Sí, bastante —declara Etienne—. Siento que hayas tenido que ver esto. Adolescentes… —Abre las manos como diciendo: «¿No te desesperan?».

En el dibujo estoy desnuda, con la clásica pose femenina de cómic: de espaldas, pero girando la cabeza hacia atrás, para que se puedan ver bien los pechos y el culo. Soy muy… exuberante. Y tengo la cintura más o menos del ancho de la muñeca.

—Espero que no te haya importado que me lo llevara —prosigue—. No quería hacerte sentir incómoda.

Yo sonrío.

—Gracias. No. Yo… Habría sido un poco embarazoso. —Me muerdo el labio, mirando el dibujo.

—Tyson se va a quedar castigado después de clase durante el resto del mes. Además, hemos tenido una larga conversación sobre la cosificación de las mujeres —me comunica Etienne, recostándose en la silla y entrecruzando las manos detrás de la cabeza—. Seguro que no le ha entrado ni un uno por ciento en la mollera, pero nunca se sabe.

—Al menos se ha disculpado.

—Hmm —dice Etienne, no demasiado impresionado.

—Bueno, gracias por intentarlo de todos modos. Te lo agradezco.

Le doy la vuelta al dibujo distraídamente. «La *atrallente* señorita Gilbert», pone en la parte de atrás. Me río mientras muevo el papel para que Etienne lo vea. Él se acerca para leerlo y disimula una sonrisa.

—Por los clavos de Cristo —dice, sonando de repente muy inglés.

—Al menos es neutro —señalo—. Mejor *atrayente* que *atractiva*.

Etienne me mira con esa sonrisa todavía jugueteando en los labios. Tiene una belleza rotunda y simétrica; cabello castaño, ojos marrones y el tipo de piel blanca que se broncea con facilidad.

—Tu sentido del humor es un punto a tu favor, Addie —afirma—. Y también tu… realismo.

—¿Te refieres a mi cinismo? —digo, sin poder evitarlo. Ha sonado un poco como si le estuviera contestando al director y me pongo tensa, pero Etienne se limita a encogerse de hombros antes de volver a apoyarse en el respaldo.

—El mundo está lleno de soñadores —comenta—. La practicidad está infravalorada. Tú aceptas a esos chicos tal y como son. Y eso te va a convertir en una gran profesora.

Me doy cuenta de que está hablando en futuro y no en presente. Más que nada porque ayer di una clase sobre tiempos verbales. Pero, aun así, es la primera vez que recibo un elogio verdadero de Etienne. Se le da bien ocultar las críticas en comentarios constructivos, pero siempre he creído que los «puntos positivos» que me traslada son un poco exagerados. Esta es la primera vez que siento que ha visto algo en mí que yo quería que viera.

—Gracias —respondo.

Etienne asiente. Obviamente, me está despachando, así que me dirijo a la puerta mientras él dobla el dibujo de Tyson y lo guarda con cuidado en un cajón.

Dylan

Hubo un tiempo en el que la casa de mis padres tenía mucha categoría. Aún conserva parte de su magnificencia, como una anciana que en su día fue estrella de Hollywood. Ahora, el ala oeste está totalmente clausurada (es demasiado caro calentarla) y el exterior se encuentra verdaderamente deteriorado: hay varias ventanas rotas y la pintura se ha descascarillado casi por completo en la cara que está expuesta al viento.

Mi padre se resiste a cualquier iniciativa posible que genere un poco de dinero: no quiere ni oír hablar de alquilarla para bodas ni de venderla al Fondo Nacional para la Preservación Histórica para mudarse a un lugar menos remoto y destartalado. Este es su hogar. Pero, por muy bien que le vaya a su empresa en bolsa, nunca hay suficiente dinero para conservar esta casa. El problema es un tío abuelo especialmente disoluto que dilapidó gran parte de la fortuna familiar jugando al póker, lo cual lo convierte en un maravilloso héroe romántico, pero en un ancestro muy fastidioso. Lo único que dejó al morir fueron las tierras y la casa.

Me detengo en el umbral de la puerta y me estremezco ante el sonido repentino de un disparo. La caza es lo único que mi padre permite hacer en nuestras tierras, principalmente porque es algo que su padre hizo antes que él. Los urogallos y los faisanes son un clásico de la vida familiar; una vez fui al baño de abajo y me encontré un faisán sentado en el lavabo. Había entrado por la ventana, que se estropeó hace tiempo y sigue sin poder cerrarse, lo que permite que circule de forma constante una corriente de aire gélido que siempre parece dirigirse precisamente hacia el inodoro.

Si mi padre está fuera cazando, al menos volverá de buen humor. Empujo la puerta principal (hay que volver a rebajarla; cuesta más que nunca abrirla) y entro en el vestíbulo, la parte más cuidada de la casa. Hay flores frescas en el pedestal que está al pie de las escaleras y han pulido hace poco el suelo embaldosado.

—¿Dylan?

Sonrío.

—¿Mamá?

—¡Aquí! —grita.

Pongo los ojos en blanco. Mi madre nunca se ha acostumbrado a vivir en un sitio tan grande, en la que la indicación «Aquí» nunca es suficiente. Ella se crio en una casa con dos habitaciones arriba y dos abajo, en Cardiff, y ni siquiera los treinta años que lleva casada con mi padre han conseguido hacer que la olvide. Su matrimonio fue bastante escandaloso por aquel entonces, por muy difícil que resulte imaginar a mi padre haciendo algo remotamente censurable.

—¿En la cocina? —vocifero.

—¡En el salón!

Sigo el sonido hasta la única sala de estar que mantenemos abierta, el salón suntuoso que estaría destinado a recibir a los invitados cuando se construyó esta casa. La vista desde los ventanales es imponente: los prados verdes mecidos por la brisa, la frondosidad oscura del bosque y ni una sola persona ni edificio a la vista.

Mi madre me estrecha la cara entre sus manos frías. Lleva puestos unos pantalones de montar y un jersey abultado por todas las capas que tiene debajo; su cabello corto parece un poco más blanco que la última vez que la vi; claro que de eso hace casi seis meses.

—Mi niño bonito —dice, apretándome las mejillas con las manos—. ¿Estabas intentando que a tu padre le diera un infarto?

Me despego de sus manos para darle un abrazo. Empiezo a notar que el miedo me invade, ascendiendo sigilosamente con sus dedos lentos por la columna vertebral, mientras una niebla oscura se arremolina alrededor de los tobillos. Esta casa está llena de ella; aquí soy el pequeño Dylan, el niño al que nunca le gustó el deporte, al que no se le daban bien los números, el que nunca aprendió a ser fuerte.

—No sé por qué papá está tan enfadado —declaro mientras me alejo y me tiro en el otro sofá. Este cruje ominosamente. Es victoriano y está relleno de una crin de caballo punzante que se eriza de inmediato para pincharme la parte posterior de las piernas—. De todos modos, vengo a proponerle un plan.

La expresión de alivio de mi madre me retuerce las tripas.

—¡Estupendo! ¿Has solicitado un empleo?

Trago saliva.

—No… exactamente. Pero ya he decidido lo que quiero hacer: un máster en Literatura Inglesa. Quiero ser profesor universitario.

Ella se queda paralizada, con las manos entrelazadas sobre el regazo, como si estuviera estrujando algo.

—Pero Dylan…

—¿Qué? —pregunto casi gritando; estaba preparado para esto, en guardia en cuanto he cruzado esa puerta enorme y chirriante—. ¿Por qué no?

—Eso no es… Tu padre quiere que elijas algo financieramente estable, Dylan… Ya sabes cómo están las cosas por aquí —dice, extendiendo las manos con impotencia para señalar los bajos raídos y apolillados de las cortinas y la humedad que avanza en silencio por la pared, causada por el baño de arriba—. Cuando heredes…

—Cuando Luke herede —replico, dejando de mirar a mi madre para observar el techo. Está un poco combado y se cierne sobre mí como si la casa estuviera a punto de aplastarme.

—Dylan —insiste mi madre en voz baja.

Mi padre desheredó a Luke cuando salió del armario. Yo tenía diez años y Luke, doce. Doce.

Aprieto los puños. Sé que debería sentir más compasión por mi madre; estar casada con mi padre debe de ser tremendamente difícil, aunque lo quiera de verdad. Pero no logro perdonarla por no haber conseguido que él cambiara de opinión sobre lo de Luke. Mi padre habla con él, deja que venga a visitarlo y lo aconseja en sus negocios, pero se niega a conocer a Javier y nunca va a permitir que su hijo gay herede su propiedad.

—Acepta el trabajo que tu padre ha estado reservando para ti en la empresa —me pide mi madre en voz baja—. Dylan, tienes responsabilidades.

—¿Elinor?

Es la voz de mi padre. Me pongo tenso automáticamente.

—¡En el salón! Dylan está aquí —grita mi madre, reacomodando las manos sobre el regazo e irguiendo la espalda.

Hay un instante de silencio, hasta que mi padre empieza a cruzar el vestíbulo pisando con fuerza, todavía con las botas de caza llenas de barro.

Se detiene en el umbral de la puerta y se me queda mirando unos segundos. Sostengo su mirada mientras siento un temor y una rabia atronadores y el miedo me atenaza con sus garras. Aquí está; esa es la razón por la que mi madre no me ha visto en seis meses.

—Me alegra que hayas entrado en razón y hayas vuelto a casa —dice mi padre, dando ya media vuelta—. Ayuda a tu madre con la cena. Luego hablaremos seriamente sobre tu futuro.

AHORA

Addie

Como mucho tendré un esguince de muñeca. Pero Felicity, una buena samaritana que pasaba por allí, ha insistido en traerme a urgencias, y aquí estoy, en vez de buscando a Deb.

Ya estoy harta de los buenos samaritanos, a decir verdad. Lo de Kevin fue demasiado.

—¿Estás bien, cielo? —me pregunta Felicity, acariciándome el pelo. Es una auténtica sobona. Deb la odiaría, allá donde esté.

La sala de urgencias del hospital Royal Preston se encuentra bastante saturada ahora mismo. Una mujer acaba de entrar corriendo con su vestido de verano manchado de sangre, como una extra de una película de terror, y hay un hombre sentado enfrente de mí que parece estar manteniendo la nariz pegada a la cara. Intento no pensar en qué pasaría si la soltara.

Todavía no he visto a ningún miembro del personal que no vaya de aquí para allá corriendo. Yo no soy más que otra de las personas que les hacen perder el tiempo. Intento

por segunda vez que Felicity me deje pedir el alta voluntaria, pero no hay manera.

—No hasta que lleguen tus amigos —dice con firmeza,
frotándome la mano buena entre las suyas—. ¡Caray, tienes
los dedos helados! ¿Cómo puedes tener las manos frías con
este tiempo?

Felicity debe de tener sesenta y pico años y rezuma
instinto maternal. Lleva puesta la típica camiseta beis que
encontrarías en una tienda benéfica de segunda mano y unos
vaqueros con florecitas bordadas en los bolsillos. Tiene su
cabello negro y brillante recogido en una trenza perfecta.

Me vio tropezar en el terraplén de la autopista. Admi-
to que tenía muy mala pinta. Bajé rodando hasta el arcén y
aterricé sobre el asfalto con las manos por delante, aunque
me quedé a kilómetros de los coches y el arcén estaba valla-
do por las obras. Es verdad que me magullé las rodillas y
tenía el peto manchado de sangre, y que me duele muchísimo la muñeca cuando intento apretar el puño o mover la
mano, pero estoy bien.

—Por favor, Felicity —le suplico—. Solo es una torce-
dura de nada, no necesito ninguna radiografía ni estar aquí.
Estoy haciendo perder el tiempo a todo el mundo.

Felicity me da unas palmaditas en la rodilla.

—Sssh, cielo —se limita a responder mientras estira el
cuello para ver a dónde se dirige una enfermera que acaba
de pasar a nuestro lado—. ¡Cuánto tiempo llevamos esperando! ¡Es increíble! Creía que irían más rápido, ¿tú no?

Me muerdo el labio. Espero que ninguno de los sani-
tarios la haya oído. Vuelvo a mirar el móvil: no tengo ninguna notificación. Obviamente, me habrían enviado un mensaje si hubieran encontrado a Deb, así que debe de seguir
vagando por los campos de Lancashire, intentando reunirse

con nosotros. O haciendo autostop para llegar a Escocia por su cuenta. O siendo asesinada por un camionero.

—¿Addie?

Me da un vuelco el corazón. Dylan se abre paso entre las bolsas, los niños y la gente que hay entre nosotros y se agacha delante de mí, acariciándome el hombro mientras me mira a los ojos.

—¿Te encuentras bien?

—Perfectamente —aseguro—. Solo me he torcido un poco la muñeca. ¿Puedes decirle a Felicity que me deje marchar de una vez? A mí no me hace caso.

—Soy Dylan —se presenta, extendiendo una mano para estrechar la de Felicity—. Muchas gracias por cuidar de Addie.

—De nada —responde ella sonriendo—. Es una niña encantadora.

Veo que los labios de Dylan se curvan un poco.

—Eso suelen decirme, pero se equivocan —comento, y esa curvatura se transforma en una sonrisa breve.

Entonces veo a Marcus. Se ha quedado rezagado y nos observa con las manos en los bolsillos desde cerca de la puerta. Durante una fracción de segundo, antes de que se dé cuenta de que lo he visto, su expresión es extraña, como si estuviera intentando encontrar la solución de un acertijo. Me mira a los ojos y su rostro se suaviza con un gesto casi de preocupación.

—¿Estás bien? —articula en silencio.

Yo parpadeo, sorprendida, y asiento imperceptiblemente con la cabeza. Él esboza una sonrisa y se vuelve hacia la salida.

—¿Seguro que no quieres que alguien te eche un vistazo? —me pregunta Dylan, frunciendo el ceño de nuevo al ver las manchas de sangre en el peto, a la altura de las rodillas.

—Seguro. Quiero irme.

Dylan encoge los hombros y mira con impotencia a Felicity.

—Pues parece que nos vamos, Felicity. Gracias de nuevo.

Ella chasquea la lengua contra los dientes.

—¡Venga ya! ¡Tiene que verla un médico!

Dylan sonríe.

—Si usted no ha logrado convencerla, Felicity, no creo que yo pueda hacerlo. Cuando Addie toma una decisión…, tomada está. No hay vuelta atrás.

Rasco la sangre seca del peto y me pregunto qué pensaría Dylan si viera todos los correos electrónicos dirigidos a él que guardo en la carpeta de borradores. Si supiera la cantidad de veces que he estado a punto de cambiar de opinión. Pero eso es lo que tiene el estar a punto de hacer algo: puedes estar convencida al 99 por ciento, a un tris de hacerlo, pero si te detienes antes de cruzar la línea nadie sabrá nunca lo cerca que has estado de ella.

Resulta que pedir el alta voluntaria es la forma más rápida de conseguir que te vea un médico en urgencias. Una muchacha exhausta me hace firmar que asumo toda la responsabilidad si me desmayo ahora mismo como consecuencia de ello. Hasta se las arregla para esbozar una sonrisa rápida antes de salir corriendo de nuevo.

Sigue haciendo un sol de justicia, hasta tal punto que tengo que guiñar los ojos, así que me cuesta interpretar la expresión de Marcus a medida que nos acercamos al coche. Cuando ya casi estamos, su gesto se vuelve indiferente.

—¿Todo bien? —me pregunta, como si no hubiera entrado a ver cómo estaba.

—Sí, gracias. —Dylan me abre la puerta del coche y avanzo para subir al asiento trasero, con cuidado de no mover mucho la muñeca—. Espera —digo, frenando en seco—. Debería conducir yo. Tú no estás asegurado.

—No pasa nada —señala Dylan—. Puedo...

Pero yo ya estoy volviendo a salir. Marcus se ha sentado delante. Lo miro de reojo mientras me acomodo tras el volante. Está repantingado en el asiento como un niño aburrido, pero, cuando hago una mueca de dolor al intentar quitar el freno de mano, se sobresalta y en medio segundo su mano está sobre la mía.

—Déjame a mí —dice.

A mis espaldas, oigo que Dylan se revuelve en el asiento.

—Gracias —le digo a Marcus, volviendo a posar la mano lesionada en el regazo.

Conducir con un esguince en la muñeca es... todo un reto. Se me llenan los ojos de lágrimas cuando cambio de marcha. Marcus no vuelve a darse por aludido y se limita a mirar por la ventanilla.

—¿Eso es mi móvil? —pregunto de repente.

Ahora vamos a toda velocidad por la autopista. Me muero de dolor al tantear el asiento con la mano buena mientras sostengo el volante cautelosamente con la otra. Mi teléfono está en el bolsillo trasero del peto.

—¿Quieres que...? —me pregunta Marcus, dándose cuenta del problema. Extiende la mano para ayudarme a sacar el móvil.

—Ya lo hago yo —interviene Dylan, echándose hacia delante entre los dos asientos.

Posa su mano sobre la mía y se me pone la piel de gallina. Se me eriza el vello de la nuca cuando saca el teléfono del bolsillo trasero.

—¿Sí? —Espero, nerviosa—. Deb está bien —me informa Dylan.

Me recuesto en el asiento.

—Menos mal —susurro.

Dylan cuelga.

—Increíble, Rodney la ha encontrado.

—¿Dónde estaba?

—Adivina —dice Dylan.

—Mmm… ¿Ya en el Budget Travel?

—No.

—¿Andando por la autopista?

—No.

—¿Haciendo autostop?

—Otra vez, respuesta incorrecta. Estás infravalorando la capacidad de tu hermana de rizar el rizo.

—Me rindo —declaro—. ¿Dónde estaba?

—Tomándose una pinta con Kevin, el camionero.

Al parecer, Kevin le había apuntado su número en el dorso de la mano. En el vestíbulo del Budget Travel, Deb nos cuenta, emocionada, la suerte que ha tenido de que el sudor no lo hubiera borrado. La primera persona con la que se cruzó mientras vagaba por Lancashire le dejó el teléfono y ella lo llamó inmediatamente para que fuera a rescatarla. El único problema era que él estaba en Lancaster y había mucho atasco por la zona. Obviamente.

—¿Estás bien? —le pregunto, dándole un apretón rápido en el brazo—. Estaba preocupadísima.

—Bah, estoy bien —asegura.

—¿Cómo ha podido Kevin llegar hasta Lancaster? —Esa es mi segunda pregunta—. ¡Si nos fuimos del lugar del pícnic al mismo tiempo que él! ¡Y solo hemos llegado hasta el puñetero Preston!

Deb se encoge de hombros con indiferencia.

—Kevin es un hombre con talento.

—¿Y dónde está Kevin ahora? —pregunto, mirándolos alternativamente a ella y a Rodney.

Los dos tienen una pinta horrible. Deb ha conectado el otro sacaleches (el que no funciona con batería) a un enchufe de la pared y este le está succionando el pecho, pero tiene manchas de leche en la parte delantera del vestido, además de un reguero largo de lo que espero que sea barro en la parte delantera de la tibia. La suela de uno de sus zapatos se ha despegado. Por su parte, Rodney tiene lilas de agua enredadas en el cinturón y los vaqueros empapados, aunque están empezando a secarse, de arriba abajo, creando una especie de efecto desteñido. Huele que apesta. Sabe Dios qué pensaría la gente al verlo entrar en el bar en el que Kevin y Deb se estaban tomando la cerveza.

—De camino a Glasgow, con las sillas —contesta Deb—. Se ofreció a llevarme a la boda, pero me pareció que debía esperaros —dice con condescendencia.

—Vaya, gracias. —Consulto la hora en el teléfono y maldigo. Últimamente esa es mi reacción habitual cada vez que miro el reloj—. Son las ocho. ¿Cómo pueden ser ya las ocho? ¿En qué se nos ha ido el tiempo?

—Bueno, tú has estado a urgencias —explica Rodney— y a Kevin le ha llevado un rato… —Se queda callado al verme la cara—. ¿Era una pregunta retórica?

—Sí, Rodney, era una pregunta retórica. Hay que volver a ponerse en marcha en cuanto Deb haya acabado.

—Pero yo estoy muerto de hambre —se queja Marcus. Está tumbado boca arriba sobre la moqueta, con los brazos y las piernas extendidos en forma de estrella. Atrás ha quedado el hombre sumiso del coche, el Marcus nuevo y extraño que se preocupó porque me dolía la muñeca. Ha desaparecido tan de repente como llegó.

—Hace muchísimo que no comemos nada —señala Deb—. ¿No deberíamos comprar algo de comida, al menos? Hay un Harvester justo aquí al lado.

—¿Un qué? —preguntan Marcus y Dylan a coro.

Me río.

—Un Harvester. Vamos. Os va a encantar.

Marcus se incorpora.

—Si tienen comida, me apunto.

Esa actitud le dura hasta que nos sentamos en un reservado del Harvester y lee el menú.

—¿Qué coño es esto? —pregunta.

Escondo una sonrisa detrás de la carta.

—¿Qué?

—¿Qué tipo de sitio es este? ¿Pizza y desayuno inglés? —Marcus parece verdaderamente desconcertado—. ¿Qué es, una especie de fusión?

Deb suelta una carcajada.

—Es comida —declara.

—¿Y qué, vas ahí y coges la carne que quieras? —pregunta Marcus, señalando la carne asada dispuesta en bandejas en el centro del restaurante—. Esto es repugnante. ¡Me encanta! ¿Puedo tomarme todos los pasteles de carne que me apetezcan?

Cuarenta minutos después, Marcus se recuesta, gruñendo y frotándose el estómago.

—Esto debería tranquilizarlo durante un rato, al menos —me susurra Dylan—. ¿Cómo está el tráfico, Rodney?

No tengo muy claro en qué momento Rodney se ha convertido en el corresponsal del tráfico, pero se lo hemos endosado. Le encanta tener una tarea. Ya está sacando el móvil para consultar Google Maps.

—Uy —dice, poniendo mala cara—. Hmm…

—¿No pinta bien? —le pregunto.

—La M6 en dirección norte está cerrada.

—Eso suena… fatal.

—No es muy buena noticia —sentencia Rodney con pesar—. Google nos desvía por el norte de los Peninos.

—¿Y cuánto tiempo pone que nos queda? —le pregunto.

Ya son casi las nueve y la luz empieza a desvanecerse al otro lado de las ventanas del Harvester.

—Seis horas.

Apoyo la cabeza sobre la mesa.

—Buf.

—No tiene sentido llegar a las tres de la mañana, Ads —opina Deb—. Es mejor preguntar si hay habitaciones en el Budget Travel y salir mañana temprano. Las carreteras se habrán descongestionado, y podremos dormir un poco antes de la boda.

—¡No! ¡Tenemos que seguir! —manifiesto, sin levantar la cabeza.

—¿Perdona? Con el ruido de tus expectativas poco realistas no te he oído —dice Deb mientras me aparta la carta de la cara y me obliga a moverme.

—Odio rendirme —refunfuño—. ¡Y no quiero tener que pagar una noche en un puñetero Budget Travel! Ya hemos pagado ese Airbnb en Ettrick y… —Caigo en la cuenta de que estoy hablando de dinero delante de Dylan. Me ruborizo—. No se os ocurra a ninguno de los dos ofreceros a pagarlo —les espeto rápidamente a ambos.

—Nada más lejos de mi intención —asegura Marcus—. Y, además, ahora Dylan es un triste poeta sin blanca, así que no esperes limosnas por su parte.

—Ah, vale, pues... —Estoy distraída. Supongo que debería haberme dado cuenta de que Dylan habrá dejado de aceptar el dinero de su familia si ya no se habla con su padre—. ¿No podemos conducir toda la noche?

—Tú tienes un esguince de muñeca y yo creo que tengo la pierna manchada de mierda de perro, literalmente, Addie. Acabo de intentar extraer leche materna a mano en un bosquecillo al borde de un campo. Necesito darme una ducha, enfriar las botellas de leche y también la bolsa nevera. Tenemos que descansar o alguno de nosotros va a acabar matando a alguien.

—Es verdad —dice Marcus—. Yo estoy a esto de cargarme a Rodney como vuelva a crujirse los nudillos...

El aludido se detiene a medio crujido.

—Perdón, perdón, perdón...

—... o a disculparse —termina Marcus.

—Per... —Rodney se encoge de vergüenza—. Vaya.

Yo suspiro.

—Vale. Está bien. Vamos a preguntar si hay habitaciones en el Budget Travel. —Levanto el dedo mientras Marcus abre la boca para decir algo—. No, no podemos comprobar si hay algún cinco estrellas en el que quedarnos. Si quieres un alojamiento más glamuroso, tendrás que buscártelo tú, y yo no pienso llevarte en coche. Y Deb tampoco.

—Eso es verdad —afirma Deb—. Yo tampoco.

Marcus me mira a los ojos unos instantes. La verdad es que estoy muy orgullosa de mí misma por esta minibronca que acabo de echarle con el dedo en alto. Enfrentarse a él no es fácil, aunque sea por la habitación de un hotel.

—No iba a decir eso. Aunque te parezca increíble, puedo arreglármelas una noche sin servicio de habitaciones. Iba a decir que me dejéis a mí negociar con Maggie lo del alojamiento. —Su sonrisa característica parece un poco más fatigada de lo habitual—. Seguro que nos da a todos habitaciones vip.

—Esto es un puñetero despropósito.

Deb y yo nos miramos por encima de la cama de matrimonio y desviamos la vista rápidamente. Es demasiado difícil no reírse.

—¿Dónde se supone que voy a dormir yo? ¿En la puta cuna? —pregunta Marcus. Parece francamente desconcertado.

Lo reconozco, la habitación familiar del Budget Travel no está diseñada para cinco adultos. Pero Maggie ha sido muy amable al ofrecernos la habitación; el hotel está lleno esta noche porque hay una boda en los alrededores.

Hay una cama de matrimonio, dos individuales separadas por un pasillito corto y una cuna.

Deb se lleva la mano a la tripa.

—Ay —suspira en voz baja, observando la cuna. Está claro que no le ha compensado separarse de su hijo para este desastre de viaje.

—Si alguien tiene que dormir en la cuna, debería ser Addie —opina Marcus—. Básicamente tiene el tamaño de un niño.

Examino la cuna. Es bastante grande, pero sigue siendo una cuna.

—Yo me quedo la cama de matrimonio —anuncio—. Con Deb —aclaro de inmediato cuando todos miran automáticamente a Dylan—. Vosotros tres apañaos con el resto.

Deb está concentrada en el móvil, viendo las últimas fotos de Riley que nuestra madre ha enviado al grupo de WhatsApp familiar. No veo la pantalla del teléfono, pero no es necesario. Su mirada se ha vuelto tierna y nostálgica.

—Venga —dice Dylan, tirando del brazo de Marcus—. Vamos a dejarles a Deb y a Addie un poco de espacio. Rodney, tú también. Vamos a sacar el resto de las bolsas del coche y a decidir quién duerme en el suelo.

Llamo su atención mientras los hace salir del cuarto, cogiendo las llaves del coche al salir. «Gracias», articulo silenciosamente, y él sonríe.

—Ay, Dios —dice Deb, dejando el teléfono mientras la puerta se cierra.

—¿Qué?

—Eso —responde Deb, señalándome la cara—. Ese «Gracias».

—Ha sido… una cuestión de educación.

—Ha sido algo que no habrías dicho hace doce horas. Lo que me hace pensar… ¿que algo ha cambiado?

Me siento en la cama y acomodo la muñeca lesionada sobre el regazo. La hinchazón ha mejorado un poco, pero me sigue molestando y noto la piel demasiado tensa.

—No ha cambiado nada. Aunque supongo que, como hemos pasado más tiempo juntos…, he decidido ser civilizada. Por necesidad. Pero eso es todo.

—¿No sientes nada por él?

—Muchas cosas, muchísimas —confieso, tumbándome con los pies fuera de la cama—. Demasiadas como para asimilarlas. —Deb se acuesta a mi lado—. Deberías lavarte antes de acercarte a esta cama —le recomiendo.

Ella me ignora.

—Cuéntame.

—¿Estás segura de que no quieres hablar de cuánto echas de menos a Riley?

—Completamente segura. No me va a servir de nada. Háblame de todo lo que sientes por Dylan.

—Vale, a ver… Parece diferente.

—Ah, ¿sí?

—Más sensato. Menos transigente con Marcus. Más maduro. Más reflexivo.

—Todo eso es estupendo.

—Ya. Ya. —Me froto los ojos con la mano buena—. Aunque puede que solo esté viendo lo que quiero ver.

—¿Aún lo quieres?

Desde luego, Deb no se anda con rodeos. Trago saliva y me quedo mirando el techo.

—No soporto que la gente diga chorradas como «Creo que siempre te querré» cuando rompe con alguien, porque, a ver…, si es así, ¿por qué no siguen juntos? Pero lo de Dylan…

—¿Crees que es posible que siempre vayas a quererlo?

—Bueno, digamos que no creo que haya dejado de hacerlo nunca.

—¿Ni siquiera aquella vez que querías quemar un muñeco con su cara la Noche de las Hogueras?

Sonrío.

—Entonces menos aún. Eso fue un claro intento de empezar a odiarlo. Convéncete y convencerás.

—¿Y qué me dices de cuando saliste con ese tío del colegio?

Mi sonrisa se desvanece.

—Pues… él hizo que olvidara a Dylan durante un tiempo. Pero no logró que desapareciera.

—¿Y cuando te dejó? —pregunta finalmente Deb en voz más baja.

La ventana está entornada para que entre un poco de aire fresco y se oye el ruido de la autopista.

—Nunca me he permitido… Eso… —Es como si se me cerrara la garganta. Deb espera pacientemente—. Es algo que nunca he expresado en voz alta, Deb —logro decir.

—No pasa nada —señala ella—. Puedes hacerlo ahora si quieres.

—Entiendo por qué se fue. —Exhalo.

Los coches siguen rugiendo.

—Hizo mal en dejarte —sentencia Deb.

—Pero entiendo por qué lo hizo. Incluso entonces lo entendí. Por eso estaba tan enfadada. Porque sabía, sentía, que tenía derecho a marcharse.

Deb gira la cabeza para mirarme.

—Una vez me dijiste que nunca le perdonarías que se hubiera marchado.

—Ya lo sé. Perdonarlo me parecía una debilidad. Y yo quería ser fuerte.

—«Perdonar es de valientes» —dice Deb—. Ya lo decía Gandhi.

Una lágrima se ha abierto paso desde el rabillo del ojo hasta la oreja. Cierro los ojos y otras dos caen rodando y me humedecen el pelo.

—¿Crees que debería haberlo perdonado entonces? ¿Como él me perdonó a mí?

—Addie…

—No pasa nada, puedo hablar de ello. Puedo verbalizarlo.

—Estás llorando.

Me río entre lágrimas.

—A veces llorar es bueno. A veces es necesario.

—Addie, tu teléfono —dice Deb antes de rodar hacia un lado y coger mi móvil de la mesilla noche, donde yo lo he dejado—. Es Cherry.

—Mierda. —Me siento y el dolor me deja sin aliento cuando muevo la mano sin querer—. Pásamelo, ¿quieres? Tenemos que decirle que no vamos a llegar hasta mañana. Ya debería haberla llamado.

Me limpio la cara y respondo a la llamada:

—Hola, Cherry. Lo siento, pero tengo malas noticias.

—¡No! —La voz de Cherry suena metálica a través del teléfono—. ¡No! ¡No! ¡No! ¡Dime que estáis a cinco minutos de aquí!

—No —respondo, con cara de pena—. Te aseguro que no.

—Los tíos de Krish vienen de Londres y también están en un atasco. Esto es terrible, Ads.

—¡Claro que no, todo va a salir bien! Lo que pasa es que hoy hay mucho tráfico, solo es eso. Mañana se habrá desatascado y todo el mundo llegará con tiempo de sobra para la boda.

—¡Todo el mundo debería estar aquí hoy! ¡Hemos tenido que celebrar la barbacoa familiar sin ti!

Yo sonrío, secándome las mejillas húmedas.

—Bueno, técnicamente, yo no soy de tu familia.

—¡No digas chorradas! ¡Qué! Ay, Dios, Krish me está haciendo señas para que me acerque; seguramente será otra crisis. Los de las flores se han quedado sin paniculata, ¿has oído alguna vez un despropósito como ese? ¿Cómo pueden haberse quedado sin paniculata? Es la quintaesencia del universo floral, Addie. Los frijoles del chile. ¿Lo entiendes?

—No exactamente, pero entiendo que las cosas te resulten un poco abrumadoras ahora mismo —digo con la voz más serena posible—. Pero tienes a Krish. Eso es lo único que importa. Y aunque los de las flores se queden sin un solo frijol para el chile o lo que sea, Krish seguirá siendo tu marido mañana al acabar el día.

—Sí. Sí. —Oigo que Cherry respira hondo—. Eso es lo importante. Solo que… el resto de las cosas también son importantes. Bueno, no tanto, pero mucho sí.

Me río.

—Ya, te entiendo. Oye, mañana llegaremos lo antes posible, te daré un abrazo enorme y luego me iré corriendo a robarles la paniculata a todas las floristerías de Ettrick si quieres. O me quedaré contigo diciéndote cosas relajantes. Lo que necesites.

—Te quiero, Addie. Muchísimo. ¿Qué tal el viaje? Madre mía, perdona, ni siquiera te he preguntado. ¡Llevas todo el día con Dylan! ¿Estás bien?

—Sí. Tengo a Deb.

—Menos mal —dice Cherry—. Ojalá yo también tuviera a Deb.

—Lo siento. Estaremos todos ahí mañana a última hora de la mañana, ¿vale?

—Vale —dice con un hilillo de voz nada propio de Cherry.

—Ah, no recuerdo si Dylan te ha dicho que Rodney también está con nosotros, así que él también va a llegar tarde. Y Marcus, aunque supongo que eso ya te lo habrás imaginado. Y tampoco es que importe.

—Ya, Marcus seguro que sabe que lo he invitado por pena —comenta Cherry—. ¿Quién has dicho que está con vosotros?

—Rodney. Necesitaba que alguien de Chichester lo llevara, así que nos lo hemos traído. Pobre hombre. No tenía ni idea de en qué se metía.

—¿Rodney? —pregunta Cherry.

—Sí.

—¿Rodney qué más?

—¿Qué? Pues… —Me quedo mirando a Deb—. No me acuerdo. Rodney… ¿Wilson, puede ser? ¿O Rodney White?

—¿Rodney Wiley?

—Sí, eso me suena más. ¿Por qué? ¿Hay algún problema?

—Ads… Addie…

—¿Qué?

Deb, que está deshaciendo la maleta, me mira al oír mi tono de voz.

—Rodney Wiley no está invitado a mi boda.

—¿Qué?

—Madre mía, Addie, ¿has…? ¿De verdad está con vosotros? ¿Está contigo ahora mismo? —pregunta Cherry alzando la voz.

—No, está abajo, en la cafetería. Pero ¿cuál es el problema? ¿Quién es?

—Es aquel tío. El de la fiesta de Navidad.

—Ay, Dios. ¿El tío raro con el que te acostaste y que te escribía poemas de amor?

—¡Sí!

—¡No! —exclamo, tapándome la boca con la mano—. ¡No! ¡Si no se llamaba Rodney!

—¡Claro que sí!

—¡Me habría acordado!

—¡Pues qué quieres que te diga, Addie! ¡El caso es que no lo has hecho! Ay, Dios. ¿Por qué viene a mi boda? —Cherry se estremece—. ¡Tienes que librarte de él!

—¿Qué leches está pasando? —me pregunta Deb.

—¿Es… peligroso? —le pregunto, con los ojos muy abiertos.

—¡Podría serlo! —responde Cherry—. Bueno, a ver. La verdad es que no, pero es un puñetero plomo. Y parece que se ha autoinvitado a mi boda, y eso es muy raro. ¿Cómo ha conseguido ponerse en contacto con vosotras para que lo llevarais?

—¡Estaba en el grupo de Facebook de la boda! Solo la gente con invitación sabía que existía, así que supuse…

—¿Qué pasa? —vuelve a preguntar Deb.

Yo sacudo la mano con impaciencia hacia ella.

—¿Y ahora qué hacemos? —le pregunto a Cherry—. ¿Qué quieres que hagamos? ¿Sigue enamorado de ti?

—Desde luego, es lo que parece, ¿no crees? —contesta Cherry, al borde de la histeria—. Dudo que venga a la boda para desearnos felicidad eterna.

—¿Crees que quiere intentar impedir que te cases?

—¿De quién estáis hablando? ¿De Rodney? —pregunta Deb, acercándose más. Activo el altavoz del teléfono.

—Cherry, ¿qué quieres que hagamos? —le pregunto.

—No lo sé —dice ella, al borde de las lágrimas—. No lo sé, impedidle que llegue aquí. Libraos de él. —Deb y yo nos miramos—. Podéis hacerlo, ¿verdad? ¿Libraros de él?

—Sí, claro —respondo—. Rodney Wiley no estará en tu boda.

—Vale, vale. Ay, Dios, me pregunto qué estará planeando. —La voz de Cherry suena como si se estuviera tapando la boca con las manos—. Tengo que dejaros, chicas, Krish me está haciendo gestos con los brazos y parece muy enfadado. Pero lo vais a solucionar, ¿verdad? ¡Joder, no puedo creer que hayáis traído a mi acosador a mi boda! Krish, ¿quieres esperar un momento? Tengo que irme, amores, pero vosotras haced lo que tengáis que hacer, ¿de acuerdo?

—No vamos a matarlo, si es lo que insinúas —dice Deb.

—¿Qué? ¡Deb! ¡No! Solo digo… que le tendáis una emboscada. Podríais atarlo o algo. O asustarlo un poco.

—¡Cherry! —exclamo, echándome a reír.

—¡Es una situación desesperada, Addie! ¡Cuento con vosotras!

Cherry cuelga. Deb y yo nos miramos.

—Hmm —digo yo.

—Vaya —dice Deb.

—Tengo la sensación de que… puede que tengamos que elaborar algún tipo de… ¿plan?

—¿Un plan maquiavélico?

—No. Un plan normal y sensato.

—Cherry ha dicho que lo atemos.

—Cherry se ha vuelto loca con la boda. No vamos a hacer eso.

—Hay que detener a ese hombre, Addie.

—Sí, ya lo sé, pero tenemos que ser listas. No puede enterarse de que lo sabemos. Si no, se dará cuenta de que Cherry lo ha pillado. Y podría intentar llegar de otra forma.

Deb se queda pensando.

—Cierto. Si nos libramos de él ya, todavía tendrá un día entero para llegar a Ettrick.

—Es verdad. —Me muerdo el labio—. Aunque tampoco es que me haga mucha ilusión llevar en el coche al acosador de Cherry…

—Ni dormir con él en la misma habitación…

—Creo que la mejor opción es vigilarlo de cerca hasta el último momento y después, hmm, hacer algo. Atarlo no —le advierto, levantando un dedo.

—Vale. Bueno, pues ese es nuestro plan maquiavélico —sentencia Deb, satisfecha—, vigilar de cerca al enemigo.

Llaman a la puerta. Las dos nos sobresaltamos.

—¿Sí? —digo, un poco más nerviosa de lo que me gustaría.

—Hola, somos nosotros —responde Dylan.

Miro a Deb.

—Entrad.

Él nos mira extrañado mientras entra con Marcus.

—¿Estáis bien? —nos pregunta.

—¿Dónde está Rodney? —les pregunta a ellos Deb.

Marcus empieza a vaciarse los bolsillos en la mesilla de noche: monedas, teléfono, cartera…

—Se ha llevado el coche para ir a comprar un saco de dormir a una tienda que hay aquí cerca —contesta.

—¿¡Qué!? —chillamos Deb y yo.

Marcus se nos queda mirando.

—Que ha cogido el coche para ir a una tienda. ¿Qué os pasa a vosotras dos?

—¿Rodney tiene el coche? —pregunto.

—¿Qué es lo que pasa, Addie? —insiste Dylan.

—Ah, ¿es por lo del seguro? —comenta Marcus, poniendo los ojos en blanco mientras se quita los zapatos—. Solo está a diez minutos, Addie.

—¿Me estás diciendo que Rodney se ha largado, en nuestro coche, solo?

—Pues sí. ¿Por qué? ¿Hay algún problema?

ANTES

Dylan

Cuando el sol empieza a asomar en abril, Luke y Javier vienen a pasar una semana al Reino Unido, así que nos vamos todos de excursión a la playa de West Wittering: Addie, Marcus, Grace, Cherry, Luke, Javier y yo. Últimamente mi relación con Addie ha cambiado. Desde que le dije que me iba a quedar con Marcus en la cabaña de madera en lugar de mudarme a la casa de su familia, ha estado distante, trabajando hasta tarde, y a veces me aparta cuando me acerco para acariciarla. Ojalá pudiera retractarme de mi decisión.

Marcus vuelve a estar mal; ahora que vivimos juntos veo claramente que tiene un problema con la bebida, y cada vez que Addie viene a la cabaña se comporta de forma arisca e infantil, llamando la atención. Apenas sé cómo lidiar con todo eso, y además del drama de la cabaña está el drama de mi padre, cuya postura en relación con mis planes profesionales no ha cambiado lo más mínimo, como era de esperar.

Así que me parece maravilloso hacer una escapada para tumbarme al lado de Addie sobre la arena con olor a sal. Ella está enfrascada en una conversación con Grace, que a su vez está ocupada echándole protector solar a Cherry; Grace no deja de agarrarla por el brazo y de decir: «No, aún no he acabado, cariño», porque Cherry tiene el mar en el punto de mira y está claro que se está reprimiendo para no ir a bañarse de inmediato.

Intento que no me moleste la amistad de Addie y Grace. No me siento orgulloso de cómo me comporté con Grace; entonces era una persona diferente y acostarme con la misma mujer que mi mejor amigo me había parecido transgresor e interesante, cuando en realidad fue bastante perturbador y probablemente nada sano para ninguno de nosotros. Cuando pienso en esa época, me avergüenzo, así que, obviamente, intento hacerlo lo menos posible.

—Ads, ¿vienes? —le pregunta Cherry una vez que Grace la ha liberado, dando saltos sobre las puntas de los pies; entrecierro los ojos mientras me lanza a la cara una lluvia de arena.

La playa está llena de personas necesitadas de sol con un nivel de equipamiento extraordinario: hay paravientos con estampados de langostas, innumerables cubos de playa, tumbonas dispuestas con esmero y sombrillas inclinadas sobre la arena.

Addie se incorpora sobre los codos.

—¿Dylan? —me pregunta.

—Estoy leyendo —respondo, señalando mi ejemplar de las obras completas de Byron—. Quizás en un ratito.

Cherry tira de Addie para levantarla.

—Olvídate de Dylan, es un aburrido. Pero tú no. —Addie se resiste—. ¡Venga! ¡Báñate! ¡Báñate!

Acaba cediendo y ambas salen corriendo hacia el agua. La cola de caballo oscura de Addie va dando botes mientras el mar enmarca las líneas nítidas de su hermoso cuerpo.

—Eres tonto —manifiesta Marcus, a mi lado. Tiene el sombrero sobre la cara para protegerse del sol y su voz suena apagada. Ya está bebiendo, aunque Luke, Javier y Grace también, así que intento no preocuparme por eso.

—¿Eh? —pregunto, girando la cabeza para mirarlo.

—¿Sabes lo fácil que sería ahora mismo que alguien te la robara? —dice, sin quitarse el sombrero.

—¿Qué?

Vuelvo a mirar a Addie, que sigue en el agua. Está subida a hombros de Cherry y agita los brazos, intentando mantener el equilibrio. A mi lado, Grace se gira hacia Marcus para escuchar, probablemente en busca de más material para ese libro suyo. Javier y Luke se están besuqueando detrás de ella, envueltos en la toalla de Javier; ruedan sobre sí mismos y golpean con suavidad la cerveza de Luke, que se derrama sobre la arena.

—«Bah, ve a divertirte sin mí, Addie» —dice Marcus en tono burlón—. «Yo me quedo aquí aburrido, con mi libro, el primer día bueno que pasamos juntos en no sé cuántos meses».

Algo cuaja en silencio en mi pecho a medida que se van asentando los malos pensamientos.

—Pensaba que a ti te encantaría que la cagara —replico, intentando mantener la calma; aunque estoy enfadado, creo, y sorprendido por ello. No suelo enfadarme—. Creía que habías dicho que no era la persona adecuada para mí.

Marcus tira el sombrero a un lado mientras se sienta.

—A veces es muy pero que muy difícil ser amigo tuyo —declara—. He sido un ejemplo de contención y tú sin tener ni puta idea, ¿verdad? En fin, a la mierda.

Va hacia el agua, quitándose la camiseta por el camino, y veo cómo se zambulle y nada hacia Cherry y Addie. Ellas chillan cuando se lanza a por las piernas de Cherry y las derriba. El agua de mar sale volando, emitiendo reflejos dorados bajo el sol, y observo cómo Addie se aparta el pelo de los ojos, riéndose.

A mi lado, Grace vuelve a tumbarse, bostezando.

—¿Soy yo o nada de lo que dice tiene sentido? —pregunto.

Grace extiende la mano para darme unas palmaditas cariñosas en el brazo. Se le marcan las costillas bajo el tejido de su bañador de diseño y frunzo el ceño: está adelgazando mucho, puede que demasiado. Ha conseguido un trabajo como modelo y tiene el pelo de un color castaño inusitado y aburrido; al parecer, es más comercial. Se pasa la mayor parte del tiempo en fiestas donde la cocaína fluye a raudales en Londres o en Los Ángeles; su cuenta de Instagram está llena de fotos suyas rodeada de multimillonarios o bronceándose en yates. Hace tiempo que ya no cuelga nada de su libro. Debería quedar más con ella, pero Grace es una de esas personas por las que nunca se me ha ocurrido preocuparme; ella siempre ha sido la adulta del grupo.

—Marc no se entiende ni a sí mismo, así que imagínate a ti y a Addie —declara—. Ignóralo, cariño. Lo estás haciendo bien.

Pero no soy capaz de sacudirme la melancolía durante el resto de la jornada. Las palabras de Marcus me dan vueltas y más vueltas en la cabeza, como avispas alrededor de algo pegajoso y dulce, y siento de nuevo esa sensación de que algo falla, como si hubieran movido algún objeto de la escena entre toma y toma.

«¿Sabes lo fácil que sería ahora mismo que alguien te la robara?».

—Si sigues insistiendo en eso, Dylan, no te vamos a pasar ni un penique más —anuncia mi padre.

Es el último horror que se avecina, la expresión final de su desaprobación. Incluso Luke sigue recibiendo un estipendio mensual, y eso que ahora gestiona varios bares de ambiente en Nueva York.

Cuadro los hombros. Estamos de pie en el piso de mi tío Terry, en Poole, observando el mar turbio y grisáceo por los ventanales que van del suelo al techo. He logrado evitar ir a casa desde la visita desagradable de finales de enero, pero no he podido escaquearme de la fiesta del cincuenta cumpleaños de mi tío, que habló conmigo personalmente para que confirmara mi asistencia. Al final acepté, tras descubrir que Addie iba a estar en una despedida de soltera. Sé que algún día tendrá que conocer a mi familia, pero, por Dios, no así. Aquí todos creen que los pobres no se esfuerzan lo suficiente; hay una escultura de hielo gigante en forma de cisne en un rincón y un cuarteto de cuerda en el otro, y estoy convencido de que Terry ha contratado a los músicos porque espera que la violinista se acueste con él.

—¿Me oyes, Dylan? Volver a la universidad no es una opción.

Si mi padre deja de pasarme dinero, tendré que cancelar la compra del piso, que está ya a medias; tendré que pagarme yo mismo el máster. Lo que significa..., ni siquiera sé lo que significa. Por mucho que me cueste admitirlo, nunca he vivido sin el dinero de mis padres.

Es el último paso hacia la libertad, renunciar a ese dinero, pero también sé que el dinero de mi padre es la libertad, y, renunciando a él, me esperan algunos de los años más duros de mi vida.

—Pues córtame el grifo —replico, viendo cómo rompen las olas—. Ya me buscaré la vida.

El fin de semana siguiente, Addie y yo quedamos para dar un paseo por el jardín de Bishop's Palace bajo la llovizna purificadora de mayo. Addie lleva una gorra gris y ropa de licra. Ha venido corriendo desde la casa de sus padres; aún tiene las mejillas salpicadas de manchitas rosadas, a causa del ejercicio, y yo la quiero tanto que de repente me siento desesperado.

—Vente a vivir conmigo —le propongo.

Ella va unos cuantos pasos por delante de mí; nos hemos puesto en fila india para dejar pasar a un hombre con un bebé en un carrito. Ella se gira lentamente para mirarme.

—¿No querrás decir...? —Sus ojos se alejan con inseguridad de mi cara para mirar a una pareja que pasa de la mano a nuestro lado—. ¿Te refieres a la cabaña de madera? ¿Con Marcus?

—No, no —digo, acercándome a ella para cogerla de las manos—. A nuestra propia casa.

Frunce el ceño, confusa.

—¿No al piso? ¿Ya no te vas a comprar el piso?

Todavía no le he contado a Addie lo del dinero; la única vez que hablamos de finanzas la cosa desembocó en una discusión tremenda y muy incómoda, y, últimamente, cuando menciono a mis padres, su expresión se vuelve sombría, así que he dejado de hablar de ellos.

—Fue una idea estúpida invertir en un piso. Solo tengo veintidós años, por el amor de Dios. Vamos a alquilar algo; algo que sea tuyo y mío. Cerca del colegio, para que no tengas que hacer un viaje tan largo en bus…, y cerca de la universidad.

Su sonrisa se va ampliando poco a poco y mientras me aprieta las manos, sonriendo, me siento mejor, como si estuviera sufriendo dolor y este hubiera remitido finalmente.

—¿Lo dices en serio?

—Sí, lo digo en serio.

—¿Vas a hacer el máster?

—He decidido hacerlo a media jornada para poder trabajar. Tal vez en un bar o dando clases particulares.

Su sonrisa se vuelve aún más amplia.

—¿De verdad? ¿Vas a trabajar?

Siento una punzada de una sensación similar a la vergüenza.

—Sí, claro. Se ha acabado eso de zanganear en mi eterno año sabático.

Ella se ríe.

—Dylan…, ¿estás seguro?

—Lo estoy. —Me abraza con fuerza y yo la levanto y la giro en el aire—. ¿Era esto lo que querías? —le pregunto, posando los labios sobre su gorra—. ¿Por qué no me lo dijiste?

—No es que sea lo que quería —responde ella, escondiendo la cara en mi abrigo—. Es decir, no es que tuviera ninguna idea en la cabeza; solo quiero que hagas lo que sea mejor para ti. Pero, sí, estoy contenta. Me alegra formar parte de tu plan.

«Tú eres mi plan», me siento tentado a decir.

—¿Buscamos una cafetería y miramos en Rightmove? —le pregunto en lugar de ello, estrechándola contra mi costado mientras echamos a andar de nuevo.

Ella asiente, todavía sonriendo.

—¿Se lo has dicho a Marcus? —me pregunta.

Mi felicidad radiante se empaña un poco al escuchar eso.

—Todavía no. Pero pronto. No está… No está muy de acuerdo con la idea, así que… —Me quedo callado. Addie no dice nada—. Lo aceptará —añado. Addie sigue callada—. ¿Estás bien?

—Sí —contesta—. Es que… me había emocionado por un momento.

—Y ahora… ¿has perdido la emoción?

—Bueno, si aún no se lo has dicho a Marcus, no es… Es que no estoy segura de que estés totalmente convencido.

—¿Qué quieres decir?

—No te enfades. Es que, normalmente, cuando dices que sí a algo antes de habérselo comentado a Marcus, acabas cambiando de opinión.

Aminoro el paso.

—Ah, ¿sí?

—No pasa nada, no voy a empezar aún a planear la mudanza y ya está —comenta Addie, levantando la cabeza hacia mí y esforzándose en sonreír—. Perdona. ¿Te he molestado?

—No, no —respondo, aunque no estoy seguro—. Y, bueno, Marcus solo… En el fondo solo quiere lo mejor para mí.

—Ya, claro —dice Addie con un tono de voz extraño.

—¿Cómo? —Vuelvo a ralentizar el paso y dejo de abrazarla para mirarla de frente—. Addie, ¿estás molesta con Marcus por algo?

—¡No, no! No pasa nada.

—Eso ya lo has dicho, y esta vez es todavía menos convincente.

—No pasa nada, Dylan. ¿Vamos a esa cafetería? Mi padre dice que hacen una tarta de zanahoria buenísima.

—Addie.

Ella se cubre las mejillas con las manos y emite un ruidito, medio gruñido, medio gemido.

—No, por favor, Dylan. No quiero hablar de esto.

—¿Qué es «esto»? ¿De qué estamos hablando, para empezar? ¿De Marcus? ¿Ha hecho algo que te haya molestado?

—¿Que si ha…? —Ella se detiene y se quita mi brazo de encima—. ¿De veras no te has dado cuenta?

—¿Si no me he dado cuenta de qué?

Me quedo helado; es como ese momento en las películas de terror en el que sabes que algo está a punto de aparecer de repente y esperas esa sacudida enfermiza en el estómago.

—Pues de que tiene algún…, algún tipo de problema conmigo —declara—. La mayor parte del tiempo me ignora. De hecho, apenas me mira. Y últimamente siempre me viene con esos comentarios cuando estamos todos juntos. Con que no soy buena para ti y cosas así. —Trago saliva al recordar la noche en la que me dijo que era «complicada y descarnada» mientras iba de aquí para allá con aquella cerveza llena de espuma en la mano—. Y estaba desesperado por que te fueras a vivir con él a esa cabaña rara del bosque, al fondo del jardín de sus padres…

—Eso fue todo un detalle por su parte —digo, frunciendo el ceño—, ofrecerme un sitio donde vivir.

—Ya, ya, pero también fue…, bah, da igual —dice, echando a andar de nuevo—. No tenía que haber sacado el tema.

—Oye, no hagas eso —le pido, trotando para alcanzarla y agarrándola del brazo—. ¡Oye, no corras tanto, Addie! Si estás enfadada, deberíamos hablar de ello.

—Pero ¿es que no ves que suena fatal? Como si estuviera intentando interponerme entre tú y tu mejor amigo, y… Y yo diría que eso es exactamente lo que él quiere que pienses que estoy intentando hacer, y ahora le he dado ventaja y…

—Ads, eso no tiene ningún sentido. Aquí no hay ventajas. Estás hablando de Marcus. Lo conozco desde niño. Es como un hermano para mí. Es… Es Marcus —remato en voz baja.

Llegamos al café y nos quedamos de pie en la puerta, mirando hacia dentro.

—¿Me estás diciendo que de verdad creías que le caía bien? No me lo trago, Dyl. Seguro que siempre está insistiendo en que rompas conmigo. —Tiene la cara enrojecida de nuevo, esta vez por la emoción.

—Pues… —Miro hacia otro lado—. Antes tenía sus dudas sobre lo nuestro, sí, pero creía… A veces me da la sensación de que os lleváis muy bien. Creía que os estabais acostumbrando el uno al otro.

Ella resopla.

—Sí, yo también pienso eso de vez en cuando. Hasta que vuelve a comportarse como un capullo.

—Sé que puede ser desquiciante, pero…

—Es tu Marcus. Lo sé. Ya lo he pillado, créeme —dice—. Viene en el lote. —Estoy a punto de gritarle. Si a mí me cayera mal Deb, ¿le haría sentirse así de incomoda? ¿Se lo pondría tan difícil como ella me lo está poniendo a mí? Su expresión cambia; es solo un instante, pero tengo la extraña sensación de que sabe lo que he estado a punto de decirle—. Me voy a casa —concluye—. Necesito darme una ducha.

—¿Y la tarta de zanahoria? —pregunto, mirando hacia la cafetería.

—En otro momento —dice, echando a correr.

Me quedo allí de pie, viendo cómo se aleja, con la gorra gris subiendo y bajando mientras esquiva a los transeúntes, y tengo la sensación de que algo se está tensando, una goma elástica, una especie de cuerda que nos mantiene unidos. ¿Quiere vivir conmigo? ¿O no?

Me despatarro en el sofá y los cojines blancos de pelo me hacen cosquillas en la nuca. Son bastante menos blancos que antes, después de los cinco meses que Marcus y yo llevamos viviendo en la cabaña de madera.

—Y luego, literalmente, salió corriendo. ¿Cómo vamos a avanzar si siempre hace lo mismo? —pregunto, despegando la etiqueta de mi botella de cerveza—. Últimamente, cada vez que intento acercarme a ella, se aleja.

Oigo un golpe fuerte en la cocina; Marcus está cocinando, lo que suele implicar una receta extraordinariamente complicada; una peregrinación por un montón de supermercados en busca de ingredientes como albahaca de limón y pasta de tamarindo; horas de concentración intensa en la cocina, y, finalmente, un Deliveroo.

—¿Te ha dicho que tengo un problema con ella? —me pregunta.

—¿Hmm? Sí. Algo así. —Espero su respuesta, pero esta nunca llega; solo oigo más golpes y ruidos—. No le habrás dicho nada, ¿no? Me refiero... a las cosas que me dijiste la noche antes de mudarme aquí.

—Yo la evito siempre que puedo —dice Marcus bruscamente.

—No siempre —señalo—. La otra noche visteis una película juntos mientras yo estaba rellenando la solicitud del máster.

—Sí, bueno —dice Marcus mientras lo oigo abrir otra botella de vino—. He tenido algún que otro desliz. No es fácil ser constante.

Pongo los ojos en blanco.

—Si no te cae bien, ¿por qué ibas a ver una película en el sofá con ella? —pregunto pacientemente.

—Buena pregunta, amigo mío. Y si a ti te gusta, ¿por qué pasas tanto tiempo sentado en ese mismo sofá, quejándote de ella?

—Yo no hago eso —replico, frunciendo el ceño.

—Sí que lo haces. La mitad del tiempo estás sufriendo porque no sabes qué estará pensando. Siempre te tiene en vilo con sus jueguecitos.

—Ella no está jugando.

Marcus aparece en la puerta de la cocina con el ceño fruncido.

—Estás demasiado ocupado babeando por ella como para darte cuenta. Pero ¿crees que los demás no perciben ese rollo que transmite?

—¿Qué… qué rollo?

—Esa energía oscura y sensual suya. Lamento tener que decirte esto, Dyl, pero no tienes la exclusiva. La emite a raudales.

—No sé a qué te refieres.

Pero de pronto se me desboca el corazón y empieza a latir con fuerza porque en realidad sí sé qué quiere decir. Addie es una persona increíblemente franca, abierta y directa; es verdaderamente sexy. De repente recuerdo su aspecto en aquel bar cuando volví a casa, la naturalidad con la que aquel vestido ceñido se le pegaba al cuerpo y lo consciente que era ella de eso. Pienso en todas las veces que hemos entrado en un bar y he pillado a algún hombre mirándola de arriba abajo, como si ejerciera algún tipo de magnetismo.

—Te va a hacer daño, Dyl.

La frustración se apodera de mí de repente; no es normal que Marcus consiga sacarme de quicio, pero eso me pone al límite.

—Lo que pasa es que no quieres que me mude —le espeto—. Quieres que me quede aquí.

Él retrocede un poco y veo el dolor reflejado en sus ojos.

—Intento cuidar de ti. Es lo único que estoy haciendo. —Mantiene escrupulosamente la calma, pero los nudillos de la mano con la que sujeta la copa de vino están blancos.

Suena el teléfono en mi bolsillo; lo busco a tientas a tal velocidad para ver quién es que se me cae y oigo a Marcus resoplar con una risa burlona mientras vuelve a meterse en la cocina. Es un mensaje de WhatsApp de Addie:

Volvemos a hablar mañana? Siento que la cosa se nos haya ido de las manos. No debería haberte hablado mal de Marcus. Me encantaría irme a vivir contigo. ☺ Bss

Menos mal. La preocupación se desvanece y la rabia se extingue como si el gas alimentara la llama y hubieran cerrado la espita; me voy a ir a vivir con Addie, voy a buscar trabajo y voy a lograr convertirme en el profesor Abbott, doctor, poeta y amante de Addie Gilbert. El instinto protector de Marcus disminuirá con el tiempo; acabará confiando en Addie y ella empezará a entenderlo mejor. Todo el mundo entrará en razón.

Addie

Estamos a principios de verano, en junio, y todavía me estoy acostumbrando a la felicidad absoluta de compartir piso con Dylan.

Bueno, quizás no tan absoluta. Discutimos bastante ahora que vivimos juntos. Problemas de adaptación, creo yo..., y Marcus. Él siempre es una fuente fiable de disputas. Esta mañana Dylan y yo estuvimos discutiendo durante media hora porque se ha gastado doscientos pavos en un mueble para la televisión que no necesitamos, aunque en realidad estábamos discutiendo porque ayer Marcus me acusó de «manipular la situación» mientras jugábamos a las películas en casa de Cherry, y Dylan, una vez más, pasó por alto el hecho de que Marcus fuera un capullo conmigo. Y como no podía decirle que Marcus se pasó con sus comentarios sobre mi técnica jugando a las películas y no me defendió, le dije que no podíamos permitirnos el mueble para la tele. Es muy fácil discutir por temas de dinero. Sobre todo con Dylan.

Cuando entro en el aparcamiento del colegio, Etienne se está bajando de su BMW. Me saluda levantando la mano y yo le devuelvo el gesto mientras echo el freno de mano e intento recordar si me he perfilado las dos cejas o solo una. No lo recuerdo ni a la de tres. Menudo día de perros. Y eso que acaba de empezar.

—¿Deseando que empiece el verano? —me grita Etienne, mientras cierro el coche y me acerco trotando. Sonríe.

En los últimos meses hemos ganado mucha confianza el uno con el otro. Yo ya no me pienso cada palabra antes de decirla y el corazón ya no me late tan fuerte cuando entra en mi clase sin avisar.

—Bah —digo, arrugando la nariz—. A lo mejor me quedo por aquí a ayudar en la escuela de verano.

Él se ríe y yo me pongo como un tomate.

—Lo has hecho muy bien este trimestre, Addie —comenta—. Me has impresionado mucho.

El rubor se acentúa.

—Ah, gracias. Os agradezco muchísimo a ti y a Moira la paciencia que habéis tenido mientras me ubicaba.

—Tengo buen instinto para las personas —dice Etienne mientras me abre la puerta—. Sabía que serías una gran profesora. Y sabía que encajarías bien aquí, con nosotros.

La puerta de la sala de profesores es pesada y difícil de abrir, y él lleva un montón de carpetas en las manos. Para mantenerla abierta se pone delante de ella, así que tengo que pasar cerca de él para entrar. Sonrío un poco al rozarlo y doy un respingo. Él me mira fijamente y yo percibo su calor. Es difícil de definir, pero no hay lugar a dudas: se trata de deseo.

—Hasta has hecho entrar en razón al padre de Tyson —sigue diciendo Etienne mientras vamos hacia la máquina de café, ya uno al lado de otro. Su tono es desenfadado y casual. No queda ni rastro de esa mirada. Evito mirarlo a los ojos mientras nos preparamos el café en la sala de profesores.

Charlamos. Es una conversación trivial. Yo ya estoy reescribiendo la escena: definitivamente, no me ha mirado de forma rara, solo ha sido educado y me ha sujetado la puerta. Pero entonces me roza la mano cuando ambos intentamos abrir a la vez la puerta de la nevera. El corazón me da un vuelco. Me mira a los ojos y ahí está de nuevo, con una sonrisa secreta.

—Perdón —me excuso, dando un paso atrás, con las mejillas ardiendo—. Tú primero. No tengo prisa.

—No pasa nada, Addie —asegura él, sin dejar de mirarme a los ojos. Y entonces… vuelve a desaparecer.

Trago saliva y me llevo el café directamente a clase. Ojalá Etienne no fuera tan guapo. Ojalá Dylan y yo no hubiéramos discutido esta mañana. Ojalá no me hubiera ruborizado.

Miro el reloj: solo faltan un par de minutos para que los niños empiecen a llegar. Llevo aquí de pie con mi café, mirando la pizarra en blanco sin hacer nada, casi diez minutos.

Saco el móvil, abro mi chat de WhatsApp con Dylan y escribo:

Te quiero. Siento haberme enfadado por la tontería del mueble de la televisión. Bss

Él responde de inmediato:

Yo también te quiero. Y no es ninguna tontería. Más bien el tonto he sido yo por haberme gastado tanto dinero en él. Lo devolveré el fin de semana.

Sonrío. Entonces empieza a escribir de nuevo:

Pero ¿vas a venir a tomar algo con Marcus y conmigo mañana por la noche? Me gustaría mucho que intentarais llevaros bien. Por favor. Bss

Me paso una hora intentando decidir qué ponerme para ir a tomar algo con Marcus, enfadándome más conmigo misma con cada modelito que tiro sobre la cama. Es una noche cálida, aún hace más de veinte grados y ya son más de las seis. Tonteo con los vestidos flojos de algodón que me puse en Francia el verano pasado, pero me parecen todos demasiado cortos. Ahora estoy tan acostumbrada a llevar vestidos por debajo de la rodilla para el colegio que los minivestidos me parecen un poco descarados.

Al final me pongo unos vaqueros, unas Converse y una camiseta blanca desgastada que siempre se me resbala del hombro. Me decanto por el rollo desenfadado y molón del hombro al aire, pero en cuanto salgo de casa me doy cuenta de que es una preocupación más; no para de bajarse demasiado, dejando al descubierto el borde superior de mi sujetador sin tirantes ajado.

Vamos a un bar que está a unas cuantas calles de nuestro piso. Tiene las paredes de color azul oscuro y vasos de cerveza colgando de las viejas vigas del techo, cada uno con una bombillita dentro. Lo veo con los ojos de Marcus y pienso en lo forzado que parece comparado con los bares modernos de Londres que le gustan a él.

Él ya está allí, en una mesa al lado de la ventana. La luz de la calle que entra a través del cristal le proyecta en la cara triángulos de luces y sombras. Qué guapo es. Suelo olvidarme de eso, probablemente porque siempre se comporta como un capullo.

Nos saludamos con un abrazo. Él me estrecha a distancia, con las caderas apartadas de las mías, como si abrazara a una compañera de trabajo o a una prima lejana. Él y Dylan charlan durante un rato y yo voy perdiendo una oportunidad tras otra de involucrarme mientras abro y cierro la boca como un pez.

—Bueno, Addie —dice Marcus, pellizcando un posavasos que hay sobre la mesa—, ¿qué tal en el colegio?

—Pues bien, la verdad. Empiezo a pillarle un poco el tranquillo a eso de ser profesora —respondo, dándole vueltas a mi pinta entre las manos—. El tema del comportamiento es lo que me ha resultado más difícil. Conseguir que me respeten.

—Debe de ser difícil, al no ser mucho mayor que ellos —comenta Marcus.

—Sí, y además la mitad de los de cuarto de ESO ya me sacan treinta centímetros —digo, con un mohín.

Dylan sonríe. Me rompe un poco el corazón ver lo feliz que le hace que nos llevemos bien.

—¿Y el director guapo? —pregunta Marcus—. ¿Cómo está?

Me doy cuenta de que me estoy ruborizando y me sonrojo todavía más, porque sé que me hace parecer culpable.

—¿Etienne? —pregunto—. Está bien. Supongo. ¿Quién te ha dicho que es guapo?

—Dylan me lo ha comentado —declara Marcus, mirando divertido a Dylan—. Un par de veces.

Cuando Dylan se siente avergonzado se le nota en los ojos; es como si se le tensaran las comisuras.

No me ha hablado de Etienne ni una sola vez. Ahora que lo pienso, tampoco creo que yo le haya hablado a él de Dylan.

—Ya —digo, intentando quitarle hierro al asunto.

—Fue él quien te contrató, ¿no? ¿El director guapo?

—Sí, él y Moira, la subdirectora. —Marcus lanza una mirada significativa a Dylan—. ¿Qué? —pregunto, mirándolos a ambos.

—Marcus… —empieza a decir Dylan, pero se queda callado.

—Es que tengo una teoría —revela el otro—. Cuando un hombre contrata a una mujer, en cierto modo, es porque quiere acostarse con ella.

—Eso es… asqueroso —replico—. Además de una mentira como una casa.

—Entonces, ¿no quiere acostarse contigo? —pregunta Marcus.

Vuelvo a ruborizarme. Nunca he odiado tanto mi piel pálida.

—No, no quiere acostarse conmigo —aseguro con firmeza. Pero noto la mirada de Dylan clavada en mis mejillas. Siento su inseguridad—. Las cosas no son así. Obviamente.

Quiero que Dylan diga algo. ¿No es ahora cuando debería intervenir? ¿No debería decirle que se calle, que me deje en paz, que se vaya a freír espárragos? Marcus sonríe discretamente con suficiencia y me hierve la sangre.

—En fin, qué más da. Tengo novedades —dice, rompiendo el silencio—. Una idea nueva. Una aplicación. —Marcus siempre suele tener alguna idea nueva. Todas ellas acaban desvaneciéndose o evaporándose para hacer sitio a la siguiente—. Supongo que puedo trabajar en ella desde cualquier lugar, así que ¿por qué no desde aquí? —dice, abriendo los brazos.

Tardo un rato en procesarlo. Aún sigo hirviendo de vergüenza y de rabia. Continúo acalorada por su culpa.

—¿Te refieres a aquí, a Chichester? —pregunto.

—Sí. Voy a alquilar una casa en las afueras de la ciudad. Tiene dos habitaciones y un jacuzzi —dice Marcus, recostándose—. Daré una fiesta de inauguración, por supuesto.

—Eso es genial —dice Dylan, aunque está parpadeando demasiado. Él también está sorprendido—. ¿No decías que Chichester era aburridísimo?

—Bueno, ya traeré yo la fiesta —repone Marcus con una sonrisa—. Chichester no sabe lo que le espera. —Sale deslizándose de su lado de la mesa—. Hora de tomar otra ronda. ¿Otra cerveza tibia, Addie?

No me mira a los ojos. Casi nunca lo hace, en realidad. Es como si yo no estuviera a su altura y no fuera digna ni de eso. A veces tengo ganas de recordárselo; la forma en la que me miraba al principio. En Francia le caía bien, estoy segura. Entonces no estaba por encima de mí, ¿verdad?

—Sí, otra vez lo mismo, por favor —respondo—. Gracias.

Marcus se va tan tranquilo y, mientras observo cómo Dylan se bebe el resto de la cerveza, siento un arrebato de ira por su indulgencia. Siempre le da un voto de confianza. Conmigo hace lo mismo y me encanta, así que no tiene sentido que me moleste. Es una hipocresía total. Pero me cabrea igualmente.

—¿No te parece raro? —comento, sin poder evitarlo—. ¿Que se mude a Chichester ahora, después de la que montó cuando te viniste aquí? ¿Y eso de empezar a decir de repente que Etienne es guapo? ¿Delante de mí?

—¿Por qué lo dices? —me pregunta Dylan, mirándome a los ojos—. ¿Te resulta incómodo hablar de ello?

Nunca me ha hablado de una forma tan cortante. A veces grita, cuando discutimos, pero nunca es así de borde y malicioso. Todavía lo estoy mirando cuando suena mi teléfono encima de la mesa. Es Deb. Frunzo el ceño. Casi nunca me llama sin más, suele enviarme un mensaje antes.

—Perdona —le digo a Dylan, levantándome del asiento—. Ahora vuelvo.

Paso al lado de Marcus de camino a la puerta, llevándome el móvil a la oreja. Él me mira fijamente. Es tan poco habitual que me mire directamente a los ojos que me sobresalto. Su expresión es difícil de interpretar, pero parece afable, no como él.

—¿Ya te vas? ¿He dicho algo malo? —me pregunta. Las comisuras de sus labios empiezan a curvarse hacia arriba. Esboza una sonrisa lenta e irónica y la afabilidad desaparece.

—¿Sí? —respondo a la llamada mientras paso por delante de Marcus. Lo oigo inspirar con brusquedad al pasar. Su hombro choca contra el mío con demasiada fuerza como para ser algo accidental, aunque no sé si habrá sido culpa mía o suya.

—¿Addie?

Noto el frescor de la noche veraniega al salir y aprieto el móvil contra la oreja. La voz de Deb suena… rara.

—¿Estás bien? —le pregunto.

—Más o menos —dice—. Más o menos.

—¿Estás llorando?

—Sí —reconoce Deb con cautela. Se sorbe la nariz—. Tengo una pequeña crisis.

—¿Qué puedo hacer? ¿Qué ha pasado?

—Bueno. Hmm. Creo que podría estar embarazada.

Deb está jadeando, como si estuviera a punto de saltar de un trampolín, o quizás como si se encontrara en las etapas iniciales de un parto. Su expresión es extraña. Demasiado seria. Odio ver a mi hermana preocupada, es como ver llorar a mi padre.

—Solo es un palito —digo—. Lo único que tienes que hacer es mirarlo y lo sabrás.

—Un palito que puede cambiarme la vida —me corrige Deb, bajando la vista hacia el test de embarazo que tiene medio escondido en el puño—. Y me está resultando completamente imposible mirarlo. Porque entonces lo sabré.

—Ya —digo no muy convencida—. Sí, eso tiene sentido. Puede que lo haya simplificado demasiado, la verdad.

Deb se señala las tetas con la mano libre.

—Tampoco me duelen tanto —dice—. Seguramente es por la menstruación. Seguro que me va a bajar la regla. Con muchísimo retraso.

—Sí. Seguro que es eso. Tú échale un vistazo al palito y luego…

—O podría estar embarazada.

—Podrías estar embarazada. Ojalá hubiera alguna forma de saberlo —digo, mirando la prueba con elocuencia.

—No me estás ayudando mucho —se queja Deb.

—Perdona, es que el suspense me está matando. Por favor, mira el palo. No soporto esta incertidumbre. Prácticamente somos un mismo ser, Deb. Tu tripa es mi tripa.

Deb se queda callada, pensando.

—Eso que has dicho es muy bonito. Creo.

Se hace un largo silencio. Cambio un poco de postura sobre el suelo del baño de nuestros padres. Este está cubierto por una moqueta azul oscura desgastada que siempre tiene salpicaduras blancas de saliva con pasta de dientes y espuma de jabón. Siento una punzada repentina de nostalgia. Aquí todo es muy fácil.

—Si tu tripa es mi tripa —dice Deb—, ¿podrías gestar tú a este niño, si es que hay uno creciendo en mi interior?

—Caray, pues...

—Vaya —dice Deb con un hilillo de voz. Acaba de apartar la mano para ver el resultado de la prueba de embarazo.

Se lo arrebato. Una rayita. No está embarazada.

—Menos mal —digo, estrechando la prueba de embarazo contra el pecho, hasta que recuerdo que Deb acaba de hacer pis sobre ella y la tiro al suelo. La miro. Está llorando en silencio, con los labios apretados—. Deb, eh —digo, dándole un golpecito en el hombro con el mío—. Oye, no pasa nada. No estás embarazada, no pasa nada.

—Ya —dice ella, secándose las mejillas—. No, no pasa nada. Estoy bien. Es que... Bueno. Me había hecho ilusiones, supongo. Nada más.

—¿Te habías hecho ilusiones? Quieres decir que... ¿Te habías imaginado embarazada?

—Sí.

Guardo silencio, un poco perdida.

—Nunca voy a tener un bebé, ¿verdad? —dice Deb.

—Es que... ¿quieres tenerlo? Yo creía que no.

—Y yo. Pero ya no lo sé. No quiero un novio. No quiero un marido. Pero casi he deseado a este bebé por un instante. En sentido abstracto. Lo que me hace pensar que quizás algún día es posible que quiera tener uno en sentido concreto.

—¡No necesitas un marido para tener un bebé! —declaro, señalando con la mano la prueba de embarazo que acabo de tirar—. ¡Mira! ¡Has estado a punto de tener uno tú solita!

Deb se ríe entre lágrimas.

—Supongo. Solo que siempre he tratado por todos los medios de no tenerlo. Así que es un poco raro pensar que quizás quiera tener uno, después de todo. ¿Tan poco me conozco a mí misma?

Parece realmente perpleja.

—A veces no sabes lo que quieres hasta que estás a punto de tenerlo —comento.

—Pues es un sistema terrible —dice Deb, frotándose las mejillas, llenas de lágrimas—. Vale. Fin de la crisis existencial. No hay bebé. ¿Te apetece tomar algo?

Compruebo la hora en el teléfono. Debería volver al bar. Dylan estará deseando que lo haga y Marcus no, así que razón de más para ir. Pero quiero quedarme aquí, en casa, donde todo huele a hogar y al detergente favorito de mi madre. Quiero quedarme con Deb, que siempre me hace sentir valorada.

—¿Juego de mesa y vino? —digo.

—Perfecto. ¿Me ayudas a levantarme? Esta crisis existencial me ha dejado sin fuerzas.

Dylan

C reo que a Addie y a mí nos sienta bien el verano. Sol a raudales, días largos, Pimm's con fresas y rodajas gruesas de melocotones aterciopelados. Mientras nos adaptamos a vivir juntos, mientras encontramos nuevas pautas de tranquilidad y aprendemos en qué taza le gusta a cada uno tomar el café del desayuno, el temor denso se me antoja muy lejano, como si se tratara de alguien que hubiera conocido en otra vida.

Vamos un fin de semana a Londres durante las vacaciones de Addie para ver una obra de teatro; al principio era reacia porque decía que todo lo que me gusta es «ininteligible», pero he logrado convencerla con promesas de actores famosos y helado en el entreacto. Queda claro en cuestión de minutos que mi elección ha sido nefasta: en la página web aseguran que esta interpretación moderna de *La masacre de París*, de Marlowe, es «tan escabrosa y chispeante como un episodio de *Love Island*», pero no hay suficientes bikinis fosforitos en el mundo que hagan accesible esta obra. Permanezco sentado con los dientes apretados mientras la reina de Navarra se pasa cinco minutos de reloj gimiendo antes de morir y me pregunto en qué demonios estaría pensando para arrastrar a Addie a Londres a ver este despropósito.

Ella se revuelve en el asiento, a mi lado, aburrida y frustrada. La tomo de la mano.

—Vamos —le susurro al oído.

—¿Qué? —Ella me mira sorprendida en la penumbra del teatro.

—Esto es una absurdez —le digo a Addie con los labios pegados a su oreja. Noto que se estremece con el contacto y eso me excita; nunca he podido resistirme a ese escalofrío—. Es malísima, Addie. Es… una mierda pinchada en un palo, como diría Deb.

Addie resopla de risa y alguien detrás de nosotros la hace callar. Tiro de su mano y empezamos a recorrer la fila con un coro de excusas: «Disculpe, lo siento mucho, disculpe…». Salimos del teatro todavía agarrados y, mientras hago mi mejor imitación de la larga agonía de la reina de Navarra, Addie se ríe tanto que unas gotas de rímel gris ruedan por la piel suave y pecosa que hay bajo sus ojos.

—Necesito una cerveza —declara, secándose las mejillas.

Me resisto al impulso de buscar en Google el mejor bar de la zona y en lugar de ello dejo que me lleve al antro poco iluminado y con el suelo pegajoso de la esquina; se las arregla para conseguirnos una mesa con la habilidad de Deb, llegando hasta la silla justo antes que un empleado de banca trajeado y su acompañante.

Bebemos demasiado y demasiado rápido, emocionados por haber escapado de las garras de la reina de Navarra. Me levanto para ir al baño y todo se inclina un poco hacia la izquierda; tengo que extender una mano para apoyarme en la mesa.

Cuando vuelvo hay un tío inclinado sobre mi silla, hablando con Addie. Tiene la cabeza afeitada, lleva barba y sus músculos abultados se aprecian claramente bajo su camiseta azul. Sé que ella le gusta. Su lenguaje corporal lo dice todo y Addie está guapísima, con un vestido elegante de seda gris y esas pulseras coloridas como bolas de chicle rodándole por los antebrazos.

—¿Todo bien? —pregunto. Intento que mi voz suene hosca, pero más bien parece un graznido.

Estoy más borracho de lo que debería y ver a ese hombre inclinado hacia Addie, cuyo cabello le cae sobre los hombros como un río de tinta serpenteando a través del agua…, hace que el miedo vuelva a desencadenarse de forma tan repentina que me pregunto si en algún momento he estado relajado de verdad.

—Dyl —dice Addie sonriendo—, este es Tamal ¡y acaba de presentarme a su madre! ¿Qué te parece, eh?

Solo me está tomando el pelo. Creo que, en el fondo, soy consciente de ello. Pero cuando miro a la anciana que está detrás de Tamal (él está preguntando si les cedemos la mesa para que ella pueda sentarse) lo único que percibo es reproche. Estoy enfadado y, una vez más, en cierto modo sé que la rabia va dirigida a mí mismo: está clarísimo que a estas alturas ya debería haberle presentado a Addie a mis padres. Pero no he vuelto a ver a ninguno de ellos desde que me cortaron el grifo y todavía no se lo he contado.

—Bueno, pues vete a casa con Tamal —le espeto.

Las caras de sorpresa de todos me devuelven a la realidad. Joder, a quién se le ocurre decir algo tan abominable. No tengo la menor idea de dónde ha salido, y un pensamiento me golpea como un puñetazo en el estómago: es exactamente el tipo de improperio que mi padre habría dicho.

Addie se levanta en silencio, les sonríe a Tamal y a su madre anciana, y se va. Doy por hecho que me va a esperar fuera del bar, pero no, no está allí; puede que esté en la estación; seguro que me esperará en Chichester para volver juntos a casa en taxi. Pero ni siquiera viene a casa. Se va directamente a la de sus padres.

Estoy desquiciado; me voy a casa de Marcus a las dos de la mañana con la esperanza de que esté despierto, solo y con paciencia para escucharme hablar de lo profundamente que me odio. Me abre la puerta en bóxer y me fijo en lo delgado que está: las costillas son unas sombras pálidas bajo la piel y tiene unas marcas en las caderas que parecen huellas de pulgares.

—¿La has dejado? —me pregunta.

Debía de estar durmiendo; tiene la voz pastosa y los ojos un poco vidriosos.

—La he cagado —declaro—. Y se ha ido. No sé si va a volver.

Marcus cierra los ojos unos instantes.

—Entra —dice, haciéndose a un lado.

La casa huele a rancio y a aire viciado; ese olor me recuerda a los meses que vivimos juntos en la cabaña de madera. La vivienda está amueblada con exquisitez y me pregunto si India habrá tenido algo que ver, aunque hace meses que Marcus no habla de su madrastra.

—¿Y si me deja? —pregunto con voz lastimera—. ¿Y si la cago tanto que cae en brazos de otro?

—Entonces te darás cuenta de que yo tenía razón —señala Marcus con pesadez, apoyándose en la nevera y volviendo a cerrar los ojos—. Y vendrás aquí y nos emborracharemos y las cosas por fin volverán a ser como deberían.

Addie

Seguimos discutiendo. O somos muy felices o nos peleamos por cosas totalmente absurdas. Dylan y yo no tenemos término medio.

Por nuestro aniversario, en julio, me lleva al restaurante más sofisticado de Chichester. Ha conseguido un trabajo dando clases particulares a unos niños rusos superricos y le dan cientos de libras como regalo de cumpleaños. Yo le regalo una cafetera, que hemos puesto en el aparador de casa y que en comparación parece una mierda.

El restaurante es tan silencioso que intimida. Las raciones son diminutas y parece que todo lleva algún tipo de espuma.

—Mmm, qué espuma tan deliciosa. ¿Alguien habrá dicho eso alguna vez? —pregunto, girando el tenedor dentro de una burbuja verde especialmente grande.

Dylan resopla dentro de su vaso de agua.

—Es alta cocina, cariño —replica con su voz más pija.

Es su verdadera voz, en realidad. Así habla cuando está al teléfono con su madre, a la que todavía no he conocido.

Otra discusión que se está cocinando a fuego lento y que aún no ha tenido lugar. Mis padres le ofrecieron la posibilidad de mudarse a su casa en enero, así de bien lo conocen, y yo todavía no he hablado nunca con su madre ni su padre.

—¿Qué tal tu... bola de callos?

Dylan se ríe tanto que casi me ducha con el agua. Yo también me echo a reír y ojeo las otras mesas para asegurarme de que nadie nos mira. El restaurante está lleno de hombres de sesenta años con mujeres atractivas de cuarenta. Menudo cliché. Echo un vistazo por las mesas: aventura, tercer matrimonio, aventura, acompañante, esa se lo va a cargar mientras duerme para cobrar el seguro de vida...

—Es hígado de pato a la plancha —me corrige Dylan antes de aclararse la garganta. Tiene los ojos brillantes de la risa—. Y tú eres una filistea.

—¿Eso está en la carta de postres?

Él esboza una sonrisa lenta y maliciosa que nadie salvo yo es capaz de percibir.

—Eso espero.

Su teléfono suena. Arqueo las cejas. Habíamos dicho que nada de móviles.

—¡Perdón! —se excusa mientras lo saca del bolsillo del pantalón—. Voy a apagarlo.

Mira la pantalla y se queda inmóvil.

—¿Todo bien? —pregunto.

—Pues... —Pulsa la pantalla para leer el mensaje entero. Yo lo observo, con un bocado de lechuga a la plancha a medio camino de la boca—. Marcus está... Parece que está en apuros.

Se me cae el alma a los pies. Marcus. Cómo no. Sabe que es nuestro aniversario. ¿Qué otra cosa iba a hacer sino meterse en algún lío?

—¿Qué ha pasado? —pregunto, intentando mantener un tono de voz neutro.

Dylan tiene los hombros tensos.

—Últimamente bebe demasiado.

Lo sé. Hemos hablado mucho de ello. Desde que se mudó a esa casa rara con jacuzzi a las afueras de Chichester, Marcus ha caído en picado. Más drogas, más alcohol, más lagunas mentales… Hasta Cherry está preocupada por él, y eso que es bastante laxa en lo que a crisis personales se refiere. De vez en cuando hay que rescatarla de fiestas en las que la gente se mete de todo, pero últimamente a Marcus hay que rescatarlo de las cunetas.

—Creo que está muy borracho —prosigue.

Espero a que Dylan me enseñe el mensaje. Pero no lo hace.

—¿Y? ¿Crees que se ha metido en algún lío?

—El mensaje no es fácil de entender —dice, frunciendo el ceño. Sigue sin enseñármelo.

Mi teléfono suena. Hago una mueca de vergüenza. Obviamente, yo tampoco he silenciado el mío. Pero Dylan ni siquiera se da cuenta.

Te tengo fichada.

Es de Marcus. Me quedo helada.

—¿Qué leches es esto? —Le enseño a Dylan el mensaje y, mientras le acerco el teléfono, este vuelve a sonar en mi mano.

Dylan lee el siguiente mensaje antes que yo. Mientras vuelvo a girar el teléfono hacia mí, noto que me está observando como hace a veces: con cierta cautela, como si creyera que soy una impostora haciéndome pasar por Addie.

Te he visto con él. No creas que no se lo voy a contar a Dylan.

Pero ¿de qué coño va?

—No tengo ni idea de a qué se refiere —aseguro de inmediato, mirando a Dylan—. Pero tienes razón. Obviamente, está borracho. Este mensaje... me pone los pelos de punta.

—Voy a buscarlo —dice Dylan, quitándose la servilleta del regazo para dejarla en la mesa.

—¿Qué? ¿Ahora?

Ni siquiera ha terminado su revuelto de vísceras de pollo o lo que sea.

—Sí, ahora —responde Dylan secamente, echando la silla hacia atrás con mucho ruido. Las primeras en mirar son las mujeres guapas, atentas al drama.

—Pero...

—Te veo en casa.

Tengo que pagar la comida con mi tarjeta de crédito. Dylan ha pedido una botella de vino absurdamente cara y, aunque no hemos llegado a los postres, la cuenta supera las ciento cincuenta libras. Cuando veo la cifra se me llenan los ojos de lágrimas de pavor. No soporto que el resto del plato de Dylan acabe en la basura, así que me como los restos de su mierda de cena espumosa yo sola y me bebo el vino. Es todo realmente humillante.

Cuando vuelvo a casa, me lo encuentro en el sofá. Está ahí despatarrado y me mira con dulzura, pero yo estoy furiosa.

—Perdona —se excusa.

—¿Por qué? ¿Por haberme dejado tirada en nuestra cena de aniversario o porque he tenido que arruinarme para pagarla?

—Mierda —dice al cabo de un instante—. No había pensado en...

—Claro que no. Tu adorado Marcus tenía problemas, ¿verdad? —Paso por delante de él e intenta interceptarme—. No, ¡no! —exclamo y lo dejo atrás para subir las escaleras.

—Addie, venga, vamos a hablar —dice él, como siempre.

Pero sé cuál es la mejor forma de castigarlo. Odia mi silencio.

—Me voy a la cama. Sola —declaro—. Puedes dormir en el sofá. O con Marcus. Lo que tú prefieras.

Cuando bajo por la mañana, no está en el sofá. No está en ningún sitio. Me siento en el espacio vacío que él llenaba anoche y me esfuerzo por respirar. Me ha dejado. Se ha ido porque le dije lo de que se fuera a dormir con Marcus, o porque le confesé que no quería hablar, o porque soy de esas novias que se enfadan cuando él va a ayudar a su amigo.

Pero... uf. ¿Y todas esas otras veces que dije que no había problema? Como cuando nos fuimos de fin de semana a los Costwolds y él volvió antes por culpa de Marcus. O cuando ni siquiera se presentó en la fiesta de cumpleaños de mi hermana porque Marcus se había desmayado no sé dónde. O cuando le pedí que nos quedáramos una noche acurrucados en casa y él me respondió: «Lo siento, Marcus tiene muchas ganas de pasar un rato a solas conmigo».

Se me ha pasado por la cabeza que Marcus pueda estar enamorado de Dylan. Pero solo le interesan las mujeres, y la forma en la que mira a Dyl no es en absoluto sexual. Simplemente... tienen un vínculo que yo no soy capaz de entender.

La puerta se abre y me levanto de inmediato.

—¿Dylan?

—Hola —dice él en voz baja.

Deja las llaves en la entrada y se quita los zapatos. Los sonidos son tan familiares que sé exactamente lo que está haciendo desde el sofá.

—¿Dónde estabas?

—He dormido en casa de Marcus.

Trago saliva.

—Ah.

—Dijiste que podía hacerlo.

—No necesitas que te dé permiso, Dylan.

—A veces no es esa la sensación que me da.

Entra en el salón. Lleva puesto un jersey de Marcus, uno retro, estampado con diamantes de color verde aceituna. Tiene el pelo revuelto y bolsas bajo los ojos.

—Perdona. —Me abrazo a mí misma—. Eso no me gusta nada. Lo último que quiero es que sientas que te prohíbo hacer cosas. Es que… creo que te exige demasiado.

—«Y en momentos muy interesantes, como cuando estás haciendo algo importante conmigo», me apetece añadir.

—Eso es lo que hacen los amigos, Ads. Venga ya. ¿Qué harías tú si fuera Cherry? ¿O Deb?

No podrían ser Cherry o Deb. Ellas nunca esperarían eso de mí. Y, francamente, si le enviaran un mensaje como ese a Dyl, me cabrearía bastante con ellas.

—Pues yo creo que está claro que Marcus no quiere que estemos juntos —declaro, levantándome para acercarme a él. Me cuesta incluso hacer eso. Quiero largarme, es lo que me pide mi instinto; quiero recuperar el poder—. Y a veces tengo la sensación de que intenta sabotear lo nuestro.

Dylan sacude la cabeza con impaciencia.

—Marcus me ha dicho que ibas a decir eso. —Da un paso atrás—. Me ha dicho que no es sano que me prohíbas ver a mi mejor amigo.

—Yo no te prohíbo verlo —replico. Estoy de pie en la alfombra, con Dylan otra vez fuera de mi alcance—. De hecho, nunca te lo he prohibido. Dime alguna vez que lo haya hecho.

Dylan parece perdidísimo.

—¿Qué quieres que te diga, Addie? ¿Que voy a dejar de ser su amigo?

—¡No! No. —Aunque, la verdad, tampoco me importaría—. Solo quiero que te des cuenta de que me tiene cruzada de tal modo que... que tenemos muchas veces estas conversaciones. Cuando discutimos, parece que siempre es por Marcus.

—¿Y eso es culpa suya?

—¿Crees que es mía?

Dylan suspira, mirando hacia el techo.

—No lo sé. Estoy hecho un lío. No consigo aclararme. Os quiero a los dos y ambos me estáis diciendo cosas opuestas.

Parece tan agobiado que se me ablanda el corazón. De pronto, dar esos pasos que nos separan no me parece tan difícil. Voy hacia él y lo atraigo hacia mí para abrazarlo, ignorando el hecho de que él sigue con las manos en los bolsillos.

—Me voy a esforzar más —prometo—. Me voy a esforzar más con Marcus si eso es lo que quieres que haga.

AHORA

Dylan

Un traidor entre nosotros —dice Marcus mientras se pasea por la habitación familiar del Budget Travel, acechando por las ventanas, como si estuviéramos en una novela de Le Carré.

—Entonces, ¿no hay razón para pensar que Rodney sea peligroso? —pregunto.

Esa me parece una cuestión importante que todavía no hemos abordado en serio. A Marcus le encanta la intriga y las hermanas Gilbert se han tomado la noticia con filosofía. Yo soy la única persona a la que le gustaría saber si el acosador de Cherry va a matar a alguien.

—Qué va —dice Deb, que acaba de salir de la ducha y está ya mucho menos zarrapastrosa—. Por favor. Es Rodney.

Llaman a la puerta de nuestra habitación de familia disfuncional.

Nos miramos los unos a los otros.

—¿Es...? ¿Y si es él? —susurra Addie.

—Pues mejor —señala Deb—. Lo que queremos es que vuelva. Necesitamos el coche, para empezar.

—¿Hola? —dice una voz.

Volvemos a mirarnos. La necesidad de actuar de forma inmediata nos ha dejado a todos totalmente fuera de juego.

—¿Qué, es él? —pregunta Marcus en voz alta.

Todos lo hacemos callar. La cuestión es que no estoy del todo seguro de que sea Rodney; no sé si soy capaz de identificarlo solo por la voz, lo que resulta un poco ofensivo por mi parte. Pero ¿acaso alguno de nosotros ha escuchado algo de lo que ha dicho Rodney en las últimas dieciocho horas?

—Hola, chicos. Soy Rodney.

—Al menos eso queda aclarado —dice Deb, levantándose para abrirle.

Todos nos ponemos un poco tensos cuando entra. Supongo que intentamos aparentar «normalidad», aunque, a juzgar por su cara de desconcierto, no estamos teniendo demasiado éxito.

—¿Todo bien? —pregunta. Lleva un saco de dormir bajo el brazo y las llaves del coche en la otra mano.

—Perfectamente —asegura Addie con entusiasmo—. ¿Me lanzas las llaves del coche, Rodney?

Este obedece. Lo hace tan mal que Addie tiene que tirarse en la cama para atraparlas con la mano buena y hace una mueca de dolor cuando eso la obliga a mover bruscamente la muñeca mala. Marcus suelta una carcajada por el lanzamiento chapucero de Rodney, pero luego parece recordar que se trata de un individuo potencialmente peligroso y mucho más interesante de lo que había dado por hecho en un principio, así que deja de carcajearse.

—Bueno —dice Rodney, frotándose las manos—. ¿Addie y Deb en la doble, Marcus y Dylan en las individuales y yo en el suelo?

—Eso es —respondo—. Tú al pie de nuestras camas, Rodney.

—Hay más espacio aquí —dice él, señalando el suelo a los pies de la cama de matrimonio.

Addie me lanza una mirada suplicante. Hay algo precioso en la conversación silenciosa que se produce a continuación; no por el tema en sí, por supuesto, sino por la confianza, por la facilidad con que volvemos a sintonizar con el lenguaje del otro. «Aléjalo de mí todo lo posible», me dice ella. «A eso voy», contesto yo.

—Vamos a concederles un poco de privacidad a las chicas —propongo—. Si el sitio es muy pequeño para ti, yo dormiré en el saco y tú puedes quedarte con la cama.

Marcus me mira como si creyera que estoy experimentando un episodio de locura transitoria, aunque en realidad estoy confiando en la galantería de Rodney.

—¡Por supuesto, las chicas deben tener su espacio! —dice este, horrorizado—. ¡Faltaría más, por favor! Y ni se te ocurra renunciar a tu cama, Dylan.

Marcus me mira, asintiendo e impresionado, pero es la sonrisa discreta de Addie lo que hace que me palpite el corazón con un sentimiento vergonzosamente cercano al orgullo.

Deb bosteza.

—Bueno, ya pasan de las diez, dos horas más tarde de mi hora preferida para irme a la cama hoy en día, y mañana temprano tengo que hacer un Skype con mi bebé, que es literalmente lo único en lo que puedo pensar ahora mismo… Así que todos fuera de mi cama.

—¿Nos vamos a acostar a las diez? —pregunta Marcus, mirándome desconcertado; me pregunto cuándo fue la última vez que se fue a dormir antes de medianoche.

Me planteo seguirle la corriente y volver al bar, pero, sinceramente, no me apetece.

—Pues sí —contesto mientras cojo mi bolsa para ir hacia el otro lado de la habitación, donde se encuentran las camas individuales y la cuna—. Si quieres quedarte despierto, llévate una llave —digo—. Y no hagas ninguna estupidez —añado, tras unos segundos de reflexión.

Se hace un silencio incómodo.

—Colega, sí que has cambiado —comenta Marcus.

Eso espero, por la cuenta que me trae.

Me tumbo de lado, con el nórdico de poliéster subido hasta la barbilla. Apenas logro distinguir la silueta de Marcus en la oscuridad; después de tanto protestar por lo de acostarse temprano, acaba durmiéndose con una facilidad envidiable. Ahora respira profundamente a medio metro de mí, impreciso y gris bajo la luz tenue que se filtra entre las cortinas, que no se juntan bien en el centro. Rodney está roncando como mi tío Terry: a todo volumen, como un jabalí y casi gruñendo. Resulta bastante tranquilizador. Al menos mientras ronca sé que está dormido y no de pie a mi lado con un cuchillo.

No puedo creer que el hombre que le escribió a Cherry todos esos poemas espantosos fuera él. Espero que los míos sean mejores y que Addie no los leyera y pensara para sus adentros que era un Rodney de la vida.

Me doy la vuelta; no puedo dormir. No es ninguna novedad. El problema es que me pongo a darle vueltas a la cabeza. Se me viene una idea a la mente (por ejemplo, me pregunto qué pensaba Addie cuando leía mis poemas) y empiezo a divagar, siguiendo la senda natural por ese camino, hasta que llego a la conclusión de que, ay, Dios, todavía la quiero, estoy convencido. Creo que nunca voy a dejar de hacerlo. Todos dicen que la media naranja no existe, que hay muchos peces en el mar, pero cuantos más peces conozco más echo de menos a Addie. He renunciado a recuperarla y aun así eso no me basta para olvidarla; cabría pensar que la agonía del amor no correspondido sería suficiente para desalentar a mi cerebro en lo relativo a ese tema, pero parece que no es así.

Me levanto. Llega un momento en el que estar tumbado en la oscuridad me resulta insoportable, y, ahora mismo, eso es lo que me pasa. Voy de puntillas hacia la habitación grande y paso al lado de la cama de matrimonio en la que están Deb y Addie, dos siluetas indefinidas y silenciosas. Las hermanas Gilbert, tan inseparables como siempre. Antes pensaba que Marcus y yo éramos como ellas.

Una vez en el baño, no hay mucho que hacer. Normalmente, cuando no puedo dormir, me pongo a pasear; a veces leo algo o incluso escribo. Pero aquí no hay a donde ir, salvo el aparcamiento de fuera, y soy uno de los pocos miembros de mi grupo de amigos que no es lo suficientemente excéntrico como para ponerse a merodear por el aparcamiento de un Budget Travel en pijama.

En lugar de ello, me miro en el espejo que hay sobre el lavabo. Ha habido ocasiones, en el último año y medio, en las que hasta mirarme a los ojos de esta manera me ha resultado duro. Ahora solo veo a un hombre triste y cansado que ha tomado malas decisiones, lo cual ya es un avance.

Me refresco la cara con agua fría y dejo que me gotee por las puntas del cabello. Enderezo la espalda con un gemido, pero me interrumpo: el impulso de no hacer ruido sigue siendo mi prioridad. La puerta se está abriendo; he olvidado echar el pestillo.

Es Addie. Se sobresalta al verme, pero también guarda silencio y se limita a inspirar con fuerza, llevándose una mano al cuello.

—Perdón —susurramos ambos a la vez.

—Yo ya me… —Empiezo a avanzar hacia la puerta.

—No, ya me voy yo —murmura ella, con la mano sobre el pomo de la puerta—. Ni siquiera necesito hacer pis, solo quería…

—¿Escapar?

—Sí. —Ella sonríe, arrepentida—. ¿Así que sigues durmiendo mal?

Todavía peor: nunca he dormido tan bien como cuando ella estaba en mi cama.

—Lo de Rodney no ayuda —comento.

Addie cierra la puerta, amortiguando los sonidos de las otras tres personas que duermen a pierna suelta.

—¿Los ronquidos? ¿O que resulte espeluznante? —pregunta.

—Es muy trágico —comento—. ¿Sabes? Leí alguno de los poemas que le mandó a Cherry.

—¿El de que su vagina era como una fresa?

—¿Qué? ¡No!

Addie se tapa la boca con la mano.

—Uy.

—¿En qué sentido?

—¿Hmm?

—¿En qué sentido era como una fresa? Porque si se refería al color, no sé yo si…

Me interrumpo y Addie empieza a reírse, todavía con la mano sobre la boca para ahogar el sonido. Se inclina hacia delante mientras sacude los hombros y se apoya con una mano en la encimera del lavabo.

—Madre mía —dice—. Somos todos una panda de idiotas.

—Además, lo normal sería que hubiera elegido una cereza en vez de una fresa, teniendo en cuenta su nombre —musito.

Ella se ríe con más fuerza aún y yo me crezco. No hay nada más maravilloso que hacer reír a Addie.

—Dylan —dice.

No sé si lo hace aposta. Cambia de sitio la mano que tiene en la encimera y de pronto la posa sobre la mía, al borde del lavabo, mientras me mira con los ojos brillantes por la risa. Noto los latidos de mi corazón por todo el cuerpo, incluso en las yemas de los dedos que están bajo su mano. Siento cómo empieza a brotar la alegría, como una gran explosión nuclear en el centro de mi pecho; eso de que había perdido la esperanza de que volviera a amarme era mentira, a juzgar por lo rápido que esta ha regresado. En realidad, siempre había estado ahí.

Addie aparta la mano.

—Perdón.

—No, no —digo, cerrando el puño para evitar la tentación de tocarla.

Se lleva esa mano a la cara, a la mejilla y luego a la frente.

—No debería haber hecho eso —se excusa—. Lo siento muchísimo. Me ha costado tanto… Me ha…

—¿Addie? —Está llorando. Me acerco a ella con indecisión y ella avanza también hacia mi pecho, y, cuando mis brazos se cierran a su alrededor, somos dos piezas de un rompecabezas encajando. Ella se acopla a la perfección porque este es su sitio—. Addie, ¿qué te pasa? —le pregunto.

Me hace falta toda mi energía para no bajar la cabeza y acercar los labios a su pelo, como hacía cuando ella estaba triste, cuando era mía.

—Lo siento —se excusa—. Lo siento muchísimo.

—Sssh. Tranquila. No hay nada por lo que disculparse.

Ella aprieta los puños, estrujando la tela de la parte de arriba de mi pijama; siento la humedad de sus lágrimas sobre mi pecho y la abrazo con más fuerza.

—Haces que parezca facilísimo —dice, y su voz apagada vibra contra mí.

—¿Que parezca facilísimo el qué?

—Perdonarme —aclara en voz tan baja que apenas logro oírla.

—¿Perdonarte? —Le acaricio la espalda arriba y abajo con una mano, lentamente, con dulzura.

—No sé si yo voy a ser capaz de hacer lo mismo.

—Addie… Yo no espero que me perdones. Entiendo lo difícil que es.

—No —dice, negando con la cabeza sobre mi pecho—. No, tú no… No me refiero a que no pueda perdonarte a ti, Dylan. Dios, a ti te perdoné hace meses, puede que inmediatamente, pero…

Se queda callada, temblando entre mis brazos, y siento demasiadas cosas a la vez: esperanza, tristeza, nostalgia por lo que teníamos…

La puerta del baño se abre. Nos quedamos inmóviles.

—No me jodas —dice Marcus—. Debería haberlo imaginado.

Addie

Salgo corriendo del baño, apartando a Marcus de un empujón. Apenas logro ver nada, entre la oscuridad y las lágrimas. Despierto a Deb de un rodillazo en la tibia al intentar volver a meterme en cama.

—¿Addie? —susurra Deb.

Me agazapo bajo el edredón.

—Qué típico —dice Marcus desde el baño. Está hablando altísimo. Seguro que a estas alturas Rodney ya estará sentado dentro del saco de dormir, tras haberse despertado con el ruido. Aprieto con fuerza los ojos e intento concentrarme en la respiración, pero es demasiado rápida—. Habría sido mejor ir andando hasta ese rincón de Escocia dejado de la mano de Dios. ¡Nunca debí permitirte subir al coche con ella! —Alza cada vez más la voz.

—¡Pero si fue él quien se empeñó en que los lleváramos! —exclama Deb antes de meterse conmigo bajo el edredón—. Ignóralo, Addie. Ya sabes que es como la semilla del diablo.

—Cállate —le espeta Dylan a Marcus. Deb y yo nos sobresaltamos. Es un tono que nunca le he oído usar antes. Ni cuando discutíamos ni la noche que me dejó—. Cierra. La. Boca. —Nos quedamos inmóviles. No veo a Deb, pero siento su mirada—. Tú no tienes ni idea. Y no te voy a permitir que hables así de Addie.

—¿Estás de coña?

—¿Qué pasa? —pregunta Rodney desde la otra esquina de la habitación.

—¿Por qué no dejas de decirme que no tengo ni idea? —Ahora Marcus está gritando—. ¿Por qué todo el mundo sigue diciéndome lo mismo cuando soy la única persona aquí que sabe de lo que está hablando? Yo hice esa puta foto, Dylan. La vi en su despacho, dejándole que le acariciara el muslo como…

Se oye un forcejeo. Deb extiende el brazo y me aprieta la mano buena con tanta fuerza que me hace daño, y vuelvo a sentir dentro de mí esa desesperación subiéndome por la garganta; me zafo de su mano, salgo disparada de la cama y cruzo la puerta del baño, precipitándome hacia Marcus y Dylan, que están ahí encerrados, gritando y peleándose; me abro paso entre la maraña de miembros desordenados y la rabia y llego al inodoro con el tiempo justo para vomitar.

ANTES

Dylan

Nunca había visto así a Marcus. Tiene vómito pegado en los rizos y la mirada tan vacía que parece un zombi. El salón de su casa está lleno de cajas de comida para llevar y todas las superficies parecen pegajosas y hediondas; un círculo de Fanta se extiende lentamente por la alfombra. Debe de haberla tirado sin querer de una patada al ir a abrir la puerta.

—Marcus —empiezo a decir, pero tengo que sujetarlo porque se derrumba sobre mí. Intento no girar la cabeza al olerlo—. Marcus, ¿qué coño ha pasado?

Hace tres meses que me marché de nuestra cena de aniversario y me encontré a Marcus borracho en medio de la calle delante de su casa, dando tumbos por las afueras de Chichester con una botella en una mano y el móvil en la otra, convertido en la viva imagen del libertinaje. Desde entonces he pasado todo el tiempo que he podido con él, pero no es suficiente: necesita ayuda de verdad. Luke vino a pasar un par de semanas con él en septiembre y lo cierto es que

Grace ha estado por aquí más de lo que me habría esperado (a ella también se le da bien tratar con Marcus y lo tranquiliza), pero ninguno de ellos puede estar pendiente de él. Ahora Grace vive en Bristol para intentar alejarse del mundillo londinense de la moda y Luke ha regresado a Nueva York con Javier.

Los días son cada vez más cortos y oscuros, y Marcus se comporta cada vez de forma más y más rara. La semana pasada me lo encontré delante de nuestro piso (al que últimamente se niega a ir) intentando encaramarse al cubo de la basura y cuando le pregunté por qué lo único que hizo fue darse unos golpecitos en la nariz. «Todo a su debido tiempo, mi querido amigo —me dijo mientras un paquete de patatas fritas salía volando como una mariposa del cubo de la basura y se le pegaba a la camiseta—. Todo a su debido tiempo».

Se supone que esta noche voy a llevar a Addie a Wiltshire cuando salga del colegio, para que por fin conozca a mis padres. No quiero ni pensar en la discusión que vamos a tener cuando le diga que habrá que volver a cancelarlo, pero es imposible dejar solo a Marcus.

—Sabía que ibas a venir —me dice mientras lo pongo de pie y lo llevo hasta el sofá—. Lo sabía.

—Sí, aquí estoy —digo con hastío, acomodándolo en el sofá lo mejor que puedo—. ¿Vas a volver a vomitar?

—¿Qué? ¡No! Vete a la mierda. No voy… No voy a vomitar.

Como si no apestara ya todo a vómito, incluido yo mismo, después de haberle ayudado a volver al sofá. Me siento en el sillón de enfrente y bajo la vista. Estoy físicamente agotado; un poema reclama mi atención, algo sobre «el dolor de la entrega» y «su silencioso vacío», pero estoy demasiado cansado como para seguir el hilo.

Empezar con el máster ha sido intenso; incluso a tiempo parcial parece que me ocupa todas las horas libres, y había olvidado lo duro que puede ser estudiar. Hace demasiado tiempo que no ejercito ese músculo. Después de tanto tiempo dando vueltas por Camboya, leyendo novelas modernas, de pronto los textos que me sabía al dedillo para los exámenes finales (Chaucer, Middleton, Spenser…) me resultan de nuevo ajenos, bloqueándome.

El trabajo nocturno en el bar era llevadero en verano, cuando lo único que hacía era pasarme el día en casa con Addie, pero acostarme tarde hace que cada vez me resulte más duro madrugar para estudiar. Y, encima, mi madre me envía mensajes de vez en cuando tanteando el terreno, para ver si ya estoy lo suficientemente desesperado como para suplicarles.

Tengo la esperanza de que llevar a Addie a casa se considere una ofrenda de paz; la verdad es que en el fondo nunca pensé que mis padres fueran a cortarme realmente el grifo para siempre. Creía que acabarían aceptando el plan de Chichester y que regresarían los regalos, los pagos mensuales y las liquidaciones de las tarjetas de crédito. Descubrir eso sobre mí mismo no es agradable, y, además, empieza a tener pinta de que me he equivocado.

—Voy a salvarte, amigo mío —declara Marcus, agitando un dedo hacia mí—. Todo esto, todo, tendrá sentido cuando te enteres. Cuando tú te enteres.

—¿De qué estás hablando? —le pregunto con más aspereza de la que debería. Apenas es capaz de articular palabra, mucho menos de hacerlo con sentido.

—Te lo voy a demostrar. Lo mala que es. Lo mala que es para ti. Addie. A ver, tú crees que necesito ayuda, que soy yo el que necesita ayuda. Tú…

Ahora no para de atosigarme con el tema de Addie, diciéndome que la deje, que rompa con ella, que todo era mejor antes de que entrara en mi vida. Quiero pensar que esa fijación es solo otro síntoma de su enfermedad (doy por hecho que se trata de alcoholismo, aunque podría haber algo más), pero resulta muy desagradable, y, por mucho que intento proteger a Addie, sabe que él la desprecia. No soporto escucharlo hablar de ella así; me levanto para ir a la cocina y piso un envase de plástico de comida china, y los fideos salen despedidos hacia los lados como entrañas. Necesita agua, si es que consigue retenerla.

La cocina está aún peor que el salón. No hay vasos limpios, y lavo dos con jabón porque no hay lavavajillas.

Marcus no había estado tan mal desde que India dejó a Joel. Me despierto constantemente por las noches preguntándome por qué se ha vuelto así de loco, qué ha cambiado en él, por qué se siente tan desesperado como para volver a perderse. Su padre ha dejado de darle dinero e India también, así que me necesita más que nunca. Es asqueroso lo que está haciendo para pagarse el alquiler y la bebida. Hace unas semanas, al rescatar su móvil de un charco de salsa picante pegajosa de un pedido de comida, descubrí su perfil en una página web de acompañantes.

—Bébete esto —le ordeno, pasándole el agua—. Voy a salir a comprarte un poco de comida de verdad. Algo nutritivo.

—¿Y después vas a volver? ¿Vas a comer conmigo? —me pregunta, mirándome con ojos vidriosos.

—Sí, me quedo.

Él sonríe.

—Bien —dice, recostándose en el sofá—. Bien.

Addie

A ddie, tranquilízate…
Sujeto con fuerza el móvil sobre la oreja, llorando.
Estoy sentada en un cubículo en los baños del personal, inclinada hacia delante con el pelo en la cara. Tengo que llorar
en silencio. No puedo arriesgarme a que otra profesora me
oiga. Y solo faltan diez minutos para que suene el timbre y
tenga que marcharme a motivar a una clase llena de adolescentes irascibles para que escriban su propia versión de la
puñetera batalla del Boyne.

—No puedo seguir así, Deb —susurro—. Me siento
como si me estuviera volviendo loca. Soy una persona que
no quiero ser. ¿Sabes que el otro día me pareció ver a Marcus revolviendo en nuestros cubos de basura?

—¿Qué?

—Pero cuando bajé solo encontré al vecino de al lado.
Y me sentí como una puñetera chiflada.

—Tú no estás chiflada. Solo que todo este asunto de
Marcus ha acabado complicándose demasiado.

—¿Crees que está intentando que Dylan y yo rompamos?

Se hace el silencio al otro lado de la línea. Aprieto los ojos con tanta fuerza que veo puntitos rojos cuando vuelvo a abrirlos.

—¿Tú lo crees? —me pregunta Deb finalmente.

—Sí. Estoy convencida. Obviamente, tiene algunos problemas, como que bebe whisky para desayunar y esas cosas, y es muy bonito que Dylan esté intentando ayudarle, pero tengo la sensación de que es… perverso. Creo que la ha tomado conmigo. Que me está siguiendo.

—¿Siguiéndote?

—O puede que sea como lo de los contenedores y me haya vuelto totalmente paranoica. Ya no lo sé. Pero Dylan está ahora con él y adiós otra vez a nuestro viaje a Wiltshire… —Mis hombros se agitan mientras sollozo. Me limpio las lágrimas de la falda. Al menos es negra, así que no se notarán mucho cuando vuelva a ponerme delante de mis alumnos.

—Ya solo eso resulta bastante sospechoso —opina Deb—. ¿Cuántos de esos viajes a Wiltshire te has perdido por culpa de Marcus?

—Cuatro —respondo de inmediato. Me sé la cifra como si la tuviera grabada a fuego en el cerebro. Pienso en ella constantemente.

—Bueno. Eso es algo evidente e innegable.

—Además, Marcus solo sufre alguna crisis cuando yo tengo un plan con Dylan por la noche. —Compruebo la hora en la pantalla del teléfono—. Madre mía, tengo que calmarme.

—¿Seguro que esto es por Marcus, Ads? ¿No por Dylan?

Me sueno la nariz.

—¿Qué quieres decir?

—Él no tiene por qué ir a ver a Marcus. ¿Cierto?

—Son muy amigos —digo, secándome los ojos—. Ese es el puñetero problema.

—Ya. Puede.

—¿Puede?

—O puede que use a Marcus como excusa.

Me quedo inmóvil.

—¿Tú crees?

—No tengo ni idea. Pero esta situación es muy rara y me resulta difícil creer que todo este lío sea solo obra de Marcus. Ya sé que tú crees que es perverso, pero eso resulta un poco simplista, ¿no te parece?

Sé a lo que se refiere. Estoy culpando de todos los problemas de mi relación a Marcus porque es más fácil que enfadarme con mi novio. Ya lo había pensado. Pero entonces Marcus escribe algo hiriente en su Instagram y no puedo evitar sentirme aludida. O se viene abajo justo cuando Dylan y yo estamos mejor después de una discusión. O Dylan vuelve a casa después de estar con él y me mira de esa forma extraña y recelosa, evitando acercarse a mí durante un rato. Y yo pienso: «Esto es cosa de Marcus».

—Tengo que irme, Deb —digo, volviendo a mirar la hora—. Gracias por escucharme.

—Pásate esta noche si quieres. Podemos echar una partida a algún juego de mesa con papá.

Cierro los ojos, imaginándomelo. El consuelo del hogar.

—Vale. Me encantaría. Gracias.

Cuando salgo de los baños del personal, me encuentro con Etienne. Estoy a punto de chocar con él. Me da un pequeño traspié el corazón cuando lo miro.

—¿Estás bien? —me pregunta.

Es lo peor que podría haberme dicho en este momento.

—Sí. —Empieza a temblarme el labio—. Sí, estoy bien, gracias. Iba hacia...

Él me agarra del brazo.

—Addie —dice. Su voz es profunda y empática y me pone al límite. Mis hombros empiezan a agitarse de nuevo—. Vamos a mi despacho. Le voy a pedir a Jamie que se ocupe de tu grupo. Esta tarde te tocaba tercero B, ¿no?

Yo asiento, aspirando con fuerza sobre la manga mientras él me conduce hacia su despacho y cierra suavemente la puerta. Me quedo de pie en medio de la alfombra, sollozando, hasta que regresa.

—Solucionado. Por favor, siéntate —me pide—. Dime qué ha pasado.

—Dios, lo siento muchísimo —me excuso, cogiendo un pañuelo de papel de la caja que tiene sobre la mesa para secarme la cara apresuradamente. Estoy roja de vergüenza.

—¿Tu novio?

Asiento, sentándome en la silla que él me ha indicado. Etienne niega con la cabeza.

—En fin. Sé que no es cosa mía, pero ningún novio debería hacer llorar a su pareja en los lavabos. Es el consejo que le daría a cualquier estudiante. Y seguro que tú le dirías lo mismo. —Me mira a los ojos—. Te mereces algo mejor, Addie.

Eso me hace llorar de nuevo. Él rodea la mesa y me frota el hombro mientras se agacha para ponerse a mi altura. Mi cuerpo reacciona a su contacto y siento un ardor bochornoso en el vientre.

—Tómate la tarde libre.

—No puedo... ¿Y... la batalla del Boyne? —pregunto con dificultad.

Él sonríe.

—Si es necesario, podemos ocuparnos Moira o yo. Alguien habrá que pueda poner un DVD de algo medianamente educativo. —Sigo sollozando. Él sigue frotándome el brazo con su mano cálida y reconfortante—. Si alguna vez necesitas hablar, Addie, aquí estoy. A cualquier hora. ¿De acuerdo? Tienes mi teléfono móvil. Me llamas y listo.

Al final no me voy a casa de mis padres. En lugar de ello me tiro en la cama que comparto con Dylan y miro al techo, pensando en Etienne. Tengo la piel ardiendo, como si mi cuerpo fuera demasiado grande para ella. Me toco e imagino que mi mano es la de Etienne, firme y segura. Luego se me revuelve el estómago. No soy capaz de perdonarme y me pongo a dar vueltas por el piso, rascándome los brazos y deseando retroceder en el tiempo hasta el verano pasado, cuando todo era perfecto.

A las diez, Dylan todavía no ha llegado a casa. Lleva con Marcus todo el día. Por primera vez, me pregunto si de verdad estará con él. ¿Y si lo de Marcus es una tapadera? ¿Y si ha conocido a otra persona? Una persona tan perfecta como él espera. Una persona inteligente, pija y romántica, una persona que nunca tendría celos del mejor y enfermizo amigo de Dylan.

Me suena el teléfono en la mano. Hace tiempo que lo contemplo con la mirada perdida, sin una idea clara de lo que quiero hacer.

—¿Sí?

—Caray, hola —dice Deb—. Qué rápida. ¿Puedes darme tu opinión sobre un dilema ético?

—Claro —contesto.

Se me ha olvidado comer. Me levanto y voy hacia el frigorífico para ver si hay algo que no esté caducado.

—A ver, si sé que quiero tener un bebé y se me ha ocurrido alguien que va por ahí repartiendo esperma alegremente…, ¿puedo acostarme con él, quedarme embarazada y no decirle nunca que él es el padre?

Parpadeo mientras examino un trozo de cheddar.

—Hmm —respondo.

—Es Mike —me informa amablemente—. El segurata con el que volví después de tu fiesta de cumpleaños. —Intento organizar mis pensamientos—. Digamos que no es muy fan de los condones —añade—. ¿Hola? ¿Sigues ahí?

—Sí, perdona —digo, cerrando la nevera—. Lo estaba asimilando. —Deb espera pacientemente—. Yo diría que eso no estaría nada bien —declaro—. Sí. Creo que esa idea es de las malas.

—Vaya —dice Deb, desilusionada—. Pero, si hubiera sucedido por accidente, no habría problema.

—Eso es cierto. Solo que ya no sería por accidente si lo hicieras ahora.

—¿Quién iba a enterarse?

—Pues yo. Acabas de contármelo.

—Mierda. ¿Por qué has tenido que coger el teléfono? Suspiro.

—¿Por qué no le preguntas a Mike si le importa?

—Seguramente dirá que le da igual —responde Deb—. Pero siempre correría el riesgo de que, cuando mi hijo tuviera siete años y estuviera de maravilla en mi estupendo hogar monoparental, él hiciera una entrada triunfal, exigiendo sus derechos.

Sigue resultándome rarísimo oír a Deb hablar de tener un bebé. Estaba convencida de que nunca iba a sentar la cabeza. Debí suponer que con ella no habría medias tintas ni vacilaciones. Deb es una mujer de sí o no.

Me pregunto qué haría ella en mi lugar. Nunca lloraría en el baño por ningún tío, y siento una punzada de vergüenza.

—¿Y por qué no recurres a un donante? ¿No hay empresas privadas que se dedican a esas cosas? —pregunto.

—Eso suena complicado. Y mucho menos divertido que acostarse con Mike.

—Por curiosidad, ¿por qué Mike?

—¿Hmm? Ah, ya te lo he dicho, porque no le gustan los condones. —Me quedo callada—. Y supongo que porque es un buen espécimen: alto, guapo, majo, divertido y esas cosas.

—Parece un buen partido.

—¿Qué? Eso no viene al caso. Estoy buscando un donante de esperma, no un novio.

—¿Tan mal estaría que te hicieras con uno, de paso?

—Dímelo tú —responde Deb con frialdad—. No eres la más indicada para promocionar las relaciones ahora mismo.

Busco en el armario de la cocina una barra de pan. Está dura, pero me sirve para una tostada de queso.

—Pues yo creo que tener una relación con una persona es genial —opino—. El problema es que, en estos momentos, yo me siento como si tuviera una relación con dos.

—¿Dylan y Etienne?

Me quedo inmóvil, sosteniendo una rebanada de pan sobre la tostadora.

—¿Qué?

—¿No? —pregunta Deb, dubitativa.

—¿Por qué has dicho eso?

—Perdona, ¿te ha sentado mal? Creía que te gustaba.

—Me refería a que me sentía como si tuviera una relación con Dylan y Marcus.

—Ah, claro. Vale. —Tengo el corazón desbocado. Deb me conoce mejor que nadie. Si ella cree que me gusta Etienne… A ver, sí, un poquito. ¿En qué he estado pensando toda la tarde si no? Me froto la tripa y vuelvo a sentir náuseas. Yo quiero a Dylan. Lo quiero a él—. Perdona, Ads —se disculpa Deb.

Bajo la palanca de la tostadora. Necesito comer. Después de bajarla se me ocurre que debería haber metido el queso en medio del pan.

—No pasa nada —logro articular—. Es que… es raro que hayas dicho eso. Ni siquiera soy consciente de haberte hablado de él.

—Pues lo haces muy a menudo, la verdad. Pero será cosa mía, que lo he malinterpretado.

Nos quedamos un buen rato en silencio.

—No… del todo —reconozco con un hilillo de voz.

—Ah. Entonces ¿te gusta?

—A veces. No lo sé. Madre mía, soy una persona horrible. Una infiel.

—¡Addie! Por favor. No es ser infiel que te guste un poco otra persona. ¿Te gusta más que Dylan?

—¿Qué? ¡No! ¡Claro que no! Es que… supongo que las cosas están demasiado… demasiado tensas con Dylan. Así que es una especie de vía de escape. —Oigo las llaves en la cerradura. Me giro con sentimiento de culpa. La tostadora salta y doy un respingo—. Tengo que dejarte. Te quiero, Deb.

—¿Y si fuera Mike el que decidiera no usar condón? Entonces sería un riesgo que él estaría asumiendo de forma consciente.

Cierro los ojos.

—Adiós, Deb.

—Ah, vale. Adiós.

Dylan parece hecho polvo. Toda la ira se evapora cuando lo veo arrastrarse hasta el armario, sacar un vaso, llenarlo de agua, bebérselo de un trago y servirse otro. Me acerco a él para abrazarlo, pero retrocede.

—Apesto a vómito —dice—. Tengo que ducharme. Perdona.

Siento un retortijón en el estómago.

—¿Estaba muy mal?

Dylan se limita a asentir. Mientras va hacia el baño, yo me quedo allí, asqueada por la culpa y la vergüenza, porque Marcus no está bien y Dylan lo está ayudando, y yo soy la novia menos razonable del mundo.

El primer mensaje de Etienne llega diez días después, un sábado por la noche:

¿Qué tal te va, Addie? De verdad me interesa. Sé que es difícil hablar en el colegio. Un beso

Me guardo el móvil en el bolsillo, decidida a no contestar. No es profesional por su parte enviarme mensajes sobre temas personales fuera del colegio. Pero luego pienso que, si fuera Moira, no me parecería raro. O Jamie, que también es un hombre soltero de mi edad. Soy yo la que está convirtiendo esto en algo poco profesional. Etienne solo está siendo un compañero y un jefe amable y comprensivo.

Dylan está otra vez cuidando de Marcus. Hemos tenido una semana buena; hemos hablado de él tranquilamente y de su problema de autocontrol. Yo he prometido ser más comprensiva.

Mucho mejor, gracias. Te agradezco de verdad que intervinieras para cubrirme el otro día. Addie

No hay respuesta. Empiezo a preguntarme si habré sido demasiado cortante. Pero cuando veo a Etienne el lunes me sonríe; es una sonrisa de apoyo que dice: «Sé por lo que estás pasando», y me siento mejor.

La cosa sigue así durante un par de meses. Algún mensaje de vez en cuando, nada insinuante ni inapropiado. Solo con un pelín más de confianza de la que tenemos en persona. Como el máster de Dylan empieza a exigirle cada vez más tiempo y encima ha cogido más turnos en el bar, paso mucho tiempo sola. Algunas noches me quedo hasta tarde en el colegio. Etienne suele andar por allí y tenemos conversaciones tranquilas acompañadas de tazas de té nocturnas. Sin más.

Aunque no puedo negar que la situación me da morbo. No está pasando nada. En teoría no hay nada raro. Pero yo sé que no es así.

Sé que Etienne me desea. A veces, yo también lo deseo a él.

Faltan dos semanas para las vacaciones de Navidad y es tarde: las nueve de la noche. Se han ido ya todos, incluso el conserje. Etienne tiene las llaves. Es él quien va a cerrar.

—¿Addie? —dice, asomando la cabeza por la puerta de mi clase. Estoy retirando un adorno que Tyson ha arañado con las uñas a lo Lobezno—. ¿Te apetece una copa? —Tardo un momento en darme cuenta de que tiene una botella en la mano. De vino tinto, según parece—. El trimestre está a punto de acabar y los dos nos hemos dejado la piel este año —comenta, agitándola—. Nos merecemos un premio.

Acepto la copa. Lo sigo hacia su despacho. Cojo los típicos vasos de agua en la cocina y nos bebemos en ellos el vino. Yo llevo los labios pintados y dejo un beso rosa en el borde del mío.

Hablamos de cosas de trabajo, sobre todo. Nos reímos de los niños que nos vuelven locos; nos quejamos de las directrices gubernamentales que cambian constantemente; ponemos en común cuáles son los padres que peor nos caen... Tengo las mejillas sonrosadas y estoy borracha después de haberme bebido media botella de vino. Tal vez algo más. No llevo la cuenta de cuántas veces Etienne ha rellenado mi vaso y el suyo.

Todo sucede de forma muy natural. Él me posa una mano sobre el muslo. Tardo demasiado en darme cuenta de que es raro.

Me levanto y me alejo. Él me sigue.

—Addie —dice.

—Tengo que irme —declaro.

Voy hacia la puerta.

Él la cierra por encima de mi hombro, pegando su cuerpo a mi espalda.

—Esto estaba tardando demasiado en suceder —me susurra al oído—. ¿No crees?

Noto una especie de pánico frío en el estómago. Tiene razón, yo sabía que esto iba a pasar. ¿Qué me esperaba? Me siento como si estuviera resbalando, o tal vez como si ya hubiera resbalado y me estuviera cayendo, y busco con las uñas algo a lo que agarrarme.

Sus labios están sobre mi cuello. Siento un deseo apagado y sordo, pero sobre todo siento un asco profundo. ¿Hacia él? ¿Hacia mí misma?

Lo descubro cuando tira de mí hacia atrás, me aprieta contra él y noto algo duro. No quiero hacer esto. Mierda. No puedo hacerlo; el mero hecho de pensarlo me revuelve el estómago; la humedad de su boca sobre mi cuello es como una tarántula recorriéndome la piel.

—No —digo.

Le digo que no.

Dylan

Luke me llama alrededor de las siete para decirme que mi padre está engañando a mi madre.

Me siento lentamente en el borde del sofá. Durante un buen rato no digo nada en absoluto.

—¿Dyl? —dice Luke—. Dyl, lo siento. No te imaginas el miedo que me daba hacer esta llamada.

Tengo la mente completamente en blanco; no estoy precisamente sorprendido, pero es horrible, como si te dijeran que no eres la persona que crees ser.

—¿Ella lo sabe? —pregunto por fin.

—Acabo de decírselo ahora mismo. Creía... Supongo que creía que ella debía enterarse antes. Está en fase de negación. No he sido capaz de convencerla. —Solo lo estoy escuchando a medias. Una rabia repentina me sube por el cuerpo, gélida y ardiente, como una quemadura de hielo. Me enfado tan pocas veces que no sé cómo contener esa sensación que parece abrirse camino por la garganta, los oídos y las pequeñas vellosidades que me recubren los pulmones—. No creo que llegue a dejarlo nunca, la verdad —opina Luke—. No quería ni oír hablar del tema.

Recibo un mensaje de Marcus; al principio lo miro abstraídamente, casi sin leerlo:

Tienes que venir al colegio de Addie. Está aquí con Etienne y... no tiene buena pinta.

Luego viene la foto. A través de la ventana se ve el resplandor cálido del interior del despacho, donde están los dos sentados uno al lado del otro, bebiendo vino en sendos vasos y él con la mano posada en la parte alta del muslo de ella.

—Luke —digo con voz ahogada—, tengo que colgar.

Pulso el botón de apagado para dejar la pantalla en negro y luego me siento con el teléfono entre las manos, mirando hacia el suelo, con el corazón asqueado llenándome el pecho. La expresión «echar chispas» nunca había tenido sentido para mí, pero ahora la entiendo. He visto la imagen durante menos de un segundo, pero la tengo grabada en el interior de los párpados, como destellos en la noche.

Finalmente, después de esos segundos de silencio largos y opresivos, cojo el abrigo, me pongo los zapatos lentamente y de forma rutinaria, como si mi mundo no se estuviera desmoronando, y salgo corriendo hacia el coche.

Addie

Me mordisquea con los dientes.

Me doy la vuelta en la jaula de sus brazos. Es peor. Me levanta la falda, me sube la mano por el muslo y me tira de la pierna con tal violencia que el músculo que la recorre por detrás se me contrae dolorosamente. Estoy apretando los puños, intentando girar la cabeza, y soy clara, no podría ser más clara. Estoy empujándole el pecho. Estoy diciendo algo, creo («Para, por favor»), y nuestros dientes chocan entre sí; siento un zumbido sordo en la cabeza mientras él sigue apretando los labios contra los míos.

—Sé que lo deseas —me dice—. ¿A que sí?

Es un sonido de fuera lo que le hace girar la cabeza un instante. No vemos la ventana desde aquí; él retrocede medio paso y se detiene, vacilante. Me viene a la mente algo de un pasado lejano. De unas clases de autodefensa del colegio, quizás. Abro el puño con el que estaba empujándole el pecho para agarrarlo del hombro mientras se tambalea y, como tengo la falda subida alrededor de los muslos, levanto la rodilla para darle con todas mis fuerzas en la entrepierna; él se dobla sobre sí mismo con un rugido animal y por fin, mientras sollozo, me suelta.

Huyo. El cerrojo no está echado. Mientras cruzo el pasillo a toda velocidad para ir hacia la puerta trasera, pasando por la sala de profesores, me atenaza el pánico de que haya cerrado con llave, pero no lo ha hecho. No temía que escapara. Él sabía que yo lo deseaba, lo ha dicho.

Vuelvo corriendo a casa. Son al menos diez kilómetros. Me sangran los pies. Cuando me quito los zapatos dentro del piso me estremezco al verlos. Estoy temblando tanto que no soy capaz de usar bien los dedos. Me siento en el suelo y lloro como si nunca fuera a dejar de hacerlo. Me aferro a mi piel. Me clavo las uñas en los brazos. Recuerdo todas las veces que le devolví la sonrisa cuando él me sonrió.

Dylan

Llego allí justo cuando Etienne está abandonando el edificio; se gira y cierra la puerta con llave cuidadosamente al salir.

—Es ese —dice Marcus, apareciendo de repente a mi lado—. Ese de ahí.

Ya lo sé. He visto la foto. Esa décima de segundo de imagen en la pantalla ha sido más que suficiente para memorizar cada rasgo de la cara de ese cabrón.

Corro hacia él. Marcus me grita, sorprendido. Ha estado bebiendo y no es lo suficientemente rápido para alcanzarme. El primer puñetazo alcanza a Etienne en la mandíbula, justo mientras se da la vuelta. Noto un dolor candente en los nudillos y una sacudida desgarradora en el codo. Él se agacha.

—Pero ¿qué...?

—¿Qué coño estabas haciendo con mi novia? —grito mientras me doy cuenta, avergonzado, de que estoy llorando.

Etienne me mira con los ojos abiertos de par en par.

—No es lo que parece —asegura.

—¿No? Pues a mí me ha parecido bastante íntimo —interviene Marcus.

Etienne lo mira fugazmente, con los ojos entornados. Sigue agachado en el suelo. Yo mantengo los puños apretados a los lados del cuerpo y deseo no estar sorbiéndome los mocos y temblando como un niño.

—Es que es… muy intensa —dice Etienne—. Ha estado tirándome los tejos todo el trimestre, buscando excusas para estar a solas conmigo, quedándose hasta tarde solo para intentar…

—Cállate —le ordeno, limpiándome la cara con fuerza—. Cállate, cállate, cállate la puta boca.

—No, sigue —le pide Marcus, dando un paso al frente—. Sigue.

—Oye, he intentado ser un buen tío. Pero es que ella es… He tenido un momento de debilidad. Me dijo cuánto me deseaba y yo… —Retrocede de un salto cuando intento abalanzarme de nuevo sobre él, pero Marcus extiende la mano para impedírmelo—. Lo siento —dice Etienne—. Lo siento mucho.

—¿Qué ha pasado? —pregunta Marcus—. ¿Dónde está ella?

—La detuve en cuanto me di cuenta de lo que estaba pasando —dice Etienne, mirándonos alternativamente a Marcus y a mí—. Se puso histérica y se largó. Yo no quería que pasara nada entre nosotros. Pero es que… se ha metido en mi cabeza. No logro pensar con claridad cuando estoy cerca de ella.

Marcus asiente.

—Ya —dice—. Sí. Muy propio de Addie.

Addie

Llamo a mi hermana. Nunca estaré lo suficientemente agradecida por tener a Deb. Apenas encuentro palabras para contárselo, pero ella no me dice que creía que me gustaba ni que era lo que quería. Aparece en el piso, me desviste como si estuviera hecha de algo valiosísimo y me mete en la ducha. Una vez limpia, me envuelve en mi bata vieja y raída y me aprieta con fuerza. No es un abrazo: es para impedir que me rompa en pedazos.

La culpa hace acto de presencia después de la conmoción. Es todo de lo más predecible. Cuando ya no estoy huyendo de él, cuando el horror ya no está justo delante de mí, me convenzo de que es culpa mía. A mí me gustaba. Yo acepté su vino y respondí a sus mensajes.

—¿Qué me dirías tú a mí si dijera esas cosas? —me pregunta Deb.

Y por un instante de lucidez lo veo claro. Sé lo que le habría dicho a mi hermana. Sé que reclamaría con ferocidad que el consentimiento es un proceso continuado. Que no es no, independientemente de lo que hayas dicho antes. Pero luego esa lucidez desaparece. Solo quedan el horror y la vergüenza.

Dylan

arcus me obliga a acompañarlo al bar antes de regresar al piso y ver a Addie.

—Necesitas aclararte las ideas —sentencia antes de invitarme a cuatro pintas, como si eso me fuera a ayudar, joder.

Lloro delante de mi cerveza. No le cuento a Marcus lo que Luke me ha dicho porque, francamente, apenas he pensado en ello. Lo único en lo que pienso es en el dolor que siento en el pecho, como si se me estuviera rompiendo, como si alguien me hubiera separado las costillas y hubiera dejado un hueco en medio.

—No debes estar triste, sino enfadado —prosigue Marcus, empujando otra pinta hacia mí—. Addie ha estado tirándose al profesor y quién sabe a cuántos más mientras fingía ser toda dulzura y candor. Yo sabía que no era trigo limpio. ¿No te lo dije? ¿No te lo dije?

Addie

Deb quiere quedarse. Pero yo quiero a Dylan. Pronto va a llegar a casa. Necesito volver a lavarme. Necesito quitármelo todo de encima y luego necesito contárselo a Dylan, porque, por alguna razón, eso me asusta casi más que todo el resto.

Pero al final no necesito contárselo.

Ya se lo han contado.

Dylan

La encuentro distinta cuando entro en el piso; tiene los ojos muy abiertos y asustados, como los de un gatito, y entonces sé que esta es la primera vez que me engaña con otro hombre. No sería capaz de ocultármelo: lo lleva escrito en la cara.

—Sé lo que has hecho.

Es lo único que le digo. Y luego le comunico que me voy a ir, tal y como he practicado en el bar. Le cuento que hay cosas que no puedo perdonar mientras pienso para mis adentros: «Sí, tengo razón y soy fuerte por marcharme. No pienso ser como mi madre. No pienso hacer la vista gorda. Voy a ser fuerte».

Al principio se queda muy quieta. Está muy pálida y parece diminuta, como un animalillo salvaje al que hubieran metido en casa para protegerlo del frío, debatiéndose entre esconderse o luchar.

El silencio es espeluznante; nos encontramos al borde de un vacío enorme. Yo estoy mareado por la bebida, tengo el estómago revuelto del terror y quiero salir de mi propia piel, ser otra persona, la que sea.

—¿Ni siquiera vas a escuchar mi versión de la historia? —me pregunta, rompiendo el silencio. Su voz parece la de una niña.

—Etienne me lo ha contado todo. No hay nada que puedas decir.

Los siguientes minutos son un borrón. Ella se abalanza sobre mí como si quisiera hacerme daño, golpeándome con sus puños pequeños en el pecho y pataleando, aunque también parece que esté intentando meterse dentro mí, sentirme más cerca. Emite un rugido. De dolor, sin lugar a dudas. «Así que me quiere. No quiere perderme», pienso en silencio. Vaya un momento para darme cuenta.

Addie

No existe un dolor semejante. Los peores presagios se han confirmado. Soy tan mala como me temía. Soy peor.

No se lo cuento a nadie más, ni siquiera a mi madre.

Deb me salva la vida, supongo. Ella hace todas las llamadas. Me lleva a la comisaría y no me deja ni un segundo sola. Si ella no estuviera aquí, Etienne habría seguido siendo el director de la escuela Barwood y yo me habría venido abajo.

Dylan

L a duda me va calando como la humedad. Me levanto al día siguiente en la cabaña de madera, al fondo del jardín del padre de Marcus, como si hubiera regresado a ese invierno largo y oscuro en el que todavía recibía dinero de mis padres. India nos fue a buscar anoche a Chichester; Marcus debió de llamarla, pienso con un atisbo de sorpresa que pronto vuelve a apagarse. Miro fijamente el techo y acaricio (solo por un instante) la idea de vivir sin Addie, y eso basta para hacerme un bicho bola y enterrarme bajo las sábanas.

No me levanto hasta la noche, y solo lo hago porque me rugen las tripas de hambre.

—¿Y si hubiera una explicación? —le pregunto a Marcus mientras bebemos whisky sentados en el suelo de la cabaña, entre el montón de cajas de comida para llevar—. ¿Y si hubiera una explicación razonable?

—¿Como cuál? —Marcus está pálido, casi cadavérico, y tiene los ojos amoratados de cansancio—. Tú mira la foto, Dylan. Ahí puedes ver quién es ella realmente, en alta definición.

Addie

Sé que como mínimo la mitad de mi sufrimiento se debe a las secuelas de lo que me ha pasado con Etienne. Pero lo único que logro identificar es el dolor de haber perdido a Dylan.

No me siento como si me hubiera dejado; me siento como si hubiera muerto.

Ni siquiera me ha permitido explicarme. El hombre al que quiero siempre me permitía explicarme. Entonces, ¿quién es Dylan?

Dylan

Es Deb la que me cuenta la verdad.

Una semana después de aquella noche en el colegio, se planta en la puerta de la cabaña de madera de Marcus con el rostro desencajado de indignación.

—Hijo de puta —dice—. Eres un cabrón de mierda y espero que ardas en el infierno. —Deja en el suelo una caja grande con mis pertenencias y da media vuelta—. El resto está al final del camino —me espeta, mirando hacia atrás—. Tienes suerte de que no haya tirado todo a vuestro puto lago.

—Eh —exclamo. Vacilo en el umbral de la puerta, porque estoy en calcetines, y decido seguirla de todas formas—. ¡Eh! ¿Cómo te atreves? —Ella sigue andando—. ¡Me engañó! ¡Fue ella la que me engañó a mí! ¿Y tienes la cara de decirme que soy yo quien va a arder en el infierno?

Entonces ella gira sobre los talones.

—Dylan, eres gilipollas.

Nunca se ha parecido más a Addie, igual de menuda, feroz e implacable.

—¿A qué te refieres? —grito, pero ya estoy empezando a tiritar mientras una sensación de incongruencia se me posa sobre los hombros a través de la llovizna—. Marcus los vio. Y Etienne me lo contó todo.

Puede que esa sensación de incongruencia ya estuviera ahí. Estos últimos días he estado bebiendo más que nunca porque he empezado a ver entre la bruma y a recordar a mi Addie, fuerte y honesta, y no soy capaz de hacer encajar a esa persona con la Addie que Etienne y Marcus me mostraron mientras yo lloraba a las puertas del colegio.

—Así que Marcus los vio, ¿no? ¿Y qué estaba haciendo él allí? —Esta no es la primera vez que me lo pregunto. «Cuidar de ti» es lo único que Marcus me dijo cuando lo interrogué. Pero él tenía razón, ¿no? Así que lo de seguir a Addie más que una locura había sido una corazonada—. Y Etienne te lo contó todo. Etienne. ¿Sabes qué dice de ti que creyeras la palabra de un hombre al que no conoces de nada antes que la de la mujer a la que amas? —me pregunta Deb. La hierba húmeda me está empapando los calcetines. Se me acelera el corazón—. Él la forzó. Sí, ella bebió algo de vino y puede que coqueteara un poco, pero luego él intentó violarla. —Las gotas de lluvia quedan atrapadas en los mechones sueltos de Deb. Ella me mira fijamente—. Pero a lo mejor eso a ti te da igual —señala—. A lo mejor tú sigues queriendo que la lapiden en la plaza del pueblo, Dylan.

Entonces me doblo hacia delante y vomito sobre la hierba.

Addie

Dice que lo siente. Nadie lo ha sentido nunca más que él. Es un desastre de persona, es horrible, es lo peor, es demasiado fácil de manipular; ahora se da cuenta y sabe que tiene que corregirlo; nunca debería haberlo dado por hecho, nunca debió dejarme; Deb se lo ha contado todo y ahora lo sabe. Por favor, por favor. Lo siente. Se sienta en el umbral y llora.

Yo no abro la puerta. Le envío un mensaje en respuesta a la retahíla de disculpas devastadoras que me llegan ese día: «No le cuentes a Marcus lo que pasó en realidad».

La verdad es que no puedo explicarlo. Quizás vea algo de Etienne en Marcus. Quizás me haga sentir vulnerable. Quizás sea porque Marcus siempre ha dicho que ve oscuridad en mí, y mi corazón nunca se ha sentido tan oscuro como ahora.

Simplemente no puedo soportar la idea de que lo sepa.

«Prométemelo —le pido—. Y ahora, por favor, no vuelvas a mandarme más mensajes. Sé que lo sientes. Entiendo por qué hiciste lo que hiciste. Pero, por favor, no vuelvas a ponerte en contacto conmigo».

AHORA

Dylan

A Marcus le está sangrando la nariz; una de las gotas cae sobre la espalda de Addie, en el pijama, mientras ella se inclina sobre el inodoro para vomitar, y se extiende por el tejido como tinta roja, desdibujándose. No hay suficiente espacio aquí para todos. Me duele la cabeza en el punto de la sien en el que Marcus me ha golpeado.

—Addie, eh —digo, empujando a un lado a Marcus para arrodillarme al lado de ella.

Él se tambalea hacia atrás y tropieza con la bañera. Deb entra corriendo por la puerta del baño y giro la cabeza un instante para mirarla antes de volver a centrarme en Addie, que se aferra al asiento del inodoro con los dedos temblorosos. Su rostro es de un color blanco desvaído, como de nata agria.

—¿Ha comido algo raro? —dice Marcus. Deb extiende el brazo y tira de la cadena, siempre tan práctica—. Venga. Vamos. ¿Qué me estoy perdiendo? —pregunta—. ¿Por qué todo el mundo está actuando como si yo fuera el malo cuando fue ella la que se lo montó con un tío que no era Dylan?

—¡Ella no se lo montó con nadie, joder! —exclama Deb antes de cerrar los ojos un instante—. Perdón. Perdona, Ads… He metido la pata.

—¿Va todo bien ahí dentro? —grita Rodney desde fuera del baño.

—Todo bien, Rodney —aseguro con voz firme—. Vuelve a la cama.

—Vale —contesta él, titubeante.

Al cabo de un buen rato, Addie se sienta, estirando las mangas del pijama por encima de las manos, y hace una mueca de dolor al mover la muñeca lesionada. Evita mi mirada. Deb se agacha al otro lado de ella y los tres acabamos sentados en el suelo del baño mientras Marcus permanece de pie a nuestro lado, apoyado en la bañera. Sostiene una bola de papel higiénico contra su nariz sangrante y los ojos se le están empezando a poner morados, pero aun así puedo interpretar su expresión, y parece asustado.

—¿Qué queréis decir? ¿Qué pasó en realidad esa noche? —me pregunta—. ¿Por qué no me lo contaste?

—Ella me pidió que no lo hiciera. Fue decisión suya.

Veo que Marcus empieza a entenderlo. Se gira lentamente para mirar a Addie.

—¿Etienne? ¿Él…?

Addie evita mirarlo.

—¿Nunca se te ocurrió que podría estar mintiendo? —le pregunta con un hilillo de voz ronca.

Marcus emite un gemido medio ahogado y se sienta bruscamente en el borde de la bañera. Se lleva una mano a la frente. El silencio se alarga; detrás de todos nosotros, el grifo gotea.

—Dejaste que pensara... ¿Por qué dejaste que pensara eso? —le pregunta Marcus a Addie.

Deb le pasa una bola nueva de papel higiénico para la sangre de la nariz y me sorprende lo absurdo de la situación, los cuatro apiñados en un baño mohoso después de tantos años girando unos alrededor de los otros, nunca lo bastante cerca.

—Tú me seguías —le dice Addie a Marcus—. ¿Verdad?

Él gira la cabeza. Me doy cuenta, sobresaltado, de que está llorando. Veo que Deb lo observa con los ojos entornados, pensativa. Marcus se seca las lágrimas como si solo se estuviera quitando algo de la mejilla, una gota de lluvia o una mota de polvo.

—Sí. A veces. —Se queda callado durante un rato, y el grifo sigue goteando. Creo que ha acabado, que eso es todo, pero entonces dice—: Era como... No puedo explicarlo —declara, todavía mirando hacia un lado—. Bebía demasiado, había echado a perder mi vida, India estaba cabreada conmigo, mi padre no me hablaba... Pero tenía la sensación de que si evitaba que Dylan echara a perder la suya... sería como si, no sé, como si me salvara yo; habría hecho algo bueno y entonces me sentiría bien. Dylan siempre me había apoyado. No podía verlo... No podía... No podía perderlo también a él.

Deb niega con la cabeza.

—Yo no me lo trago. Tú tenías... algún problema con Addie. Toda esa mierda no puede haber sido solo para proteger a Dylan.

Marcus mira hacia el techo. Me late el corazón con fuerza. Necesito atraer a Addie hacia mí, o simplemente tocarla, acariciarle el pelo, darle un beso en la mejilla.

—No sé —dice Marcus—. Es que era... algo visceral —explica, señalando su estómago—. Tenía la corazonada de que... Sabía que ella no era buena para Dylan y la cosa se fue haciendo más grande y ella siempre estaba ahí, metiéndose en su cabeza, hasta que empezó a pensar solo en ella, a dejarse consumir por ella, a volverse loco por ella...

—Madre mía —lo interrumpe Deb—. Tú la querías. Estabas enamorado de Addie. —Todos nos quedamos inmóviles. Mi terapeuta fue la primera en sugerirme que Marcus podría estar enamorado de ella; para mí, darme cuenta de eso fue la clave para perdonarlo. Yo era el hermano de Marcus, su alma gemela, su amigo más íntimo. Cómo debía de odiarse por amar a Addie; lo más fácil para él debía de ser transferir ese odio a otro sitio, odiarla a ella en lugar de odiarse a sí mismo. Pero nunca hablamos de ello. Ni una sola vez—. Es cierto, ¿verdad? —insiste Deb, y Marcus se gira de repente, metiendo los pies en la bañera para inclinarse hacia delante con las manos sobre la cara. Sus hombros se sacuden. Está llorando—. Dios mío —sigue diciendo—. Por eso estabas en el colegio. Por eso te importaba tanto saber si se acostaba con Etienne. Por eso eras siempre tan capullo con ella cuando estaba con Dylan.

Miro a Addie. Tiene los ojos abiertos de par en par y contempla fijamente la espalda encorvada de Marcus, que tiembla en el borde de la bañera de plástico barato, y yo lo miro también y pienso: «Qué poca cosa es. ¿Cómo puede haber hecho tanto daño?».

—¿Marcus? —dice Addie.

Él le da una patada al fondo de la bañera y todos nos sobresaltamos por ese golpe repentino en medio del silencio.

—Pues claro que la quería, joder. Claro que la quería. Coño, Dylan, por aquel entonces no podías ser más cerrado de mollera, eras muy idiota por no darte cuenta de que a veces te odiaba. —Levanta la voz y aprieta los puños, temblando—. Porque me lo ponías en bandeja para que te la quitara. Siempre empujándonos el uno hacia el otro. Siempre deseando que nos lleváramos bien. Y yo no soy un buenazo, no soy el típico que se retira por su mejor amigo. ¿Sabes lo difícil que era? Al final ya solo quería que desapareciera, porque era una tortura verte con ella, ver cómo la estabas cagando, ver cómo ibas directo hacia...

—Nunca podrías haberlo hecho —dice Addie en voz baja—. Yo nunca habría dejado a Dylan por ti, Marcus.

—Y yo no era cerrado de mollera —digo sin rencor—. Era confiado. Confiaba en mi mejor amigo.

—Addie, yo no lo sabía, te lo juro —gime Marcus, todavía con la cara entre las manos—. El profesor... Yo creía... Iba a veces al colegio. Veía que te quedabas a trabajar hasta tarde con él. No hay cortinas en ese sitio y como está todo iluminado... —Ella mira fijamente el suelo del baño. Quiero decirle que la amo, que la amo con locura y que lo siento—. Tuve que subirme al contenedor para veros en el despacho del director —relata, bajando la voz—. Recuerdo que vi su mano en tu muslo, luego tú te levantaste, dejaste el vaso de vino y él te siguió. Después te... —Marcus traga saliva—. Después te perdí de vista. —Cierro los ojos un instante—. Y no te vi irte. Entonces Etienne salió y Dylan llegó y Etienne dijo...

—Todos sabemos lo que dijo Etienne —lo interrumpo yo. Addie hace un ruidillo similar a un maullido.

—¿Por qué no me lo dijisteis? —Marcus levanta un poco la cabeza, todavía mirando hacia otro lado. Tiene la voz tomada—. ¿Por qué nadie me dijo nada?

—Yo no quería que lo supieras —dice Addie, enjugándose los ojos—. Probablemente eras... Eras la última persona en el mundo que quería que se enterara. Habrías dicho que era culpa mía. ¿No es así?

Marcus gira la cabeza lo justo para verle la cara desde donde estoy sentado. Baja las manos, quitándose el papel de la nariz; tiene marcas de agua seca y ensangrentada por toda la boca y la barbilla. Nunca lo había visto así, tan indefenso, tan horrorizado. Parece muy pero que muy joven.

—Claro que no. Nunca lo habría hecho, Addie. Por favor. No puedo creer que seas capaz de pensar eso.

Addie niega con la cabeza, frustrada.

—Pensabas lo peor de mí a la menor oportunidad. Me la tenías jurada. No soportaba que lo supieras.

—Aunque fuera un borracho chalado… Por favor, Addie. —A Marcus se le quiebra la voz—. Quiero que sepas que yo creía de verdad que estabas engañando a Dylan. Creía que había algo entre ese profesor y tú.

Se hace el silencio durante un rato. El grifo del baño gotea cada vez más rápido y me pregunto si ha estado acelerando así todo el tiempo. Addie se mueve un poco y levanta la vista hacia mis ojos.

Respira hondo.

—Tenías ra… Yo… Sí que… me gustaba Etienne. Por un momento dudé y se lo permití, y luego no quería, pero él no paró y… —Ahora ella también está llorando mientras se sujeta la muñeca lesionada sobre el regazo y acaricia con los dedos la hinchazón—. Dyl, tengo la sensación de que dejaste de estar enfadado conmigo porque me había pasado algo malo, pero eso no me hace buena. No borra todo lo demás.

Eso me rompe el corazón; siento un dolor real, físico, en el pecho.

—Addie. No. Venga. Imagina que no hubiera acabado como lo hizo. Imagina que simplemente hubieras salido de su despacho cuando querías hacerlo. ¿Seguirías diciendo que no mereces ser perdonada?

Se queda callada.

—No lo sé —declara—. No soy capaz... de descubrirlo.

—Para mí no hay lugar a dudas. Puede que estuvieras a punto de traicionarme, pero no lo hiciste. Me da igual lo que estuviera a punto de pasar. Lo que me importa es lo que pasó de verdad. Todos tenemos potencial para hacer cosas malas; por esa regla de tres nadie estaría a la altura. Lo importante es lo que haces. Y tú le dijiste que parara. Te marchaste. Fui yo el que la cagó, Addie, y me odio a mí mismo por no haberte dejado explicarme lo que había sucedido en realidad cuando fui al piso esa noche. Me había convertido en la persona que intentaba por todos los medios no ser. No te escuché. Te fallé.

Entonces ella se apoya en mí, estrechando su cuerpo contra mi pecho, y yo cierro los ojos y la abrazo mientras llora.

Nos quedamos sentados en el baño durante unos cinco minutos más. Addie tiene la cabeza metida bajo mi barbilla; Deb está detrás de mí, con la pierna contra mi columna, y Marcus sigue dándonos la espalda, encorvado y destrozado.

Deb es la primera en moverse.

—Deberíamos... —dice, señalando con la cabeza a Marcus.

Addie y yo nos movemos para levantarnos lentamente; Marcus permanece inmóvil. Lo dejamos ahí. Salimos todos del baño liderados por Deb, arrastrando los pies en fila india. Bajo la luz de la calle que se filtra por la rendija de las cortinas, veo a Rodney. Está dormido despatarrado en medio de la cama grande, con la boca abierta y roncando.

Addie

Que yo sepa, Marcus está durmiendo en el baño. O puede que se haya pasado la noche sentado en el borde de la bañera. Ni idea. Y tampoco sé si me importa, la verdad.

No sé cómo sentirme por todo esto. No estoy convencida de que fuera amor lo que sentía por mí, piense lo que piense Deb y diga lo que diga Marcus. Yo creo que él solo codiciaba lo que tenía su mejor amigo. Sobre todo al ver que no podía conseguirlo.

Deb aparta a Rodney y se hace con un tercio de la cama doble. Yo me quedo con la cama de Marcus y me tumbo de lado, viendo dormir a Dylan.

Está muy guapo en la penumbra. La luz que se filtra a través de las cortinas le ilumina las puntas de las pestañas y le dibuja sombras alargadas en las mejillas. Antes de que me dé cuenta de lo que estoy haciendo, echo hacia atrás las mantas y cruzo el trozo de suelo que nos separa.

Él se despierta cuando me meto en la cama a su lado, y por un instante vacilo cuando me mira con ojos soñolientos y confusos. Siento una punzada familiar de ansiedad. Durante mucho tiempo pensé que a quien quería Dylan era a esa chica sexy de aquel verano. A una mujer a la que perseguir, como a Grace. A alguien que estuviera fuera de su alcance. Incluso ahora me resulta difícil dar el primer paso, ser la primera en bajar el arma.

Pero él sonríe y me acerca a él para pegarse a mi cuerpo.

—Lo siento —susurra—. Lo siento muchísimo y siempre lo haré.

—Por favor, no —le pido murmurando—. No podemos lamentarnos eternamente. Para eso está el perdón, ¿no?

Me atrae hacia él con el brazo con el que me está rodeando, como siempre hacía cuando dormíamos así. Su olor me hace sentir un nudo de emoción en la garganta.

—Te tengo —susurra, estrechándome entre sus brazos. Es algo que siempre me decía, no recuerdo bien por qué. Pero sé lo que significa: «Estoy aquí. Puedes contar conmigo. Soy todo tuyo».

Entrelazo los dedos de la mano buena con los suyos y me pongo su brazo sobre el pecho. Antes, cuando me decía eso, yo le daba un beso en la mano, como mucho, o le sonreía. Pero he tenido mucho tiempo para reflexionar durante el último año y medio y, cuando recuerdo todas las veces que me dijo que me quería y yo no se lo dije a él, me pongo furiosa conmigo misma. Era como si creyera que yo estaba ganando al guardármelo. Como si fuera un signo de debilidad demostrar que me importaba.

—Te tengo —susurro—. Yo también te tengo a ti.

Me despierta el sonido del móvil. Está en mi bolsillo del pijama. Dylan sigue abrazándome, profundamente dormido. Sonrío. Empiezo a preguntarme en qué estaba pensando al meterme así en su cama, pero me hago callar a mí misma antes de seguir por ese camino.

El mensaje es de Deb:

Todo bien?

Sí. Estoy en la cama con Dylan

Oigo su exclamación desde el otro lado del cuarto y entierro la sonrisa en la almohada.

A ver, y eso qué quiere decir?

Ni idea. Pero… ☺

Conque sonrisita, eh? Habéis…?

Solo hemos dormido acurrucados

Qué asco

Deb odia el verbo *acurrucarse*. Yo antes estaba de acuerdo con ella, hasta que dejé de tener con quién acurrucarme y me di cuenta de que odiar la palabra *acurrucarse* era una soberbia de los que sí podían hacerlo.

—¿Le estás mandando mensajes a Deb? —me susurra Dylan.

Es un momento importante. Presiento que hay una decisión a la espera de ser tomada. Ahora que está despierto, ¿debería soltarme?

Se mueve como para apartarse. Dejo el móvil y entrelazo los dedos con los suyos de nuevo, como antes. Noto que sonríe mientras vuelve a su posición.

—Le he dicho que estábamos «acurrucados». Y ella ha dicho que «qué asco» —le respondo en voz baja.

Su risa es tan silenciosa que resulta casi inaudible, como un rumor leve sobre mi pelo. Me siento tan feliz que casi me da miedo y le aprieto la mano con más fuerza para que no se me escape.

—¿Estás bien? —murmura.

—Sí. Mejor que bien.

—Me alegro de que hayamos hablado. La conversación no ha sido exactamente como me la imaginaba, pero...

—¿Con menos vómitos?

—Con menos testigos. —Sonrío—. Pero hace muchísimo tiempo que quería decirte todo eso —confiesa. Me estrecha con el brazo un instante, abrazándome brevemente. Es obvio que no tengo ni idea de lo que significa nada de esto. Solo estamos acurrucados, y, cuando salgamos de esta cama, quién sabe cómo van a ser las cosas. Dylan y yo tenemos muchos otros problemas, aparte de lo de Etienne y lo de Marcus. Hay mil razones por las que...—. Para —susurra—. No pasa nada. Relájate. —Aflojo los hombros. Ni siquiera había notado que me había puesto tensa—. Disfrutemos de nuestros últimos minutos en esta cama —dice—. Ya nos enfrentaremos al mundo real cuando salgamos de ella.

—Dylan Abbott —murmuro—, ¿me estás sugiriendo que viva el presente?

Dylan

L a mañana es de lo más ajetreada. Habíamos planeado salir a las siete, pero Deb pierde la noción del tiempo haciendo un Skype con su madre y Riley; Marcus se encerró en el baño y se quedó dormido, por lo que ninguno puede ducharse hasta que se despierta, y Addie no encuentra las gafas. Encima, yo apenas soy capaz de pensar con claridad por la alegría que me produce mirar a Addie a los ojos en medio del caos y verla sonreír. Un poema empieza a asomar mientras nos acomodamos en el coche, y Rodney nos ofrece sus barritas de cereales a modo de desayuno improvisado. Las palabras nuevas llegan de golpe: «Una floración silenciosa, un rebrote, / el atisbo del deseo de una oportunidad».

Addie, Rodney y yo vamos en el asiento de atrás; Marcus está sentado delante, inusitadamente silencioso, con el rostro maltrecho girado hacia el día que está naciendo al otro lado de la ventanilla. Si ayer notaba la piel de Addie sobre la mía, hoy me arde. Apenas pienso en nada más; me siento peligrosamente feliz, rebosante de esperanza, y cuando ella extiende la mano para tomar la mía estoy a punto de echarme a llorar de alegría.

—¡Qué bonito! —comenta Rodney sonriendo al ver nuestras manos entrelazadas.

Addie se ríe y entrelaza los dedos con los míos con más fuerza aún.

No debo precipitarme. Hay mucho de lo que hablar. Pero «el atisbo del deseo de una oportunidad» es muchísimo mejor que lo que he tenido en el último año y medio, y esa fisura enorme en mi pecho es como una grieta en el suelo seco, que se cierra en cuanto asoma la lluvia.

De repente, conducir parece fácil, como si las carreteras se hubieran enterado de la noticia (Addie y yo vamos cogidos de la mano en el coche) y decidido que ahora todo debería fluir. Solo cuando paramos a hacer un descanso por extrema necesidad en una gasolinera pequeña cerca de Carlisle (Deb ha prohibido las paradas para estirar las piernas y solo deja de conducir «si alguien está a punto de mearse encima»), recuerdo la otra crisis que habita en el Mini de Deb.

—¡Que alguien acompañe a Rodney! —nos susurra a Marcus y a mí mientras vamos hacia la tienda de la estación de servicio—. ¡No lo dejéis solo!

Ah, sí. Rodney el acosador. Ahora lo recuerdo.

—¿Ni siquiera para mear? —pregunta Marcus.

—¡Menos aún para mear! ¿Y si se escapa por la ventana del baño?

No tengo muy claro qué vamos a hacer Marcus y yo al respecto si lo hace.

—Va a ser un poco difícil vigilarlo cuando entre en el baño, comandante —dice Marcus. Hoy su tono de voz es un poco apagado.

—¿Y los urinarios? ¿No son para eso? —Marcus y yo nos miramos, desconcertados—. ¡Venga! ¡Largo! —exclama, empujándonos hacia el baño.

—No le intereso en absoluto, ¿verdad? —comenta Marcus, girándose para mirar a Deb, que se apresura a reunirse con Addie al lado de los tentempiés.

—Ha preferido acostarse con Kevin el camionero que contigo. Así que creo que la respuesta es no. Y, de todos modos, solo estás interesado en ella por costumbre.

Marcus patea una piedra con la punta del pie.

—Hmm. Me gustaba más cuando siempre estabas de acuerdo conmigo. Ya sabes. Antes de que te pusieras en plan mujer independiente y me dejaras tirado porque tu terapeuta te dijo que lo hicieras.

—De eso nada. Entonces nuestra amistad era... —Me quedo callado.

—Ya lo sé —replica Marcus, todavía cabizbajo—. Incluso antes de lo de Addie. No era sana —añade al cabo de un buen rato.

Yo parpadeo, sorprendido.

—Sí. Es cierto.

Él me mira.

—No te sorprendas tanto. No eres el único que está yendo a terapia.

—Lo siento —me excuso—. Es que me alegra oírte decir eso. Y no te dejé tirado, por cierto; en realidad, no habíamos...

—¿Acabado? —pregunta él, levantando una ceja.

Eso me saca una sonrisa a regañadientes.

—¿Qué quieres que te diga? Creo en las segundas oportunidades. Además, necesitas a alguien que te recuerde que te comportes como un ser humano cuando te da por ser un capullo. Y tienes suerte de que sea tan tonto como para seguir intentándolo.

La puerta del baño se cierra a nuestra espalda. Rodney nos mira desde los urinarios con los ojos como platos, como si lo hubiéramos pillado haciendo algo indecente.

—Ay, Dios, hmmm, hola —dice, saludándonos con una mano.

—Me imagino que no puedo meterle la cabeza en el inodoro y tirar de la cadena, ¿verdad?

—Correcto. Muy bien.

Marcus suspira.

—Esto de reformarse es muy tedioso. ¿No puedo seguir siendo un libertino depravado?

. Sonrío levemente.

—No —contesto, mirándolo atentamente; tiene las mejillas hundidas, los hombros encorvados, la mirada atormentada y turbada—. No, creo que no puedes.

Addie

Te lo dije! ¡Necesitamos un plan maquiavélico!

—No paramos de repetir eso de «maquiavélico», pero la verdad es que no tengo muy claro lo que significa —le comento a Deb. Está extrayendo leche de nuevo. El sacaleches inalámbrico se ha quedado sin batería, así que ha enchufado el otro en una clavija que hay al lado del almacén. Los dos chicos adolescentes que están detrás de las cajas registradoras la están mirando como si se hubiera escapado del zoo—. ¿No podemos largarnos sin él? ¿O dejarlo por ahí, en algún sitio? —pregunto.

—¿En un lago, por ejemplo?

—¿Qué? ¡No! ¿Por qué nunca sé si me estás tomando el pelo?

—Porque me pongo muy seria —explica Deb, colocándose el poncho, que le cubre la mitad superior del cuerpo—. No es culpa tuya.

—Estaba pensando que podríamos dejarlo en algún sitio, quitarle el teléfono, tal vez…

—No puedo creer que estemos hablando de esto.

Miro hacia el mostrador. Marcus y Dylan están intentando mantener ocupado a Rodney mientras a nosotras se nos ocurre algún tipo de estrategia. Marcus finge fatal que le interesa lo que dice Rodney.

—¿Y si hablamos con él e intentamos razonar? —propongo.

Deb ladea la cabeza, mirando a Rodney.

—Lo cierto es que parece… bastante inofensivo.

—Sí. Sí. Sé que Cherry estaba alteradísima, pero eso es porque está en modo locura preboda. Seguro que, si le decimos a Rodney que no venga a la celebración, no habrá ningún problema. —Siento una ola de alivio ante ese pensamiento. Eso es mucho más racional. Aquella locura de habitación familiar del Budget Travel nos hizo perder la cabeza—. Una conversación sensata. Eso es. A ver, parece un poco raro, pero no peligroso. —Deb llama la atención de Dylan y les hace a los tres un gesto con la mano para que se acerquen—. Pero ¿ahora mismo? —le pregunto.

—Bueno, no puedo hacer muchas más cosas enchufada a la pared —replica Deb—. Así aprovecho el tiempo. Hola, chicos. Rodney: queremos tener una charlita contigo sobre tus planes en relación con la boda de Cherry.

Él abre los ojos de par en par. Su cuerpo se tensa. Me mira, desesperado, y luego mira a Dylan, a Deb y a Marcus antes de volver a empezar. Y entonces, inesperadamente, arremete contra Deb.

Esta chilla y retrocede. Dylan grita una especie de «¡Eh!» y avanza con el brazo extendido para empujarlo, pero él es demasiado rápido. Le birla la llave del regazo a Deb y pasa corriendo por delante de Dylan.

Marcus es el primero en reaccionar cuando Rodney echa a correr. Pero este está sacando partido a sus piernas largas y flacas y es muy rápido. Marcus solo consigue agarrarle un extremo de la camiseta con los dedos antes de que se zafe y lo deje tambaleándose tras chocar con una montaña de galletas.

Yo echo a correr sin pensarlo siquiera. Oigo a Deb maldiciendo detrás de mí mientras cruzo las puertas de cristal de la gasolinera, y la entiendo; es un coñazo estar enchufada a una pared extrayendo leche materna cuando todos los demás están persiguiendo a un criminal en potencia por la explanada de una gasolinera.

—¡Vamos, a por él! —grita como Delia Smith* en un partido del Norwich City—. ¡Venga!

Dylan está más cerca de él. Mis puñeteras piernas son demasiado cortas y Marcus se ha quedado atrás, enredado en una maraña de galletas de chocolate. Esquivo a una mujer que va a pagar la gasolina —«¡Ay!», grita— y me cuelo entre los coches. Rodney está a solo unos metros del Mini. Dylan va unos pasos por detrás de él y lo alcanza mientras abre la puerta, pero Rodney se gira al entrar y lo empuja hacia atrás, justo contra...

... mí. Nos caemos de espaldas sobre el capó del coche que está detrás. La alarma se dispara. La cabeza de Dylan se estrella contra mi clavícula con un golpe sordo y fuerte, y siento un dolor tan agudo en la muñeca lesionada que es como si se me hubiera caído la mano. Me lo quito de encima y levanto la vista justo para ver a Rodney alejarse en nuestro coche, con todas nuestras pertenencias.

---

* Cocinera inglesa y presentadora de televisión que es hincha del equipo de fútbol Norwich City. (*N. de la T.*).

—Sabía que era un error dejaros lo del plan maquiavélico a vosotras, chicas —se lamenta Marcus a nuestras espaldas. Apenas lo oigo con el ruido de la alarma del coche sobre el que nos hemos caído. Él está doblado sobre sí mismo, apoyando las manos sobre los muslos.

Mientras me giro, siguiendo la trayectoria errática del Mini por la A7, el dolor de la muñeca regresa de golpe. Gimo y me agacho, sosteniendo el brazo. Dylan me pone una mano en la espalda. Parpadeo para contener las lágrimas; levanto la vista y veo a Deb. Su ropa vuelve a estar manchada de leche materna y tiene pinta de estar muy cabreada.

—Mi bolsa nevera iba en ese coche —declara, y curiosamente no tiene ningún problema para hacerse oír por encima de la alarma—. ¿Ahora dónde coño voy a guardar esto? —Nos mira, agitando una botella de leche materna. La observamos en silencio—. La próxima vez, corred más rápido —nos espeta antes de regresar indignada a la gasolinera.

Estamos todos de mal humor. Nos pasamos un buen rato sin hablar. Marcus paga todas las galletas que ha aplastado y nos quedamos sentados al lado de los periódicos, delante de la tienda, comiendo los restos rotos en un pequeño cuadrado de sombra.

—Al menos sabemos a dónde va —señala Dylan antes de darle un sorbo al café. Menos mal que todos llevábamos el teléfono y la cartera encima. Creo que después de la experiencia de ayer de Deb, nadie va a volver a dejar nunca el móvil en el coche.

—¿Y qué hacemos ahora? ¿Llamar a la policía? —pregunto, con cara de circunstancias.

—Tendríamos que esperar una eternidad —contesta Deb—. Entre que llegan, toman declaración a los testigos y todo eso… Es mejor que intentemos pillarlo por nuestra cuenta. Como dice Dylan, sabemos perfectamente dónde encontrarlo.

—¿Y tu coche? —pregunto.

Deb sacude una mano.

—Ya lo recuperaremos. Solo tenemos que encontrar la forma de llegar a la boda.

—¿No podemos pedir un taxi? —pregunta Marcus.

—¿A qué distancia estamos? —pregunto.

Se hace un largo silencio, hasta que nos damos cuenta de que era Rodney el que solía facilitarnos esa información. Abro Google Maps en el móvil y hago una mueca de desagrado.

—Una hora y media en coche. Y es puente. Nos va a costar una fortuna, eso suponiendo que consigamos que un taxi llegue hasta aquí antes de… —Miro la hora y gimo—. Madre mía, nos vamos a perder la boda si el taxi no llega antes de media hora.

Deb llama a todas las empresas de taxis de la zona que logra encontrar. Ninguno puede llegar en menos de una hora. No nos sorprende. Yo diría que, a estas alturas, somos prácticamente «insorprendibles».

Seguimos sentados en silencio. Cada minuto cuenta, obviamente, pero no sé por qué solo tengo energía para comer galletas y sujetarme la muñeca dolorida. Creo que he llegado a mi tope de emociones en las últimas veinticuatro horas.

—Hay otra opción —comenta Deb al cabo de un rato—. Aunque es una posibilidad remota.

—Estamos desesperados —declaro—. Las posibilidades remotas son lo único que nos queda.

—¿Alguien ha guardado el número de Kevin el camionero? —pregunta Deb—. Porque ese tío corre que se las pela.

Dylan

No tengo muy claro que Kevin, el camionero, sea una persona real. Más bien me inclino a pensar que podría ser un genio (o más bien un duende) que envían a los invitados de las bodas en momentos de necesidad.

Ha llegado a la estación de servicio en veinticinco minutos y ahora nos encontramos en algún punto entre Carlisle y Ettrick, yendo a una velocidad que nunca creí que pudiera alcanzar un vehículo de este peso y tamaño.

Nos hemos dado cuenta rápidamente de que las cabinas de los camiones no son muy espaciosas; Addie y yo nos planteamos ir atrás con las sillas, pero luego pensamos que, una vez cerradas las puertas, estaría oscuro como boca de lobo y podríamos acabar empalados con la pata de alguna cuando Kevin girara en algún cruce, y este sería un momento pésimo para morir. Así que, en lugar de ello, nos hemos apretujado los cuatro en los dos asientos de copiloto que hay al lado de Kevin: Deb sobre el regazo de Marcus y Addie sobre el mío.

Es una condena dulce. Cada vez que el camión da un bote, ella salta un poquito sobre mi regazo; estoy intentando concentrarme al máximo en la presencia de Marcus y de la hermana de Addie, que van sentados al lado, pero está tan cerca de mí que saboreo su perfume y siento que su respiración se entrecorta de forma imperceptible cuando nota que la tengo dura y…

—Ten un bebé y verás cómo pesas más —le dice Deb a Marcus.

—Nunca me han interesado mucho los bebés, la verdad —replica él, haciendo una mueca cuando ella cambia de posición sobre sus muslos—. ¿De dónde has sacado el tuyo, por cierto? Es obvio que estás soltera.

Marcus intenta actuar con normalidad, pero lo conozco demasiado bien como para tragármelo; habla en voz muy baja y parece agotado.

—En contra de la opinión popular, puedes agenciarte un bebé sin tener que agenciarte también una pareja de por vida —declara Deb. Marcus finge estar interesado, emitiendo un sonido que parece decir: «¿En serio?». Yo miro fijamente los mechones finos de Addie que tengo delante de la nariz e intento no imaginarme el tacto que tendrán entre mis dedos—. Recurrí a un banco de esperma —explica—. Pensé en pedírselo a un amigo, pero… —Se encoge de hombros—. No quería complicar las cosas.

—A mí me encantan los bancos de esperma —comenta Marcus—. Era una forma genial de sacarme algo de pasta para bebida cuando mi padre e India me cortaron el grifo. Entraba y salía del de Chichester como un puto bumerán. ¿Cuánto falta? —le pregunta a Kevin mientras Deb asimila esa noticia especialmente aterradora—. Me gustaría llegar antes de que las piernas se me queden dormidas del todo.

—Ya es por este desvío —contesta Kevin, consultando el navegador—. Estamos a quince minutos.

Quince minutos. Puedo soportar quince minutos más.

Pillamos un bache y cierro los ojos, intentando no gemir.

—Eres nuestro héroe —le dice Addie a Kevin mientras este entra en el aparcamiento enorme—. Gracias. ¿Quieres venir a la fiesta?

—¿Crees que me van a dejar? —pregunta Kevin, esbozando una de sus sonrisas-mueca particularmente alarmante.

Kevin me está resultando muy útil ahora mismo; Addie acaba de bajarse de mi regazo para saltar al suelo y antes de ponerme de pie voy a tener que pasar los próximos instantes concentrándome en su mueca.

—Seguro que a Krish y a Cherry no les importa —digo, dándome cuenta al momento de que está claro que sí.

—Le he contado a Cherry cómo está la cosa, por cierto —dice Deb, que sigue sobre el regazo de Marcus.

—¿Qué? —exclamamos Addie y yo al unísono.

Deb se gira hacia nosotros y nos mira con ojos burlones.

—¿Qué?

—¿No ha entrado en pánico?

—Le he mandado un mensaje, así que no sabría deciros —comenta, pasándome el móvil—. Ya sabes cómo es Cherry con los signos de exclamación.

Addie pone cara de circunstancias mientras bajo del camión y le enseño el mensaje. Este empieza con una retahíla de emoticonos y sigue así:

Llamadme en cuanto lleguéis aquí!!! Y DAOS PRISA!!!

—Creo que puede que se haya asustado un poquitín —opina Addie.

—El Mini está en el aparcamiento —nos informa Marcus, señalándolo—. Parece que Rodney lo ha dejado ahí y ha entrado.

Addie maldice.

—¿Y ahora qué? —pregunto.

—¿Abrimos el Mini para cambiarnos? —pregunta Marcus, mirando su ropa con desagrado—. No puedo aparecer en una boda con estas pintas.

Addie pone los ojos en blanco.

—Tenemos que llegar al recinto y encontrar a Rodney antes de que cause algún daño. Si no es ya demasiado tarde.

—Pfff —refunfuña Marcus, pero sale detrás de nosotros del aparcamiento.

Varios carteles nos guían hasta al lugar exacto de la ceremonia; han sido todos laboriosamente escritos a mano con una caligrafía intrincada y los cantos están adornados con explosiones de fuegos artificiales pintados con acuarelas. Nos lleva alrededor de un minuto recorrer el sendero que atraviesa el bosque de pinos imponentes que hay al lado del aparcamiento, y, cuando salimos, emitimos un grito colectivo de admiración.

Ante nosotros se alza un castillo enorme e imponente. Definitivamente, no es auténtico (o, mejor dicho, sí lo es, aunque no estuvieran pensando en defenderse de los saqueadores cuando lo construyeron), pero nos causa tal impresión que eso es lo de menos. Tiene torretas con banderas ondeando al viento, una enredadera cubierta de flores que trepa casi hasta las almenas y un foso con puente levadizo y todo.

Lo cruzamos mudos de asombro. Todos sabíamos que Cherry y Krish estaban planeando una boda a lo grande y bastante excesiva, pero esto es el no va más.

Los invitados ya se arremolinan sobre el césped verde intenso de la parte delantera del castillo y hay toda una cacofonía de colores: tocados y sombreros sofisticados, trajes largos de gala, saris y *lehengas*. A mi lado, Addie se mira, como si acabara de recordar que todavía lleva el mismo vestido blanco que se ha puesto esta mañana, con cuello camisero y cinturón.

—Mierda —murmura—. Tenía que ser blanco, ¿no?

Busco entre la multitud algún rastro de Rodney, pero ya hay decenas de personas aquí, tal vez cientos, y no sé cómo irá vestido. Puede que se haya cambiado y se haya puesto un traje, dado que tenía acceso a todo lo que había en el Mini. Claro que, por esa regla de tres, también podría llevar puesto el pijama de Deb.

—¡Addie! —grita alguien detrás de nosotros.

Todos nos giramos. Nuestra sincronización empieza a resultar inquietante. Imagino que se deberá a los dos días de aire acondicionado escaso e incesante música country; ahora estamos conectados, como si fuéramos un todo, después de haber respirado el mismo aire viciado durante tantas horas.

—¿Sí? —pregunta Addie, desconcertada.

No parece que nadie a nuestro alrededor nos esté mirando. Estamos cerca del edificio, justo al lado de un parterre en el que hay un montón de flores rosas y moradas y… algo… blanco.

—Addie —le digo, señalando el pedazo discordante de tela blanca que se halla oculto tras un arbusto grande.

—¡Addie! ¡Ven aquí! —susurra la voz.

Es Cherry. Lleva puesto el vestido de novia y el pelo sujeto con pinzas. Por un breve instante, asoma el rostro por detrás del arbusto con los ojos muy abiertos y las mejillas sonrosadas.

Todos nos apiñamos a su alrededor. Cherry nos mira con cara de no tener energía mental para nada que en estos momentos no sea relevante para la crisis que tiene entre manos. Apenas parpadea al detectar la presencia del camionero fornido al lado de Deb y el hematoma enorme en tecnicolor que le rodea la nariz a Marcus.

—¿Qué? ¿Dónde está Rodney? —murmura—. ¿Ha venido?

—Feliz día de boda. —Me acerco para darle un beso en la mejilla y acabo besando una cara llena de hojas—. ¿Cómo estás?

—Desquiciada —responde—. Estoy desquiciada. No te cases nunca, Dylan. Te conviertes en un monstruo.

—Vale, tomo nota —digo, intentando por todos los medios no mirar a Addie—. Oye, todavía no hemos encontrado a Rodney, pero… —Cherry gime y se tapa la cara con las manos—. ¡No te preocupes! ¡Estamos en ello! —aseguro mientras Addie le quita una hoja del pelo—. ¿Puedes darnos alguna pista sobre lo que podría estar tramando, teniendo en cuenta lo que sabes de él?

—¡Yo no sé nada de él! ¡Solo me lo tiré una vez!

—Eso casi no cuenta —señala Deb con amabilidad.

—Pero le gustan los gestos románticos, ¿cierto? De ahí los poemas y esas cosas —dice Addie—. A lo mejor intenta buscarte antes de la ceremonia, para hacerte cambiar de opinión, ¿no?

—¿Qué crees que hago en este puto arriate? —exclama Cherry—. Esto es un Vivienne Westwood, por si no lo sabías. Y eso de ahí, caca de pájaro —añade, señalando una hoja que se agita peligrosamente cerca de su vestido. Tiene la mano cubierta por un diseño de henna hermoso e intrincado, preparada para la ceremonia nupcial de hoy.

—Tenemos que atraerlo —dice Marcus—. Y luego atraparlo.

Hace como si estuviera cazando a alguien. Cherry se sobresalta.

—¿Dónde creerá que puede encontrarte? —pregunta Addie.

—Se supone que debería estar peinándome en la cámara de preparación de la novia —dice.

—Qué mal suena eso —comenta Deb.

—Ya, creo que lo de «cámara» es por todo ese rollo del castillo —dice Cherry, agitando sin ganas una mano hacia las almenas que se alzan sobre nosotros—. Pero es un poco desafortunado, ¿no? Suena un poco a tortura.

—Pues vamos allá —dice Marcus—. Nos escondemos, saltamos sobre él...

—¡Y lo atamos! —exclama Deb, triunfante.

Addie y yo nos miramos. Ahora el plan de atarlo ya no me parece tan descabellado, algo que creo que demuestra lo bajo que hemos caído todos. Tengo la sensación de que, si este viaje hubiera sido más largo, se habría ido convirtiendo poco a poco en *El señor de las moscas* y Marcus seguramente habría acabado comiéndose a alguien.

—¿Addie? ¿Dyl? —dice alguien detrás de nosotros.

Cherry da un chillido y vuelve a esconderse.

—¡Alejadlo de mí! ¡Lleváoslo!

—¡Cherry! Solo es Krish —la tranquiliza Addie mientras nos giramos.

Krish levanta la mano para saludarnos, ligeramente desconcertado. Lleva puesto el *sherwani* de boda tradicional y está impresionante con sus dorados y sus rojos intensos.

—¿Te encuentras bien? —pregunta, estirando el cuello—. ¿Es…? ¿Cherry? ¿Eres tú?

—¡No puedes verme! ¡Es el día de nuestra boda! —grita ella—. ¡Lárgate!

Krish se echa a reír.

—¿Qué estás haciendo en un arbusto?

—Crisis de última hora —explica Deb.

—Nada por lo que tengas que preocuparte —añade Addie cuando la sonrisa de Krish se desvanece—. Está todo controlado —asegura mientras oculta un trocito del vestido de novia de Cherry detrás de ella.

—Vete a hablar con la gente —le ordena Cherry a Krish, sacudiendo una mano—. Ya solucionamos nosotros… esto.

La expresión de Krish se vuelve suspicaz.

—¿Se trata de algo grave? —pregunta—. Esto me da muy mala espina. —Entonces ve a Kevin y frunce todavía más el ceño.

Yergo la espalda y le doy unas palmaditas en el brazo.

—En absoluto —le aseguro—. Ve y disfruta de tu día especial. —Sigue sin parecer muy convencido. Miro por encima de su hombro—. Anda —digo—. ¿Esos son tus abuelos? ¿Hablando con Bob el Loco?

Krish abre los ojos de par en par. Bob el Loco hace que Marcus parezca la viva imagen de la moderación; es conocido por desnudarse compulsivamente cada vez que se toma más de tres copas y lo han detenido tantas veces que no podría conseguir un trabajo aunque lo necesitara, que no es el caso, porque acaba de heredar medio Islington.

Eso me libra de Krish. Pero también me recuerda algo que, con tanta emoción, estrés y alegría, había olvidado por completo que tenía que afrontar hoy.

Mi padre viene hacia nosotros cruzando el césped. Lleva una corbata blanca y su aspecto es tan severo y rotundo como su sombrero de copa; tiene arrugas nuevas y profundas en la cara, surcos a ambos lados de la nariz y bolsas azuladas bajo los ojos. No hay ni rastro de mi madre, algo muy poco usual, ya que suele ir siempre al lado de mi padre, y su ausencia me revuelve las tripas. Siempre es más fácil cuando ella está presente.

—Madre mía, ¿ese es…? —empieza a decir Addie—. ¿Nos vamos? ¿Os dejamos solos para hablar?

Extiendo la mano hacia ella mientras se dispone a marcharse.

—No —digo con firmeza, aunque tengo el corazón a mil—. Quédate conmigo…, por favor. Deb, acompaña a Cherry adentro y llévate a Kevin, ¿quieres?

—Ahora mismo —asegura ella—. Vamos, Cherry, cuidado con la mierda de pájaro.

Marcus se acerca para ponerse a mi lado; él está a mi derecha y Addie, a mi izquierda. Percibo que ella me mira con incertidumbre, sujetando la muñeca dolorida sobre el pecho, y deslizo mi mano sobre la que tiene libre, entrelazando los dedos con los suyos.

—Dylan —dice mi padre.

Le estoy apretando la mano a Addie con demasiada fuerza, pero no soy capaz de soltarla. He pensado muchas veces en este momento; me he imaginado diciéndole a mi padre: «Mira lo bien que me va sin ti». Me he imaginado diciéndole: «Podrías haber sido benévolo por una vez». Me he imaginado diciéndole que nunca lo voy a perdonar por cómo ha tratado siempre a Luke.

Pero, ahora que estoy aquí, tengo miedo. Sigo siendo un estudiante de máster a tiempo parcial con una pequeña pero importante deuda en mi cuenta; estoy soltero pero enamorado de una mujer cuyo corazón espero pueda darme otra oportunidad. Para él, es como si siguiera de año sabático; soy el chico perdido que vaga por el mundo, indeciso, soñador y sin conseguir nada.

—¿Quién es esta? —pregunta mi padre, mirando a Addie.

—Es Addie —respondo con voz aguda. Me aclaro la garganta.

Ella me suelta la mano un instante para estrechar la de mi padre; él la mira de arriba abajo y su expresión es tan descaradamente crítica que empiezo a temblar con una rabia muda y familiar.

—Me suena haber oído hablar de ti —dice mientras le estrecha la mano a Addie—. Veo que has vuelto con él. —Luego sonríe, mirando a Marcus—. Joel me contó que habíais reñido. ¿Tú también has hecho lo mismo, entonces? ¿Has vuelto con mi hijo?

—Las cosas no fueron exactamente así, Miles —dice Marcus con voz amable.

Mi padre arquea las cejas.

—¿No?

—No. Más que una riña fue…

—¿Una pelea a puñetazos? —lo interrumpe mi padre, señalando con la barbilla los hematomas que tiene en la cara—. Claro que no. Mi Dylan no puede haberte hecho eso, no tiene lo que hay que tener.

Addie vuelve a cogerme de la mano.

—¿Quieres callarte de una vez y dejarme hablar? —le espeta Marcus. Todos nos quedamos en silencio, asombrados. Lo miro, esperando encontrarme con que su humor ha cambiado a la velocidad irracional habitual, pero no es así, no está enfadado; resulta obvio que se está esforzando por no llorar—. Tu padre necesita saber qué tipo de hombre eres, Dylan. —Marcus casi nunca se pone serio, me refiero a serio de verdad; siempre da la sensación de que se está mofando, tocándote las narices o interpretando un papel que olvidará en menos de un minuto. En las raras ocasiones en las que de verdad le importa lo que está diciendo, habla de una forma completamente distinta: más suave y sin arrastrar tanto las palabras. Como está haciendo ahora—. Hice cosas que a Dylan no le gustaron nada. Arruiné lo mejor de su vida. Pero él nunca me dio por perdido. —Mira a mi padre sin parpadear—. Siempre me ha demostrado que lo único que tengo que hacer para merecer su amistad es esforzarme. Y pedir perdón.

—Marcus…

Nos mira a Addie y a mí.

—Lo siento. Lo siento mucho. No se me da bien decirlo, pero también me estoy esforzando en eso.

—Todo esto es demasiado dramático —dice mi padre con desagrado mientras yo me vuelvo hacia Marcus para mirarlo a los ojos. Los tiene llenos de lágrimas y me dirige una mirada asustada y franca.

Extiendo el brazo que tengo libre para abrazarlo, pero él retrocede, negando con la cabeza. Aún no ha terminado.

—¿Sabes el mérito que tiene ser así habiéndose criado en tu casa? —le pregunta a mi padre, enderezándose. Lo mira a los ojos como si no le costara nada, como si no le tuviera miedo—. ¿Sabe lo que cuesta ser un buen hombre cuando han pasado toda la vida diciéndote que no estás a la altura?

Mi padre se pone tenso.

—Marcus —le advierte.

Conozco ese tono de voz; me hiela la sangre.

—No, sé lo que vas a decir y puedes meterte tu trabajo por donde te quepa —le espeta Marcus antes de limpiarse la cara con el brazo—. Ya encontraré otra cosa. No pienso trabajar para ti mientras sigas teniendo esa opinión de Dylan. Mientras sigas tratando a Luke como si fuera inferior. Por favor. No eres más que un matón fanático y cobarde.

Los ojos de mi padre se encienden y se me tensa la garganta al instante, como si el aire se hubiera vuelto más denso y se me atascara en el fondo de la boca. Avanza un paso hacia él; Addie y yo retrocedemos y lo oigo respirar con fuerza, pero Marcus ni se inmuta; se echa a reír.

—Bueno —dice—, te dejo que conozcas a Addie. —Da media vuelta y la mira a los ojos. Parece muy cansado, pero ese fuego sigue ahí incluso ahora; esa energía tan característica de él que nunca se agota del todo—. Es mejor persona de lo que tú o yo podremos ser nunca —declara—. Y Dylan tiene suerte de tenerla.

Addie

No sé cómo reaccionar. Tengo los ojos llenos de lágrimas. Dylan me aprieta la mano con tanta fuerza que me hace daño mientras vemos alejarse a Marcus con los hombros encorvados. «Es mejor persona de lo que tú o yo podremos ser nunca».

He cargado demasiado tiempo con todas esas patrañas que Marcus decía sobre mí. Con eso de que no era buena para Dylan. Como si hubiera algo malo en mí, como si estuviera sosteniendo una granada de mano. Eso me emponzoñó incluso antes de que Etienne intentara hundirme.

Ahora creo que tenía razón, a su manera. Podría haber herido a Dylan de mil formas y a veces estuve cerca de hacerlo, a veces se me iba de las manos. Por aquel entonces, cuando nos conocimos, podría haber sido esa mujer que quizás podría haber amado a un hombre como Marcus o le habría devuelto el beso a Etienne.

Pero ahora sé quién soy. Soy la mujer que le aprieta con fuerza la mano a Dylan y que mira directamente a ese padre que tanto temió siempre presentarme. El hombre cuyo desprecio por ambos queda patente hasta en el último centímetro gris de su cara.

—Bueno —le digo a Miles Abbott—, no creo que vayamos a vernos mucho, a menos que pretenda seguir el ejemplo de Marcus y le pida perdón a su hijo. Pero ha sido un placer verlo. Verlo humillado, quiero decir. —Le dedico una sonrisa y luego me vuelvo hacia Dylan—. Vamos, Dyl. Tenemos que pillar al que se ha colado en la boda.

Dylan tirita mientras recorremos los pasillos en busca de la cámara de preparación de la novia. Intenta llamar a su hermano, pero Luke no contesta y parece que eso lo hace temblar aún más.

—Vamos, tranquilo —le digo, deteniéndome un momento. Seguimos cogidos de la mano—. Lo has conseguido. Lo has visto y has pasado de él.

Se seca la frente con la mano libre mientras aprieta con fuerza los ojos.

—Si ni siquiera he dicho nada.

—No ha sido necesario. El silencio también es un arma muy potente, sobre todo porque está claro que esperaba que fueras a por él a degüello. —Estrecho sus dedos entre los míos—. Marcus y yo estamos aquí para apoyarte. Y a lo mejor la próxima vez le puedes decir algo si te apetece. O puede que lo solucionéis, como Marcus y tú estáis haciendo.

Él apoya la espalda contra la pared y finalmente me suelta los dedos, permitiendo que nuestras manos se separen.

—¿Te molesta? —me pregunta en voz baja—. ¿Que haya… que haya dejado volver a entrar a Marcus en mi vida después de lo que hizo?

Reflexiono sobre ello. Es una pregunta demasiado importante como para contestarla a la ligera, aunque ese es mi primer impulso.

—Tal vez puedas contarme qué pasó. Después de… —Trago saliva—. Después de lo de Etienne.

La mirada de Dylan se suaviza cuando digo su nombre. Me tiende la mano.

—¿Puedo? —me pregunta con cariño.

El pasillo en el que estamos es enorme, con un techo abovedado grande y las paredes empapeladas en color rosa, y, sin embargo, el mundo me parece muy pequeño de repente. Como si estuviéramos solo Dylan y yo. Me acerco a él y me envuelve en un abrazo fuerte. Noto cómo apoya la mejilla en la parte superior de mi cabeza. La felicidad se filtra en mí a través de cada uno de nuestros puntos de contacto: la coronilla, el pecho, el abdomen…

—Después de dejarte, no fui capaz de levantarme de la cama en mucho tiempo —dice. Intento echarme hacia atrás para mirarlo, pero él me sujeta contra su pecho, así que me relajo entre sus brazos. Tengo la muñeca mala colgando a un lado del cuerpo, pero lo rodeo con fuerza con el otro brazo—. Tenía… tenía depresión —reconoce—. Cuando Marcus finalmente me llevó al médico, eso fue lo que me dijeron.

—Eso ya te había pasado antes —comento sobre su pecho. Siento que se le acelera el corazón en mi oído—. Antes de conocernos. Y cuando estuviste de viaje. Y a veces… se apoderaba de ti, ¿no? Cuando estábamos juntos.

—No sabía… Creía…

—Me daba cuenta cuando te perdías, Dylan. Te conozco. Lo que pasa es que estaba demasiado… demasiado…, no sé, demasiado asustada, creo, como para hablar contigo de ello.

—¿A qué tenías miedo? —susurra, moviendo la mejilla sobre mi pelo.

—A demostrarte cuánto me importabas, tal vez. Me sacaba de quicio que hubiera partes de ti a las que yo no podía llegar, pero Marcus sí.

—Él estuvo ahí la primera vez, cuando era adolescente —dice Dylan en voz baja—. Él y Luke cuidaron de mí. Mi padre...

—No lo hizo.

—No —reconoce Dylan con pesar—. Y eso me ha causado algunos trastornos, obviamente.

—¿Así que Marcus cuidó de ti? ¿Cuando rompimos?

—Al principio no. Yo no le dejaba. Lo odiaba y ni siquiera podía contarle la verdad sobre ti, así que él seguía creyendo que eras..., que me habías engañado, y... no soportaba estar con él. Al principio lo culpé a él de todo, de haberte perdido. Pero al final se impuso a la fuerza. Me arrastró fuera de la cama, me llevó directamente al médico y me recetaron antidepresivos, terapia cognitivo-conductual y apoyo psicológico. —Noto que sonríe—. Empecé a ir a terapia con la condición de que él también fuera al psicólogo. Durante esa época, Marcus hizo algunas estupideces más: se plantó en casa de Grace y le gritó todo tipo de barbaridades; le dio un puñetazo a Javier...

—¿Le dio un puñetazo a Javier? ¿Por qué? —pregunto, sorprendida, cambiando de posición la cabeza para mirarlo.

Dylan pone los ojos en blanco.

—Creo que Marcus se estaba portando como un capullo porque la terapia estaba desenterrando cosas muy personales con las que no era capaz de lidiar. Pero sí, Javier y Luke estaban discutiendo sobre algo y Marcus se metió en medio.

—Joder.

—Ya. Así que me distancié de él. Mi terapeuta dijo que creía que ayudaría y... lo hizo, nos ayudó a los dos, creo. Marcus y yo llevábamos un año sin hablar. Hasta que lo llamé para preguntarle si quería que viniéramos juntos a la boda.

—Porque habías oído...

—Todo el mundo lo decía. «Está cambiando. Se está esforzando». Le pidió disculpas a casi todos; solo faltábamos Grace y yo. Y tú.

Esbozo una pequeña sonrisa.

—Dudo que yo tenga tu capacidad de perdón. Creo que me va a llevar un tiempo...

Él me da un beso en la coronilla.

—Claro. Entendería que no quisieras que volviera a formar parte de tu vida. Por supuesto que sí.

Me alejo de él por un momento. Es maravilloso estar en sus brazos, pero...

—Deberíamos...

—Sí. Ya. Rodney.

Por fin encontramos la cámara de preparación de la novia y lo cierto es que parece cualquier cosa menos una sala de tortura. Una de las paredes está recubierta de rosas de satén del suelo al techo y las otras están forradas con el mismo papel rosa de aspecto caro del pasillo. Todo es muy recargado. Así es como imagino que viviría María Antonieta.

Es muy Cherry. Ella viene a recibirnos envuelta en una nube de satén blanco y perfume.

—¡Pasad! ¡Pasad! ¡Ayudadme! —exclama.

—¿Puedo empezar ya? —le pregunta la peluquera—. La ceremonia es dentro de media hora y no quiero asustarte, pero me gusta peinar a la novia antes de que se ponga el

vestido, y todavía tienes que hablar con la persona del registro civil y…

—Tranquila. Ya estoy en el nivel máximo de pánico
—declara Cherry, sentándose con un suspiro y un frufrú de
la tela. Su atuendo es espectacular: un vestido de noche completamente blanco, ceñido a la cintura, con unos pétalos
enormes de satén floreciendo alrededor del pecho y los hombros al descubierto. Hay un sari rojo cuidadosamente doblado sobre la mesa que está detrás de ella, recubierto de innumerables piedras preciosas y bordado con un hilo de oro
suntuoso. Acaricio el dobladillo con un dedo. Es impresionante—. Para la fiesta —dice, mirándome—. ¿A que es una
monada? La madre de Krish lo mandó hacer para mí.

No ha parecido más tranquila en todo el día. Debería
haber caído en la cuenta de que la moda es la mejor forma
de calmar a Cherry.

—¿Tienes algo que me pueda poner? —le pregunto.

A mis espaldas, Marcus, Deb, Kevin y Dylan deba-
ten sobre la mejor forma de atar a un hombre cuando solo
hay disponibles caminos de mesa nupciales. Dylan me dirige una breve sonrisa cuando me pilla mirándolo. Luego
le da una palmada a Marcus en el hombro, uno de esos gestos masculinos en plan abrazo que hacen los tíos cuando no
son capaces de hablar de sus sentimientos.

Cherry se me queda mirando.

—¡Ay, Dios, claro, no puedes llevar eso puesto! —exclama, horrorizada—. Ve al baño, tengo ahí la maleta de la
luna de miel. Yo te ayudo.

—No —dice la peluquera antes de sorprenderse por su
propia firmeza. Se mueve nerviosamente en el sitio—. Perdón. Quería decir que si podrías estarte quieta para que te
quite los rulos. Por favor.

Cherry refunfuña, pero vuelve a sentarse.

—Pruébate el vestido azulón, Ads —dice—. Y dale a Deb el minivestido rojo si quiere triunfar esta noche.

—¡Sí, quiero! —grita Deb, probando la resistencia de un nudo—. Krishna me prometió que habría hombres solteros.

—A montones —asegura Cherry mientras la peluquera empieza a quitarle los rulos—. Este sitio es un hervidero; ese vestido rojo va a ser como sangre en el agua. Vaya, esa comparación ha sido demasiado gráfica. ¿Y tú quién eres, por cierto?

—Kevin —responde este—. Hola. Feliz boda. Gracias por invitarme.

—Ah, no, no puedes quedarte, ya hemos sobrepasado el límite de Sanidad y Seguridad y definitivamente no tenemos suficiente comida. ¿Addie? ¿Te va bien el azul?

Aún no he llegado hasta la maleta. El baño es del tamaño de la sala de estar de mis padres y tiene una bañera con patas bajo un ventanal enorme. El suelo es de pizarra gris. La maleta de Cherry está abandonada al lado de la ducha, tumbada de lado. Es tan grande que podría meterme dentro cómodamente e irme a Tailandia con ellos de luna de miel.

—Entonces, ¿tengo que irme? —oigo susurrar a Kevin al otro lado de la puerta.

—Qué va —dice Deb—. No creo que lo haya dicho en serio. Pero intenta llamar un poco menos la atención. Ponte un sombrero de copa o algo así.

—¿Todo bien, Addie? —grita Cherry.

—¡Un segundo! —berreo, rebuscando en la maleta.

Me quedo de piedra cuando veo el vestido azul. No es un vestido azul normal y corriente, es… puro arte. Tirantes finos, satén. El estilo es un poco de los noventa; me recuerda al que llevaba Julia Stiles en el baile de graduación de *10 cosas que odio de ti.*

Me quito el vestido blanco y me pongo el de noche azul. Su forma de tubo marcaría las curvas de Cherry, pero cae sobre las mías apenas sin esfuerzo. Eso me encanta. Además, en mí parece un vestido largo, mientras que a Cherry le quedaría a media pierna.

—¡Los tacones plateados casi invisibles! —grita Cherry desde el otro lado de la puerta antes de que siquiera le haya hecho la pregunta.

Me los pongo con dificultad, intentando no hacerme daño en la mano lesionada. Estos zapatos me quedan demasiado grandes y me van a hacer un daño horroroso, pero ahora mismo me da igual. Me siento emocionada, feliz y guapa. Obviamente, lo ideal habría sido que me hubiera dado tiempo a ducharme, pero qué se le va a hacer.

Abro la puerta del baño justo cuando alguien llama a la de la suite nupcial. Nos quedamos todos inmóviles. Dylan me mira y el aire se calienta entre nosotros. Recuerdo las sensaciones de aquel verano en Francia. Casi siento el sol de la Provenza y oigo los grillos. La mirada de Dylan es ardiente. No me mira como si fuera la primera vez que me ve; me mira como si nunca hubiera visto a nadie más.

—¡Cherry! —grita Rodney desde el pasillo—. ¡Cherry, por favor, abre la puerta!

Dylan deja de mirarme cuando Cherry se levanta y nos hace entrar a todos en el baño. Me aparto para dejarles espacio y Deb cierra con cuidado la puerta. Me late el corazón demasiado rápido. No sé si es porque el acosador está fuera de la habitación o porque Dylan está aquí dentro. No necesito mirarlo para percibir la tensión que hay entre nosotros. Ese vínculo que nunca llegó a romperse.

—Habla conmigo, Cherry —suplica Rodney, al otro lado de la puerta—. ¡Por favor, déjame entrar!

Nos apiñamos al lado de la puerta. Hasta Marcus se ha puesto serio. Deb y Kevin están ahora entre Dylan y yo, pero todavía siento cómo me mira mientras nos agachamos, con la oreja pegada a la puerta.

Cherry deja entrar a Rodney.

—No deberías estar aquí —le dice ella.

—¿Cómo podría estar en cualquier otro sitio?

Dylan tiene la mano sobre el pomo, preparado para salir corriendo.

—¡No pienso irme hasta que te des cuenta de que esta boda es un error, Cherry!

Qué exagerado es, ni que estuviera en una obra de teatro. No me sorprende oír la risa de Cherry.

—Rodney. Por favor. ¿Cómo demonios puedes pensar eso?

—¿De verdad él te hace feliz? ¿Sí?

—Nadie me ha hecho nunca tan feliz como Krishna, ni de lejos —asegura Cherry, ya más seria—. Él lo es todo para mí. Nunca había estado así de enamorada. Y, Rodney..., yo nunca te he querido.

Hay movimiento. Nos preparamos. Creo que ella ha ido hacia él, ¿puede que para abrirle la puerta?

—¡Estamos hechos el uno para el otro, Cherry! —declara Rodney, más desesperado que nunca—. ¡Somos como... como Dylan y Addie! —Doy un respingo. Todos me miran—. Dylan perdió a Addie, pero no se rindió y la ha recuperado.

El silencio se alarga tanto que duele.

—Dylan nunca llegó a perder completamente a Addie, Rodney. Y tú nunca llegaste a tenerme a mí. No es lo mismo.

—No voy a permitir que lo hagas —asegura Rodney—. ¡Me…, me… me voy a quedar aquí, en la puerta, para siempre!

—Por el amor de Dios —dice Deb en voz alta—. No tenemos tiempo para estas mierdas.

Abre la puerta y todos salimos en tropel.

—¡Eh! —grita Rodney mientras nos abalanzamos sobre él. Dylan lo sujeta por un brazo y Kevin, por el otro.

—Venga, Rodney, siéntate —le ordena Marcus, cogiendo una silla.

—¿Qué vais a hacer?

—Atarte —anuncia Deb.

—¿Qué?

Empieza a forcejear. Es inusitadamente fuerte. Deb, Marcus y yo nos acercamos para ayudar a Dylan y a Kevin. No es que yo aporte mucho. Me siento un poco como el tercero en discordia cuando alguien está moviendo un mueble: sujetando una esquina, pero sin soportar ningún peso.

Al final, después de un montón de resoplidos, palabrotas, patadas y puños esquivados, conseguimos sentar y atar a Rodney.

—No puedo creer que estéis haciendo esto —manifiesta, mirándose con asombro las muñecas y los tobillos atados—. ¡Es absurdo!

—¿A que mola? —dice Marcus, apretando el nudo del tobillo izquierdo—. Nunca lo había hecho antes.

—¿Y si me pongo a gritar y alguien viene a salvarme? —pregunta Rodney, dando tirones con las muñecas.

—Hmm, bien pensado —dice Deb—. ¿Lo amordazamos?

Todos la miramos.

—No voy a gritar —asegura Rodney de inmediato—. Me quedo aquí sentado.

—Puedes escuchar un audiolibro —sugiere Kevin—. A mí me entretienen mucho en los viajes largos.

—No es un villano muy imponente, ¿verdad? —comenta Cherry, inspeccionando a Rodney. Se ha mantenido alejada de la refriega para proteger su vestido—. Si quisiera que un hombre me impidiera casarme el día de mi boda, nunca elegiría a Rodney. Sin ofender, ¿eh, Rodney?

Él parece herido.

—Todavía te amo —declara—. Aunque puede que ahora un poco menos —añade, observando sus tobillos inmovilizados.

Cherry le da una colleja.

—Tú no me amas, Rodney; lo que tienes es un trastorno que deberías hacerte mirar cuando todo esto acabe. Marcus, descárgale un audiolibro, ¿quieres? Tiene el móvil en el bolsillo, asegúrate de dejarlo fuera de su alcance. ¿Todos bien, entonces? ¿Addie? Será mejor que vaya a ver al del registro civil.

—Espera. —Cojo un bolígrafo y un papel en el tocador y garabateo un mensaje: «¡*Fuera! ¡Esta habitación está reservada para los novios! ;)*»—. No quiero que nadie descubra aquí al rehén —digo, pegándolo por fuera de la puerta—. Vale. Venga, ve a casarte. —Le doy un beso a Cherry en la mejilla.

Ella nos sonríe, hasta que se da cuenta de que la peluquera nos está mirando boquiabierta desde un rincón.

Hmm. Me había olvidado de la peluquera.

—Perdona —se excusa Cherry, sonriendo de oreja a oreja—. Ya sabes cómo son los ex.

Dylan

K rish y Cherry celebran la ceremonia en la azotea del castillo. Las almenas están adornadas con arreglos florales elaborados en forma de cascada y el cielo azul e infinito hace de telón de fondo. El viento acaricia el brillante satén del vestido de Cherry mientras su padre la lleva hasta el altar, con el rostro desencajado por la emoción. Este sonríe con los ojos llenos de lágrimas a Krish después de besar a Cherry en la mejilla y antes de entregársela, pero su yerno no lo está mirando: tiene los ojos clavados en Cherry, abiertos de par en par y fulgurantes de asombro. La ama igual que yo amo a Addie, se le nota en la cara.

Krish y Cherry se han decantado por una versión corta y adaptada de la ceremonia hindú tradicional. Hay una hoguera pequeña cuidadosamente ubicada dentro de un círculo de piedras al final del pasillo, bajo un arco altísimo de rosas y follaje, y el *pandit* traduce pacientemente todo lo que puede del sánscrito al inglés mientras arrojan arroz inflado y especias a sus llamas anaranjadas.

Lloro como un bebé cuando Krish inclina respetuosamente la cabeza y Cherry le pone una guirnalda de flores de colores alrededor del cuello antes de bajar la cabeza para que él haga lo mismo. Cuando acaban de dar las siete vueltas ceremoniales alrededor de la hoguera, con las muñecas atadas con un lazo de seda de color rojo intenso, las lágrimas me gotean de la barbilla.

—Eres un romántico empedernido —me susurra Addie mientras me seco las mejillas. Abro la boca para contestar—. Me alegro mucho de que eso no haya cambiado —añade, y vuelvo a sentir en el pecho ese cañonazo.

El poema que empecé hace casi setecientos kilómetros sigue germinando, y, mientras Addie me sonríe, decido que las palabras «igual pero diferente» se repetirán como un ostinato, como un lema, como el deseo que uno pide cada vez que apaga unas velas o sopla una pestaña.

El banquete de bodas es un festín compuesto por innumerables curris, y los postres se amontonan en mesas enormes, como joyas saliendo de cofres del tesoro, y se mantienen en equilibrio en montañas desbordantes: *barfi* de mango y *halwa* de higo apiñados junto a trufas de fresa y tarritos en miniatura de *mousse* de chocolate blanco, ligero como una pluma. Que Cherry pensara que no había suficiente comida para Kevin me parece absolutamente ridículo.

Nuestra mesa es con diferencia la más escandalosa, principalmente gracias a él. Durante las primeras horas ha estado siguiendo a Deb con ojitos de cordero degollado; luego le hemos presentado a mi tío Terry y ambos han formado de inmediato un tándem de lo más intenso e inesperado. Se ha olvidado completamente de Deb y ahora está bebiendo chupitos con él mientras se dan palmadas en la espalda y ríen con tanta estridencia que hasta Marcus pone cara de circunstancias. Tengo la certeza de que Terry no debería estar en nuestra mesa, pero tampoco Kevin, supongo; el plan de asignación de asientos meticulosamente organizado se ha ido claramente al traste.

Todo es indudablemente conmovedor, aunque se queda corto comparado con la sensación de estar cerca de Addie. Está sentada enfrente de mí, pero nuestras miradas no dejan de cruzarse por encima del enorme centro de mesa, y cada vez que eso sucede siento mariposas en el estómago, como si estuviéramos rozándonos las manos en lugar de mirarnos a los ojos. Estoy tan ocupado observándola desde el otro lado de la mesa que no me doy cuenta de que Cherry está a mi lado hasta que agita una mano delante de mi cara.

—¡Hola! ¡Ha llegado la novia!

—Ay, perdona, hola —digo, volviéndome para mirarla mientras ella se agacha a mi lado—. ¡Te has casado!

—¡Ya! ¡Qué fuerte! Oye, ¿has visto a tu hermano?

Yo también estoy preocupado por Luke.

—No, ni a Javier.

Cherry se queda pensando.

—Hmm. A lo mejor me han enviado un mensaje; mi teléfono está en el bolsillo de Krish. —Compruebo mi móvil: aún no hay señales de él, aunque lo he llamado ya varias veces. Frunzo el ceño—. ¿Puedo pedirte un favor? —me pregunta.

—Por supuesto. Dime. —Vuelvo a guardarme el móvil en el bolsillo.

—¿Podéis ir tú y Ads a buscar mi sari y el esmoquin de Krish? Están en la habitación con Rodney, y puede que le haya mencionado a Krishna que tenemos a un acosador atado en ese cuarto, y ahora se está comportando de una forma de lo más dominante, diciéndome que no piensa dejarme entrar ahí. Qué mono es. Pero queremos ponernos los modelitos nocturnos y necesitamos un plazo de ejecución considerable, porque yo no soy capaz de meterme en ese sari sin la ayuda de la madre de Krish.

Decido no poner de manifiesto que, obviamente, recoger dos trajes en una habitación no es tarea para dos personas y, en lugar de ello, me acerco para darle a mi amiga un beso en la frente.

—Claro —le digo—. Gracias.

—No hay prisa —comenta Cherry, guiñándome el ojo—. Ah, y de paso llevadle a Rodney un plato de comida. ¿Qué, por qué me miras así? ¿Ni siquiera un flan?

—Deberías pedir una orden de alejamiento para ese hombre, no el postre —digo. Ella frunce los labios.

—¡Nadie es irredimible, Dylan! —asegura y extiende la mano para revolverle el pelo a Marcus mientras se levanta. Su vestido se hincha a su alrededor.

—¿Perdona? —dice Marcus, echándose hacia atrás—. Haz el favor de no compararme con ese engendro llorón.

—Tienes razón —dice Cherry alegremente mirando hacia atrás mientras se dirige a la siguiente mesa—. Tú eras un acosador baboso mucho más sexy. Más sexy y más alcohólico. ¡Eso es muchísimo mejor!

Marcus frunce el ceño y se hunde en la silla mientras los invitados que tenemos alrededor lo miran con interés.

—Pfff —refunfuña.

Deb se inclina hacia él desde mi otro lado.

—Bienvenido al sistema de moralidad estándar, cariño —le espeta, robándole del plato la última trufa de chocolate y champán.

Recorro la sala del banquete nupcial con la mirada, buscando a Luke y a Javier... y a mi madre, ahora que lo pienso. En su lugar, veo a una mujer con un vestido amarillo espectacular que se acerca desde otra de las mesas de amigos de Cherry; lleva el pelo teñido de color malva y su vestido sin tirantes deja al descubierto un tatuaje de una rosa en un hombro. Grace.

—Me siento… —Marcus se muerde el labio.

—¿Culpable? —sugiero, volviendo la vista hacia él.

—Uf —dice.

—¿Avergonzado?

—Para ya —me suplica, frotándose la cara con las manos—. Pareces mi terapeuta. ¿Cuál es el lado bueno de esta mierda de reformarse?

Vuelvo a mirar a Grace. Ella también ha vivido su propio viaje en los últimos dos años. Una temporada en rehabilitación, un despertar espiritual, un corazón herido… Todo eso la ha cambiado. Ya no es la mujer que sabotea los raros momentos en los que se siente plena; Grace nunca más va a conformarse con algo menos que el corazón entero de un hombre al que ama.

Pero sigue siendo ella: glamurosa hasta la saciedad, un poco demasiado intensa y más lista que todos nosotros juntos. Y está mirando a Marcus, como siempre ha hecho, incluso cuando intentó hacer funcionar otras de sus historias de amor. Incluso cuando la mirada de él se dirigía tan a menudo hacia Addie. Ella nunca dejó de mirarlo de esa forma. Nunca renunció a él completamente.

—¿Dylan? —insiste Marcus—. Venga ya. ¿Qué sentido tiene?

—Creo que, si tienes mucha suerte, podrías estar a punto de descubrirlo —declaro.

Addie

Ya hemos estado antes en este pasillo —comento, dándome la vuelta—. Recuerdo ese retrato —digo, señalando a un anciano con corona enmarcado en la pared.

—¿Tú crees? —Dylan ladea la cabeza—. Porque yo diría que ese es John O'Gaunt y creo que el último era Ricardo II.

—Olvidaba cuántas cosas sabes —digo, riendo—. Bueno, ¿derecha o izquierda?

—Todos mis conocimientos son de lo más inútiles, te lo aseguro. Izquierda —responde Dylan, yendo ya hacia el pasillo que está a ese lado. Yo sonrío. Él se fija en mi expresión—. ¿Qué?

—Hace dos años me habrías pedido a mí que decidiera —comento mientras recorremos un pasillo por el que estoy cien por cien segura que ya hemos pasado antes. No es que me importe. Ahora mismo, perdernos me parece un plan perfecto.

—Tú siempre me has animado a tomar mis propias decisiones —dice Dylan, poniéndose a mi lado—. No me di cuenta hasta que nos separamos.

Me roza la mano con la suya y yo aprovecho la oportunidad para entrelazar los dedos. Cogernos de la mano es lo máximo a lo que hemos llegado, como un par de niños de diez años. Pensarlo me hace sonreír. Está guapísimo. Él y Marcus recuperaron los esmóquines del coche cuando conseguimos que Rodney nos devolviera las llaves, y ver a Dylan vestido de gala está causando estragos en mi imaginación.

—Antes de conocerte, siempre había tenido a mi padre o a Marcus. A alguien que me dijera qué hacer —reconoce Dylan, acariciándome el dorso de la mano con el dedo pulgar mientras caminamos. Es imposible andar más despacio; obviamente, él tampoco tiene mucha prisa por darle estas trufas de chocolate a Rodney.

—¿Y ahora?

—Ahora es la terapeuta quien me lo dice —responde con ironía, y yo me echo a reír—. No, estoy en ello. Me he forjado una vida. Estoy trabajando en mi proyecto de fin de máster; me he mudado a un piso enano de Cooper Street.

Cuántas veces me he preguntado dónde viviría. Me imaginaba tropezándomelo en el jardín de Bishop's Palace o tomando algo en el Duke & Rye. Pensaba en cómo sería volver a estar en la misma habitación que él otra vez y me preguntaba si sería capaz de soportarlo sin echarme a llorar.

—Quiero saberlo todo sobre tu proyecto —le digo—. ¿Crees que voy a entender el título?

—Eso espero, o lo estaré haciendo mal —contesta él sonriendo—. Estoy escribiendo sobre el concepto de búsqueda en *La reina hada* y las obras de Philip Sidney. Sobre viajes. ¡Ah, ahí está! —Dylan señala una puerta en la que hay una nota pegada escrita con mi letra. No sé cómo, pero hemos conseguido llegar a la cámara de preparación de la novia. Ambos vacilamos un poco delante de la puerta y él me mira—. ¿Quieres... que esperemos un poco antes de entrar?

Hay un sofá de dos plazas bajo la ventana que está a nuestra izquierda. Nos sentamos pegados, con las rodillas enfrentadas. Sigo agarrándolo de la mano.

—Quería preguntarte... —Se aclara la garganta. Está observando nuestras manos entrelazadas, las rodillas rozándose—. Si eres capaz..., si quieres contarme... qué pasó después de que te dejara, después de que rompiéramos... —Se me llenan los ojos de lágrimas e intento controlar por todos los medios la respiración, aunque ya tengo el corazón desbocado—. Perdona —se excusa de inmediato—. Solo... quiero que sepas que me gustaría hablar de ello. Cuando estés preparada. Me reconcome no haber podido pasar por eso contigo y... —Me mira con impotencia—. Lo siento.

—Lo sé. —Le aprieto la mano—. Dejé el colegio. Supongo que eso no será ninguna sorpresa. Ahora tengo un trabajo nuevo. ¿Sabes esa escuela de chicas que hay en Fishbourne? Pues ahí. Está bien, la verdad. Se me da bien. —Sonrío—. Al principio no, pero ahora sí.

—Hace dos años nunca habrías dicho eso —comenta Dylan, dándome un golpecito suave en la rodilla con la suya.

—Bueno, ahora tengo una taza con la frase «Mejor profesora del mundo» que lo demuestra. —Me pongo seria—. Intenté salir con otras personas. Con Jamie, de hecho, uno de los profesores de Barwood. —Odio que se me siga entrecortando la voz al decir el nombre del colegio de Etienne, y sigo adelante empezando a notar el calor en la cara. Dylan permanece completamente inmóvil—. Fue… un desastre. Una decisión rara, la de salir con otro profesor de Barwood, no sé. Obviamente, algo extraño estaba pasando en mi cerebro en relación con eso. Además, él sabía lo que me había pasado… No sé cómo, pero lo sabía.

—Vi que habían expulsado a Etienne —susurra Dylan—. Pero ¿no presentaste cargos?

—No, aunque lo intenté —digo, arqueando una ceja—. Pero la policía dijo que no había suficientes pruebas. Sin embargo, bastaron para que Moira se asegurara de que lo echaran del colegio. Ella fue… Se portó muy bien conmigo.

—¿Y… Jamie? —pregunta Dylan con dificultad.

—Era un amor. —Le aprieto la mano—. Pero nunca hubo… Nunca llegamos a nada, la verdad. Y además parece que el sexo… después de lo que pasó… —Se me vuelven a llenar los ojos de lágrimas. Él se acerca un poco más, tímidamente, y me rodea con el brazo, y yo me recuesto sobre su hombro. Me río, temblorosa—. Digamos que ya no es lo que era.

Me aprieta con el brazo casi de forma convulsiva, como si le doliera escuchar eso. Nos quedamos ahí sentados un rato. Él respira hondo para serenarse.

—Bueno, la última vez empezamos por el sexo, ¿no? —dice—. Así que esta vez… —Se queda callado al darse cuenta de lo que acaba de decir.

Me echo hacia atrás para mirarlo. Percibo esa tensión alrededor de sus ojos que revela que está avergonzado. Sonrío.

—¿Esta vez? —pregunto.

—No pretendía echar las campanas al vuelo —dice con voz grave—. Pero… Addie… —Trago saliva. Él levanta la mano para apartarse el pelo de los ojos con ese gesto que

conozco tan bien, aunque ahora lo tiene muy corto y ni siquiera los roza—. Addie, ¿te lo vas a pensar? Entendería
que…, pero… yo nunca he dejado de quererte —reconoce
súbitamente—. Nunca he dejado de quererte y no creo que
nunca deje de hacerlo, la verdad, porque lo he intentado
todo para olvidarte y no lo he conseguido. Y entiendo perfectamente que no puedas volver conmigo después de lo
que hice. Pero necesito desesperadamente que sepas que decirte que no iba a escuchar tu versión de la historia fue lo
peor que he hecho en la vida, Addie y la cosa por la que más
me odio a mí mismo, y que si me das otra oportunidad nunca más voy a alejarme de ti. Siempre te voy a escuchar. Nunca
te voy a dar la espalda. Te lo prometo.

Asimilo su mensaje. Me limito a cerrar los ojos para
escuchar las palabras que está diciendo, el temblor de su
voz, y sentir la forma en la que su mano aferra la mía, como
si nunca fuera a dejarme marchar.

—Tendrías que confiar en mí —susurro en voz tan
baja que él tiene que acercarse para oírme—. Y yo tendría…
que ganármelo.

—Confío en ti —dice inmediatamente, pero yo niego
con la cabeza.

—Te lo voy a demostrar —declaro—. Nunca… Lo
que pasó con Etienne… Es decir, lo que pasó antes… —inspiro de forma entrecortada, con frustración—. El coqueteo,
los mensajes… Fue todo una estupidez. Creo que me daba
miedo el poder que ejercías sobre mí. Lo mucho que te
quería, lo mucho que me dolía cuando elegías a Marcus.
Etienne era una salida. La prueba de que alguien más podía
quererme. Fue…

—Eso fue antes —dice Dylan, atrayéndome hacia él—.
Y esto es ahora.

Me echo a llorar, con la cara pegada al algodón rígido del cuello de su camisa y a la calidez de su piel. Entonces me abraza, y el hecho de sentir sus brazos alrededor de mí me resulta casi insoportable.

«No debería dejar que me viera así», dice una parte de mi cerebro. Pero he recorrido un largo camino en el último año. Sé que no debo escuchar esa voz.

—Te quiero —digo entre lágrimas—. Te he querido hasta cuando te odiaba. Hasta cuando quería hacer cualquier otra cosa menos quererte. Dylan, no puedo… —Sollozo sobre su hombro—. No puedo soportar la idea de que tú, de que esto, de que lo nuestro… Me moriría si volviera a acabarse.

Él me abraza todavía con más fuerza.

—Pues no dejemos que lo haga.

—Yo no… Ya no soy la persona que era —declaro con la voz tomada por las lágrimas—. Ahora soy muy diferente.

—Yo también. O al menos eso espero, joder —asegura él, haciéndome reír—. Así que tendremos que volver a conocernos. Saldremos. Te invitaré a cenar. No será como la última vez, porque no sé si sabes que ahora soy muy pobre, así que eso ayudará.

Ahora sí que me río. Me echo hacia atrás porque corro el peligro de manchar de mocos su esmoquin. Dylan saca la servilleta en la que hemos envuelto unas cuantas trufas para Rodney y me la ofrece. Yo la acepto agradecida.

—¿No oyes hablar a alguien? —me pregunta, ladeando la cabeza.

Me quedo callada. Tiene razón: de la cámara de preparación de la novia llega una voz apagada. Me pongo de pie para ir hacia la puerta y aguzo el oído.

«Pese a que el mar, con sus olas incesantes, se trague la tierra…».

Dylan se acerca a mí, esbozando una sonrisa.

—¿Qué? —susurro.

—Es el audiolibro —me responde en voz baja—. Marcus ha elegido el peor que se le ha ocurrido.

—¿Cuál?

—*La reina hada* —revela Dylan sonriendo—. Está escuchando *La reina hada*.

Me acerco un poco más y escucho uno de los versos…

«Pues no hay nada perdido que no se pueda hallar si es buscado».

Dylan

odney está de bastante buen humor, teniendo en cuenta la situación, aunque necesita urgentemente lo que Deb llamaría «una pausa de extrema necesidad». Después de ir a ver a nuestro rehén y reunirnos con Cherry y Krishna en la suite nupcial para entregarles la ropa que necesitaban, Addie y yo regresamos al salón principal a través de un laberinto de pasillos, con los dedos todavía entrelazados.

Apenas nos hemos despegado en todo el día. Nunca más voy a infravalorar la sensación de tomar a Addie Gilbert de la mano.

Cuando llegamos a nuestra mesa, Grace está sentada en mi silla, inclinada hacia Marcus, que habla mirando al suelo, visiblemente incómodo. Addie y yo nos quedamos un momento en segundo plano, observándolos antes de que nos vean. Es maravilloso comprobar que Grace vuelve a estar bien. Hace tan solo un año, en esa postura habría podido verle los huesos rígidos de la columna.

—¿Crees que le está pidiendo perdón? —me pregunta Addie en voz baja.

—Eso espero.

—¿Crees que… Marcus y Grace…?

—No lo sé. No sé si él está preparado todavía o, bueno…, si es digno de ella. —Miro por el rabillo del ojo a Addie, súbitamente consciente de que estoy hablando de una mujer con la que una vez me acosté, pero ella asiente para darme la razón, frunciendo el ceño de una forma que me hace querer darle un beso en el entrecejo.

Entonces Grace nos ve; se levanta y abraza primero a Addie («Cariño, estás divina», le dice); ambas halagan sus respectivos vestidos y peinados y entablan la típica conversación de amigas que hace demasiado tiempo que no se ven.

—Ah, ¿mi libro? —dice Grace, echando la barbilla hacia atrás mientras se ríe—. Lo he quemado. Literalmente.

—¿Que lo has quemado? —le pregunta Addie, con los ojos como platos—. ¡Si llevabas escribiendo ese libro desde… desde que te conozco! ¡Además, dijiste que yo salía en el capítulo siete!

Grace extiende una mano y se la posa en la mejilla.

—Adeline, tú te mereces estar en el capítulo uno.

Addie se echa a reír.

—¿Cómo es posible que todo lo que dices suene tan profundo?

—Es lo que tienen los colegios caros —revela Grace con una sonrisa lánguida—. No, el libro tenía que desaparecer. No digo que no vaya a escribir otro nunca más, pero en realidad ese libro no trataba sobre el verano de nuestra vida. Trataba únicamente sobre un hombre. Y cuando me di cuenta de eso, sencillamente ya no soporté ni verlo. —Addie la aleja de la mesa hacia donde Terry está cantando una especie de canción marinera con Kevin—. Intenté rehacerlo, volver a empezar, todo —continúa Grace—. Pero seguía siendo su libro.

Levanta imperceptiblemente la barbilla hacia Marcus.

—Ah —dice Addie.

—Ya —señala Grace suspirando—. Y está claro que no se merece tener un libro entero para él, ¿no crees? Así que lo quemé. Creí que me ayudaría a... —Sacude una mano hacia su pecho.

—¿A dejar de quererlo? —se aventura Addie.

—Sí —responde Grace con firmeza—. Eso. Porque ya estoy hasta las narices de estar enamorada de un capullo integral.

Addie suelta una carcajada.

—¿Le has dicho eso?

—Bueno, estaba a punto de hacerlo —dice Grace—. Y entonces va él y se disculpa. Marcus. Tengo que confesártelo, Addie: había imaginado este momento en infinidad de ocasiones, en infinidad de ellas, y entonces, justo cuando había perdido la esperanza...

—¿Ahora te gustaría no haber quemado el libro? —le pregunta Addie.

Grace se ríe, con la cabeza hacia atrás.

—No —responde con decisión—. En absoluto. Ahora soy una mujer muy diferente, y si él quiere hacer el papel del héroe... tendrá que presentarse a una audición.

Addie le sonríe.

—Te he echado de menos —dice, y yo sonrío, porque ese candor, ese afecto transparente, es nuevo en ella. O, mejor dicho, es nuevo para mí.

—Y yo te he echado de menos a ti, cariño mío. ¿Y vosotros dos? —pregunta Grace, mirándome—. Creía que ese barco ya había zarpado, pero... ¿en qué punto estáis?

Addie se muerde el labio. Yo entrelazo los dedos con más fuerza.

—En el capítulo uno —declaro.

El sonido de alguien acercándose demasiado a un micrófono —ese chirrido grave y desagradable— interrumpe la respuesta de Grace, pero su sonrisa lo dice todo. Una banda de doce músicos se está preparando y un ejército de empleados diligentes vestidos con los colores de la boda están retirando las mesas más cercanas a la pista de baile; el padrino de Krish consigue que el micrófono deje de chirriar el tiempo suficiente para anunciar que ha llegado el momento del primer baile.

Deb se reúne con nosotros mientras nos acercamos a la pista. Le enseña el móvil a Addie; hay una foto de Riley en la pantalla, sonriendo sin dientes a la cámara, con los ojos castaños muy abiertos. Es una verdadera monada; tengo que esforzarme muchísimo para contener la avalancha de melancolía que me invade. «Poco a poco», me recuerdo a mí mismo. Eso nunca se me ha dado especialmente bien.

—Acabo de hacer un FaceTime con él y con papá —le dice Deb a Addie—. Le han comprado una especie de hamaca que ha debido de costarles un riñón. Lo están malcriando por completo.

Pone cara de circunstancias, pero sonríe de oreja a oreja, como hace la gente que no solo es feliz, sino que se siente plena. Caigo en la cuenta de que podré conocer a Riley, formar parte de su vida y de la de Deb, y enterarme de todos los aspectos nuevos del mundo de Addie.

—¿Dyl? —dice alguien detrás de nosotros.

Me doy la vuelta mientras la música empieza a sonar. El primer tema que bailan Krish y Cherry es «Forever and for Always», de Shania Twain. Supongo que Krishna se hartó de discutir y dejó que Cherry se saliera con la suya.

Detrás de mí se encuentran Luke y Javier. Ambos tienen pinta de haber venido corriendo, y Luke está sonrojado.

—Dyl —me dice en voz baja mientras consiguen sitio a nuestro lado para ver el baile.

Krish lo está haciendo fenomenal al intentar bailar Shania Twain a ritmo de vals, aunque mueve un poco los labios para contar los pasos y su cara de concentración absoluta resulta un poco cómica.

—Dylan, mamá ha dejado a papá —me informa Luke en voz baja.

—¿Qué?

Lo digo tan alto que hasta Cherry y Krishna nos miran.

—¿Va todo bien? —me pregunta Cherry mientras Krishna la inclina hacia atrás.

—¡Fenomenal! —exclamo—. ¡Tranquila! ¿Qué? —le digo a Luke.

—¡Ha sido increíble! —susurra Javier. Está dando saltitos y su pelo, recogido en una cola de caballo alta, bota con él—. Acabábamos de llegar al foso y vuestros padres estaban llegando al mismo tiempo, y tu padre trató de ir por el otro lado para no tener que cruzarse con nosotros; bueno, conmigo, y...

—Mamá se puso hecha un basilisco —asegura Luke negando con la cabeza y sonriendo—. Le lanzó el sombrero. Le dijo que estaba loco si creía que ella iba a enfrentarse a otro evento social fingiendo amar a su marido y que le rompía el corazón no ver a sus hijos y que estaba harta de estar con él. La hemos llevado a un hotel y la hemos ayudado a instalarse. Te envío un mensaje con los datos para que vayas después; se muere de ganas de verte.

Luke saca el móvil. Miro alternativamente el vals de Krish y Cherry y a los eufóricos Javier y Luke.

—¿Tu madre acaba de dejar a tu padre? —me pregunta Addie. Luego les sonríe con timidez a Luke y a Javier—. Hola otra vez a los dos.

El momento en el que mi hermano y su prometido se dan cuenta con retraso de que Addie y yo estamos cogidos de la mano es realmente maravilloso. Ambos sonríen a la vez, como si estuvieran sincronizados, y Luke me da una palmada en el hombro.

—¡Qué bien! —exclama Javier—. Dylan escribe unos poemas de amor preciosos, pero no sé si podría soportar más poemas de desamor.

Extiendo la mano para empujarlo y él se ríe, escondiéndose detrás de Luke.

—Por fin podré presentarte a mi madre —le digo a Addie, bajando la vista hacia ella, sorprendido—. Y sin que esté mi padre. La verdad es que sería... genial.

Ella me devuelve la sonrisa.

—Me encantaría.

El primer baile ha acabado; o al menos a Krishna le gustaría que así fuera. Está haciendo gestos desesperados para que el padrino acuda a la pista de baile. Finalmente, unas cuantas parejas se apiadan de él y la multitud empieza a avanzar hacia los novios.

—¿Me concedes este baile? —le pregunto a Addie mientras cambian la música. Es otra canción lenta, pero un poco más convencional: «I Won't Give Up», de Jason Mraz.

Vamos hacia la pista de baile; Addie entrelaza las manos suavemente detrás de mi cuello y yo poso las mías sobre su cintura. Me miro en esos ojos azules como un río que me atraparon desde el primer momento en el que los vi. Nos mecemos juntos mientras la pista de baile se llena a nuestro alrededor; levanto la cabeza un instante y veo a Deb bailando con Kevin y a Luke, con Javier. Detrás de ellos, una muchacha con un *lehenga* verde y rosa saca a bailar a una señora de mediana edad muy elegante, vestida de traje; Marcus se levanta también, extendiendo una mano para tentar a Grace, y el padre de Cherry baila con la madre de Krish. Todo en medio de un batiburrillo de color en el que los sombreros y los cuerpos se balancean como si fueran un único ente en movimiento.

Vuelvo a observar la cara levantada de Addie. Apenas me creo que esté aquí; de pronto siento la necesidad de contar todas sus pecas, de memorizar el tono exacto de su cabello mientras pueda, y tengo que recordarme a mí mismo que me ha dicho que me quiere. No se va a ir a ninguna parte.

—Eso que me has contado antes sobre... —Aprieto los labios y veo que ella baja la vista hasta mi boca—. Sé que hemos dicho que lo del sexo habría que tomárselo con algo más de calma esta vez, pero... ¿puedo preguntar cuál es tu opinión actual sobre los besos?

Ella esboza una sonrisa.

—¿Sobre los besos?

—Solo por curiosidad.

—Bueno. No es que haya practicado mucho últimamente —declara, esbozando una sonrisa lenta—. Pero creo que no me importaría empezar a hacerlo.

Bajo un poco la cabeza y ella levanta la barbilla al mismo tiempo, como si los hilos que nos conectan se hubieran tensado.

—¿Quieres probar? —susurro, con los labios a unos milímetros de los suyos.

Agradecimientos

Me gustaría dar las gracias, como siempre, a Tanera Simons, por su inteligencia y su experiencia, así como por su amabilidad y su comprensión sin límites. Agradezco infinitamente todo lo que ella y el equipo de DAA hacen por mí.

A Cindy Hwang, Emma Capron y Cassie Browne: vosotras habéis hecho que este libro sea mucho más intenso y profundo (y más sensual; te estoy mirando a ti, Emma). Me siento muy afortunada por teneros en mi equipo. A todas las personas de Quercus y Berkley: gracias por vuestra pasión, vuestro ingenio y por tener fe en mí. Gracias especialmente a Hannah Robinson, que me escuchó cuando era verdaderamente importante.

He dedicado esta novela a mis maravillosas damas de honor, Ellen, Nups, Amanda, Maddy y Helen, que lamentablemente no pudieron acompañarme hasta el altar en mi boda, pero cuyo amor y apoyo han servido de inspiración para todos los hermanamientos de este libro. Gracias, chicas, por las innumerables charlas con el corazón en la mano, los ánimos y las tazas de té de todos estos años. Tengo mucha suerte de que forméis parte de mi vida.

Muchísimas gracias a Gilly por las notas de audio, las conversaciones de 43 MB y el importante debate sobre qué perros son grandes y cuáles pequeños. Tú me mantuviste a flote en 2020. Gracias a Pooja por emocionarse tanto cuando un documento de Word nuevo aparece en su buzón de entrada y por su ayuda con los detalles. Y gracias a Tom, para quien este será siempre «el libro del Mercedes»; mis disculpas por ignorar la mayoría de la información que me has facilitado. Considéralo una licencia artística.

También quiero agradecer a los Taverner sus valiosos comentarios sobre los primeros borradores de este libro. Y gracias a Peter por la lluvia de ideas que hicimos en la Provenza, donde se gestó gran parte de esta historia. Gracias a Phil por responder a mis preguntas raras y a Helen, alias la Asesora de Pechos, por responder a otras todavía más raras. Muchas gracias a Colin, que me enseñó con mucha paciencia a conducir. Y, sobre todo, gracias a mis padres, que siempre están a mi lado, algo que nunca les podré agradecer lo suficiente.

Finalmente, me gustaría darle las gracias a mi marido, Sam. Te adoro como Addie adora a Dylan, como Dylan adora a Addie y como Molly adora las peras. Por toda una vida juntos.

«Pues no hay nada perdido
que no se pueda hallar
si es buscado».

«Para viajar lejos no hay mejor nave que un libro».

EMILY DICKINSON

Gracias por tu lectura de este libro.

En **penguinlibros.club** encontrarás las mejores
recomendaciones de lectura.

Únete a nuestra comunidad y viaja con nosotros.

penguinlibros.club

penguinlibros